前尘事
岁无痕

黄云凯 著

中央编译出版社
Central Compilation & Translation Press

图书在版编目（CIP）数据

前尘事，岁无痕 / 黄云凯著 .—北京：中央编译出版社，2016.4
ISBN 978-7-5117-2817-3

Ⅰ.①前…
Ⅱ.①黄…
Ⅲ.①《醒世姻缘传》—文学研究
Ⅳ.① I207.419

中国版本图书馆 CIP 数据核字（2016）第 047205 号

前尘事，岁无痕

出 版 人：	刘明清
出版统筹：	董　巍
策划编辑：	黄海明
责任编辑：	陈　芃
责任印制：	尹　珺
出版发行：	中央编译出版社
地　　址：	北京西城区车公庄大街乙 5 号鸿儒大厦 B 座（100044）
电　　话：	（010）52612345（总编室）　（010）52612313（编辑室） （010）52612316（发行部）　（010）52612317（网络销售） （010）52612346（馆配部）　（010）55626985（读者服务部）
传　　真：	（010）66515838
经　　销：	全国新华书店
印　　刷：	三河市金泰源印务有限公司
开　　本：	650 毫米 ×970 毫米　1/16
字　　数：	220 千字
印　　张：	20
版　　次：	2016 年 4 月第 1 版第 1 次印刷
定　　价：	39.80 元
网　　址：	www.cctphome.com　邮　箱：cctp@cctphome.com
新浪微博：	@中央编译出版社　微　信：中央编译出版社（ID:cctphome）
淘宝店铺：	中央编译出版社直销店（http://shop108367160.taobao.com）（010）52612349

本社常年法律顾问：北京嘉润律师事务所律师　李敬伟　问小牛
凡有印装质量问题，本社负责调换，电话：（010）55626985

目　录

自序：无因缘的相遇相知　　　///　001

前尘多事，岁月无痕

胥吏横行的世界　　　///　002
该出手时就出手　　　///　015
桃源虽美不回头　　　///　018
不幸的婚姻是人脖颈上的瘿袋　　　///　021
神鬼出没的荒诞　　　///　029
被调侃的宗教　　　///　035
触目惊心的"人相食"　　　///　038
明末的房价、物价与工资　　　///　042
有礼走遍世界　　　///　047
语言里的原生态　　　///　054
忽悠没商量　　　///　058
笑死人不偿命　　　///　063
不完美的快乐　　　///　072

今朝醉梦，人世百态

小说主要人物简表　　　///　082
从《金瓶梅》开始的地方开始　　　///　086
"弱男"狄希陈　　　///　092
长不大的熊孩子　　　///　094
初恋——书生与小姐的桥段　　　///　101

娶妻如此，不如嫖娼	///	109
人生若只如初见	///	128
食色，性也	///	143
买来的"副处级"	///	149
我们都是狄希陈	///	158
一生倒行只为恨	///	160
婚姻让女人愚蠢	///	176
留不住的青春少年	///	182
绝望后的幻想	///	189
可怜之人必有可恨之处	///	197
三个半"半边天"	///	203
没有实力一样称霸	///	210
破家县令，灭门令尹	///	221
姑子也风流	///	229
四大名医各有绝活	///	234
老师并不都是斯文人	///	248
"惧内班"里的副班长	///	257
两大酸人	///	263
三地媒婆，其实一人	///	268
仆人难当，小人难养	///	274

因缘聚散，书里书外

邋遢衣，惊艳貌	///	288
谁家的鸡下了这么个大金蛋	///	292
熟而未烂——三十岁不可不读	///	307
后记：没有始终精彩的书	///	311

自序：无因缘的相遇相知

书与人同，也有遇与不遇之分：遇者如《红楼梦》，不等终篇就被争相传阅，以致有断臂之憾，尽管残缺，却仍然独占中国古典小说之鳌头；至于不遇者，则如恒河沙数，淹没于历史长河中的不知凡几。相比于那些早已逝去的文字，《醒世姻缘传》无疑是幸运的，作为一部文学作品，至少它还活着，虽然活得如此寂寞。

《醒世姻缘传》自问世以来，虽然代有知音，但似乎从来没有风光过。在它问世之前，四大奇书的座次就已由冯梦龙老先生排定，它们是罗贯中的《三国演义》、施耐庵的《水浒传》、吴承恩的《西游记》、兰陵笑笑生的《金瓶梅》。这也罢了，谁叫咱生得晚呢？好容易盼来第二次"华山论剑"，四大名著再排位置。这一次，《金瓶梅》因为对"亲密行为"写得太多太具体太少儿不宜而被取消了资格，它的位置由《红楼梦》接替，《醒世姻缘传》再次无缘中国小说榜。

民国改元，《醒世姻缘传》终于时来运转，它俘获了问世以来最有影响力的粉丝，这个人就是大名鼎鼎的胡适博士。胡适对《醒世姻缘传》可谓一见倾心，他赞道："它包含有中国古代小说中最有价值的社会史料和最丰富又最详细的文化史料。"他大胆地预言:"将来研究十七世纪中国社会风俗史的学者,必定要研究这部书;将来研究十七世纪中国教育史的学者,必定要研究这部书;将来研究十七世纪中国经济史(如粮食价格、如灾荒、如捐官价格等等)的学者,必定要研究这部书;将来研究十七世纪中国政治腐败、民生苦痛、宗教生活的学者,也必定要研究这部书。"应该说,胡适写小说虽然是个外行,但评价《醒世姻缘传》却是一语中的。他一眼就看出了这部小说的最大价值——一部关乎生存的末代社会浮世绘。

不管如何,总算听到掌声了,而且还是名满江湖的胡适博士在叫好。万事开头难,只要有人开头,后面的就好办了。由于胡博士的抬轿,另外两个人也成了《醒世姻缘传》的拥趸,这两个人的来头也不小,他们是新月派诗人徐志摩和文坛才女张爱玲——都是真正的文学青年。

徐志摩在为亚东版《醒世姻缘传》写的序①里回忆了自己初读这本书时的情境:

> 我一看入港,连病也忘了,天热也忘了,终日看,通宵看,眼酸也不管,还不时打连珠的哈哈。太太看我这疯样,先是劝,再来是骂,最后简直过来抢书。"有什么好看?"她骂说,"这大热天猴在床上,逼着火,你命要不要,你再不放手我点火把它烧了,看你看得成!"我正看了书里(太太)的怒容,又看到(眼前)太太的怒容,乐得更凶了。我乐她更恼。天幸太太是认字的,并且也是个小说迷,我就央说:"太太,我们讲理好不好,我翻一两节给你看,如果你看不出妙处,如果你看了不打哈哈,那我认输,听凭你拿走,或是撕或是烧!"她还来不及回话,我随手翻了一回给她看——也许是徽州人汪为露那一回,也许是智姐急智那一回,也许是狄希陈坐"监"那一回,也许是相于廷教表兄降内那一回,也许是白姑子着贼请先生那一回,我记不得了,反正哪一回都成。我一壁念,她先噘着口,还有气,再念下去她眼也跟着字句上下看,再念她口也开了,哈哈也来了……忽然她又收住了笑,伸手说:

---

① 1933年上海亚东图书馆把所收到的《醒世姻缘传》版本加以排比与校对,出版了新的排印本。徐志摩应邀为这部书作序,胡适则应约准备考证出这部书的作者及写作年代。

"拿第一本给我！"

与胡适的社会学角度不同，徐志摩对《醒世姻缘传》的喜爱是纯文学的。他赞叹西周生"把中下社会的各色人等的骨髓都挑了出来供我们赏鉴，但他却从不露一点枯涸或竭蹶的神情，永远是那样从容，那样闲暇。我们想象他口边常挂着一痕'铁性'的笑，从悍妇写到懦夫，从官府写到胥吏，从窑姐写到塾师，从权阉写到青皮，从善女人写到妖姬，不但神情语气是各合各的身份（忠实的写生），他有本领使我们辨别得出各人的脚步与咳嗽，各人身上的气味！他是把人情世故看得烂透了的。他的材料全是平常，全是腐臭，但一经他的渲染，全变了神奇的了。最可钦佩的是他老先生的态度，永远是一种高妙的冷隽，任凭笔下写得如何活跃，如何热闹，他自己永远保持一个客观的距离"。为了免触众怒，他没有（当然也不能）公然推翻四大名著排行榜，只是很含糊地说："《醒世姻缘传》是一个时代的写生，是我们五名内的一部大小说。"并且还说"也许有人要把它放得更上前"。

和徐志摩一样，张爱玲也毫不掩饰自己对《醒世姻缘传》的痴迷：

《醒世姻缘》是我破例要了四块钱去买的。买回来看我弟弟拿着舍不得放手，我又忽然一慷慨，给他先看第一二本，自己从第三本看起……好几年后，在港战中当防空员，驻扎在冯平山图书馆，发现有一部《醒世姻缘》，马上得其所哉，一连几天看得抬不起头来。房顶上装着高射炮，成为轰炸目标，一颗颗炸弹轰然落下来，越落越近。我只想着：至少等我看完了吧。

有此三人抬桩，按说，《醒世姻缘传》应该大红大紫了吧？没有！在另一个文坛泰斗那里，《醒世姻缘传》吃了闭门羹，这位泰斗就是写《中国小说史略》的鲁迅，在《中国小说史略》里，鲁迅甚至没有用哪怕一个字提到《醒世姻缘传》——而他肯定是读过这部书的——他甚至对公开宣扬同性恋的《品花宝鉴》也给予了专章论述。

按说，这也是人之常情，没有哪一本书能让所有的读者喜欢。可是，造化弄人，1949年政权易手，鲁迅被尊为新文学第一人，而《醒世姻缘传》的超级粉丝们全部被打入冷宫，这注定了这本书的寂寞。

鲁迅对《醒世姻缘传》的不置一词，在后来被推理为不屑一顾，这种推理让《醒世姻缘传》以这样的面孔被写进了现代中国文学史："不仅不能深刻地揭露当时黑暗的社会现实，反而成为一部提倡封建道德和宣扬宗教迷信的作品。""其反动政治倾向性是极其鲜明的。""它在基本思想倾向上成为腐朽落后的东西。"而同期对《金瓶梅》的描述是这样的："小说把庞杂的故事情节，组织得有条有理；语言酣畅明快，也都显示了作者的艺术才能。"

正因为这样，当中国的小学生对《三国演义》《水浒传》《西游记》耳熟能详时，当中国的中学生对《金瓶梅》《红楼梦》略知一二时，当大学中文系学生以未读《红楼梦》为耻时，没有人知道《醒世姻缘传》。

它被屏蔽了。

被屏蔽的《醒世姻缘传》只在研究明清小说的学人圈子里传阅，十多年来，先后有付丽、段江丽、夏薇三位女士出版了相关专著，书名都叫《醒世姻缘传研究》。虽然相比于《红楼梦》研究的盛况，《醒世姻缘传》研究仍显寒酸，但较之于过去，也可算是盼得云开见日头了。

然而，对于一般的读者，《醒世姻缘传》仍旧寂寞于视野之外。我曾和一位高中语文教师谈起过《醒世姻缘传》，这位毕业于我国顶级师范大学中文系的女孩很不屑地说："鸳鸯蝴蝶派的东西，我从不感兴趣。"我当场晕倒——那是一位在学生中以博学闻名的老师，从小在图书馆泡大，是个对《天工开物》的版本都了如指掌的才女。

我想，这是个误会。这个误会在《肉蒲团》被拍成3D电影的今天显得尤为明显。

珍珠玛瑙、翡翠玉璧，无疑是人间至美之物，但也只有在天鹅绒上，在聚光灯下，才能散发出迷人的光华，如果置之于墙角、覆之以尘土，则其美不如溪底之石。

我总认为，作为一部描写寻常人生的伟大作品，《醒世姻缘传》应该在寻常人中被阅读被感受以至于被喜爱，而绝不应该只打开在少数学者的眼前。为了这点小心愿，我不自量力，打算用这本小册子，用日常的而不是学术的语言，将《醒世姻缘传》展开在万千读者的面前。希望我的努力能够消除横亘在《醒世姻缘传》与读者之间近四百年的隔膜。

前尘多事,岁月无痕

> 韩寒说:"1988,我想和这个世界谈谈。"每一本有思想的书,都是作者面对这个世界的独白——西周生为我们展示了一个怎样的世界呢?

胥吏横行的世界

世界的本质是什么？这是每一个哲学家或者哲学流派首先要回答的问题。文学也一样，一部优秀的文学作品一定有助于读者看清世界的本质。

自古以来，中国的老百姓都盼望遇到一个好皇帝，都希望自己的父母官是包拯、海瑞一样的青天大老爷。殊不知好皇帝和清官固然少，即使有，他们直接接触老百姓的机会也少得可怜。**真正和老百姓打交道的是胥吏，老百姓的命运很大程度上是捏在胥吏手里。**

在《醒世姻缘传》里，清官大约十之二三，赃官约十之七八，而胥吏则无一例外是食人的"蝗虫"。下面就来看看这些"蝗虫"的吃人行径吧。

小说中涉及的第一起司法案件，是因计氏之死而引起的计、晁两家的官司，在这起案件里唱主角的是武城县的两个快手（旧时衙署中专管缉捕的差役），一个叫伍小川，一个叫邵次湖。

两个快手先到计家，会过计家父子，才到晁家。用意当然是看看计家父子如何表示，以便"看菜下饭"。计家人认为自家理直，就没有怎么理会这两个差役，晁源当时还在想和计家私了，所以也只送了二两银子——大头在后面。

计家不肯私了，晁源一不做二不休，决定反诉计家。要想赢官司，就得先把有关人员招呼好。投状之前，晁源将伍小川和邵次湖请到家：一面下了请帖，摆了齐整酒席请那两个差人吃酒，每人送了四十两银子；跟马的小厮，每人一两；两个的副差，每人五两；买嘱一班人都与晁大舍如一个人相似，约定且不投文，专等通州书到。（引文参考西周生：《醒世姻缘传》，上海古籍出版社，1981年。）

读者可不要小看了四十两银子，当时一个私塾先生一年的工资一般也就四十两银子（《儒林外史》中周进的束脩一年才十二两），而一个厨子一年的工资也就三两银子（电视剧《武林外传》中同福客栈的伙计一年的工钱是二两四钱，大致差不离），考虑到包食宿的问题，将食宿折成白银，大概可以抵得半年工资——即使如此，伍小川和邵次湖这次的收入也至少相当于现在一个小学教师八个月的收入——约合人民币两万元。

伍小川和邵次湖收了晁源的钱，当然要与晁源消灾。经过两个差人的操作，晁源用七百两银子外加六十两黄金摆平了案子，其中五百两银子和六十两黄金进了胡县令的腰包，剩下的二百两分配如下：

那使用的二百两银子与了那传递的管家五十两，分与两个外差每人十两，又与那两个跟马的每人一两。其余的，两个差人都均分入了己。

如果算得不错的话，应该是每人六十四两——又是一个小学教师一整年的工资。一个案子办下来，光是收被告的钱，就是每人一百零五两，相当于一个厨子三十五年的工资。

政以贿成，收了钱的政府工作人员是这样办案的：

只是那晁大舍里里外外把钱都使得透了，那些衙门里的人把他倒也不象个犯人，恰象是个乡老先生去拜县官的一般，让到寅宾馆里，一把高背椅子坐了，一个小厮打了扇，许多家人前呼后拥卫了。两个原差把那些妇女们都让到寅宾馆请益堂后面一座亭子上坐了，不歇的招房来送西瓜，刑房来送果子，看寅宾馆的老人递茶，真是应接不暇。

这两个和蔼可亲的差役，在对待原告计家父子时却是另外一副嘴脸。事情是这样的：因为收了晁源的好处，胡知县对原被两造各打五十大板，处罚晁源的同时也罚了计家八刀纸，每刀折价六两银子，共计四十八两银子。计家没钱，胡知县就判晁源退回计氏陪嫁的一百亩地，让计家卖了地交罚款。晁源为了为难前岳父和前妻兄，就借口田里的庄稼没收，一直拖着不还田，还唆使伍小川和邵次湖两个衙役去催逼计家父子交罚款。伍小川两个受了晁大舍的嘱托，那凌辱作践，一千个也形容不尽那衙役恶处！

老天有眼，贪渎的胡知县发疾病死了，来了个嫉恶如仇的褚推官，不但替计家翻了案，而且将这两个如狼似虎的差人打了个半死，判了徒罪——死在了路上。

贪官胡知县手下的衙役敞开了收钱，清官褚推官手下的胥吏又如何呢？褚推官重新审理计、晁两家的案件，差人去提被告晁源和珍哥，且看当时的情形：

差人道："褚爷的法度甚严，我们也不敢领饭，倒是早些起身，好赶明早厅里投文。"晁源道："既与人打官司，难道不收拾个铺盖，不刷括个路费？没的列位们都带着锅走哩！"差人道："若是如此，相公叫人快收拾你自己行李便是，我们倒不消费心。褚爷是什么法度！难道我们敢受一文钱不成？"

果真如此吗？

（晁源）又收拾礼出来谢那差人、捕衙众人，共三十两。那四个婆娘，每人四两；刑厅两个差人，晁源自己是八十两；又与高四嫂、海会、郭姑子每人出了五两，共十五两。许那高四嫂的东西也一分不少，都悄地的送了。央禹明吾转说，若肯把珍哥免了，不出见官，情愿再出一百两银子相谢。那两个厅差说道："禹师傅，你与我们是上下表里衙门，你说，我们岂有不依的？况晁相公待我们也尽成了礼，不算薄待；况且一百两银子，我们每人分了五十，岂不快活？但褚爷注意要这个人，我们就拚了死，枉耽了罪过,这珍哥终是躲不过的,倒是叫他出去走一遭罢了。我们既得了晁相公这般厚惠,难道还有甚么难为不成?"

这是审案前——晁源送的钱也只能管到审案前,审案后就得另外交费了:

> 晁源央那差人要他松放了扭镣。差人道:"这扭,相公,你不是带得惯的,娘子是越发不消说得了,这是自然要松的,我们蒙相公厚爱,也自然允肯。叫相公、娘子带了走路?只是还在城里,且不敢开放。褚爷常要使人出来查的。万一查出,我们大家了不得。待起身行二三十里路方好开得哩。"收拾了行李,备了头口,扎缚了车辆。晁源因带了手杻,不好骑得马,雇了一顶二人小轿坐着,妇人上了车辆,伍圣道两个依旧上了板门。

无奈这一次晁源没有领会差人的意思,以为这开枷锁的费用也包在上次的费用里,所以出城后求差人开锁时就碰了钉子:

> 行有二十余里,晁源又央差人放杻。差人道:"这离临清不上百里多路,爽俐带着走罢;放了,到那里又要从新的钉,大觉费事哩。"

幸好晁源醒悟得快,立马掏了四十两银子送给两个差役,差人才将枷锁开了。

所谓的枷,所谓的锁,都是国家机器的象征,现在却成了胥吏牟利的工具。戴,或者不戴,都是差人一句话。

> 天气渐夜上来,寻了下处。那晁源、珍哥就如坎上一万顶愁帽的相似。那伍小川也只挨着疼愁死。只是那些差人欢天喜地,叫杀鸡,要打酒,呼了几个妓姐,叫笑得不了,这都是晁源还账。睡到明日大亮,方才起来梳洗,又吃刮了一顿酒饭。晁源与他们打发了宿钱,一干人众方又起身前进。进了临清城门,就在道前左近所在,寻了下处。众人吃晚饭,差人仍旧嫖娼嚼酒个不歇。

这就是号称"法度森严"的褚推官手下的衙役——一文钱不收,要收就几十上百两地收——**可见官有清官与赃官之分,胥吏则是天下乌鸦**

一般黑。

褚推官将案子翻了，珍哥被关进了大牢，但并不意味着晁源的事就完了。

一面先着人送了酒饭往监中与珍哥食用；又送进许多铺陈，该替换的衣服进去；又差了晁住拿了许多银子到监中打点：刑房公礼五两，提牢的承行十两，禁子头役二十两，小禁子每人十两，女监牢头五两，同伴囚妇每人五钱。打发得那一干人屁滚尿流，与他扫地的、收拾房的、铺床的、挂帐子的，极其掇臀捧屁；所以那牢狱中苦楚，他真一毫也不曾经着。次早，又送进去许多合用的家伙什物并桌椅之类。此后，一日三餐，茶水，果饼，往里面供送不迭。

这哪里是坐牢，这和住宾馆有什么区别吗？旧典史调走了，新典史上任，到监狱里巡视，看到的情景是：

别的房里黑暗地洞，就如地狱一般，惟有一间房内，糊得那窗干干净净，明晃晃的灯光，许多妇人在里面说笑。典史自推开门，一步跨进门去。只见珍哥揉着头，上穿一件油绿绫机小夹袄，一件酱色潞绸小绵坎肩；下面岔着绿绸夹裤，一双天青劈丝女靴；坐着一把学士方椅，椅上一个拱线边青段心蒲绒垫子。地下焰烘烘一个火炉，顿着一壶沸滚的茶；两个丫头坐在床下脚踏上；三四个囚妇，有坐矮凳的，有坐草墩的。

典史很奇怪，问这是谁呀，打扮得这么花枝招展的？禁子们赶紧跪下磕头，告诉典史这是谁谁谁，是怎么关进来的。典史一下子就怒了："原来是个囚妇，我只道是甚么别样的人！这也不成了监禁，真是天堂了！若有这样受用所在，我老爷也情愿不做那典史，只来这里做囚犯罢了！"典史吩咐，将珍哥立刻上匣床绑了，混进监狱的晁家家人一并锁上，所有禁子每人十五大板。

如果写新闻报道的话，这一节应该叫做"典史亲自巡监，怒斥不正之风"。按说，典史大人很生气，后果应该很严重。不过，小珍哥你不要急，你晁哥哥有的是银子，银子能解决的问题就不是问题。

（晃源）叫家中快快备办卓盒暖酒，封了六十两雪花白银，又另封了十两预备。叫家人在厅上明灼灼点了烛，生了火，顿下极热的酒，果子按酒攒盒，摆得齐齐整整的；又在对面倒厅内也生了火，点了灯，暖下酒，管待下人……典史就要起身，晃源还要奉酒，典史道："此酒甚美，不觉饮醉了。"晃源道："承老父母过称，明早当专奉。老父母当自己开尝，不要托下人开坏了酒。"典史会了这个意思，作谢去了。

典史回去后，第一件事就是叫出巡夜的禁子，吩咐说："把那个囚妇开了匣，仍放他回房去罢。"这一次典史给出的理由是：标致妇人不禁磕打，一时磕打坏了，上司要人不便。

答应典史大人的酒，晃源亲自准备：

次日清早，晃大舍恐那典史不放心，起了个绝早，拣了两个圆混大坛，妆了两坛绝好的陈酒。昨晚那六十两银子，原恐怕他乔腔，就要拿出见物来买告，见他有个体面，不好当面**亵渎**（这个词用得真有意思）。他随即解开了封，又添上二十两，每个坛内是四十两；又想，要奉承人须要叫他内里喜欢，一个坛内安上了一副五两重的手镯，一个坛里放上每个一钱二分的金戒指十个，使红绒系成一处；又是两石稻米，写了通家治生的礼帖，差了晃住押了酒米；又分外犒从银十两，叫晃住当了典史的面前，分犒他衙门一干人众，众人都大喜欢。

典史收下如许物事，自然高兴，前天晚上的怒气当然就抛到了九霄云外，拍着晃源的肩膀说："昨日监中实是不曾晓得，所以误有冲撞。我昨晚回来即刻就叫人放出，仍送进房里宿歇去了。拜上相公，以后凡百事情就来合我说，我没有不照管的。"

从此以后，典史和晃源就像兄弟一样，时常走动，用现在的话说就是经常联系犯人家属，了解犯人的思想动态。

当然，武城县监狱毕竟不是某城监狱，条件再好也好不到哪里去，特别是夏天一到，难免就有臭虫啊蚊子啊虼蚤啊什么的，从隔壁又脏又臭的牢房里爬过来。晃源心疼珍哥，就想能不能在监狱的空地上给珍哥盖个单间。晁源与典史商量，典史拍着胸脯说这事包在他身上。

某一天县官升堂，就收到了监狱的请示，说女监房子年久失修，要倒了，需要翻修。县官批准了，不几天，武城县女监果然就焕然一新了，而且还多了一间半大的向阳房子，这房子的主人就是犯人珍哥：一整间拆断了做住屋，半间开了前后门，做过道乘凉。又在那屋后边盖了小小的一间厨房，糊了顶格，前后安了精致明窗；北墙下磨砖合缝，打了个隔墙叨火的暖炕。另换了帐幔铺陈桌椅器皿之类……可着屋周围又垒了一圈墙，独自成了院落，那伏事丫头常常的替换，走进走出，通成走自己的场园一般，也绝没个防闲。

这一条新闻可以叫做"监狱里的别墅"，配上图片，绝对头条。

房子大了，珍哥一个人住，未免寂寞。为了让犯人安心改造，监狱领导特别指示晁源，探监的次数可以再多一点，时间可以再长一点，天晚了就不必出去了。

> 晁大舍自从与典史相知了，三日两头，自己到监里去看望珍哥，或清早进去，晌午出来，或晌午进去，傍晚出来。那些禁子先已受了他的重贿，四时八节又都有赏私，年节间共是一口肥猪，一大坛酒，每人三斗麦，五百钱，刑房书手也有节礼，凡遇晁大舍出入，就是驿丞接老爷也没有这样奉承。自从有了这新房，又甚是干净，又有了独自院落，那些囚妇又没处东张西看的来打搅，晁大舍也便成几日不出来……
>
> 四月初七日是珍哥的生日，晁大舍外面抬了两坛酒，蒸了两石麦的馍馍，做了许多的嗄饭，运到监中，要大犒那合监的囚犯，兼请那些禁子吃酒。将日下山时候，典史接了漕院回来，只听得监中一片声唱曲猜枚，嚷做一团，急急讨了钥匙，开门进去，只见禁子囚犯大家吃得烂醉，连那典史进去，也都不大认得是四爷了。

晁源要上北京去看老爹了，临走时，自然要把他亲爱的珍哥托付给他的那些好朋友们。

> 一连几日，晁大舍白日出来打点，夜晚进监宿歇。十二日，自己到四衙里辞了典史，送了十两别敬，托那典史看顾，又与捕衙的人役二两银子折酒饭；又送了典史的奶奶一对玉花、一个玉结、一个玉瓶、一匹一树梅

南京缎子，典史欢天喜地应承了。又把晁住媳妇安排到里面，叫晁住白日在监里照管，夜晚还到外面看家。

到了十三日早晨，晁大舍与珍哥难割难离的分了手。珍哥送晁大舍到了监门内。晁大舍把那些禁子都唤到跟前嘱付，叫他们看顾，又袖内取出银子来，说："只怕端午日我不在家，家里没人犒劳你们，这五两银子，你们收着，到节下买杯酒吃。"那些人感谢不尽，都说："晁相公，你只管放心前去，娘子都在我们众人身上。相公在家，娘子有人照管，我们倒也放心得下；若相公行后，娘子即如我们众人娘子一般，谁肯不用心？若敢把娘子曲持坏了一点儿，相公回来，把我们看做狗畜生，不是人养的！"

一切为了犯人，为了犯人的一切，为了犯人，可以做犯人家属的狗。武城监狱可以称得上大明第一模范监狱。

相比较而言，孟城监狱就差了去了。

原来这徒夫新到了驿里，先送了驿书驿卒牢头禁卒常例，这下边先通了关节，然后才送那驿官的旧例。礼送得厚的，连那杀威棒也可以不打，连那铁索也可以不带，连那冷饭也可以不讨，任他赁房居住，出入自由，还可告了假回家走动。遇着查盘官点闸，驿丞雇了人替他代点。这是第一等的囚徒。若是常例不缺，驿丞的旧例不少，只是那为数不多，又没有甚么势要的书启相托，这便些微打几下接风棍棒，上了铁索，许他总网巾，打伞络，讨饭糊口。这是第二等的囚徒。若是年少精壮，膂力刚强，拈的轻，掇的重，拖得坏，打得墙，狠命的当一个短工觅汉，与那驿丞做活，这也还不十分叫他受苦。这是那第三等的囚徒。若是那一些礼物不送，又没有甚么青目书礼相托，又不会替驿丞做甚么重大的活，这是不消说起，起初见面定是足足的三十个杀威大板，发在那黑暗的地狱里边，饭不许你讨碗吃在肚里，要死了伶俐，阎王偏生不来拘；要逃了出去，先不曾学得甚么土遁水遁的神通。真是与鬼不差，与人相异！这是那第四第五第六等的囚徒。

同样是大明王朝的监狱，差距怎么这么大呢？无它，孔方兄之力尔。有钱，监狱可变成天堂，狱卒也可变成天使；没有钱，监狱就比地狱还地狱，任何一个狱卒，都可变成夺命的阎王。

说完地方上的胥吏，我们再来看看京城的政府工作人员。

晁知州贪污了一万两的军粮款，被一个御史弹劾了。弹劾的奏章还没有送到皇上的手里，就有人给晁知州报了信，让他快点打点。晁知州想知道奏折里到底写了些什么，就花了五百两银子，从御史家人的手里，买到了稿本。

晁知州看了稿本，就打算将贪污的赃款退出来，可是手下的快手曹铭却不同意："兵来将挡，水来土掩！百姓们把银子收得去了，依旧又不替我们弥缝，不过说'起初原是私派，见后来事犯，才把银子散与我们'。这不成了'糟鼻子不吃酒'，何济于事？可惜瞎了许多银子！"晁老道："依你却如何主意？"曹铭道："依了小的，使他的拳头，捣他的眼儿！拿出这银子来，上下打点。一定也还使不尽，还好剩下许些，又把别项的事情都洗刷得干净。若把银子拿出来与了他，这事又依旧掩不住，别的事还要打点，仍要拿出自己的银子来用。小的愚见如此，不知以为何如？"

在手下人员的"教导"下，晁知州失去了改过自新的机会。

第二天，法司的差人同了道里的差官到州拘拿一干官犯，并且指定要晁源出来见官。晁知州愿意拿钱出钱免拘，差人开价一千，晁知州还到五百，差人仍旧不肯让价，坚持要捉晁源，晁知州只好就范。

看看吧，京城的工作人员眼界就不一样，几十两银子根本就不在人家眼里——开口就是一千两。

至于曹铭曹快手更是神通广大，更难得的是肯为主子两肋插刀：

> 却说那快手曹铭虽是个衙役，原来是一个大通家，绰号叫做"曹钻天"，京中这些势要的权门多与他往来相识……凭他寻了个妥当的门路，他自己认了指官诓骗的五六百两赃，问了个充军。晁老儿止坐了个不谨、冠带闲住。

当然，这个黑锅也不可能白背，这场官司，晁知州花费了大约五六千两银子，按照三取一的比例，落入曹铭腰包的应不下两千两——晁知州保住了命，仍落下了五六千两，可谓双赢。

小珍珠受不了寄姐的虐待，上吊自杀，引发了小说中第二起重大的司法案件。

小珍珠死后，狄家原来的打算是偷偷抬出去埋了。买棺材时，被邻居刘振白看出了苗头，就借口借银子向狄希陈敲诈十两银子。狄希陈一个乡巴佬，啥都不懂，加之心情又不好，就一口回绝了，刘振白也扬长而去。

等到狄家的棺材刚抬出门，这刘振白又来了，将棺材拦下，不准走，这时狄希陈看出点苗头，就答应借钱给他，可刘振白又涨到了二十两，狄希陈也答应了——谁知进去取钱时，寄姐又不同意，就这一会，刘振白又涨到了四十两——狄希陈也只好忍痛给了，连抬棺材的四个叫花子也每人给诈了二两。

刘振白见狄家这么好说话，觉得就此放手未免太便宜他了。就把小珍珠的父母找来，又敲诈了三十二两——刘振白从中抽了五两。

刘振白还觉得不过瘾，又唆使小珍珠的父母将寄姐告了——专告寄姐不告狄希陈，是为了便于敲诈更多的钱。

这时候，两个差役惠希仁和单完上场了，狄家主事的人也换成了八面玲珑的童奶奶——一场好戏等着读者。

童奶奶道："你且休说闲话。既告准了状，差下人来了，'官差吏差，来人不差'。这小婿混帐！你可算计该怎么款待，该怎么打发，挣头科脑，倒象待屙屎似的！叫人安桌儿，留二位爷坐，再问声二位爷，这老韩合他同坐否，要不同坐，我另待他。小女要不就该出来相见，实是叫老韩的婆子打伤了，动不的，睡着哩。二位爷上过饭，还有个薄敬，虽是穷人家，必也要措处。奉承得二位爷喜欢，可也好叫小女仗赖。二位爷请坐，我到后边撑掇饭去。"

惠希仁、单完齐口称道："真是有智的妇人，胜似蠢劣的男子十倍！奶奶，你早出来见俺们见，合俺们说两句儿，俺们也不躁。狄爷，听说你该选府经历哩？府首领也不是闲散的官，你这个模样干不的。"单完道："怎么干不的？就请童奶奶做幕宾，情管做的风响。童奶奶请进去罢，有甚么话，俺只合童奶奶商议，狄爷当个招头儿罢了。要是狄爷这个调儿，俺也不敢取扰。既是童奶奶分付，俺们不敢相外，扰三钟。"

说完，童奶奶方抽身进去，随后端出四碟精致果品。按酒小菜，肴馔汤饭，次第上来，极其丰洁；沽得松竹居的好酒，着实相让。

知道孝敬他们——比如童奶奶就是"有智的"，不懂得孝敬就是"蠢劣的"。这是什么逻辑？

按照当时的行情，童奶奶打算送给两个差人每人十五两银子，但是，原告在场，这事怎么说开呢？三十两银子怎么送到这两个差役手中呢？

方法是这样的：童奶奶让狄希陈陪着差人在外面吃饭喝酒。童奶奶称了二两银子，封了两封，让吕祥送出去。每人只送一两，所以敢当着原告的面正大光明地送。送完这一两，吕祥对差役说，外面有一个人找你，我不认的是谁。"惠希仁问，长得什么样子啊？"吕祥说有三十多岁，穿着软屯绢道袍子。惠希仁说大概是同班的朋友吧，我出去看看。惠希仁起身走出来，吕祥也跟出来，把惠希仁拉到一边，把童奶奶的意思说了。

惠希仁觉得十五两太少，至少得二十两："你合奶奶说：这人命事，却是批兵马司问明呈解的。韩芦递状的时节，禀的话利害，察院爷要自家审了口词，才发问哩。俺起初接了票子，指望的也不是这数儿；及至见了狄爷，俺越发指望的多了。望奶奶这们个待人，俺有话说甚么？合奶奶说，除先送一两，再每人二十两罢。姑娘出官，一切前后的事，都是俺两个管，只叫姑娘不算有德行失了一星儿体面。"

一桩交易就此达成。

到了晚上，这两个差人来到狄希陈家里取钱。因为证人刘振白差点撞破他们的好事，他们索性将刘振白给请到号子里去了。

单完锁刘振白去远，惠希仁敲门去。狄希陈先迎出来，童奶奶也随后出见，对小选子道："天色晚了，快着端菜来，暖上酒。"惠希仁道："扰的多了，天色又晚，不劳赐酒罢。"童奶奶道："没备甚么，空坐坐儿。单爷怎么没来哩？"惠希仁道："同已是到尊府门上，偶然有件事儿，去做些甚么，不远也就来呀。"童奶奶道："有个薄礼，我各自封着哩，二位爷没有甚么相陪呀？"惠希仁道："俺两人名虽异姓，实胜同胞，说起关张生气，提起管鲍打架。只愿有钱同日使，不愿没钱各自捱。等等儿，当面同送好看。"

说话中间，单完也就敲门来到。童奶奶献过茶，摆上菜，叫人端上两封礼来，叫狄希陈每人一封递到手里。两个见那签上写是"菲仪二十两"，接在手里，颠着沉沉的，心里甚是喜欢，齐声说道："要论起奶奶这们贤达，狄爷这们老实，不该收这个礼，就照管姑娘个妥当才是。只是衙门中人，使了顶首，买了差使，家里老婆孩儿，都指着要穿衣吃饭哩，所以全不做的情，只好一半罢了。实说，俺两个起初，每人指望三十两；后来见了狄爷，俺每人指望要五十两，后来奶奶你老人家出来，俺有话还敢对着你老人家放闲屁的？咱'君子不羞当面'，斗胆问声，奶奶，这银子足数呢？有铅丝没有？"童奶奶道："好二位爷，甚么话！过了河拆桥还不是好人哩，没过河就拆桥？"单完道："奶奶说的有理。显的咱哥儿两个，倒是小人了。"

惠希仁道："收了咱的礼，咱是一家人了……"

办案人员和嫌疑人家属是一家人——这是什么概念？

在得知狄家被刘振白几次敲诈后，两个差人非常气愤，决定主持正义，收拾刘振白。

惠希仁道："这没天理的狗弟子孩儿！这就可恶的紧了！韩芦诈钱告状，都是他挑唆的。他合我们说的话，可恶多着哩！这弟子孩儿不饶他！你们在俺两个身上，情管你们打上凤官司，叫这狗骨头吃场好亏！'要人钱财，与人消灾'哩；要了人这们些钱，还替人家挑事！我们刚才到这里，他还要诈我们哩。刚才单老哥可是把他拴在铺里去了，谁想这一拴倒拴着了，明日不消来了。我们在察院门口专候着狄爷到那里，替狄奶奶递张诉状，就诉上是他挑唆韩芦告状，说他诈过银子多少两。不怕他！察院老爷极喜人说实话的。"

拿人钱财，与人消灾，这惠希仁和单完说到做到，不仅帮狄希陈将一个人命官司打脱了，还将刘振白治得妻离子散倾家荡产，连房子也卖了。

上面是衙役的几次集中表演，至于临时的即兴表演则随处可见。

建书房时，狄员外挖出了一小坛银子，因为地基是刚从杨春的手上买来的，宅心仁厚的狄员外将银子一分不剩地全给了杨春，但是提醒他两个乡约（村官由县官任命，负责赋税、徭役、差役及治安）也许会来为难他。果不其然，两个乡约——正的叫秦继楼，副的叫李云庵，就像苍蝇闻到臭肉一样嗅了过来，他们向杨春狮子大开口，要一千两（其实总共也就

前尘多事，岁月无痕　013

一二百两）。亏得狄员外从中调解，杨春用三十两银子打发了这两个瘟神。

狄希陈到省里纳贡，按照朝廷规定，廪膳（官学的正式学生，每个州县二十至三十人，可以享受国家生活补贴）纳贡比附学（官学里的计外生，没有国家生活补贴，但时间长了，排在前面的廪膳中举或者出贡了，后面的附学可以按资格转为廪膳）纳贡省银一百三十两，科举（秀才纳贡后可以不经过岁考直接参加乡试，乡试不中，还可以参加吏部考试直接选官）一次免银十两。狄希陈刚刚考上秀才，当然还只是一个附学，按规定要比廪膳多出一百三十两银子。学道掌案先生（大致相当于现在的省教育厅办公室主任）黄桂吾主动提出可以帮狄希陈申请一个廪膳资格——反正狄希陈马上就要出贡，不要政府掏补贴。据黄主任说，廪膳纳贡比附学纳贡省钱是小事，体面是大事。狄员外当然求之不得，就问如果成了，怎么感谢黄主任。黄主任说不多要，省下多少就谢多少——一百四十两银子。

转眼间，这该入国库的一百四十两银子就进了黄主任的腰包。

自古以来，中国就是一个胥吏横行的世界，但是，也只是到了《醒世姻缘传》，才第一次用文学的形式将这一切呈现在读者面前，第一次揭穿了所谓的"盛世"的真面目——对于老百姓而言，明君也好，昏君也罢，清官也好，贪官也罢，和他们打交道的胥吏都是一样的，所谓的清平盛世，那是——传说。

鲁迅在《狂人日记》里写道：我翻开历史一查，这历史没有年代，歪歪斜斜的每页上都写着"仁义道德"几个字。我横竖睡不着，仔细看了半夜，才从字缝里看出字来，满本都写着两个字——"吃人"！

而在我看来，如果把吃人的社会比作一只猛兽的话，那些权贵，那些巨富，充其量只是脑子和肚肠，而充当爪子和牙齿的，让普通生命感到切肤之痛的就是数目庞大无处不在的胥吏。

仅就这一点而言，一部《醒世姻缘传》，就超过十部《三国演义》。

那么对于这个胥吏横行的世界，西周生是一种什么态度呢？我们下节再谈。

该出手时就出手 ///

如果我说《醒世姻缘传》是一部宣传革命的书，肯定有人说我是胡说八道。众所周知，这是一部讲因果的小说，和革命差着十万八千里呢！

面对这个胥吏横行的世界，作为一个封建时代的文人，西周生当然不可能提出建设民主社会的构想，也不可能公开提出造反的主张。但我觉得小说第五十回一段文字，间接表明了一种态度。

武城县有一个叫程谟的人，很穷但是很仗义。因为穷，程谟有时也做些偷鸡摸狗的事——人们也不大与他计较。只有他的邻居，一个叫刘恭的地痞，处处与他为难。

一日，一个粜米豆的过来，程谟叫住，与他讲定了价钱，说过次日取钱。那粜粮的人已是应允。程谟往里面取升，这刘恭的老婆对了那粜粮的人把嘴扭两扭，把眼挤一挤，悄悄说："他惯赊人的东西，不肯还人的钱价；要得紧了，还要打人。"程谟取出升来，那粜米豆的人变了卦，挑了担子一溜风走了。程谟晓得是他破去，已是怀恨在心。过了半日，又有一个卖面的过来，程谟叫住，又与他讲过要赊。那卖面的满口应承。程谟进房取秤，又喜刘恭两口子都又不在跟前，满望赊成了面，要烙饼充饥。谁知那刘恭好好在屋里坐着，听见程谟赊面，走出门前，正在那里指手画脚的破败；程谟取秤出来，撞了个满面。卖面的挑了担就走。程谟叫他转来，他说："小本生意，自来不赊。"头也不回的去了。

一次尚可，次次如此，程谟就受不了这闲气。捏起盆大的拳头照着刘恭带眼睛鼻子只一拳，谁知这刘恭甚不禁打，把个鼻子打偏在一边，一只眼睛珠打出吊在地上，鲜血迸流。刘恭的老婆上前救护，被程谟在胯子上一脚，拐的跌了够一丈多远，睡在地上哼哼。程谟把刘恭象拖狗的一般拉到路西墙根底下，拾起一块棒椎样的瓮边，劈头乱打，打得脑盖五花迸裂、骨髓横流。

程谟打死了刘恭，倒也不逃走，跟了地方总甲到县衙自首。驳了三招，问了死罪，坐在监中，成了监霸，倒比做光棍的时候还要快活。

一年，巡按按临东昌，武城县将监内重犯佥了长解，押往东昌审录。别个囚犯的长解偏偏都好，只有这程谟的长解叫是张云，一个赵禄，在路上把这程谟千方百计的凌辱，一日五六顿吃饭，遇酒就饮，遇肉就吃，都叫程谟认钱；晚间宿下，把程谟绳缠锁绑，脚练手扭，不肯放松。程谟说道："我又不是反贼强盗，不过是打杀了人，问了抵偿，我待逃走不成？你一路吃酒吃肉，雇头口，认宿钱，我绝不吝惜，你二位还待如何只这般凌虐？我程谟遇文王施礼乐，遇桀纣动干戈，你休要赶尽杀绝了！"张云、赵禄说道："俺就将你赶尽杀绝，你敢怎么样？"程谟说道："谁敢怎么样的？只是合二位没有仇，为甚么二位合我做对的紧？"张云对赵禄道："且别与他说话，等审了录回来，路上合他算帐。'鼻涕往上流'，倒发落起咱来了！"

到了东昌，按院挂了牌，定了日子审录。张云、赵禄把程谟带到察院前伺候。程谟当着众人就要脱了裤子屙屎。众人说："好不省事！这是甚么所在？你就这里屙屎！叫人怎么存站？"程谟说："你看爷们！我没的不是个人么？这二位公差，他不依我往背净处解手，我可怎么样的？"别的解子们都说张云、赵禄的不是："这是人命的犯人，你没的不叫他屙屎？这叫他屙在这里，甚么道理？"张云见众人不然，同了赵禄押了程谟到一个空阔所在解手。

程谟看得旁边没有别人，止有二人在侧，央张云解了裤，墩下屙完了屎，又央张云与他结裤带，他将长枷梢望着张云鼻梁上尽力一砍，砍深二寸，鲜血上流，昏倒在地。赵禄上前扯他的铁锁，程谟就势赶上，将手扭在赵禄太阳穴上一搕，搕上了个碗大的窟窿，晕倒在地。程谟在牌坊石坐上将扭磕开，褪出手来，将脚上的铁镣拧成两截，提起扭来望着张云、赵禄头上每人狠力一下，脑髓流了一地，魂也没还一还，竟洒手伴长往鄠都去了！程谟手里拿着磕下来的手扭做了兵器，又把那断了的脚镣开了出来，放开脚飞跑出城。

如果不注明出处，很多人会误以为上段文字出自《水浒》。其实这段酷似《水浒》的文字，要表达的正是《水浒》的主题：官逼民反。

《醒世姻缘传》是一部渗透着浓厚因果报应思想的小说，在小说中，凡属大奸大恶之人，必遭报应，即使活着不报，死后也难逃——无一例外，武城的胡知县贪赃枉法，结果胸口长疮死了。不仅如此，就连贪来的钱财也被蒙古兵抢了。就是骗了狄希陈一百五十两银子的那个方士——邓蒲风，当时虽然携了妓女跑了，时隔多年后还是在成都被狄希陈逮住了。唯有对程谟这个身负三条人命的凶人，作者却网开一面，让他从此销声匿迹，逍遥于法外。

这背后的潜台词是不是就是：面对贪官酷吏的压迫，铤而走险奋起反抗是可以理解的，是值得同情的，是不在报应范围内的。

《醒世姻缘传》全书在主要故事情节之外，穿插了很多零星的故事，这些故事与主要情节并没有多大关联，它们的主要作用就是说教——这成为这篇小说被人诟病的原因之一。我就想，西周生将程谟的故事穿插进来，到底是为了什么呢，如果说是为了说教，那不就是教唆世人受了压迫，不要"沉默"，要奋起反抗吗？

除了这个，我还真想不出其他原因。

所以说，说《醒世姻缘传》教唆造反，绝对不是空穴来风——至少也得是捕风捉影。换句话说就是，西周生虽然算不得上一个革命者，但他在某些情形下，曾经叫嚷过革命——即使是一时义愤。

中国的历史已经无数次证明了农民革命不可能推翻旧制度的定理，可是，面对胥吏横行的世界，西周生还是站到了《水浒》一边，这是中国文人的无奈，也映照出中国历史的悲哀。

桃源虽美不回头

《醒世姻缘传》是一部俗文学作品,人物俗,语言也俗。在古典小说中经常出现的"有诗为证",在《醒世姻缘传》中也不少见,但是其水平令人确实不敢恭维——除非必要,我绝不引用。不过在《醒世姻缘传》第二十四回,却有一段写得极美的文字,这段文字是写狄希陈的家乡绣江的。

……立了春,出了九,便一日暖如一日,草芽树叶渐渐发青。大家小户,男子收拾耕田,妇人浴蚕做茧。渐次的春社花朝,清明寒食,无论各家俱有株把紫荆海棠,蔷薇丁香,牡丹芍药,节次开来,只这湖边周匝的桃柳,山上千奇百怪的山花,开的就如锦城金谷一般。再要行甚么山阴道上,只这也就够人应接不暇了……

挨次种完了棉花蜀秫、黍稷谷粱,种了秋,已是四月半后天气;又忙劫劫打草苫、拧绳索,收拾割麦。妇人也收拾簇蚕。割完了麦,水地里要急忙种稻,旱地里又要急忙种豆。那春时急忙种下的秋苗,又要锄治,割菜子、打蒜苔。此边的这三个夏月,下人固忙的没有一刻的工夫,就是以上大人虽是身子不动,也是要起早睡晚,操心照管……才交过七月来,签蜀秫,割黍稷,拾棉花,割谷钐谷,秋耕地,种麦子,割黄黑豆,打一切粮食，垛秸干，摔稻子，接续了昼夜，也还忙个不了，所以这个三秋最是农家忙苦的时月。只是太平丰盛的时候，人虽是手胼足胝，他心里快活，外面便不觉辛苦……

说便是十月初一日谢了土神，辞了场圃，是个庄家完备的节候。但这样满收的风景，也依不得这个常期，还得半个月工夫。到了十月半以后，这便是农家受用为仙的时节，大囷家收运的粮食，大瓮家做下的酒，大栏养的猪，大群的羊，成几十几百养的鹅鸭，又不用自己喂他，清早放将出去，都到湖中去了；到晚些，着一个人走到湖边一声唤，那些鹅鸭都是养熟的，听惯的声音，拖拖的都跟了回家。数点一番，一个也不少。那惯养鹅鸭的所在，看得有那个该生子的，关在家里一会，待他生过了子，方又赶了出去。家家都有腊肉、腌鸡、咸鱼、腌鸭蛋、螃蟹、虾米；那栗子、核桃、枣儿、柿饼、桃干、软枣之类，这都是各人山峪里生的。茄子、南瓜、葫芦、冬瓜、豆角、椿芽、蕨菜、黄花，大日头晒了干，放着过冬。拣那不成才料的树木，伐来烧成木炭，大堆的放在个空屋里面。清早睡到日头露红的时候，起来梳洗了，吃得早酒的，吃杯暖酒在肚。那溪中甜水做的绿豆小米粘粥，黄暖暖的拿到面前，一阵喷鼻的香，雪白的连浆小豆腐，饱饱的吃了。穿了厚厚的绵袄，走到外边，遇了亲朋邻舍，两两三三，向了日色，讲甚么"孙行者大闹天宫"，"李逵大闹师师府"，又甚么"唐王游地狱"。闲言乱语，讲到转午的时候，走散回家。吃了中饭，将次日色下山，有儿孙读书的，等着放学。收了牛羊入栏，关了前后门，吃几杯酒，早早的上了炕。怀中抱子，脚头登妻，盖好被子，放成一处。任有来半夜敲门的，也不过是那懒惰的邻家不曾种得火，遇着生产，或是肚疼来掏火的，任凭怎么敲，也是不心惊的。鼾鼾睡去，半夜里遇着有尿，溺他一泡；若没有尿，也只道第二日早辰算账了。

我觉得这段文字完全可以单独成篇，就叫"绣江赋"，就算把它放入中学语文课本，也不比现有的任何一篇逊色。

读这段文字，我首先想到的是陶渊明的《桃花源记》，但我觉得它比《桃花源记》更形象，更具体。它又让我想到沈从文先生的《湘行散记》。不过，我觉得《湘行散记》虽然也很富有诗意，但隐隐约约总让人感到一种山雨欲来的压抑与恐慌，不如这篇文字这么平和，这么宁静。

"绣江赋"（姑且称之吧）是小说作者理想世界的寄托。我不否认，"绣江赋"的确写得很美，但我认为，它只是作者的一种幻想，它从来就不曾出现在这个世界上——即使存在，也只是片刻的存在。

一种社会状态怎么能够长久地存在呢？人是一种永远不会满足的动物，这是人的本质精神的体现，也是人无法摆脱的缺陷，人类的所有成就都源于此，人类的所有罪恶也源于此，如果有一天，人类毁灭，我想有百分之八十的可能也是源于此。

既然如此，人怎么能够满足并停留于历史的某一点呢？

所以，产生于农业时代的"绣江赋"虽然很美，但已很难感动后工业时代的我们。正因为此，我觉得沈从文先生的《湘行散记》更真实：对于即将逝去的时代，有一些留恋，有一些感伤，但绝不打算返身追回去。《湘行散记》渗透着一种智者的清醒与悲悯——这是"绣江赋"没有办法相比的。

庄子有言："仁义者，先王之蘧庐也，可以一宿，而不可以久处。""绣江赋"里的绣江也是这样，去观一下光是可以的，只是千万别天真地把它当成了理想世界。

从这一点看，西周生的社会理想的确比较保守，但这种保守是源于中国文化的保守，而不是作者个人的保守。中国文化从本质上讲，是一种向后看而不是向前看的文化，老子的小国寡民、孔子的克己复礼都是向后看的，包括现在某些有怀旧症的人不也动不动就是"想想XX时代……"

不幸的婚姻是人脖颈上的瘿袋

人类的两性关系经历了乱婚、群婚、伙婚、对偶婚、专偶婚等形态。自从人类社会进入专偶婚以后，就产生了以婚姻为基础的家庭。我粗略算了一下，成年人差不多有一半的时间是和配偶一起度过的。也就是说，婚姻生活占据了成人生活的大部分时间。可是对于人生中这段最为漫长的时光，中国的文化却一直没有表现出足够的重视。

《周易》中说："有天地，然后有万物，有万物，然后有男女，有男女，然后有夫妇，有夫妇，然后有父子，有父子，然后有君臣，有君臣，然后有上下，有上下，然后礼仪有所措。"表面看来，将夫妇放在父子和君臣之前，好像地位高得不得了。仔细一看，全不是那么回事儿。之所以先说夫妇，是因为，没有固定的婚姻，男子就没有明确的后代。夫妇是物质基础，父子和君臣才是上层建筑。所以，到孟子给五伦排序时，就变成了：父子有亲，君臣有义，夫妇有别，长幼有序，朋友有信。五伦之中，夫妇就掉到了父子和君臣之后。君为臣纲、父为子纲、夫为妻纲，谓之三纲，三纲之中，夫妻之道也是放在最后。

为什么在五伦之中位于最后的"朋友"反而跑到"妻子"的前面去

了呢？因为朋友代表着事业，好男儿志在四方，守着妻子的就不算好男儿。

"妻子如衣服，朋友如手足"，折射出来的就是对婚姻的漠视。

可是，另外一方面，中国人又极端重视婚姻。

中国人认为，纵向看，每一个人都是家族链条上的一环，是从祖先那里一代代传下来的，当然也就有义务继续一代代传下去，否则，就是家族的罪人，"不孝有三，无后为大"。不结婚，又何以有后呢？当然，在专偶婚之前，生育并不以结婚为前提，在现在，非婚生育也不是不可以。横向看，世界是由阴阳两部分组成的，有阴必有阳，有阳必有阴，世界上没有单独存在的事物。男为阳，女为阴，阴阳相生相克，因此男人离不开女人，女人也离不开男人，离开了就是鳏寡孤独。鳏寡孤独多了，就是严重的社会问题。所以，中国人把男人结婚称之为"成家"，把女人结婚称之为"于归"——到她应该去的地方去。**在欧美，独身是一种在路上的状态，但在中国，只有未婚——尚未结婚或因为某种原因不能结婚，没有独身。**

这样，在中国，就呈现出一种对婚姻既极端重视又极端轻视的奇特现象。几乎每个成年人都在婚姻里生活，却几乎见不到表现婚姻的文学作品——文人的悼亡诗都是在老婆死后写的，而且是写给老婆之外的人看的。

有了整个中国文化作参照，西周生对婚姻的看重就有了划时代的意义。

在小说正文的前面，作者特地做了一篇《引起》，高度评价了婚姻在人生中的位置。

孟子说，君子有三件至乐的事：第一乐是"父母俱存，兄弟无故"；第二乐是"仰不愧于天，俯不怍于人"；第三乐是"得天下英才而教育之"。但是，西周生认为，还得再添一乐——妻房贤德。不仅如此，西周生还认为，妻房贤德是前三乐的前提，因此应该放在四乐之首。若缺少了妻房贤德这个基础，纵然父母俱存，搅乱的那父母生不如死；纵然兄弟目下无故，将来必竟成了仇雠；也做不得那仰不愧天俯不怍人的品格，也教育不得那天下的英才。

在西周生看来，夫妻之道乃人生之根本，如果夫妻不合，你连一个好儿子、一个好兄弟、一个好父亲都做不了，事业？让你只想"死也"！因此，**婚姻幸福虽然算不上人生最大的幸福，但婚姻的不幸却是人生最大的不幸：**

> 唯有那夫妻之中，就如脖项上瘿袋一样，去了愈要伤命，留着大是苦人；日间无处可逃，夜间更是难受。官府之法莫加，父母之威不济，兄弟不能相帮，乡里徒操月旦。即被他骂死，也无一个来解纷；即被他打死，也无一个劝开。你说要生，他偏要处置你死；你说要死，他偏要教你生；将一把累世不磨的钝刀在你颈上锯来锯去，教你零敲碎受。

西周生将不幸的婚姻比作人脖颈上的瘿袋，我觉得这个比喻实在是妙极。

这是目前为止，我看到的中国古人对婚姻的最高评价。

西周生最大的贡献就在于将婚姻的价值从传宗接代还原为一种生活方式和生存状态。作为生存状态的婚姻，衡量的标准，首先就应该是是否给人带来快乐，能够带来快乐的婚姻就是值得肯定的婚姻，反之，就是值得唾弃的婚姻。至于什么传宗接代，什么合两姓之好，那都是婚姻的副产品，有之不多，无之不少，可有可无。

男女双方在婚姻中的地位是婚姻问题的核心。那么我们来看看西周生在这点上有何高见。

在素姐出嫁前夕，薛教授对女儿进行了长达半夜的"思想教育"。薛教授说："你过门去，第一要夫妻和睦，这便叫是（对两家老人的）孝顺。"薛教授又说："女婿叫是夫主，就合凡人仰仗天的一般，是做女人的终身倚靠。做丈夫的十分宠爱，那做女人的拿出十分的敬重；两好相合，这等夫妻便是终身到老……"

巧姐临出嫁前，狄家女眷到薛家去铺床，相于廷娘子和素姐谈心。

相于廷娘子说:"一个女人在家靠爷娘,嫁了靠夫主……"素姐接道:"我也极知道公婆是该孝顺的、丈夫是该爱敬的,但我不知怎样一见了他,不由自己……"

狄希陈请邓蒲风飞星算命,被邓蒲风骗取了一百五十两银子,这银子是狄希陈从母亲留下的五百两银子里瞒了素姐偷出来的。后来素姐拿钱请白姑子建醮,发现短少了银子。素姐将狄希陈"嗖"的一个漏风巴掌,兜定一脚,踢了一个嘴抢地。白姑子手里流水拉扯,口里连忙念着佛道:"阿弥陀佛!不当家。狄大嫂,快休如此。你今请僧建醮,却是为何?银钱小事,夫者妇之天哩!打夫就是打天一般……"

素姐和狄希陈到泰山上庙,因恼狄希陈态度不积极,故意让狄希陈给他牵驴,将狄希陈累了个半死,同去的刘嫂子劝素姐道:"狄嫂子,你听我说,这使不的。丈夫就是天哩,痴男惧妇,贤女敬夫,折堕汉子的有好人么?"

以上情节可以看作西周生关于夫妻关系的基本态度。

许多人都认为以上言论充分反映了作者腐朽落后的婚姻观,是小说的糟粕所在。我认为,评价以上观点是否腐朽落后,要从两方面来看,一是观点本身,二是当时的时代背景。

首先,夫妻要不要和睦,妻子对丈夫要不要爱敬,答案是肯定的。问题是,夫妻间的这种爱敬,应该是相互的,不能是单方面的。西周生单方面强调了妻子应该怎样对丈夫,却没有说丈夫应该怎样对妻子——但也不是完全没有提到:关于男子怕老婆,西周生用了一个词,说是"痴男惧妇"。注意了,作者把怕老婆归结为"痴",认为只是一种对老婆爱得过分的表现,并不是什么"阴阳颠倒"什么"牝鸡司晨"。其潜台词就是:男人对妻子还是应该多加爱护,只要不宠得过分就行了。

至于"夫者妇之天"、"女人在家靠爷娘,嫁了靠夫主"之类,在现在看来,当然不对。但是,放在当时的历史背景下看,女人被剥夺了参加社会工作的权利,的的确确在很大程度上存在对男人的依赖性。西周生的观点仅仅只是当时现实的一种反映而已,而且在整篇小说中,除了小道学先生薛如卞说过一次"夫为妻纲,在嫁从夫"的话以外,再没有人提这两个词,这是否也可反映出作者对夫权至上的一种态度呢?

作者毕竟是几个世纪前的人,难道我们还指望他提出男女平等的妙论来?

再来看看作者怎么看男子纳妾和女子再嫁。

作为一个一夫多妻制度下的男人,西周生当然不可能提出一夫一妻的主张,对男子纳妾这种行为,也就不可能公开提出反对。但是有一段话可以看出作者的倾向。

狄员外第一次见到童奶奶时,两人互相寒暄之后又叙了叙家常。狄员外叫出狄希陈来作揖,童奶奶问说:"这是爷第几的相公?"狄员外道:"就只这一个小儿,今年十九岁了。"童奶奶道:"好位齐整相公!就是大奶奶生的么?"狄员外笑道:"也止有一个贱内。"童奶奶道:"这好,足见爷的盛德。"

"这好,足见爷的盛德",意思就是说,男子可以娶妾而不娶妾,是一种道德高尚的表现。反过来理解就是"娶妾就是品德不够高尚"。我觉得这可以看出作者一种很明显的倾向。

关于女子再嫁,作者倒是提出了明确的意见:

> 人间的妇女,在那丈夫亡后,肯守不肯守,全要凭他自己的心肠。只有本人甘心守节,立志不回的,或被人逼迫,或听人解劝,回转了初心,还嫁了人去;再没有本人不愿守节,你那旁边的人拦得住他。你就拦住了他的身子,也断乎拦不住他的心肠,倒也只听他本人自便为妙。
>
> 有那等妇人心口如一,不愿守节,开口明白说道:"守节事难,与其有始无终,不若慎终于始。"明明白白没有子女,更是不消说得。若有子女,把来交付了公婆,或是交付了伯叔,又不把他产业带去,自己静静的嫁了人家;那局外旁人就有多口的,也只好说的一声:"某家妇人见有子女,不肯守节,嫁人去了。"也再讲不出别的是非。
>
> 这是那样上等的好人……

从上段我们可以看到，作者的基本观点是：守节是应该提倡的，但必须是自愿；再嫁是可以的，而且是应该堂堂正正进行的。

这与我们现在的观点还是有些区别的。在我们现在看来，守节不仅不应该提倡，而且还应该反对——这么一来，寡妇似乎就非改嫁不可了。我觉得，不提倡守节是对的，但是也没有必要反对。一个人在自己的爱人死后，不再娶或者不再嫁——如果这种行为是出自对逝者的爱的话，虽然不值得提倡，但是值得敬佩。佞佛者愚，辟佛者迂。反对守节是没有道理的。

在这里，西周生提出了婚姻中一个非常重要的原则，那就是自愿——虽然还只是用在再嫁上。我觉得，这实在是一种莫大的进步。衡量婚姻观的开明程度，标准不在于几夫几妻，而在于是否自愿。包办婚姻或者买卖婚姻或者强占婚姻，即使是一夫一妻，也是应该诅咒的。反之，只要自愿，不要说一夫多妻，就是一妻多夫，旁人也无可指责。守节与改嫁，当然也是这样。强制守节固然不对，强制改嫁也一样不对。

再来看看西周生是怎么看待婚姻不幸的。

首先来看看我们现代人是怎么看待夫妻不和的。"如果我当初娶（嫁）了某某，也许生活就大不一样了。"——这是许多围城中人，尤其是遭遇婚姻不幸的男女经常假设的命题。应该说，答案是肯定的，如果娶了或者嫁了另外一个人，生活肯定会大不一样——至于是不是就一定幸福，那可不能保证。

世上的男人千千万，世上的女人万万千，你为什么会选择这个人做你的另一半？用唯物主义的观点看就是偶然，唯心的说法就是缘分。

关于这个问题，小说《引起》里是这么说的：

> 如何十个人中倒有八九个不甚相宜？或是巧拙不同，或是媸妍不一，或做丈夫的憎嫌妻子，或是妻子凌虐丈夫，或是丈夫弃妻包妓，或是妻子背婿淫人；种种乖离，各难枚举……
>
> 看官！你试想来，这段因果却是怎地生成？这都尽是前生前世的事，冥冥中暗暗造就，定盘星半点不差。只见某人的妻子会持家，孝顺翁姑，

敬待夫子，和睦妯娌，诸凡处事井井有条。这等夫妻乃是前世中或是同心合意的朋友，或是恩爱相合的知己，或是义侠来报我之恩，或是负逋来偿我之债，或前生原是夫妻，或异世本来兄弟。这等匹偶将来，这叫做好姻缘，自然恩情美满，妻淑夫贤，如鱼得水，似漆投胶。又有那前世中以强欺弱，弱者饮恨吞声，以众暴寡，寡者莫敢谁何；或设计以图财，或使奸而陷命。大怨大仇，势不能报，今世皆配为夫妻。看官！你想如此等冤孽寇仇，反如何配了夫妇？难道夫妇之间没有一些情义，报泄得冤仇不成？不知人世间和好的莫过于夫妇。虽是父母兄弟是天合之亲，其中毕竟有许多行不去、说不出的话，不可告父母兄弟，在夫妻间可以曲致。所以人世间和好的莫过于夫妻，又人世仇恨的也莫过于夫妻。

现代人遭遇婚姻不幸，叹自己遇人不淑。古代婚姻是父母之命媒妁之言，父母之命是不会错的，婚姻不幸，就是命里注定。西周生只不过是将"缘分"一词具体化了为各种孽报——却不知很多东西是只能模糊，不能具体，缘分就是其中之一。

缘分是什么，谁能说清楚我给他磕三个响头。

因为是命里注定，所以西周生不主张离婚。素姐火烧狄希陈之后，知府命令狄希陈写呈子休掉素姐。狄希陈刚开始也无可无不可，找到师爷周景杨写呈。周景杨坚决不肯，说："这要断离的呈稿，我是必然不肯做的。天下第一件伤天害理的事，是与人写休书，写退婚文约，合那拆散人家的事情。"

既然是命里注定，那么就只有像狄希陈那样忍，忍到孽缘报尽时，就会云开见日头。反对离婚的确是西周生婚姻观的致命缺陷：**任何一个团体，都应该预设有退出机制，夫妻作为最小的团体，也不例外。**

林语堂将世间的婚姻分为四等，一等是可意的，第二等是可过的，第三可忍的，第四等是可恶的。林语堂认为，除了第四种外，前三种是不必离婚的。

对林语堂的观点，三十岁以下的年轻人多数是不屑一顾：为什么要忍？人活着不就是为了适意吗？合则聚，不合则离。三十岁以上的人则觉得大有深意：婚姻与爱情是两回事。婚姻是物质的，而爱情是精神的。家庭生活中，贤惠是第一义的，至于有多少爱情，甚至有没有爱情，并不重要。只要男子大体顾家，女子大致贤惠，和谁相伴到老其实都一样。对爱情而言，精神的相通是第一义。而实际上，精神相通的两个人在物质生活中却不一定心心相印，柴米油盐的家庭生活往往会成为扼杀爱情的凶手。

  我认为，现代人遇到婚姻问题，像狄希陈那样一味被动地忍受，是不可取的，但轻率地离婚同样也不可取。事实证明，婚姻生活糟糕的人，换一个人也一样过不好的例子很多。这说明，所有的婚姻问题，都是双方的问题，如果自己不做一些调整，不做一些改变，即使换一个人，也依然会问题多多。所以，遇到婚姻问题，首先应该自我反省自我调整自我改进，然后才好对对方重新评价：对方的缺陷是否属于不可接受的？只要对方没有不能忍受的缺陷，婚姻就是可以接受的。

  总之，用现在的标准来衡量，《醒世姻缘传》的婚姻观当然是属于比较保守和消极的，但绝对谈不上"反动"或者腐朽。它落后于现在的现实不足为奇，相反，如果它到现在还很新潮，那倒是天方夜谭。至于西周生对婚姻的悲观，则有时代的原因，我们现在自由恋爱尚且诸多不如意，何况当初的父母之命媒妁之言呢？

神鬼出没的荒诞　///

在哥伦比亚作家马尔克斯的笔下,拉丁美洲是个鬼魂出没的世界,人鬼之间、人与物之间可以自由地对话——我们把这种写作称为魔幻现实主义。如果我们不使用双重标准的话,《醒世姻缘传》就应该是古代魔幻现实主义长篇小说的代表,《聊斋志异》则属于魔幻现实主义短篇的代表。

在《醒世姻缘传》里,除了人的世界外,还有一个鬼神的世界。其中神分两类:一类是修道之人经历几千几万劫修成的仙——如文中的许真君、吕纯阳等;一类是大忠大义大善之人死后成神——如文中的晁夫人死后做了峄山神。

这些神中间,着墨较多的是许真君。狄希陈的家乡绣江县明水镇附近有一座山叫会仙山,山上流泉瀑布无数,汇到山下就成了白云湖——这是一个真正山清水秀民风淳朴的地方。但是渐渐地人心不古,渐渐地世风日下,尤其是当地人对滋润他们生活的水肆意浪费肆意污染,触怒了上天,上天决定汇集四方之水来惩治这些道德败坏的恶人,为了避免伤及善人,上天派江西南昌府铁树宫许旌阳许真君到绣江县进行甄别。

许真君扮成道士，通过化斋来察考人心。他向薛教授讨要两匹蓝布做道袍，薛教授给了他，又要一件布衫，一件单裤。薛教授也都给了他。许真君在薛家住了些日子，临走时送给薛家每人一张黄表，说是可以消灾。许真君走后，薛教授发现送给他的几匹布几两银子都好端端的在自家的箱子里——原来，许真君是考验他的。

许真君离开后，绣江县就发了大洪水，作恶多端的人都葬身鱼腹，狄员外和薛教授两家都幸免于难。

明水镇的被淹，让我想起《圣经》里的"罪城所多玛之亡"。许真君的做法，则让我想起《圣经·旧约》里上帝考验亚伯拉罕：

"上帝想考验一下亚伯拉罕对他是否忠心。有一天，他呼唤亚伯拉罕，亚伯拉罕回答道：'主啊！我在这里。'耶和华就对他说：'我要你带着你的独生儿子，你的心肝宝贝以撒，到摩利亚去，在我给你指定的山上，献上他给我做祭品。'亚伯拉罕毫不犹豫，第二天一早就备好驴子，劈好了烧祭品用的木柴，带着两个仆人和他的儿子以撒，到上帝指示给他的地方去。"

"他们走了两天两夜，终于到了摩利亚。"

"到了上帝指定的地方，亚伯拉罕就在那儿筑了个祭坛，把柴摆好，把他的儿子以撒绑了，放在坛上的木柴上。亚伯拉罕伸手拿刀，准备杀他的儿子。这时，上帝的使者在天上呼唤他：'亚伯拉罕！亚伯拉罕！'亚伯拉罕说：'主啊！我在这里。'天使对他说：'你不要对他下手，不要伤害他，我知道你是敬畏上帝的，因为你没有把儿子留给自己而不愿给上帝。'这时，亚伯拉罕看到一只公羊的两只角被树藤缠住了，就把它取下来作为上帝的祭品，以代替他的儿子。"

同样是试探，但是开价却相差甚远：一个是独生儿子，一个却只是三两银子和两匹蓝布。为什么会这样呢？这是因为试探的目的本来就不同：许真君看重的是人的善恶，耶和华看重的是人对他是否服从。这也是中国宗教和西方宗教最大的不同：在中国，只要行善，信什么都可以，信释迦牟尼也好，信太上老君也罢，信玉皇大帝也可，信关圣大帝也行，大家井水不犯河水，和平共处，真正体现了万法归宗的思想。天启宗教则不同，首先是信耶和华还是信安拉还是信其他，有你无我，誓不两存，信我就是善，不信我就是恶（如：以色列人又行耶和华眼中看为恶的事，去侍奉外邦的神和偶像——耶弗他献女的故事）。

所以，在中国，伦理高于信仰，所有的神都通情达理和蔼可亲。

至于一般人，死后则成为鬼，鬼除了没有肉身之外，其本领似乎比为人时还大一些。鬼的第一项本领是附人。一旦被鬼附上，身子虽然还是你的身子，但大脑与语言就都是鬼的了。我们就选取一段最精彩的看一看：

孔举人家有丧事，珍哥为了炫耀新置的珠翠首饰和锦绣衣裳，就穿戴了上孔家去，因是小老婆上门，被人好一顿轻视，珍哥憋了一满肚子气回来。恰好又有仆人向她请示做饭的事，珍哥怪仆人喊她"珍姨"而没有喊她奶奶，并进而怪到死了的计氏头上。

（珍哥）骂道："放你家那臭私窠子淫妇歪拉骨接万人的大开门驴子狗臭屁！什么'珍姨'、'假姨'！你待叫，就叫声'奶奶'，你不待叫，夹着你狗屁嘴，嘈远子去！什么是'珍姨'！贼奴才！你家里有这们几个'珍姨'？常时还说有那死材私窠子哩，你胡叫乱叫的罢了，如今那死材私窠子已是没了，还是'珍姨''珍姨'的！自家奴才淫妇拿着我不当人，怎么叫别人不鄙贱我？贼忘八！可说你把那肠子收拾的紧紧的，你纵着奴才淫妇们轻慢我，你待指望另寻老婆！可是孔家的那淡嘴私窠子的话么？只怕我搅乱的叫你九祖不得升天！别说你另要大老婆在我上头，只怕你娶小老婆在我下头我还不依哩！从今后，我不依你叫人叫我'珍姨'！我也不依把那死材私窠子停在正房哩，快叫人替我掀到后头厢房内丢着去！把那白绫帐子拿下来，我待做夹布子使哩！"一片声叫人掀那计氏棺材。

晁源说官司还没完，叫珍哥注意点，珍哥不依，继续抖狠，没想到一下就被计氏给附上了。

（珍哥）把自己的嘴上着实打了几个嘴巴，改了声音说道："贼贱淫妇！你掀谁的材？你待把谁的骨拾烧成灰撒了？贼欺心淫妇！我倒说你那祸在眼底下近了，叫你自家作罢！我慢慢等着。忘八淫妇！你倒要掀我的材,烧我的骨拾,把我的帐子做夹布子使!"又刮刮的打了一顿嘴,把那嘴渐渐紫肿起来。

晁住媳妇道:"不好!这是大奶奶附下来了!你听,这那是珍姨的声音?这不通是大奶奶的声音么?咱都过来跪着!"珍哥道:"他嗔你叫他'珍姨',你又叫他'珍姨'!淫妇不跪着,你替他跪着!替我打五十个嘴瓜!数着打!"珍哥果然走到下面,跪得直挺挺的,自己"一"、"二"、"三"、"四"、"五"、"六"……数着,自己把嘴每边打了二十五下,打得通是那猢狲屁股,尖尖的红将起来……

珍哥又道:"挦贼淫妇的毛!"果然自己一把一把将那头发大绺挦将下来。那些丫头媳妇跪了一地,与他磕头礼拜,只是求饶。珍哥道:"你这些欺心的奴才!'晏公老儿下西洋,已身难保,'还敢替别人告饶?"那些丫头媳妇们捣的头澎澎的响,告道:"大奶奶,你活着为人,人心里的事,你或者还不知道;你如今死了为神,人心里谁有良心,谁没良心,大奶奶,你没得还不知道哩?自从大奶奶你不在了,俺们那个没替你老人家冤屈!谁敢欺心来!"

珍哥道:"老婆们别要强辩!怎么我的两个丫头落在你手哩,你大家赶温面,烙火烧吃,你已我那丫头稀米汤呵!李成名媳妇拾了我的冠子,为甚么叫你的孩子拿着当球踢?听了那淫妇的主意,连一口汤饭也不与我供养,奴才主子一样欺心!把那淫妇的衣裳剥了!"珍哥果然把自己的衣裳上身脱得精光,露出白皵皵的一身肉,两个饱饱的奶。那晁大舍在旁边看了,唬得瘫去了的一般。

珍哥又道:"贼淫妇!你有甚么廉耻!把裤子也剥了!"那些媳妇子们乱磕头祷告:"奶奶,只将就这条裤子罢!赤条条的跪在奶奶跟前,没的奶奶就好看么?"望着晁大舍道:"大爷,你还站着哩!快来跪着奶奶,大家替他告!"珍哥正待脱裤,又自己道:"饶这淫妇不脱裤罢!"……

珍哥住了口,一头倒在地下,就如中恶的一般,打得那脸与温元帅相似。也不曾与他穿衣裳,就抬到床上盖了被单,昏迷不省的睡去。直到那掌灯的时节,渐渐的省来,浑身就如捆绑了一月,打了几千的一般痛楚,那脸上胀痛得难受。日间的事一些也不记的。

在《醒世姻缘传》里,像这样鬼魂附人的情节还很多,附人的鬼多是一些含冤而死的冤魂,被附的人则多是背恩负义的恶人。

除了附人以外，鬼魂的第二项本领就是直接报复。

小说中有一个枝蔓故事，写一个叫麻从吾的秀才，图谋一对做豆腐的老夫妇的财产（老头叫丁利国，因为没有儿女，小有积蓄），就故意跑到老人每天必经的路上上吊，被老人救下。老两口认麻从吾为义子，供养了他一家十二年，还为他的儿子娶了媳妇。后来，麻从吾做了官，老两口喜出望外，卖了家财去投奔麻从吾，麻从吾却闭门不纳——打发了二两银子的盘缠——老两口先气后病，一齐归西。老两口活着的时候奈何不了麻从吾，但死后却有了神通：

> 麻从吾从打发丁利国起身之日，儿子麻中桂恼得哭了一场，就如害了心病的一般，胡言乱语，裸体发狂。又自从丁利国夫妇死的那日，衙中器皿自动，门窗自闭自开，狗戴了麻从吾的纱帽学人走，乌鸦飞进，到他床上去叫。过了几日，饭锅里撒上狗粪，或是做饭方熟，从空中坠下砖石，把饭锅打得粉碎。两口子睡在床上，把床脚飕飕的锯断，把床塌在地下。

这样的情节在小说中屡见不鲜。

相信读者已经看出来，作者虚构一个鬼神的世界，是为了对现实世界构成制约。用神鬼来制约现实，是古今中外所有志怪文化的共同特征。而在中国，干预现实世界的神有很多，在小说中显过灵的就有许真君、峄山神、关帝等，至于没有露面的更是不计其数。尽管有这许多的神，但相比于世上的恶人，作者认为还是有点儿顾不过来，所以在神之外，作者（或者说中国人）又赋予了鬼以有限的神通——一个神要盯许多恶人可能盯不住，而一个鬼专盯一个恶人应该没什么问题。

可是，世上的恶人好像并没有因此而减少。

所以，很多人对这种做法嗤之以鼻，并且因此认为《醒世姻缘传》是一部充斥着"封建迷信"的"反动"小说。我认为这是对《醒世姻缘传》的一种误解——因果报应是当时人们的一种普遍观念，并非小说作者凭空捏造出来的，小说只不过反映了一种曾经的现实而已。

当然，我不否认小说作者本人对因果报应也是深信不疑的。

笔者当然不信什么报应，但并不认为不信神就一定比信神好，并不认为"唯物"就一定比"唯心"好。人心中一旦没有了任何敬畏，本身就是件很可怕的事情。我们平常讲良心，良心是什么，不就是一种对未知力量的敬畏吗？

敬畏报应与敬畏良心，我看不出有什么区别。

怕就怕，既不敬畏报应，也不敬畏良心。好在，到现在为止，我还只听到有人否认报应，还没有谁敢公然否定良心。

被调侃的宗教   ///

汉族是一个讲实惠的民族，所有的付出都希望能很快得到回报，而宗教的回报却在彼岸世界，所以，严格的宗教在中国是难有市场的。在中国，所有流行的宗教，不管它叫什么名字，都可以归为两类：一类是神通广大的，比如刀枪不入啊，比如点铁成金啊，比如念咒治病啊，比如隔墙取物啊，最厉害的是长生不老白日升天。第二类是百无禁忌的，可以吃肉，可以喝酒、可以睡女人、可以养儿子——经也不用念，放下屠刀立地成佛。

所以有人说，汉族人没有真正的宗教。

从《醒世姻缘传》看，西周生是一个泛神论者，而不是任何一种宗教的信徒。对于那些不守清规的宗教徒，无论道士还是尼姑，作者都极尽讽刺与揶揄：

狄希陈的顶头上司吴刑厅因为被老婆罚跪受到同僚的奚落后，将所有下属招来进行"妻管严检查"，规定怕老婆的站东边，不怕老婆的站西边，最后上来的是一僧一道。

只见临后一个光头和尚，戴着僧帽，一个道士，戴着纶巾，都穿着青绢圆领，牛角黑带，木耳皂靴，齐上来禀道："道人系僧纲道纪，没有妻室，望老爷免考。"吴推官道："和尚道士虽然没有老婆，难道没有徒弟？怕徒弟的也在东边站去。"只见这两个僧道红了脸，低着头，都往东边站在各官之后。

为什么怕徒弟呢？当然是因为和徒弟不清不白——看来中国古代同性恋的比例不低啊。

小青梅是一个侍女，铁了心要做姑子，主家不许。众人你一言，我一语，都对着刘夫人学了。刘夫人道："我就依着这个风妮子，叫他做姑子！我就看着他要和尚、要道士，叫官捞不出尿来哩！你教他看往咱家走动这些师傅们，那一个是要和尚要道士的？你叫他指出来！"伙伴道："俺们也就似奶奶这话问他来，他说，往咱家来的这些师傅们，那一个是不要和尚不要道士的？你也指出来！"

注意：竟然没有人对小青梅的话提出任何反驳！

另有白姑子骗了素姐百十两银子，不想却被一个偷儿给偷了。

偷儿又在佛前琉璃灯内点起烛来，只见香案上安着一个课筒；那偷儿即在观音菩萨面前跪下，叩了四叩，祝赞："僧家的财物，本等不该偷盗他的；但他只该谨守菩萨的戒行，不该起这等的贪心。人家夫妇不和，你用智慧与他调停和睦，些微得他些经忏银钱便是，如何乘机设智，骗他这如许的资财？路见不平，旁人许踹。弟子起心不平，今日要来偷他的回去。如果弟子该偷他的，望菩萨赐一上上之课；如果不该偷他的财物，只许他骗害平人，赐弟子一个下下之课。"把课筒在香案上薰了两薰，拿在手中晃了几晃，倒出那三个钱来，铺在桌上，查看课簿，真真"上上"两个大字。

典型的黑色幽默啊！西周生还觉不够，又添上一笔：

偷儿喜不自胜，又磕了四个狗头相谢，走进房内，翻砖倒瓦。两个姑子睡得烂熟如泥，一个老白睡得象个醉猪死狗。揭开他的箱子，止有衣裳、鞋、袜、汗巾、手帕之类，并没有那诓骗的百两多银。偷儿先把那精美的物件卷了一包，又在房内遍寻那银子不见，放出那两只贼眼的神光，在白姑子床上席背后揭开一看，只见墙上三个抽斗，都用小镀银锁锁住，外用床席遮严。偷儿喜道："这个秃科子，倒也收藏的妙！"扭开第一个抽斗，里面止有千把散钱。偷儿又把第二个抽斗扭开，却好端端正正那百十两银子，还有别的小包，也不下二三十两。偷儿叫了声"惭愧"，尽数拿将出来。衣架上搭着一条月白丝绸搭膊，扯将下来，将那银子尽情装在里面。又将那第三个抽斗扭开，里面两三根"明角先生"，又有两三根"广东人事"，两块"陈妈妈"，一个白绫合包，扯开里面，盛着一个大指顶样的缅铃，余无别物。

"广东人事"是啥玩意，我没有查出来。明角先生呢，在《笑林广记》里倒是提到过：夫妻夜卧，妻握夫阳具曰："是人皆有表号，独此物无一美称，可赠他一号。"夫曰："假者名为角先生，则真者当去一角字，竟呼为先生可也。"妇曰："既是先生，有馆在此，请他来做。"云雨既毕。次早妻以鸡子酒啖夫，夫笑曰："我知你谢先生也，且问你先生何如？"妻曰："先生尽好，只是嫌他略疲软，没坐性。"

看来，"明角先生"是女用自慰器无疑了。偷儿偷了银子，临走时还在三个女子的两腿间各放了一个"明角先生"坐馆，确实缺德，但这也怪不得偷儿，谁叫尼姑的抽斗里放这种玩意呢？对了，忘了告诉各位，缅铃也是一种情趣用品，具体用法，《绣榻野史》里有载。

白姑子的三个抽屉里，两个装着财，一个装着色。要说这不是作者有意设计的寓言，打死我也不信。

最直接体现作者这种观点的是素姐游庙受辱后当地知府的告示，告示里说："所有佛刹神祠，乃僧道修焚之所；缁秃黄冠，举世比之淫魔色鬼。见有妇人，不啻如蝇集血，若蚁聚膻。"

显然，在作者的眼里，当时的宗教世界绝非一片净土，而是一个比世俗世界更污秽更肮脏的所在。

但是对于宗教，西周生的观点又是矛盾的。在《醒世姻缘传》里，作者虽然写了很多佛门败类，但也写了募铜尼李白云、胡无翳和性空长老等得道高僧（尼），而且最后还安排情节，用《金刚经》化解了狄希陈与素姐的两世宿怨。从这里，我们又可以看到他虔诚的一面。

触目惊心的"人相食"

饥饿距离现代中国人是越来越远了。饥饿现象不仅在现实中渐渐绝迹，就是在荧屏上也很少看到。在眼下的古装剧里，皇帝大多仁慈，百姓衣食不仅富足，有时甚至还很时尚。可是《醒世姻缘传》呈现给我们的，却是一种触目惊心的残酷。

在西周生的笔下，绣江县可以说是山清水秀人寿年丰，可是一旦遭遇自然灾害，又是另外一番情景。

小米先卖一两二钱一石，极得那穷百姓叫苦连天；后来长到二两不已，到了三两一石；三两不已，到了四两；不多几日，就长五两；后更长至六两七两。黄黑豆，蜀秫，都在六两之上。麦子，绿豆，都在七八两之间。起先还有处去买，渐至有了银没有卖的。糠都卖到二钱一斗。树皮草根都刮掘得一些不剩。

偏偏得这年冬里冷得异样泛常。不要数那乡村野处，止说那城里边，每清早四城门出去的死人，每门上极少也不下七八十个，真是死得十室九空！存剩的几个孑遗，身上又没衣裳，肚里又没饭吃，通象那一副水陆画的饿鬼饥魂。莫说那老媪病媪，那丈夫弃了就跑；就是少妇娇娃，丈夫也只得顾他不着。小男碎女，丢弃了的满路都是。起初不过把那死的尸骸割了去吃，后来以强凌弱，以众暴寡，明目张胆的把那活人杀吃。起初也只互相吃那异姓，后来骨肉天亲，即父子兄弟，夫妇亲戚，得空杀了就吃。他说："与其被外人吃了，不如济救了自己亲人。"那该吃的人也就情愿许杀吃，说："总然不杀，脱不过也要饿死；不如早死了，免得活受，又搭救了人。"相习成风，你那官法也行不将去……

一个张秀才单单止得一个儿子，有十七八岁的年纪，拿了两数银子，赶了一个驴儿，一只布袋，合了几家邻舍往三十里外籴米。赶了集回家，离家还有十里多路，驴子乏了，卧在地上，任你怎样也打他不起。只得寻了一个熟识人家歇了，烦那同来的邻舍捎信与他爹娘，说是驴子乏了，只得在某人家宿下，明日清早等他到家。只见到了明日，等到清早，将及晌午，那里有些影响？爹娘料得不好，纠合昨日同去的那些人，又叫地方乡约一同赶到那家。刚刚的一张驴皮还在那里，儿子与驴肉煮成一锅，抬出去卖了一半，还有一半热腾腾的熟在锅里。虽然拿到县前，绑到十字街心，同他下手的儿子都一顿板子打死，却也救不转那张秀才的儿子回来。更有奇处：打到十来板上，无数饥民齐来遮住了，叫不要打坏了他的两根腿肉，好叫饥民割吃。

一个四十多岁的妇人进县里告状，方递上状走出去，到县前牌坊底下，被人挤了一挤，跌倒了爬不起来，即时围了许多人，割腿的割腿，砍胳膊的砍胳膊。倒也有地方总甲拿了棍子乱打，也有巡视的拿了麻绳来吊。你那打不尽许多，吊不了这大众，拣那跑不动的，拿进一个去，即时发出来打死了号令，左右又只饱了饥民。

更骇人听闻的是，一个叫吴学周的私塾先生，夫妻两个在半个多月的时间里将十来个学生就吃掉了四个。这两个人面兽心的畜生最后当然也免不了成为饥民的口中食：县官取了口词明白，拿到市口，两口子每人打了四十板，分付叫不要打死，拖到城外壕边丢弃。这饥民跟了无数的出去，趁活时节霎时割得馨净。

对上面的文字，很多人持怀疑态度，有不少学者就拿这作为《醒世姻缘传》存在过度夸张的证据。笔者在初次读到这里时也是将信将疑，但读了明清之际的上海人姚廷遴写的《历年记》后，就不再怀疑。

《历年记》是姚廷遴自撰的年谱，书中记录了发生在1641年到1642

年的大旱灾：

　　崇祯十四年辛巳，三月至九月无雨，江南大旱，草木皆枯死。我地向来无蝗，其年甚多，飞则蔽天，止则盈野，所到之处无物不光，亦大异事也。是时闻四方流贼大乱，我地戒严，百姓惊惶。年岁大荒，冬，道上饿者无算。章知县设法赈济，男子在城外演武场、山川坛等处，搭盖草厂，煮粥给食；女子在广福寺、积善寺给食。有等不屑去领粥者，赴县领票往各铺贱买官米。官米者，大户乡绅捐助之米也。种种惨状，难以尽述。死者日在城门口数之，必以百计。西南北三门外义冢处，皆掘大坎土坑，周围筑墙，土工每日用草索一扛三尸，横拖竖抛，不日填满。桥头路口，遗弃小儿无数，真所谓父子不相顾，兄弟妻子离散，余乃目击者也。

　　十五年壬午，余十五岁。是年春，民死道路、填沟壑者无算。

　　大家小户俱吃豆麦，面皆菜色。孟子谓民有饥色，此言始信。沿街满路，有做烧饼卖者、做豆䴵饼卖者、杀牛肉卖者、将牛血灌牛肠而卖者、将牛皮煮烂冻糕而卖者。更有可惨者，卖诸可食之物，稍随意即被人抢去。买者亦然，在手捏不坚牢，即被人夺去如飞，赶着必然咬坏。余此时幸有陈米数担及豆麦数石，日逐动用。

　　二十三保家人妇女数口来就食，一日两餐，渐渐扑地而死。余家墙门外有深廊，又有照壁隙地，每晚将水泼湿则可，稍乾即有就死于此地者矣。又有身上衣冠端正，肩负包裹，俨然步履，顷刻倒地而死。余其年初出交与，夜必饮酒，更深而归，若从馆驿桥过，必有死尸几个在焉。更有暗处，或脚踢着，或身上走过，知必死尸。至今见死人而不惧者，因经见多也。四月，往东乡舍内斫麦。有租户范杏者，有努力、有急智、有乖巧，在村中呼么喝六。其年，余亲见其将榆树皮做饼食，并蚕豆叶亦炒食，掘草根茅根大把食之，其惨如此。地之广也，掘草根剥树皮者，所在皆然。光景萧条，人心思乱，桥头巷口，遗孩满路。如县桥阁老坊尚未造完，上搭荣架，下弃小儿，日有百数。章知县经过则群聚而哭，知县即停舆着管班买饼赏之，一日两次，日以为常，然终无救于死。不料有恶贼拣肥壮抱去，杀而食之。如火神庙一人迁移，将小儿肉煮烂，冻一瓦钵，偶有见者，肉内有指头在焉，故尔败露，拿出送官。荷花池上一人，不知杀过许多，邻家常见其抱小儿回去，此时有疑其歹意者，俟其出，直入视其灶，煮小儿肉熟焉，亦拿出送官。西关外有一老妪，常抱小儿回去，亦有疑者，伺而察之，亦杀而净洗焉。南门外夫妇二人，亦常抱去，邻人疑之，闻其家有香味，异于常者，怪而问之，则遭詈骂，强而视之，烹小儿在锅也，其惨又如此。幸章知县立将此三男二妇杖毙在县场上，其日大雨，看者甚多，杖至二百方死，人人忿恨。至半夜，又大雨，其妇复活，扒至县东街上，天明被众人打死。又有村中放火杀人者，章知县亦将其立在木桶内，活活烧死，抢劫者立时枷死，幸而不至大乱。

读了以上文字，你还会觉得《醒世姻缘传》在夸张吗？

从一个角度讲，中国古代社会就是一部试图消灭饥饿但终于未能完成的历史。到了二十世纪八十年代，中国人才最终战胜了饥饿，终结了食品短缺的历史——这是一个怎么样评价都不为过的历史功绩。

但是，告别饥饿的我们不应忘记历史。中国的粮食安全也远没有到高枕无忧的程度。历史证明，社会动荡带来的粮食短缺导致的人口减少比之自然灾害要严重得多：王莽之乱使全国人口从公元 2 年的 5960 万人减少到不足 2000 万，到公元 57 年才恢复到 2100 万人，安史之乱使全国人口从公元 740 年的 4814 万人减少到公元 764 年的 1692 万人，明清易代更是使全国人口从将近 1 亿（公元 1578 年统计为 6069 万人）减少到公元 1651 年的 1063 万人。当代中国以占世界 7% 的耕地养活了世界五分之一的人口，这是农业科技的功劳，也是社会和平稳定带来的红利。

展望未来，我们可以大胆地预言，只要中国人不自我折腾，中国就能永远告别饥饿。"仓廪实而知礼节，衣食足而知荣辱"，我们没有理由怀疑历史，更没有资格嘲笑古人，我们生在这样一个年代，是一种幸运。对这个陪伴了中国人几千年的不受欢迎的老伙伴——饥饿，我们可以和他告别，但永远不能遗忘。

不要说"再见"，再见是灾难！

明末的房价、物价与工资

李泽厚先生在一次接受采访时说,他一生从来没有为钱发过愁——不是安贫乐道的那种不为钱愁,而是根本就没有缺过钱——一个思想家,一个文化人(不是像郭敬明那样的文化商人),能够做到这样,的确让人好生羡慕。

我和李先生就完全相反,几乎没有哪一天不为钱发愁,到超市里购物,首先就是看价格,久而久之,就成为一种下意识的习惯。

这种习惯,西周生大概也有——小说中几乎对每一种新买的物品,都标明了价格。或许在西周生那里,这只是一种下意识的习惯,但却给像我这样的读者带来了无限乐趣。

那时尤聪积攒得几两银子在手,绝不留恋,领了媳妇欣然长往,赁了人家两间房子,每月二百房钱。八钱银买了一盘旱磨,一两二钱银买了一头草驴,九钱银买了一石白麦,一钱银张了两面绢罗,一百二十文钱买了个莩箩,三十五文钱买了个簸箕,二十五文钱做了个罗床,十八文钱买了个驴套,一百六十文钱买了两上筤子,四十文钱买了副铁勾提仗,三十六文钱钉了一连盘秤;银钱合算,共用了三两五钱四分本钱。一日磨麦二斗,尤聪挑了上街,除赚吃了黑面,每斗还赚银三分,还赚麸子。

现在房价已成为社会关注的焦点，我们不妨来看看小说中的房价：

晁源购买姬尚书的府第，前后八进，共花了六千两银子。

杨尚书购买单于民的房子，前面三间铺面，后面两进住房，花了一百五十两银子，后来租给薛教授一家住，每月房租一两五钱。

狄希陈在京城买的一所小巧房屋，甚有里外，大有规模，使了三百六十两银子。

刘芳名的房子，卖了五十九两银子。

为了让现在的读者对这些价格有个感性的认识，我们有必要把它们换算成2014—2015年左右的人民币。

明代的一两银子值多少人民币？这当然没有一个准确的数字。我们还是借用习惯的方法，通过粮食价格来换算。

狄家的厨子尤聪一年的工价是四石杂粮：一年四石粮哩。那几年粮食贱，四石粮食值二两银子罢了；这二年，四石粮食值五六两银子哩。

明代的一石约合现在的一百四十二斤，四石粮食就算六百斤吧。现在普通的大米价格约为每斤二点五元左右，六百斤粮食大概值人民币一千五百元。

由此推算，当时的一两银子换成现在的人民币大概约三百到七百五十元。如果不考虑物价因素，近日的银价为每克八元，明代一两约合现在三十七克，一两银子约合现在三百元。本文中，我们就以五百元来换算。

古代的粮价也不是一成不变的，特别是一遇饥荒，粮价就飞涨，晁夫人低价籴粮时，武城县的粮价为四两八钱一石。绣江县的粮价就更疯狂了：小米先卖一两二钱一石，极得那穷百姓叫苦连天；后来长到二两不已，到了三两一石；三两不已，到了四两；不多几日，就长五两；后更长至六两七两。黄黑豆，蜀秫，都在六两之上。麦子，绿豆，都在七八两之间。起先还有处去买，渐至有了银没有卖的。糠都卖到二钱一斗。

乖乖，一百四十斤粮食卖四千元，也就是说，一斤粮食二十九元，如果搁现在，叫人怎么活啊！

小说中一个有趣的现象，只要有"棺材"出现，必然标明价格：计氏死后，为了赔罪，晁源花二百二十两银子——十一万元，为她买了一口棺材；计氏的父亲计都病重，晁夫人送了一副独帮独底两块整堵头的棺材板，据晁凤说，值四十五两银子——二万二千五百元；至于一般人死后，十几两银子的棺材就属于比较体面的，二三两银子的棺材就是很寒酸的。

小说里没有墓地价格的记录，应视为忽略不计。

生与死的价格都清楚了，我们再来看看当时的工资水平吧：

尤聪的年薪是四石粮食，吕厨子的年薪是三两银子，后来涨到12两。

私塾先生程乐宇一年的束脩是四十两，狄希陈师爷周景杨的年薪是八十两，相于廷的幕宾一年二百两。

考虑到这些人在工资之外，还享受全免费的食宿，我们把食宿等福利折算为货币工资的一半。上述人员的年薪换算成人民币就是：

厨子尤聪：六石粮食，一般年景值九两银子——四千五百元

厨子吕祥：四两五钱银子——二千二百五十元，后来涨到十八两——九千元

私塾先生程乐宇：三万元

狄希陈师爷周景杨：六万元

相于廷的幕宾：十五万元

我们再把工资和房价连起来看：

晁源的房子是吕祥两千年的工资，就是相于廷的幕宾买，也得三十年工资——真正是豪宅呀。

薛教授租的房子是吕祥五十年的工资；如果相于廷的幕宾买，九个月的工资就够了；如果是由市政府秘书周景杨买，则需要大约两年的工资；如果是私塾先生程乐宇购买，就得近四年的工资——看来那时的房

价问题远没有现在严重——贫富差距则和现在差不多。

别看相于廷的幕宾一年拿十五六万，但看到下面的情形，可能就拽不起来了：

学道掌案黄桂吾卖一个廪膳名额是一百四十两（七万元），一年可以卖多少个名额，就是多少个"七万元"。

晁秀才选知县和后来升知州，报喜的人两次找晁家报销的差旅费都是一百五十两（七点五万元），一年有多少人升官就有多少个"七点五万元"。

不光升官可以要贺喜，官员倒霉也一样可以发财。晁知州被弹劾，纪检人员要抓晁源问罪，晁知州出到五百两（二十五万元），人家仍不肯罢休。

快手（相当于现在的公安刑警）伍小川和邵次湖在晁源一案中每人收受银子一百两左右，相当于人民币五万元。

而同一案中，胡知县收受的是五百两银子和六十两黄金，六十两黄金合现在的一千八百七十五克，以每克黄金三百七十五元计，就是七十点三万元，再加上五百两银子合二十五万元，总计就是九十五点三万元。

二审时，两个差人为晁源与珍哥开杻，开价二十两（一万元）——他们一年要开多少杻啊？

晁源为这场官司花了一千多两银子，但这钱也不是他自己上班挣的，晁源的父亲晁知州一次就贪污军粮款一万多两银子——五百万元人民币。

看到这里，不知读者怎么想。我的感受就是，它纠正了我以前的一种错误认识：中国的腐败并没有越来越严重，而是从来就很严重。

有一个价格是现代社会没有的，那就是买官的价格。狄希陈本来是个秀才，秀才是不能做官的。可是狄希陈向朝廷缴纳四百两银子后（约合人民币二十万元，其中还有一百三十两银子落入了黄桂吾的腰包），就成了监生，监生就有了做官的资格，供选的职位里最差的是县主簿，相当于"县政府秘书长"，二十万元就可以光明正大地（这个很关键）买个"县政府秘书长"，实在是赚大发了。

出人意料的是，对物价与工资异常敏感的西周生居然没有交代任何官员的俸禄，我想大概是因为工资卡上的俸禄在官员的全部收入中无足轻重，而他们的实际收入又实在无法统计的原因吧。

这让我想起这几年每到三月就会被人提起的公务员财产公示的问题。据某些专家解释，现在公布公务员财产还有很多技术上的障碍有待克服。我觉得，在载人航天技术都已攻克的中国，这种解释实在牵强，真正的原因是我们自古以来就有尊重公务员隐私的优良传统——这种优良传统必须世世代代继承并发扬光大。

有礼走遍世界　///

我们常说，中国乃是礼仪之邦。我相信，读过《醒世姻缘传》之后，你对这句话一定会有更加深刻的理解。

送礼在《醒世姻缘传》中几乎无处不在。

狄员外与亲家薛教授从相识到相知，就是一个不断送礼不断问候的过程：

> 年节将近，（薛教授）果然差了一个家人薛三槐带了二十斤糖球，两匹寿光出的土绢，写了一封书，专来狄家致谢。狄员外将薛三槐留住了两日，写了回书，封了两匹自己织的绵绸，两口腊肘回礼。又送了薛三槐三钱银子。从此以后，两个时常往来，彼此馈送不止……狄员外于三月十一日因薛教授常着人来通问，两年间并不曾回差一个人去，要趁这三月十六日是他小姐的满月，与他送个贺礼，也要报他说生了儿子。随即备了一个五钱重的银钱，一副一两重的手镯，外又几样吃食之物，差了家人狄周骑了个骡子前去。到了薛教授家，拆看了书，收了礼，留款狄周住了两日，打发了回书，也回答了贺礼。

狄希陈结婚时，送礼自然不可少：

他母亲拿定主意，择在十一月过聘，过年二月十六日完婚。唤了银匠在家中打造首饰，即托薛教授买货的家人往临清顺买尺头等物。自己喂蚕织的绢，发与染坊染着；自己麦子磨的白面、蜂窝里割的蜜、芝麻打的香油，叫厨子炸喜果；到府城里买的桂圆，羊群里拣了两只牝牡大羊；鹅、鸭、鸡、鸽，都是乡中自有；唤了乐人鼓手，于十一月初十日备了一个齐整大聘。

　　管家狄周、媒婆老田，押了礼送到薛家。管待了狄周、老田的酒饭，赏了每人一千钱、一匹大红布。回了两只银镶碗、两双银镶箸、一面银打的庚牌、四副绣枕、四双男鞋、四双女鞋；狄希陈的一顶儒巾、一匹青线绢、一匹蓝线绢、一根儒绦、一双皂鞋、一双绒袜、一部《五经旁训》、一部《四书大全》、两封湖笔、两匣徽墨、一对龙尾砚、几样果品，打发回礼来家。两家各往各门亲戚分送喜果。

狄员外和另一位亲家童奶奶的交往也是从送礼开始的：

　　狄宾梁料童七必定还要接风，又见童奶奶甚是亲热，随收拾了自己织的一匹绵绸一斤棉花线、四条五柳堂出的大花手巾、刘伶桥出的十副细棉线带子、四瓶绣江县自己做的羊羔酒，差狄周送了过去。

　　过了两日，童七送了一大方肉，两只汤鸡，一盒澄沙馅蒸饼，一盒蒸糕，一锡瓶薏酒，说："这几日合老公算帐，不得点空儿，太迟了又不安，先送了这些小嘎饭孝敬狄爷合狄大叔，略待两日再专请狄爷合狄大叔吃饭哩。"狄宾梁也赏了来人八十文钱，再三说了上覆。算计要添些别样蔬菜叫尤厨子做了，晚上等童七回家，请来同坐。把肉做了四样，鸡做了两样，又叫狄周买了两尾鱼，六个螃蟹，面筋，片笋之类，也够二十碗，请过童七来坐；又送了六碗菜，一碟甑糕蒸饼，一瓶羊羔酒与童奶奶。

分别时，两家自然又互有馈赠：

　　狄员外陪着狄希陈坐完了监，看定了日子起身。童七家预先摆酒送行，借了调羹做菜。狄员外将前后房钱都一一找算清结。将合用的家伙，借用的，都一一交还，并无失损。将自己买添的并多余的煤米，都送了童奶奶用。童七回送了三两赆仪、两匹京绿布、一十沉速香、二百个角子肥皂、四斤福建饴糖。狄员外返璧了那赆仪，止收了那四样的礼。狄员外又与玉儿二钱银子，一条半大的手巾。狄希陈梯已送了寄姐一对玉瓶花、两个丝绸汗巾；寄姐回送了狄希陈一枝乌银古折簪。童奶奶赏了狄周三钱银，赏了调羹一双红段子裤腿、三尺青布鞋面。

赵杏川为狄希陈治好了伤，狄家的谢礼也不菲：

赵杏川要辞了回家。狄员外除这一月之内，叫人往他家里送了六斗绿豆，一石麦子，一石小米，四斗大米，两千钱，不在谢礼之内；又送了十二两银，两匹绵绸，一双自己赶的绒袜，一双镶鞋，二斤棉花线，十条五柳堂大手巾。赵杏川收了四样礼，抵死的不收那十二两银。

狄希陈在往成都赴任时，虽然手头很紧，但礼物却是不敢马虎：

童奶奶说狄希陈道："你一个男子人，如今又戴上纱帽在做官哩，一点事儿铺排不开，我可怎么放心，叫你两口儿这们远去？你愁没盘缠，我替你算计，家里也还刷括出四五百银子来。问相太爷要五百两，这不有一千两的数儿？你一切衣裳，是都有的，不消别做，买上二十匹尺头拿着。别样的小礼，买上两枝牙笏，四束牙箸，四副牙梳，四个牙仙；仙鹤、獬豸、麒麟，斗牛补子，每样两副；混帐犀带，买上一围；倒是刘鹤家的好合香带，多买上几条，这送上司希罕。象甚么洒线桌帏，坐褥，帐子，绣被，绣袍，绣裙，绣背心，敞衣，湖镜，铜炉，铜花觚，湖绸，湖绵，眉公布，松江尺绫，湖笔，徽墨，苏州金扇，徽州白铜锁，篾丝拜匣，南京绉纱：这总里开出个单子来，都到南京买。如今兴的是你山东的山茧绸，拣真的买十来匹，留着送堂官合刑厅；犀杯也得买上四只；叫香匠做他两料安息香，两料黄香饼子。这就够了，多了也不好拿。领绢也往南首里买去。北京买着纱罗凉靴，天坛里的鞋，这不当头的大礼小礼都也差不多了？你到南京，再买上好玉簪，玉结，玉扣，软翠花，羊皮金，添搭在小礼里头，叫那奶奶们喜欢。

送礼在晁家也是家常便饭，晁梁出生时，晁夫人给接生婆的谢礼也很可观：

那个小孩子才下草，也不知道羞明，挣着两个眼狄良突卢的乱看，把众人喜的慌了。大家同徐老娘吃了些饭，晁夫人亲与徐老娘递了一杯喜酒，送了二两喜银，一匹红段，一对银花；徐老娘也与晁夫人回敬了喜酒。也与女先三钱银子。……到了十八日，把徐老娘接得到了，送粥米的那些亲眷渐渐的到齐，都看着与孩子洗了三。他那东昌的风俗，生子之家，把那鸡蛋用红曲连壳煮了，赶了面，亲朋家都要分送。看孩子洗三的亲眷们，也有银子的，也有铜钱的，厚薄不等，都着在盆里，叫"添盆"。临了都是老娘婆收得去的。那日晁夫人自己安在盆内的二两一个锞子，三钱一只金耳挖，枣栗葱蒜；临后又是五两谢礼，两匹丝绸，一连首帕，四条手巾。那日徐老娘带添盆的银钱约有十五六两。

等到晁梁的儿子晁冠出生时，又是依样画葫芦：

晁夫人赏了徐老娘一两银，一匹红潞绸；姜夫人也赏了一匹红刘绢，一两银……徐老娘将娃娃洗过了三，那堂客们各有添盆喜钱，不必细说。照依晁梁那时旧例，赏了徐老娘五两银子、两匹罗、一连首帕、四条手巾；放在盆里的二两银、三钱金子。姜夫人放在盆里的一两银，两个妗子每人五钱。临后姜夫人又是二两银、两个头机首帕，二位妗子每人又是五钱银。徐老娘抱着孩子，请进姜副使合姜大舅姜二舅看外甥。姜副使爷儿三个甚是喜欢，姜副使又赏了老娘婆银一两，二位舅各赏了五钱。

小说中送的最重的一次礼是做了刑部尚书的邢皋门到晁家看望晁夫人：

果然次日晚上，邢皋门三只大座船，带着家眷，从湖广上京。晁夫人送的两石大米、四石小米、四石面、一石绿豆、六大坛酒、四个腊腿、油酱等物，不可悉数。晁书领着晁梁，衣巾齐整候见。邢皋门即忙让到船上见了，又喜又悲，感不尽晁夫人数年相待周全，将送的礼尽都收了。天够二更，方送下船来。次早自到晁家回拜，选了两匹南京段子、两匹松绫、两匹䌷纱、两匹生罗、两领蘄簟、四篓糟鱼、六十两银子，又送晁梁书资二十两、贺仪十两，又赏晁书、晁凤、晁鸾向日服事过的旧人，共银十两。

为了讨好粮厅，狄希陈送给童粮厅的寿礼也很可观：

除备了八大十二小的套礼之外，十五两重的三只爵杯，十六两重的一柄银如意，二十四两重的一把银壶，三十二两重的一面洗手盆，要道他祝寿；又求了蜀殿下的一个画卷，请周相公进衔做的前引后颂。

看过这么多送礼，你是否会为这种世俗的情感而感动呢？**感情本来是属于精神的，可是到最后，却总是通过物质来表达——世界总是充满了各种各样的悖论。**

如果说上述送礼带给我们的是感动的话，下面的送礼给我们的感觉就不那么美妙了。

>（晁源）一面先着人送了酒饭往监中与珍哥食用；又送进许多铺陈，该替换的衣服进去；又差了晁住拿了许多银子到监中打点：刑房公礼五两，提牢的承行十两，禁子头役二十两，小禁子每人十两，女监牢头五两，同伴囚妇每人五钱。打发得那一干人屁滚尿流，与他扫地的、收拾房的、铺床的、挂帐子的，极其掇臀捧屁；所以那牢狱中苦楚，他真一毫也不曾经着。次早，又送进去许多合用的家伙什物并桌椅之类。此后，一日三餐，茶水，果饼，往里面供送不迭。

后来，监狱新换了典史，珍哥的特权让典史感到不快——不单单是因为法律被出卖，而是因为法律被出卖了，钱却被别人拿走了——法律的看门人只好宣布交易作废。无奈之下，晁源只好再购买一次：

>……到了次日清早，晁大舍恐那典史不放心，起了个绝早，拣了两个圆混大坛，妆了两坛绝好的陈酒。昨晚那六十两银子，愿恐怕他乔腔，就要拿出见物来买告，见他有个体面，不好当面亵渎。他随即解开了封，又添上二十两，每个坛内是四十两；又想，要奉承人须要叫他内里喜欢，一个坛内安上了一副五两重的手镯，一个坛里放上每个一钱二分的金戒指十个，使红绒系成一处；又是两石稻米，写了通家治生的礼帖，差了晁住押了酒米；又分外犒从银十两，叫晁住当了典史的面前，分犒他衙门一干人众，众人都大喜欢。

我前段时间在网上看到一篇题为《行贿改变世界》的帖子，感慨良多。细细想来，行贿改变世界的过程大致如下：行贿取得特权——特权获得利益——获利引起模仿——模仿使行贿成为普遍——普遍行贿使不行贿不能办事——行贿成为规则——世界因此改变。

我最不能理解的是，为什么中国人对特权既痛恨得切齿又向往得发狂。就连像晁思才和晁无晏这样无权无势的泼皮也始终惦记着特权：

> 晁无晏合晁思才起初乍听了给他每人五十亩，也喜了一喜，后来渐渐的待要烤火；烤了火，又待上炕；上了炕，又待要捞豆儿吃；没得捞着豆子，心里就有些不足的慌了。二人的心里又待要比别人偏些甚么，不待合众人都是一样。他一个说是族长，一个又说是族霸。两个走到外边，恓恓插插的商量了一会进来，又合晁夫人道："俺两个又有一句话合嫂子说：凡事也有个头领，就是忘八也有个忘八头儿，贼也有个贼头儿，没的这户族中也没个长幼都是一例的。俺寻思着不动嫂子的东西，把他六家子的银子，每家子减下一两来，粮食也每家子减下一石来，把这六两银子，合这六石粮食，我情四分，二官儿情两分。就比别人偏一个钱也体面上好看。"

所以我说，中国虽然很早就有平等的思想，但中国人从来就没有平等的习惯。所谓的平等，仅仅是在别人比我占有得更多时的诉求。

因为没有平等的习惯，所以中国人也就没有遵守法律、遵守程序的习惯——所以，我们遇到什么事，首先想到的总是——找人，能够找得着人，能够不遵守程序，就是光荣，就可以拿出来炫耀——只有最没有用的人才一步一步地按程序来。

在这种思维下，再好的制度也形同虚设。

在《醒世姻缘传》里，我们可以看到，明朝的某些司法制度甚至比现在更严密：

计晁两家的案子，先是武城县审。武城县审后，计家不服，恰逢东昌巡道按临，计家就到巡道衙门上诉。巡道在询问案情后，将案子发到东昌府刑厅审理。刑厅审过之后，又将案子上报巡道衙门。巡道衙门复审之后，又将案子移到东昌府。东昌府再将案子发到聊城县复核，聊城县复核后，再将案子移交茌平县复核，然后再将案子送回东昌府。

> 本府分付把人犯带回本县，分别监候，讨保，听候转详。由两道两院

一层层上去，又一层层批允下来，尽依了原问的罪名。

怎么样，这套三审三驳的制度比现在的司法程序更严密吧？可是这又有什么用呢？武城县快手的一句话道出了其中奥妙：只是大爷没有正经行款，十条路凭他老人家断哩！

这才是问题的症结。一个故意伤害的案件，判十年是合法的；判三年呢，也是合法的；甚至判为正当防卫，也是合法的。

在这样的法律下，制度越是严密就越是繁琐，多一道程序，只不过是多一道行贿的关口而已——无怪乎到后来连富家公子晁源也玩不起了。

权力的力量实在太强大了，它可以合法地给予或者剥夺任何人的生命或者财产。这就是所谓的合法伤害权。

合法伤害权的存在，使行贿的目的由追求法外特权转变为免受合法伤害权的伤害。

所以说，决定世界面目的不是行贿，而是权力的运转方式——行贿只不过是被决定的世界面貌的一部分而已。

所以说，如果不从根本上改变权力的产生方式、运行方式及撤销方式，所有的改革都不会有多大意义——只不过催生出更多开宝马领低保的人罢了。

语言里的原生态 ///

  关于《醒世姻缘传》的语言，现在的研究大多集中在它的方言词汇上，有人说它用的是山东方言，也有人说它也用河南方言——本人在此不做讨论，我想说的是阅读小说文本时语言给读者的感觉。

  我们读《红楼梦》，感觉它的语言就像醇酒一样典雅蕴泽，没有一丝杂质。至于《金瓶梅》，虽然内容很色情，但语言却一点也不粗俗：

> 此时正值三伏天道，妇人害热，吩咐迎儿热下水，伺候要洗澡。又做了一笼裹馅肉角儿，等西门庆来吃。身上只着薄纱短衫，坐在小凳上，盼不见西门庆到来，骂了几句负心贼。无情无绪，用纤手向脚上脱下两只红绣鞋儿来，试打了一个相思卦。正是：逢人不敢高声语，暗卜金钱问远人。有山坡羊为证：凌波罗袜，天然生下，红云染就相思卦，似藕生芽，如莲卸花，怎生缠得些儿大！柳条儿比来刚半叉。他不念咱，咱何曾不念他！倚着门儿，私下帘儿，悄呀，空叫奴被儿里叫着他那名儿骂。你怎恋烟花，不来我家！奴眉儿淡淡教谁画？何处绿杨拴系马？他辜负咱，咱何曾辜负他。

  这是潘金莲想西门庆的情景。其实在《金瓶梅》中，西门庆与潘金莲几乎是一见面就那个，谈不上有什么心灵与情感的交流，但小说写起来，却是情长长意绵绵，淡雅得很，就连潘金莲写给西门庆的短信也颇有"赋比兴"的味道：

> 将奴知心话，付花笺寄于他。想当初结下青丝发，门儿倚遍帘儿下，受了些没打弄的耽惊怕。你今果是负了奴心，不来还我香罗帕。

打死我也不相信西门庆会被这样的短信感动——这只不过反映了作者骨子里的一种文人情趣罢了，想摆脱也摆脱不了的。

再看《醒世姻缘传》又是怎样的光景呢？

> 相于廷去后，狄希陈都都抹抹的怕见走。素姐催了他几遍，见他不肯动弹，发起恶来骂道："死囚忘八羔子！我只当是你死了！你与我快走！你就永世千年别要进我的门槛儿！你要只进一进来，跌折双腿，叫强人割一万块子，吊在湖里泡的胖胀了，喂了鱼鳖虾蟹，生布心疗，瘟病一辈子！我自家往府里，你睁着屄眼看我有本事告状不！我告回状来，我叫十二个和尚，十二个道士，对着替你合小春子小冬子念倒头经，超度你三个的亡灵！贼没仁义的忘八羔子！"一边收拾了行李，拿着盘缠。

这就是典型的素姐语言，不带"屄"字不开口。素姐用得最多的词汇有以下几个：王八——一般用来指丈夫狄希陈，有时还加上两个字——羔子；淫妇、私窠子——用来指一切痛恨的女性；屄、骚屄——用来指女性的某部位；夹着腔——用来形容某某人的某种体态。

这是人物语言，再来看叙述语言：

> 这晁无晏只见他东瓜似的搽了一脸土粉，抹了一嘴红土胭脂，滴滴拉拉的使了一头棉种油，散披倒挂的梳了个雁尾，使青棉花线撩着。缠了一双长长大大小脚儿，扭着一个摇摇颤颤的狗骨颅。晁无晏饿眼见了瓜皮，扑着就啃。眼看着晁无晏上眼皮不离了下眼皮打盹磕睡，渐渐的加上打呵欠；又渐加上颜色青黄；再渐加上形容黑瘦，加上吐痰，加上咳嗽，渐渐的痰变为血，嗽变为喘，起先好坐怕走，渐渐的好睡怕坐，后来睡了不肯起来。起初怕见吃饭，只好吃药，后来连药也怕见吃了。秧秧跄跄的也还待了几个月，一交放倒，睡在床上，从此便再扶不起，吃药不效，祷告无

灵。阎王差人下了速帖,又差人邀了一遭,他料得这席酒辞他不脱,打点了要去赴席。

这就是《醒世姻缘传》的典型语言:第一诙谐,第二粗俗。

从语言的美感上讲,《醒世姻缘传》比不上《红楼梦》,也比不上《金瓶梅》,但是我觉得它更接近于日常语言的实际。我有一次玩性大发,用手机在一个长途车站不间断地录音二十分钟,结果发现,里面的语言与我们在电视上听到的完全不同:成分不全,语序颠倒,各种口头禅充斥其间——其粗俗与丑陋程度让我简直难以相信这是人说的话——与《醒世姻缘传》的语言非常接近。

胡适先生这样形容《醒世姻缘传》的语言:"纯粹用土语为文,摹绘村夫村妇口吻,无不毕肖,文笔亦汪洋恣肆,虽形容处稍欠蕴藉,要为灵动活跃最富有地方性之漂亮文字,在中国小说中实不多见。"在我看来,大致可以这样区别,《红楼梦》和《品花宝鉴》是雅中有俗,《金瓶梅》是俗中有雅,而《醒世姻缘传》则至俗无雅,完完全全的原生态语言。

读《醒世姻缘传》,经常可以发现口语里有而普通话里找不到的方言词汇。看见的那一瞬间,常有一种"他乡遇故知"的惊喜,笔者就遇到过几个。

第一个词是"蹝",这个字,一般的字典里找不到,只在《中华字海》和《简明古汉语字典》里可以查到,说是"躧"的异体字,读为"xǐ",作名词用时是鞋子的意思,作动词用时是趿拉着或踩踏的意思。

这个字,在我们湖北方言里,就读"lī"——在普通话里,"li"没有一声,在湖北方言里却有。"lī"的意思和"踩踏"相近,但无论是和"踩"还是和"踏"接近,都有区别。"踩"可以表示两个动作,一是站,比如"我踩在你的肩膀上";二是将脚提起来再用力地放下去,也就是"跺"——在湖北话里说"跌"。但湖北话里的"lī",除了表示"踩"的动作,还可以表示将"脚放在某个物体上,用力向下,反复扭动脚踝——脚并不提起来"这个动作。我觉得,关于"蹽"这个字,无论是读音,还是释义,湖北话可能更接近古汉语。《西游记》第四十一回里就有:孙大圣厉声高叫道:"那小的们,趁早去报与洞主知道,教他送出我唐僧师父来,免你这一洞精灵的性命!牙迸半个不字,我就掀翻了你的山场,蹽平了你的洞府!"

"蹽",为什么要读"xī"呢?读"lī"多好啊。

第二个词是"滴"。龙氏走到自己房里闩上门,一边哭,一边骂说:"贼老强人割的!贼老强人吃的!你那爹不打我,我生儿长女的你打我!我过你家那屄日子!贼天杀的!怎么得天爷有眼,死那老砍头的,我要吊眼泪,滴了双眼!"这个"滴"字在上海古籍版的《醒世姻缘传》(黄肃秋校注)里,改成了"摘"。其实,这是没有必要的。方言里的"滴"(入声,音调介于一声与二声之间)并不是单纯的"摘",而是非常用力地"摘",所以常常用在赌咒发誓的时候。因为强调用力,所以"滴"有时候更接近于"扯",比如"滴头发"就是"扯头发"。但是如果将毛发"滴"完了,那就不叫"滴",而叫"挦"(xián),我们常说"挦鸡毛",就是这么回事。

《醒世姻缘传》使用的是明末清初山东地区没有过滤的原生态语言,这些原汁原味的山东方言经过几个世纪的演变,很多语言现象在山东本地可能已经绝迹了,但在其他地方,有可能还保留着。读书时不经意地遇到,觉得异常亲切——这是一种非常美妙的感受。

忽悠没商量

当前的中国,各种假冒伪劣几乎无处不在,以至有人说,只要有中国人的地方,就有假货。应该说,中国的假冒伪劣也不是自今日始——《醒世姻缘传》在这方面也有精彩的展示。

晁梁的生母春莺原是裁缝沈善乐的女儿,那么她是怎么卖到晁家做丫鬟的呢?说来可笑。临近过年了,武城知县请沈裁缝做一件一套大红劈丝圆领——就是官服。衣料是县官自己让人花十七两银子从南京买来的。因为名贵,县官怕沈裁缝不用心,亲自到店里看沈裁缝下剪。

因为有县官在场看着,沈裁缝便没办法给自己留点尺头。但是看着这么好的布料,不弄点到手又实在不甘。

狠命的喷了水,把熨斗着力的熨开,定要得他些油水。但这红劈丝只是宜做女鞋,但那女鞋极小也得三寸,连脱缝便得三寸五分。他便把那四叶身一叶大衿共足足偷了一尺七寸;二尺二寸的大袖,替他小了三寸,又共偷了尺半有零;后边摆上,每边替他打下二寸阔的一条;每只袖又都替他短了三寸;下狠要把熨斗熨的长添,却又在那大襟前面熨黄了碗大的一块。二十六日做起,直等到二十九日晚上方才催完交进。

次日元旦,县官拜过了牌,脱了朝服,要换了红员领各庙行香,门子抖将开来与官穿在身上，底下的道袍长得拖出来了半截，两只手往外一伸，露出半截臂来，看看袖子刚得一尺九寸，两个摆裂开了半尺，道袍全全的露出外边。一个元辰五鼓的时候，大吉大利，把一个大爷气得做声不出。

因为过年，县官没有为难沈裁缝，只是要他原价赔偿。沈裁缝想了很久，决定把这件"韩版"的圆领，卖给一位五短身材的乡宦——你不说，还正好——可是卖的钱又被小偷偷了，最后，沈裁缝只好卖女儿春莺还债，这才有了后来的"小和尚"——晁梁。

真正说来，春莺虽然一生衣食无忧，但以青春妙龄嫁给一花甲老翁做妾，不到两个月就守寡，也实在可怜——这一切都是拜他父亲所赐！

寄姐家是做乌银首饰的，靠做乌银而发家，也因此而家破人亡。

狄希陈那年在京坐监，旧主人家童七，名字叫童有莘，号是童山城，祖传是乌银银匠。其父童一品是个打乌银的开山祖师，使了内官监老陈公的本钱，在前门外打造乌银。别的银匠打造金银首饰之物，就是三七挽铜，四六挽铜，却也都好验看。惟这乌银生活，先把来烧得扭黑，再那里还辨得甚么成色；所以一味精铜打了甚么古折戒指、疙瘩钮扣、台盏杯盘之类，兑了分两，换人家细丝白银，这已叫有利无本的生意。谁知人心不足，每两铜还要人家三钱工价，弄得铜到贵如银子。他又生出个巧计，哄骗那些愚人：他刊了招帖，说："本铺打造一应器皿首饰，俱系足色纹银，不挽分文低假，恐致后世子孙女娼男盗。四方君子，用银换去等物，不拘月日，如有毁坏者，执此帖赴铺对号无差。或另用新物照数兑换，止加工钱；如用银，仍照原数奉银，工钱不算。执帖为照。"人换了他的东西，果然有来兑换的，照了帖一一换去。所以把这个好名传开，生意大盛。

发家之后的童七很快过上了高大上的生活。

后来生意盛行，赚钱容易，家中就修理起房来；既有了齐整房舍，就要摆设桌椅围屏，炉瓶盆景，名人字画之类，妆作假斯文模样；渐渐又齐整穿着起来；住了齐整房屋，穿了齐整衣裳。京师虽是帝王辇毂所在，那人的眼孔比那碟子还浅，见他有了几个铜钱，大家把他抬起来，唤他都是"童爷"，唤他的婆子都是"童奶奶"。唤来唤去，两口儿通忘了自己是个银匠，俨然便以童爷童奶奶自居。

却说这样又富又贵的童爷,穿了彻底的绸帛,住了深大的华堂,便不好左手拿了吹筒,右手拿了箝子,老婆扯着风匣,儿子扇着火炉。——这成甚么体段?所以倾银打造,童爷不过总其大纲,察其成数;童奶奶越发眼也是不见的。

假冒伪劣做的是一锤子的买卖,从来没有做假生意做到几代人的,童七的乌银铺也不能永远忽悠下去——他最后的结局是生意倒闭,自己上吊身亡。

童奶奶的父亲骆佳是个皮匠,偷工减料也是轻车熟路。貂鼠皮是很名贵的,骆皮匠在给别人做帽套时,就拣那貂鼠皮最好的地方,偷偷裁下那么指头宽的一条——可别小看,积攒下来,拼成帽套,用玄纻吊了里。从外面看,毛深色紫,一个可以卖二三十两银子。狄希陈选官以后,童奶奶的哥哥骆校尉还送了一顶这样的帽套作为贺礼:一团宝色的紫貂,又大又冠冕,大厚的毛,连鸭蛋也藏住了。但是骆校尉一再叮嘱狄希陈:姑夫留着自己用,千万的别给了人。我实合你说,你留着自己戴,凭他谁的比不下你的去;你要给人,叫人看出破绽来,一个低钱不值。

看完制造业的作假,再来看商业上的做假——居然连诡计多端的晁源也被忽悠了。

一天,晁源在街上逛,碰上一个卖猫的。卖猫的说他的猫是如来佛身边的灵猫,因为不守清规,咬死了偷琉璃灯油的老鼠,被如来佛贬到中土来——现在还会念经。据卖猫的说,不仅老鼠见了这猫绕道走,就是千年狐狸精碰上了,也要逃之夭夭。要论捉鬼,比张天师还行。晁源看那猫长着一身红色的长毛,很是可爱,就动了买的心思。卖猫的开价三百两,晁源好说歹说,总算花五十两买了下来——相当于一个私塾先生一年的工资。

接下来,晁源继续逛,又遇到一个卖鹦鹉的。这鹦鹉也很神奇,居然能够和晁源对话,晁源说"太贵了,买不起"。鹦鹉就说"爷不买,谁敢买?"晁源心花怒放,就花十五两银子买下了这只鹦鹉。

晁源买了这两件稀罕物,兴冲冲的拿到珍哥面前献宝。

晁大舍道:"鹦哥,你说话与奶奶听,我与你豆子吃。"那鹦哥果然真真的说道:"爷不买,谁敢买?"珍哥道:"果然说的话真。"道:"鹦哥,你再说句话,我与你豆儿吃。"那鹦哥又说:"爷不买,谁敢买?"珍哥看着晁大舍大笑道:"我的傻哥儿!吃了人的亏了!你再叫他会说第二句话么?"

晁源又把那只五十两银子买的大红灵猫献上,结果呢?

晁住道:"没的这猫也着人哄不成?咱这里的猫,从几时有红的来?从几时会念经来?"珍哥道:"红的!还有绿的、蓝的、青的、紫的哩!脱不了是颜色染的,没的是天生的不成?你曾见俺家里那个白狮猫来?原起不是个红猫来,比这还红的鲜明哩!"晁大舍道:"如今怎么就白了?"珍哥道:"到春里退了毛就白了。"

珍哥接着叫晁源让猫念经。晁源在猫的脖子上挠了几下,那猫被挠得舒服,就眯了眼,打起呼噜来。晁源大喜:"你听!你听!念的真真的'观自在菩萨'!'观自在菩萨'!"珍哥说这也叫念经?珍哥叫丫头把家里的小玳瑁猫捉来,在它脖子底下挠了几把,那玳瑁猫也眯了眼,打起呼噜来,不说,还真像在念"观自在菩萨"呢。

作者是坚信善恶有报的,但对这两个骗了晁源六十五两银子(换算成人民币大约32500元)的骗子,却没有让他们受什么报应,想来大概是觉得像晁源这样的花花公子不骗白不骗吧。

从小说中看,中国人制假售假的传统可谓悠久,但明眼人一看就知,上述的这些手段到现在已经沦为不值一谈的小儿科了。现在的制假售假,其范围之广,手段之卑劣,良心之无存,让沈裁缝、童七这些制假前辈们看了,恐怕也只有瞠目结舌的份儿。

改革开放初,假冒伪劣泛滥,我们常归结为相关法律的不完善。可是现在,我们已经建立起了各个行业的质量标准,然而我们身边的假冒伪劣却不仅不见减少,反而愈演愈烈——这又是为何?

其实,要回答这个问题也不难——仔细看,几乎每一个制假售假企业的上头，都可以发现一把地方保护主义的大伞，伞的上面依稀可见五个字：利益共同体。

  当制假售假的范围从日用化工业延伸到食品制造业再延伸到建筑业和交通业时，当三聚氰胺和塑化剂大举进驻我们的冰箱和餐桌时，当竹签代替钢筋建房子时，我们还能说什么？作为生活在中国的普通消费者，我们唯一能做的就只剩下——祈求——上苍保佑！

笑死人不偿命

众所周知,《儒林外史》是中国古代最著名的讽刺小说,钱钟书先生的《围城》则是现代讽刺小说之冠,两者的讽刺艺术可谓炉火纯青。其实《醒世姻缘传》里的讽刺艺术也是相当高明的,徐志摩曾这样形容:

"他的行文太妙了,一种轻灵的幽默感渗透在他的字句间,使读者决不能发生厌恶的感觉。他是一个趣剧的天才。他使你笑得打滚,笑得出眼泪,他还是不管,摇着他的一支笔又去点染他的另一个峰峦了。"

的确,冷幽默是《醒世姻缘传》最大的讽刺特色。

小说对反面人物的处理,一种方法是在结局上予以惩处,一种是在语言上予以讽刺,第三种就是既在结局上予以惩处,又在语言上予以讽刺。作者对晁思孝晁知州就是用的第三种方式。

晁思孝捐了监生,参加吏部的选拔考试。这次考试的题目是"有民人焉,有社稷焉"。晁思孝考了个第一名知县,又因为有先当礼部侍郎后转吏部尚书的老师的照应,授了南直隶华亭知县——天下有名的大县,多少举人进士都谋不到手。

那么这个在"有民人焉,有社稷焉"上面有独到见解的晁知县,做官时又是怎样对待人民和社稷的呢？

> 却说晁知县在华亭县里，一身的精神命脉，第一用在几家乡宦身上，其次又用在上司身上。待那秀才百姓，即如有宿世冤仇的一般。

这就是典型的两面人：台上一个样，台下一个样。

就是这样一个对待百姓如寇仇的晁知县，居然官运亨通，升了北通州知州。晁知县离任时，华亭自有一番热闹：

> 晁知县起身之日，倒是那几家乡宦举人送赆送行，倒也还成了礼数。那华亭两学秀才，四乡百姓，恨晁大尹如蛇蝎一般，恨不得去了打个醋坛的光景。那两学也并不见举甚么帐词，百姓们也不见说有"脱靴遗爱"的旧规。

什么叫"脱靴遗爱"呢？据说唐朝的崔戎任华州刺史时，为老百姓做了很多好事。后来任满离开时，百姓们都舍不得让他走，拦在路上，拉断了马缰，脱掉了他的官靴，这就是"脱靴遗爱"的由来。

> 那些乡绅们说道："这个晁父母不说自己在士民上刻毒，不知的只说华亭风俗不厚。我们大家做个帐词，教我们各家的子弟为首，写了通学的名字，央教官领了送去；再备个彩亭，寻双靴，也叫我们众家佃户庄客，假妆了百姓，与他脱脱靴。"算记停当，至日，撮弄着打发上船去了。合县士民也有买三牲还愿也，也有合分资做庆贺道场的，也有烧素纸的，也有果然打醋坛的，也有只是念佛的，也有念佛中带咒骂的。

晁知州上任后不久，蒙古也先犯境，晁知州先是贪生怕死，不顾师爷的反对递了辞呈，受到上峰严辞训诫，后来又将朝廷下拨的一万多两银子的军粮款子全部装进了腰包，受到御史的弹劾。经过多方活动，花了五千多两银子，晁知州得到的处分是"坐了个不谨、冠带闲住"——负有领导责任，撤销一切职务。

因为贪赃而被撤职的晁知州离任时依然很热闹：

> （晁老）叫人雇了两只座船，收拾行李，择了十一月二十八日起身。那日，曹快手还邀了许些他的狐群狗党的朋友，扎缚了个彩楼，安了个果盒，

拿了双皂靴，要与晁老脱靴遗爱。那晁老也就腆着脸把两只脚伸将出来，凭他们脱将下来，换了新靴，方才缩进脚去。

脸皮之厚，可谓一时无两。

《笑林广记》有一则《强盗脚》，对"脱靴遗爱"这种既当婊子又立牌坊的行为进行了辛辣的讽刺：乡民初次入城，见有木桶悬于城上，问人曰："此中何物？"应者曰："强盗头。"及至县前，见无数木匣钉于谯楼之上，皆前官既去，而所谓遗爱之靴，乡民不知，乃点首曰："城上挂的强盗头，此处一定是强盗脚了。"真是一针见血。

免官后的晁知州很寂寞。为什么寂寞呢？

晁老儿乍离了那富贵之场，往后面想了一想，说："从此以后，再要出去坐了明轿，四抬四绰的轩昂；在衙门里上了公座，说声打，人就躺在地下，说声罚，人就照数送将入来……"想到此处，不胜寂寞。

这个老东西，也不知他生的什么心。几天不打人、不受贿就寂寞。照这么说来，笔者活了半辈子，没打过人，没受过贿，不早就寂寞死了？

计氏已死，珍哥又已关进大牢，很多媒人上门来给晁源倒提亲（女家到男家提亲，称为倒提亲），又因为提亲的人实在太多，晁知州夫妇和晁源都接待不过来。为了将女儿成功嫁给晁源这个西门庆，各路媒人推出了丰富多彩的促销活动。

那一个秦家使来的媒婆说道："我临行时，秦老爷合秦奶奶分付我：'既差你提亲，谅你晁爷断没得推故，晁大舍就是你的姑爷了。待姑娘今日过了门，我明日就与你姑爷纳一个中书。'"那唐家使来媒婆也就随口说："我来时，唐老爷合唐奶奶也曾分付：'我们门当户对的人家，晁爷定然慨允。待你姑爷清晨做了女婿，我赶饭时就与他上个知府。'"

晁老道："胡说！知府那有使银子上的哩！"媒婆道："只怕是我听错了，说是上个知州。"晁老道："知州也没有使银子上的。"媒婆道："只怕知府使银子上不的，知州从来使银子上的。晁爷你不信，只叫大官人替唐老爷做上女婿，情管待不的两日就是个知州。"晁老道："我不是个知州么？没的是银子上的不成！"媒婆道："晁爷，你不是银子上的么？"晁老道:"你看老婆子胡说！我是读书挣的。你见谁家知州知县使银子上来？"媒婆道:"我那里晓得？我只听见街上人说，晁爷是二千两银子上的。"晁老道:"你不要听人的胡说。"

人说打人不打脸，可是这个晁知州被人打了脸，也不见恼。可见脸皮厚真是好，打了也不疼。

寂寞的晁知州终于想出了一个消遣的办法。

晁夫人房内从小使大的一个丫头，叫做春莺，到了十六岁，出洗了一个象模样的女子，也有六七成人材，晁老儿要收他为妾。晁夫人道:"请客吃酒，要量家当。你自己忖量，这个我不好主你的事。"晁老道:"那做秀才时候，有那举业牵缠，倒可以过得日子。后来做了官，忙劫劫的，日子越发容易得过。如今闲在家里，又没有甚么读书的儿孙可以消愁解闷，只得寻个人早晚伏侍，也好替我缝联补绽的。"夫人慨然允了，看了二月初二日吉时，与他做了妆新的衣服，上了头，晚间晁老与他成过了亲。

晁老倒也是有正经的人，这沉湎的事也是没有的。合该晦气，到了三月十一日，家中厅前海棠盛开，摆了两桌酒，请了几个有势力的时人赏花。老人家毕竟是新婚之后，还道是往常壮盛，到了夜深，不曾加得衣服，触了风寒，当夜送得客去，头疼发热起来。若请个明医来看，或者还有救星也不可知，晁源单单要请杨古月救治。杨古月来到，劈头就问:"房中有妾没有？"那些家人便把收春莺的事合他说了。那杨古月再没二话，按住那个"十全大补汤"的陈方，一帖药吃将下去，不特驴唇对不着马嘴，且是无益而反害之。到了三月二十一日，考终了正寝。

二月二日娶妾，三月十一日病倒，三月二十一日呜呼哀哉，还说"倒也是有正经的人，这沉湎的事也是没有的"，真正是骂人不带脏字。

像这样骂人不带脏字的例子还很多：

杨太医将椅子向床前掇了一掇，看着旁边侍候的一个盘头丫头，说道:"你寻本书来，待我看一看脉。"若说要元宝，哥哥箱子内或者倒有几个，如今说本书，垫着看脉，房中那得有来？那丫头东看西看，只见晁大舍枕头旁一本寸把厚的册叶，取将过来，签上写道"春宵秘戏图"。杨太医说道:"这册叶硬，搁的手慌。你另寻本软壳的书来。若是大本《缙绅》更好。"那丫头又看了一遍,又从枕头边取过一本书来,签上写是"如意君传",幸得杨太医也不曾掀开看,也不晓得甚么是"如意君",添在那册叶上边,从被中将晁大舍左手取出,搁在书上。

堂堂一监生家里,藏书两册:一本《春宵秘戏图》,一本《如意君传》。后来,晁大舍好不容易找出了第三本——《万事不求人》——此书现在市面上还有售,只是不知是第几版。

对贪官污吏的讽刺,作者向来是毫不留情的。

武城县胡知县收了晁源五百两银子外加六十两黄金,在审案时将原告被告不管有理无理各罚款若干,貌似公正,实则偏袒被告晁源。胡知县在审案时和证人高氏有一段对话,也很精彩:

大尹道:"这样说起来,那计氏在大门上嚷骂,晁源闪在门后不敢做声,珍哥也躲的不见踪影,这也尽怕他了,还有什么不出的气,又自吊死?"

高氏道:"你看这糊涂爷!比方有人屈柱你怎么要钱,怎么酷,你着极不着极?没的你已是着极,那屈柱你的人还敢照着(在场的意思)哩?"

大尹笑了笑,道:"胡说!……"

人说"当着和尚骂秃驴"。高氏当着贪官骂污吏,而胡大尹居然还笑了笑,脸皮比起晁知州来一点也不逊色。看来,想做贪官先得练好唾面自干的功夫。

作为一个证人,高氏的特点是不怯场,因为不怯场,就能让当官的难堪:

……大尹道:"小珍哥是甚么人?"高氏道:"是晁大官人取的唱的(妓女)。"大尹道:"是那里唱的?"高氏道:"老爹,你又来了!你就没合他吃过酒?就没看他唱戏?"大尹道:"胡说!"

除了贪官外,作者最恨的就是不孝。对不孝之子的鞭挞,也入木三分。

晁知州死了,晁源虽然对老爹没什么感情,但面子还是要讲的。那么晁源是怎么讲面子的呢？人死了，要画喜像。晁源觉得自己的爹长相不够帅，决定给老爹来个帅的。晁源吩咐画师说："你不必管象与不象，你只画一个白白胖胖，齐齐整整，扭黑的三花长须便是，我们只图好看，那要他像！"画师不肯，拗不过晁源一再要求，只好按照文昌帝君的模样给晁知州画了像。晁源还嫌须不甚长，都各接添了数寸。

贪官污吏、不孝之子之外，成为作者讽刺对象的第三类人就是儒林败类。小说中的劣秀才第一个数汪为露，小说除了让汪为露遭受"儿子弃尸，老婆坟上嫁人"的现世报外，在语言上也极尽讽刺之能事：

徒弟们序齿排成了班次，学长上了香，献了酒，行了五拜礼，举哀而哭。哀止，大家抬起头来，发现大部分人都是在干号，只有宗昭和狄希陈两个哭得真切，涕泪滂沱，起来后还哭个不停。师兄弟都很奇怪，就问宗昭是为什么。

宗昭说问什么呢？还不是想起了当初我中举的时候，汪老师逼得我差点跳井，我向他借钱，他不但不给，还说要和我到礼部门前棋盘街上拿了老秀才搏对我这小举人。这才是多久的事，没想到汪老师就不在了，真是"曾几何时，而先生安在哉？"想到这里，不由人不伤感。

大家又问狄希陈哭什么呢？狄希陈本不想说，架不住众人一再追问，不得已道出原委：

我因如今程先生怎般琐碎，想起从了汪先生五年不曾叫我背一句书，认一个字，打我一板，神仙一般散诞！因此感激先生，已是要哭了；又想起昨在府城与孙兰姬正顽得热闹，被家母自己赶到城中把我押将回来，孙兰姬被当铺里蛮子娶了家去，只待要痛哭一场，方才出气。先在府城，后来在路上，守了家母，怎么敢哭？到家一发不敢哭了。不指了哭先生还待那里哭去？

众人也不管什么先生灵前，拍手大笑，说完走散。
汪为露一生待学生如仇敌，死后，学生们却不计前嫌，恪守弟子之礼，为之助丧出殡，但结尾这一哭一笑，还真让人忍俊不禁。

小说作者讽刺较多的第四类人是奸夫淫妇：

（写晁住：）……那个晁住受了晁大官人这等厚恩，怎样报得起？所以狠命苦挣了些钱，买了一顶翠绿鹦哥色的万字头巾（绿帽子之谓也），还恐不十分齐整，又到金箔胡同买了甘帖升底金，送到东江米巷销金铺内，销得转枝莲，煞也好看，把与晁大官人戴。

（写珍哥：）老晁夫妇见了这们一个肘头霍撒脑、浑身都动的个小媳妇，喜的蹙着眉、沈着脸、长吁短叹，怪喜欢的。珍哥拜完，老晁夫妇伙着与了二两拜钱，同珍哥送回东院里去了。

对一些较为正面的人物，作者偶尔也善意地讽刺一下：

狄希陈满口的赔礼，小寄姐不肯放松一句，只是饶过不说跳河。两家人媳妇劝道："奶奶罢呀，'杀人不过头点地'，爷这们认了不是，也就该将就了。只管这们等，到几时是个休歇？"寄姐此时火气也渐觉退去，撒泼的不甚凶狠，劝着奶了奶孩子，挽了挽头，只是使性子没肯吃饭。又劝说："这一日没吃下些饭去，可那里有奶给孩子吃呢？"千央万及的，又将错就错，吃了四五碗蝴蝶面，晚上也还合狄希陈同床睡了。

"又将错就错，吃了四五碗蝴蝶面。"真正是形象极了。我有个女同事，心情不好食欲就特好，看来寄姐也属于此道中人。

幽默是《醒世姻缘传》的一大特色，就是对童定宇、臧主簿、吴推官这样的过场人物，作者也不忘"顺手牵羊"讽刺一下，从而使这些人物即便只露面一次，也让人过目不忘。相关人物后面还要谈到，这里暂不举例。

总体来看，《醒世姻缘传》的讽刺艺术呈现出以下几个特点：

一、因人而异，善恶有别。

对于贪官污吏、不孝之子、奸夫淫妇以及无行文人之类的，作者是极尽讽刺挖苦之能事；对于一般人物则是偶尔给以善意的讽刺；对于像晁夫人、狄员外、邢皋门这样一些作者认为其言行可为世人楷模的正面人物形象，作者则从不以轻佻之语加之其上。

二、以白描为主，通过语词的错位与前后的冲突来达到荒诞效果。

荒诞的效果来自于错位。晁知州考试观点与实际为官形成错位，为官行事与离任情形错位,汪为露出殡的环境与心情错位,吴刑厅、臧主簿的自我认知与社会认知错位……

讽刺最常用的手段就是制造自相矛盾。为了寄姐的官司,童奶奶不得不送银子给单完和惠希仁两个差人。惠希仁先到,单完还没有来。童奶奶道:"有个薄礼,我各自封着哩,二位爷没有甚么相倍呀?"惠希仁道:"俺两人名虽异姓,实胜同胞,说起关张生气,提起管鲍打罕。只愿有钱同日使,不愿没钱各自捱。等等儿,当面同送好看。"一面说"名虽异姓,实胜同胞",马上又接着说"等等儿,当面同送好看",衙役的丑态,实在是令人笑倒。

再看媒婆说亲。两头都是二婚。

女家问:"不知有多大年纪?"

媒婆答:"过年才交二十八,属狗儿的。"

女家又问:"有撒下的孩子么?只怕没本事扎刮呀。"

媒婆答:"有孩子都大了,大哥今年十七,小的两个都十来岁了,都不淘气的。"

女家就问:"呵!这十七的大儿,也是他十一岁上得的呀!"

媒婆答:"你看我错说了。这大哥哥可是他大爷生的,没娘没老子,在他叔手里从小养活,赶着周大叔就叫爹叫娘的,这年根子底下也就娶亲哩。"

女家又问:"是他亲哥的儿么?"

媒婆答:"可不是亲弟兄两个?只吊了周大叔哩。"

女家又问:"他既有哥,他怎么又是周大叔?不是周二叔?"

媒婆实在无法搪塞下去,只好说:"爷哟,你怎么这们好拿错呢?"

三、叙述者态度冷峻,读者笑作者不笑。

听的人不笑,讲的人笑,这是让人尴尬的幽默。讲的人笑,听的人也笑,这是令人开怀的幽默。讲的人不笑,听的人笑,这是令人深思的幽默。《醒世姻缘传》的幽默大部分都属于第三类,就是即使读者已笑得东倒西歪,作者却永远保持一种高妙的冷隽,任凭笔下写得如何活跃,如何热闹,作者却只是"口边常挂着一痕'铁性'的笑"。

《醒世姻缘传》的讽刺艺术在后来的文学作品中得到了继承和发扬,我们在《儒林外史》和《围城》中都可找到似曾相识的人物或者细节,所不同的是,《儒林外史》和《围城》的幽默都是文人的幽默聚会,必须具有相同的文化背景才能领会,而《醒世姻缘传》的幽默却是大众的幽默盛宴。

有人说幽默是人生的最高境界,代表了一种自信,一种超脱,还有一份悲悯。那么,幽默地对待自己笔下的人物是否也可以看成写作的最高境界呢?杨万里说:"从来天分低拙之人,好谈格调,而不解风趣。何也?格调是空架子,有腔口易描;风趣专写性灵,非天才不办。"照此看来,西周生也是天才了?

毫无疑问,肯定是。

不完美的快乐 ///

作为一部早期的长篇小说,《醒世姻缘传》中也存在着诸多的自相矛盾之处,虽然于小说本身的价值并无多大损害,但给读者阅读带来些许不便,在这里就我所发现的几处做一下说明。

也许是出身历史专业的缘故,本人对人物的生卒年月非常敏感,我发现小说中最重大的含糊不清之处是有关狄希陈和晁梁的生年问题。

按照小说中的说法,晁知州二月初二娶春莺,三月十一生病,三月二十一日去世,他的遗腹子晁梁出生于十二月十六日。这个倒没有什么问题,问题在于到底是哪一年。

小说中明确说明的是,晁梁出生于景泰三年(公元1452年)十二月十六日,但是在第四十七回晁家与魏三打官司时,却出现了相互矛盾的说法:

首先是魏三的状纸有误,写成了景泰四年:具禀人魏镜,禀为强夺亲子事:已故晁乡宦妻郑氏因恐族人分夺绝产,故使妾假妆怀孕,于景泰四年十二月十六日酉时知镜生有一男,使老娘徐氏付银三两,强夺为子,欺压族人。镜畏势不敢言喘。徐氏原银存证。今镜颇可过活,镜男应断归宗。镜情愿出银二十两为谢。上禀。

魏三的状纸有误也就罢了，晁家自己的诉状也自相矛盾：

> 诰封宜人郑氏，系已故原任北直隶通州知州晁思孝妻，呈为积棍冒认孤子吓诈人财事：氏夫于景泰二年三月二十一日病故，有妾沈氏怀孕五月，因族人打抢家财，蒙老公祖亲临氏家，即唤蓐妇徐氏，公同合族妇女，验得沈氏之孕是真，蒙谕徐氏看守收生。生时驰报，又蒙赐礼赐名。氏上自祖宗感戴延祀，天恩不可名状。
>
> 今被积恶棍徒魏三突至氏家，称言氏子晁梁系伊亲子，景泰三年十二月十六日酉时，因贫难度，受氏银三两，将子分娩之时即卖与氏，原银与徐氏抱证。谎状告县，县官信以为真，断令氏子晁梁养氏终身，即许改姓回去，止着晁梁留下一子奉晁氏香火。似此以真符假，起衅族人，离间母子，斩人血祀，绝鬼蒸尝，冤恨难伸，伏望神明老公祖详察！
>
> 晁梁生于十六日子时。老公祖儒学上梁回县，时方正卯，氏已差人报闻。今伊言十六日酉时，相去已远。既称因贫卖子，何得又有原银三两存于十六年之久？种种不情，自相矛盾。伏乞清天爷台暂停片刻之冗，亲提魏三并徐氏质审，自见真情。投天呼吁上呈。

在晁家的诉状上，晁梁的生年恢复到了"景泰三年"，但是晁知州的卒年又出了问题：氏夫于景泰二年（公元1451年）三月二十一日病故。晁知州1451年就死了，过了二十二个月，他的遗腹子晁梁才出世——果真如此，晁梁要么就是哪吒第二，要么就是个野种。果真如此，晁家还敢打官司？

由此看来，晁梁的生年和晁知州的卒年都应该是景泰三年，魏三的状纸将前者退后了一年——晁家却没有指出来，晁家将后者提前了一年——也没有人指出来。

说完了晁梁，再来说狄希陈的生年。小说中没有写狄希陈生于哪一年，只是在第七十六回说狄生于壬申年正月二十日。十五世纪只有一个壬申年，就是1452年，和晁梁同年。

那么，有没有可能呢？

按照小说的说法，狄希陈是晁源死后投胎。可是壬申年也就是景泰三年（公元1452年）正月晁知州还活得好好的，正忙着做新郎，晁源更是活蹦乱跳的，怎么可能去投胎？

实际上，狄希陈的生年是可以推算的。从第五十四回的内容看，狄希陈应该比童寄姐大九岁。

> 西房南头一个小角门通着房主住宅。那房主姓童，排行第七，京师通称都叫他"童七爷"。年纪还在三十以下，守着一妻，十岁的个女儿叫是寄姐，四岁的个儿子叫是虎哥，使着个丫头叫是玉儿……
>
> 狄员外叫出狄希陈来作揖，童奶奶问说："这是爷第几的相公？"狄员外道："就只这一个小儿，今年十九岁了。"

那么，童寄姐生于哪一年呢？按照小说中的说法，寄姐是计氏死后十二年投的胎。那计氏死于哪一年呢？

第三十回晁夫人为计氏超度时有交代：本县富有村无忧里五图一甲晁门计氏，生于永乐二十一年二月十一日卯时，享年二十九岁。因妾诬奸，义动不平之气；愤夫休逐，谋甘自尽之心；于景泰三年六月初八日失记的时自经身故。

也就是说计氏生于永乐二十一年（公元1423年），卒于景泰三年（公元1452年）。

按此推算，十二年后应该是1464年，也就是说寄姐生于1464年。狄希陈比寄姐大九岁，应该是生于1455年（乙亥年）。

但是这个推算也是错误的，因为上段文字与前面情节相冲突。按前面所说，晁知州死于景泰三年三月，这里又说计氏死于景泰三年六月，可是依照小说的情节，计氏死于晁知州之前，计氏死后，计晁两家打官司，晁知州还写信关照过。所以依照情节推算，计氏应该是死于景泰二年（公元1451年），这样也就与享年二十九岁相符合了——古人计寿连头连尾。

那么寄姐就应该是生于1463年，狄希陈比寄姐大九岁，应该是生于1454年（甲戌年），比晁梁小两个年头。

这笔糊涂账总算算清了。可以确定，小说在第三十回、第四十七回和第七十六回都出现了错误。

笔者发现的第二个自相矛盾处有关计家老奶奶珠冠的价格问题。计家原本富贵，晁家原本贫寒。在晁思孝捐官之前，一直是计家帮衬晁家。晁思孝上京参加廷试，没有盘缠，计家当时已经衰落，但还是将祖传的一个珠冠卖了，银子全给了晁思孝。可是关于这个珠冠的价格，小说却有两种说法：

计都的说法：后来他往京里廷试，没盘缠，我饶这们穷了，还把先母的一顶珠冠换了三十八两银子，我一分也没留下，全封送与他去。

晁夫人的说法："我也不是拿着东西胡乱给人的。那咱你爷往京里去选官，他曾卖了老计奶奶一顶珠冠，十八两银子，他没留下一分，都给爷使了。我感他这情，寻思着补复他补复。"（第三十回）

这个问题对小说情节几乎没有任何影响，也无从考证，算了吧。

笔者发现的第三处自相矛盾是晁梁的老师到底是谁的问题。

晁夫人从晁梁七岁的时候就请武城的一个名士尹克任教他开蒙读书，直教到十六岁。那晁梁的资性也不甚聪明，这尹克任的教法也没有甚善诱，首尾十年，把晁梁也教了个"半瓶醋"的学问。宗师行文岁考，晁梁初次应试，县里也取了名字，府考是他丈人姜副宪的人情，也取在三四十名之内……

晁梁早早做完，交了卷子，送上宗师面试。宗师问说："你从的先生是谁？"晁梁回说："是尹克任。"宗师问说："是我行后进的么？"晁梁应说："是。"（第四十六回）

可是，到第九十二回，晁梁的蒙师却变成了陈六吉。这陈六吉先是做晁源的老师，后来又做了晁梁的老师。

武城县有个秀才，姓陈，名六吉……晁梁长了六岁，要延师训蒙。晁夫人重那陈先生方正孤介，又高年老成，决意请他教习晁梁，收拾了家中书舍，连陈师娘俱一处同居。也不曾讲论束修，晁夫人没有不从厚之理。

有人说，会不会尹克任和陈六吉同时教晁梁，一个教语文，一个教数学？这是不可能的，不能拿现在的班级式教学模式来套古代的私塾。

会不会是陈六吉教了晁梁一年后，死掉了，又请尹克任接着教呢？好像有这个可能。书中也说了，晁梁六岁时请陈六吉，七岁时请尹克任。

但仔细一看，还是解释不通。按小说的交代，陈师娘是在晁夫人死后三年去世的，晁夫人活了一百零五岁，晁夫人得晁梁时是六十岁；晁夫人死时晁梁应该是四十五岁。又过了三年，陈师娘去世，享年八十一岁。照此看来，晁梁应该比陈师娘小三十三岁。也就是说，晁梁六七岁时陈师娘应该是四十出头。陈六吉和陈师娘是结发夫妻，年纪应该相当。一个四十出头的人可不可以称得上"高年老成"呢？好像有点勉强哦。让师德高尚的陈老师英年早逝好像也不太厚道吧？

如果说以上都还有可能的话，下面一段文字就无法解释了：

> 陈先生有一男一女，那儿子已长成四十多岁，百伶百俐，无所无知，"子曰"、"诗云"亦颇通晓；更有人所难及的一般好处，是教训父母，倒也不肯姑息，把爹娘推两个跟斗，时常打几下子，遇衣夺衣，遇食夺食。后又生了儿子，渐渐长大，做了帮手，越发苦的老两口子没有个地缝可钻。陈先生年渐高大，那有精神气力合他抵斗，只得要寻思退步，避他的凶锋。问晁夫人要了几两银子，在"鄞都县枉死城"东买了一间松木盖的板屋，移到那坡里居住，省了这儿子的作践。（第九十二回）

陈先生死时，儿子都四十多了，自己怎么才四十出头呢？

笔者发现的第四处自相矛盾是晁近仁老婆的最后结局。晁近仁是晁氏家族中比较正直比较有良心的一个人，但是不到五十岁就死了。由于没有儿子（原来也生过几个儿子，养不活，送了人，后来家境好了，又生不了了），他的财产被族人分了，老婆也无处存身，但到底结局如何，小说中有两种相互矛盾的说法：

> 那晁近仁的老婆，一个寡妇，种那三十多亩地，便是有人照管，没人琐碎，这过日子也是难的。这晁为仁平素原不是个轻财好义之士，一些也

不曾得了晁近仁的利路，为甚么还肯替他照管，一来怕晁无晏计较，不敢替他照管，二来晁无晏也不许他去照管！要坐看晁近仁娘子守寡不住，望他嫁人，希图全得他的家产。合他紧邻了地段，耕种的时候，把晁近仁的地土一步一步的侵占了开去；遇凡有水，把他的地掘了沟，把水放将过去；遇着旱，把自己的地掘了沟，把水引将过来；遇着蝗虫，俱赶在他的地内；自己地内的古路都挑掘断了，改在晁近仁地内行走；又将自己地内凡是晁近仁必由之处，或密种了树，或深掘了壕，叫他远远的绕转；通同了里老书手，与他增上钱粮，佥拨马户，审派收头。别要说这寡妇，就是铜头铁脑，虎眼金睛，也当不起这八卦炉中的煅炼。今日二亩，明日三亩；或是几斗杂粮，高抬时价；或是几钱银子，多算了利钱。不上二年，把一个晁寡妇弄得精光！亏了一个好人，起先原养活晁近仁的儿子，后来自己又生两个儿子，此时怜念晁寡妇孤苦无依，遂养活了这个老者。（第五十三回）

由此看来，晁近仁的老婆是被她的孩子的养父母收养了，可是到了第五十七回，晁思才死了，因为没有儿女，这个一生分人绝产卖人老婆的家伙也面临着被人分绝产卖老婆的命运，其中就有人谈到晁思才做的缺德事：

晁夫人道："你们都分的净了，这个老婆子放在那里安插？"众人齐说："老七在世，专好主张卖人的老婆。晁近仁的媳妇子也是半世的人了，也逼着他改嫁……"（第五十七回）

也许是逼而未成吧——只能这么解释。

笔者发现的第五处自相矛盾是汪为露借侯小槐的墙盖的披厦①的间数。

一个侯小槐开个小小药铺，与他相邻，他把侯小槐的一堵界墙作了自己的，后面盖了五间披厦。侯小槐也不敢与他争强。过了几年，说那墙后面还有他的基址，要垒一条夹道，领了一阵秀才徒弟，等县公下学行香，

---

① 正屋旁依墙所搭的小屋，或只有半边屋顶的房子。黄侃《蕲春语》："吾乡谓于正室旁依墙作屋，斜而下，其外更无壁者，曰披厦。"

拿了一呈子跪将过去，说侯小槐侵他的地基。（第三十五回）

可是等到县官判案时，五间披厦却变成了三间：

（县官）在那审单上面写道：审得生员汪为露三年前买屋一所，与侯小槐为邻。汪有北屋南屋西屋，而独东无东房。以东房之地隘也，私将侯小槐之西壁以为后墙，上盖东厦三间，以成四合之象。见侯小槐日久不言，先发箝制，不特认墙为己物，且诬墙东尚有余地。（第三十五回）

"三"和"五"字体相近，抄写或排版错误的可能不是没有，只是古人这一错，后人就不知倒底是三间还是五间，好在这也无关紧要——俺们又不是房管局的。

笔者发现的第六处自相矛盾是周景杨讲的故事中，那个不知名的忘恩负义的秀才的死活。

素姐火烧狄希陈后，知府命令狄希陈写呈子休掉素姐。狄希陈刚开始也无可无不可，找到师爷周景杨写呈。周景杨坚决不肯，认为休妻是伤阴德的事，还讲了一个故事来佐证自己的观点：

还有浙江一个新近的故事，如今其人尚在，也不好指他的姓名，只说个秀才罢了。这秀才家中极贫……（第九十八回）

可是这个故事讲到最后，这个其人尚在的秀才却又死了：

秀才连捷中了丁丑进士，选知县，行取御史，巡按应天，死在任上……"（第九十八回）

笔者发现的第七处自相矛盾是覆试前连春元为程乐宇的四个学生出的复习题的数量问题：10+10+6+6=26？

连春元拟了十个经题，十个《四书》题，叫他四个料理进道。
……
连春元叫人送了吃用之物：腊肉、响皮肉、羊羔酒、米、面、炒的棋子、焦饼。又拟了六个经题，六个《四书》题，来叫学生打点。（第三十八回）

可是等到狄希陈进了考场,这三十二个题目一下子就变成了二十六个:

> 狄希陈四顾无朋,单单只在打点的二十六个题目里面妄想撞岁,想是这会心里或者也且不想孙兰姬了!(第三十八回)

笔者发现的第八处自相矛盾是晁夫人的卒年问题。

按照前文推算,晁夫人比晁梁长六十岁,就应该是生于公元1392年。

晁夫人享年一百零五岁,就应该是卒于1496年,1496年按年号纪年就是明孝宗弘治九年。

按小说中的说法,成化十四年年成尚好,冬天里还下了三场大雪,麦子长得很好,家家户户都把旧麦卖了准备收新麦,谁知麦子将熟时却遇到半月淫雨,将麦子全烂在地里——成了个灾年,晁夫人拿出粮食交了全县百姓拖欠的钱粮,朝廷也给与嘉奖——这一年是成化十五年。

成化十五年十月一日,是晁夫人一百零四岁寿诞,各方致贺。

次年三月十五日,晁夫人辞世。

如此说来,晁夫人是卒于成化十六年,即1480年。而1480年晁夫人才八十九岁。

笔者发现的第九处自相矛盾是计氏的前生问题。

晁源射杀狐精后,又被狐精的鬼魂所伤,除夕晚上,晁源梦见自己的公公(爷爷):

> (公公)又说道:你媳妇计氏虽然不贤惠,倒也还是个正经人。只因前世你是他的妻子,他是你的丈夫,只因你不疼爱他,尝将他欺贱,所以转世他来报你。但他只有欺凌丈夫这件不好,除此别的都也还是好人。所以他如今也不曾坏你的门风,败你的家事,照旧报完了这几年冤孽,也就好合好散了。你如今却又不恕。你前世难为他,他却不曾难为你,他今世难为你,你却更是难为他,只怕冤冤相报,无有了期了!(第三回)

晁公公说，计氏前生是个男生，是晁源前世的丈夫。可是，后来计氏死后给晁夫人托梦时，却说自己前生是个丫头：

> 晁夫人夜间梦见计氏还穿的是那一套衣裳，扎括得标标致致，只项中没有了那条红带，来望着晁夫人磕头，说他前世是个狐狸，托生了人家的丫头，因他不肯作践残茶剩饭，桌上合地下有吊下的饭粒饼花子都拾在口里吃了，所以这辈子托生又高了一等，与人家做正经娘子。性气不好，凌虐丈夫，转世还该托生狐狸。因念了三千卷宝经超度，仍得托生女身，在北京平子门里，打乌银的童七家的女儿，长至十八岁（也是错误的，寄姐嫁狄希陈时应是二十一岁），仍配晁源为妾。（第三十回）

到目前为止，笔者所发现的小说中的不严谨之处就是这些。再次声明，以上这些，都是就文本本身而论的。至于说小说情节与历史事实不合之处，实在太多，作者将很多万历、天启以至崇祯年间的史实，如一条鞭法、练饷等都移到了成化、弘治年间，这里不予讨论。

不管是哪一类错误，都不对小说的情节构成重大影响，保留下来，还可增加读书之乐。希望读友们能有更多发现。

今朝醉梦，人世百态

衡量一篇小说成就高下的标准很多，但最重要的还要算人物形象的塑造。优秀的小说总是能够贡献出一个或者一群独具特色的人物形象，总是能够在人物形象的设计或是人物形象生成的技巧上有为人称道之处。那么,《醒世姻缘传》为古典文学贡献了哪些形象呢？

小说主要人物简表

武城县人物

晁思孝：秀才，通过捐官当上华亭知县和北通州知州，贪官。

晁夫人：晁思孝之妻，一生行善，小说中的大善人。

春　莺：本为晁夫人丫鬟，后被晁思孝纳为妾，生下晁梁。

晁　源：晁思孝长子，一个西门庆式的人物，为鞋匠小鸦儿所杀，后转世为狄希陈。

计　氏：晁源之妻，被珍哥（晁源之妾）诬陷与和尚私通，上吊自杀，后转世为寄姐，嫁给狄希陈为妾。

珍　哥：晁源之妾，本为妓女，逼死晁源正妻计氏，后来转世为婢女小珍珠，被寄姐虐待而死。

仙　狐：一只有千年道行的狐狸，被晁源射杀，后来转世为素姐，嫁给狄希陈。

晁　梁：晁思孝的遗腹子，春莺所生，梁片云转世。

晁思才：晁思孝族弟，晁氏家族族长，无赖。

晁无晏：晁思孝族孙，无赖。
晁　住：晁家家人，与珍哥有染。
晁　凤：晁家家人。
晁　书：晁家家人。
禹明吾：晁源邻居。
高四嫂：晁源邻居。
杨古月：庸医。
萧北川：妇产科医生，嗜酒如命。
胡无翳：高僧，本为地藏王菩萨座下弟子。
梁片云：晁梁的前生，也是地藏王菩萨座下弟子。
邢皋门：晁思孝师爷，后任刑部尚书。
姜副使：晁梁岳父。
小鸦儿：鞋匠，因妻子与晁源私通而杀死晁源。
唐　氏：小鸦儿之妻，与晁源通奸，被小鸦儿所杀。
胡大尹：武城知县，贪官。
徐宗师：初任武城知县，后升任学政。
伍小川：武城县快手。
邵次湖：武城县快手。
海姑子：道姑，俗家名小青梅。
郭姑子：尼姑。

绣江县人物

狄员外：绣江富户，名宗羽，号宾梁。
狄婆子：狄员外之妻，相氏。
狄希陈：小说主人公，狄员外之子，素姐之夫，系晁源转世，后任成都府经历。
素　姐：小说女主人公，狄希陈之妻，系狐仙投胎，有"古今第一悍妇"之称。

寄　姐：狄希陈之妾，系计氏投胎。
薛教授：素姐之父，曾任兖州府学教授。
薛婆子：薛教授之妻。
龙　氏：素姐生母，薛教授之妾。
薛如卞：素姐之弟，小名春哥，龙氏所生。
薛如兼：素姐之弟，小名冬哥，龙氏所生。
巧　姐：狄员外之女，狄希陈之妹，薛如兼之妻。
再　冬：素姐幼弟，龙氏所生。
相栋宇：狄希陈舅舅。
相妗子：狄希陈舅母。
相于廷：相栋宇之子，狄希陈表弟。
童奶奶：寄姐之母。
骆有羲：童奶奶之兄。
小珍珠：狄希陈为寄姐买的丫鬟，珍哥转世，后被寄姐虐待致死。
调　羹：狄员外之妾。
狄　周：狄家管家。
相　旺：相家仆人。
薛三槐娘子：薛家仆人。
薛三省娘子：薛家仆人。
尤　聪：狄家厨师，被雷劈死。
吕　祥：狄家厨师。
汪为露：狄希陈的第一任老师，无良秀才。
程乐宇：狄希陈的第二任老师。
连　才：程乐宇妻兄，薛如卞岳父，举人。
连城璧：连才之子，秀才。
吴刑厅：又称吴推官，狄希陈的上司。
周景杨：狄希陈任成都府经历时的师爷。

刘振白：狄希陈在京城时的邻居，曾几次敲诈狄希陈。

侯道婆：素姐师傅，骗人钱财。

张道婆：素姐师傅，骗人钱财。

白姑子：尼姑，骗人钱财，也劝人行善。

艾回子：外科医生，先把人的伤治坏，再勒索要钱。

赵杏川：外科良医。

许真君：神仙。

李白云：尼姑，能知人前世今生。

从《金瓶梅》开始的地方开始

小说和人生一样，都始于欲望。

《金瓶梅》是从恶少（西门庆）勾搭淫妇（潘金莲）开始的，也就是说它发端于邪恶与淫荡的结合。《醒世姻缘传》也一样，它的开篇人物晁源和珍哥也一对奸夫淫妇：晁源就是西门庆的翻版，珍哥则是潘金莲的变身。所以，我说《醒世姻缘传》是从《金瓶梅》开始的地方开始。

由于篇幅所限，晁源做的坏事没有《金瓶梅》中的西门庆那么多，但远远胜过《水浒传》的西门庆。虽然数量上有差异，但西门庆做过的坏事，晁源几乎也都做过。比较起来，晁源和西门庆至少有以下几个共同点：

一是恶少或者说恶绅的身份。

晁源的父亲是晁知州。晁源倚了父亲的势，捐了个监生，在武城县广交各类狐朋狗友，眠花宿柳，欺男霸女，强买强卖，后来通过两个戏子，还勾搭上了当朝权阉王振。西门庆呢？自己开着个大大的生药铺子，住着门面五间到底七进的房子，家中呼奴使婢，骡马成群，放着官债，就是朝中高、杨、童、蔡，也与他多有来往。

二是欺男霸女淫乱无度。

《金瓶梅》中的西门庆娶了一妻五妾，但是仍然不安于室，与妓女李桂姐打得火热，又收了婢女春梅，还霸占了来旺的媳妇宋慧莲。因为妻妾成群，所以几乎夜不虚度，有时在外面鬼混回来，还要在家里继续胡来，几乎是只要下面能挺起来，就绝不闲着——至于使用春药当然是家常便饭——最后也是因为服用春药过量而死。

《醒世姻缘传》里的晁源比起西门庆来，也不遑多让。晁源先娶计氏，后来又收用了一个丫头，嫌不好，弃掉了。又用六十两银子娶了一个辽东指挥的女儿为妾，又嫌不会奉承，也渐渐厌绝了。最后晁源花八百两银子娶了妓女珍哥，珍爱得不得了——不管是在病中，还是在受刑后，都坚持不误，为此，还一次性购买了童山人的一百根春线。

晁源宠爱珍哥是真，但并不耽误自己寻花问柳。晁源除了和家人晁住的老婆早有勾搭外，在京师坐监其间，还和一个暗娼做过一段时间的露水夫妻。后来，因为逼死计氏，珍哥被关进了大牢，晁源上下打点，居然也能隔三差五地跑到牢里和珍哥同居。

晁源到田庄上监督收麦，看上了皮匠小鸦儿的老婆唐氏——一个不安分的妖艳女人，三把两把就勾上了手——也终于因此而丢了命。

三是阴险诡谲无情无义，没有任何道德观念。

西门庆对孟月楼是先占人后占财产，对结拜兄弟花子虚的老婆李瓶儿则是先占财产后娶进门——西门庆对待结拜兄弟的手腕，由此可见一斑。

在对待结拜兄弟上，晁源比西门庆也毫不逊色。依靠梁生和胡旦，晁知县搭上宦官王振，升了知州。晁源见这两人有如此神通，就和梁生、胡旦拜了把子。后来，王振事败，梁生、胡旦也受到通缉，晁源就有心将两个把弟献出去，亏得母亲晁夫人拦住了。晁源一计不成，又生一计，谎称有人追捕，将两个把弟诓到一个庙里，将把弟的行李并六百多两银子全部占为己有。

用晁源自己的话说就是：

如今的世道，儿还不认的老子，兄弟还不认的哥哩！且讲甚么天理哩，良心哩！我齐明日不许已（古音，就是"供给"的"给"）你们饭吃，我就看着你们吃那天理合那良心！我生平是这们个性子：咱该受人掯把的去处，咱就受人的掯把；人该受咱掯把的去处，就要变下脸来掯把人个够！

谈到无情无义，晁源可能更甚于西门庆。晁源有个妹妹，夫家祖上也曾做过官，家里也有家产百万。只因公公死了，几个兄弟不治产业，将家产败去大半。晁源把他妹夫剩下的一小半产业，连买带骗，弄得一干二净。对妹妹如此，对父亲晁老爷子，晁源也是大难来时各自飞。

晁源随父亲在北通州知州任上，也先东侵，北京城风声渐紧，晁知州和晁源见形势不对，就打算脚底抹油，溜之乎也。

晁老道："若是这个光景，还顾做甚么官？速急递了告致仕文书。若不肯放行，也只有拼了有罪，弃官逃回罢了！"

可晁源的心里却不这样想：

晁大舍的意思，又不肯自己舍着身同爹娘在这里，恐怕堵挡不住，将身子陷在柳州城里；又不肯依父亲弃了官，恐怕万一没事，不得赚钱与他使。只要自己回去，走在高岸上观望，拼着那父亲的老性命在这里做孤注，只是口里说不出来。

四是结局相同。

《金瓶梅》中的西门庆是纵欲而死，《水浒》中的西门庆是被武松杀了。《醒世姻缘传》中的晁源最后也是被唐氏的丈夫小鸦儿剁了脑袋，临死前摇尾乞怜之状，甚至还不如《水浒》中的西门庆。

六月十三日是小鸦儿姐姐的生日，一大早，小鸦儿买了四个鲎鱼、两大枝藕、一瓶烧酒去与姐姐做生日。临走时说了当天不回来。唐氏得了信，就约了晁源，又叫上晁住娘子和李成名媳妇，准备晚上玩"三英战吕布"。到了晚上，李成名被蝎子螫了，李成名老婆来不了，于是"4P"变成了"3P"。不多久，晁住媳妇的"大姨妈"来了，也只好退出战斗,这样,就只剩下唐氏与晁源"单挑"。

到了日落的时候,(小鸦儿)要辞了姐姐起身,姐夫与外甥女儿再三留他不住,拿了一根闷棍,放开脚一直回来。看见大门紧紧的关着,站住了脚,想道:"这深更半夜,大惊小怪的敲门,又难为那老季,又叫他起来;且是又叫唐氏好做回避我。那一夜叫我出去掏火,我后来细想,甚是疑心。我拿出飞檐走壁的本事来,不必由门里进去。"将那棍在地上拄了一拄,把身子往上腾了一腾,上在墙上。狗起先叫了两声,听见是熟人唤他,就随即住了口。

小鸦儿跳下墙来,走到自己房前,摸了摸儿,门是锁的。小鸦儿晓得是往晁源后边去了,想:"待我爽利走到里面看个分明,也解了这心里的疑惑。李成名老婆是在外边睡的;若他在里边与晁住老婆同睡,这是自己一个在外边害怕,这还罢了。"掇开了自己的房门,从皮担内取出那把切皮的圆刀,插在腰里,依先腾身上墙,下到晁源住的所在。

那夜月明如昼,先到了东厢房明间,只见晁住的老婆赤着身,白羊一般的,腿缝里夹着一块布,睡得象死狗一般。回过头来,只见唐氏在门外站住,见了小鸦儿,也不做声,抽身往北屋里去了。小鸦儿道:"这却古怪!为甚的这样夜深了还不睡觉?见了我,一些不说甚么,抽身往北屋去了?"随后跟他进去,那里又有甚么唐氏,只见两个人脱得精光,睡着烂熟。

小鸦儿低倒头,仔细认看,一个正是晁源,一个正是唐氏。小鸦儿道:"事要详细,不要错杀了人,不是耍处。"在那酒炉上点起灯来,拿到跟前看了一看,只见唐氏手里还替晁源拿着那件物事,睡得那样胎孩。

小鸦儿从腰里取出皮刀,说道:"且先杀了淫妇,把这个禽兽叫他醒来杀他,莫要叫他不知不觉的便宜了!"把唐氏的头割在床上,方把晁源的头发打开,挽在手内,往上拎了两拎,说道:"晁源,醒转来!拿头与我!"晁源开眼一看,见是小鸦儿,只说道:"饶命!银子就要一万两也有!"小鸦儿道:"那个要你银子!只把狗头与我!"晁源叫了一声"救人",小鸦儿已将他的头来切掉;把唐氏的头发也取将开来,结成了一处,挂在肩头,依旧插了皮刀,拿了那条闷棍,腾了墙,连夜往城行走。

有此四点相同,我们完全可以说,晁源就是西门庆的翻版,只不过因篇幅所限,他做的恶少一些而已。

《金瓶梅》中的潘金莲是淫荡的化身,先后被张大户收用过,嫁过武大郎和西门庆,这些都不用说了。就是在嫁给西门庆之后,也先后和仆人琴童、女婿陈敬济有染。我们不是讨论潘金莲和多少男人上过床,而是发现她和他们上床的动机中,居然几乎看不到感情的成分——这就是淫荡。

《醒世姻缘传》里的珍哥也具有同样的特征。

珍哥在嫁给晁源之前,本是个妓女,这一点也不用多责。不过珍哥可不是一般的妓女,这个妓女的身上可是有两条人命的:先是一个举人趴在她的身上去了极乐世界,后来一个姓樊的库吏包养了她,结果库吏的老婆吊了脖子。

珍哥嫁给晁源后,也依然故我,先是与仆人晁住通奸,在禹明吾家避难时,又与禹明吾明铺暗盖,后来被抓进大牢后,又与刑房书办张瑞风长期姘居。

对于所有这些经历,珍哥从来就是不以为然。晁源要去打猎,珍哥也吵着要去,晁源觉得老婆伙在一群大男人中间不好,珍哥的回答却是:"这伙人,我那一个写不出他的行乐图来!十个人倒有十一个是我相处过的。"做妓女不一定无耻,但是如果拿来炫耀就是太无耻了。

珍哥被关进大牢后,先是晁源常进去"照顾"她。晁源上京后,就是晁住接手。晁源死后,刑房书办张瑞风挤走了晁住。张瑞风想长期占有她,就在一个夜晚,放了一把火,将监狱烧了,烧死了一个女囚,冒充珍哥,趁机把珍哥弄了出来。珍哥和张瑞凤在外又生活了九年,终于东窗事发,珍哥被判以绞刑——没来得及复审完,就被一顿打杀。

临审前,晁夫人派家人晁凤去看她(先前晁夫人以为她已被烧死,已经为她办过一次丧事了),珍哥求晁凤看在晁源份儿上救救她,晁凤长吁口气道:"我说可只是你也看看大爷的分上才好哩!"珍哥说:"我怎么不看大爷的分上?"晁凤说:"你坐监坐牢的已是不看分上了,又在监里养汉,又弄出这们事来!你亲口说养着晁住哩!这是你看分上呀?"珍哥道:"这倒无伤。谁家娶娼的有不养汉的来?"

这个淫荡的女人在临死前，对自己水性杨花的一生心怀坦荡。

可就是这样一个一生"阅人无数"的淫妇居然以私通为名，逼死了晁源的结发妻子计氏，这真是莫大的讽刺。

按照佛家的观点，像晁源这样为非作歹的人肯定是要下阿鼻地狱的，并且永世不得翻身，可是，在《醒世姻缘传》里，晁源却不但转世为人，做官做府，而且享寿八十七岁而终。这是为什么呢？书中的解释是，是为了让他偿还欠下的孽债，受素姐和寄姐的折磨。这实在是让人想不通，难不成说，一个人本来是要判死刑的，但因为他实在欠别人太多的钱，那就让他中个五百万好还债——天理何在啊！

如果仅就人物形象的丰满度而言，晁源和珍哥应该说也算写得不错，有很多内容值得分析，但因为这两个人物形象都不是《醒世姻缘传》首创，我们就此打住。

因为开篇人物非常类似，所以近来有研究者提出，《醒世姻缘传》与《金瓶梅》的作者均系一人。这虽不是全无道理，但我还是认为不太可能——理由是，《醒世姻缘传》里的诗词远远不如《金瓶梅》，根本不在同一个档次——既然写得一手好诗，干嘛要藏起来呢？我还从来没有见到哪个作家写东西时如此"留一手"。

"弱男"狄希陈

狄希陈是《醒世姻缘传》的男一号，但是据我所知，到目前为止，还没有哪一个读者（包括胡适和徐志摩）对他表示过哪怕一丝的欣赏。同样，到现在为止，文学史上也还没出现过哪怕一起主人公形象非常黯淡而小说却异常红火的例外。这样看来，《醒世姻缘传》的落寞也就不难理解了。

现代学者用一个非常少见的词——"弱男"——来形容他。我觉得这个说法未免太文雅，还不如很多女人骂老公来得直接——"你个没用的东西"。

狄希陈最大的特点是惧内，《醒世姻缘传》里说他是"惧内掌团营"，又说他是"怕老婆的都元帅"。

自古以来，怕老婆就无足为奇。《全唐诗》里有一首《回波乐》："回波尔时栲栳，怕妇也是大好。外边只有裴谈，内里无过李老。"这里的李老就是唐中宗李显，而这首诗的作者就是裴谈本人——从中可以看到，在唐代，就算帝王将相，怕老婆也没什么不好意思的。一个男人，要做到怕老婆不难，但要在怕老婆的队伍里做到总冠军，却不简单。

有一次，狄希陈被素姐打了，躺在床上——他倒没想怎么报复，而是担心素姐仍不罢休，于是向寄姐求救：

> 以后你要不替我做个主儿，我这命儿丧在他的手里。常时在家，他才待要下毒手，娘就护在头里；娘没了，爹虽自家不到跟前，可也是我的护身符；刘姐也是救星，狄周媳妇也来劝劝……

狄希陈任经历时，上司吴刑厅考究属员，让怕老婆的在站东边，不怕老婆的站西边。别人都或东或西地站定，唯有狄希陈从东边跑到西边，又从西边跑到东边，吴刑厅问他为什么摇摆不定，他说下官不知道兼怕小老婆的站在哪边，全场笑倒。

除了怕老婆之外，狄希陈的"弱"，还表现在胸无大志和遇事缺乏主见上。少年时的狄希陈非常顽皮，不爱读书，也没有什么远大志向。考秀才，靠的是表弟相于廷；自成年到结婚，靠的是爹娘——被老婆打了，每次都哭爹喊娘；到京城后，大小事情都靠丈母娘拿主意；做官后，一切事务都交给师爷周景杨打理，甚至休不休老婆也由周师爷做决定。整个就是一缺心眼儿。

下面我就从狄希陈此人的各个方面逐一展开来说。

长不大的熊孩子

狄希陈籍贯绣江县（据考证即现在的山东省章丘县），出身于一个富厚之家，虽说不算豪富，但也差不多有万贯家私。父亲狄宗羽有上千顷的地，还开一个相当规模的客店，因家事过得，颇有些侠气，也有些古风，人称狄员外。狄员外四十四岁生得这么个儿子，正所谓"寒门出将相，富家娇小儿"，何况又是独子，娇惯自是不在话下。

"（狄希陈）长成十二岁，长长大大、标标致致的一个好学生，凡百事情，无般不识的伶俐；只到了这'诗云'、'子曰'，就如糨糊一般。"从八岁到十二岁，跟着一个不良秀才汪为露读了五年书，连一个请帖也写不出，他母亲（书中称"狄婆子"）拿一本《孟子》让他念，他指着那书道："天字、上字、明字、星字、滴字、溜字、转字。"他母亲揪住他劈脖就是一巴掌："好小厮！我起你的皮！你哄你那傻爹罢了，你连我这不戴帽儿的汉子也哄起来了！谁家这圣人爷的书上也有'天上明星滴溜溜转'来？"

他爹妈一看这样下去不行，又为他请了个叫程乐宇的先生。程先生逼着狄希陈念书：狄希陈一个字也不认得，程乐宇一遍一遍地教，狄希陈眼睛不看书，两只手藏在袖子里不知玩什么。程乐宇教了一二十遍，狄希陈仍旧不认得。程乐宇念一句，狄希陈跟着念一句，程乐宇停下来，狄希陈也停下来。程乐宇没办法，只好把四五行书分为两截教他，教了二三十遍，狄希陈仍旧不会。又分为四截，还是不会。最后只好一句一句地教，狄希陈仍旧记不住。程乐宇教他读书，他却说："先生，先生，你看两个雀子打仗！"先生说："呃！你管读那书，看甚么雀子？"又待不多一会，又说："先生，先生，我待看吹打的去哩！"先生说："这教着你书，这样胡说！"一句书教了百把遍，总算会了；再教第二句，又是一百多遍。会了第二句，叫他带了前头那一句一起读，谁知前头那句已是忘了！程乐宇提示他前头那句，第二句又不记的。先生说："我使的慌了，你且拿下去想想，待我还惺还惺再教！"

狄希陈不说自己笨，不用心，回家对狄员外说："这先生合我有仇。别的学生教一两遍，就教他上了位坐着自家读，偏只把我别在桌头子上站着，只是教站的腿肚子生疼。"他开始琢磨作弄先生。要说狄希陈读书是真笨，但作弄起人来，脑子却是顶呱呱好使。

过去，农村的厕所就是在地上挖一个洞，用砖砌一下，外面用砖或篱笆圈起来，就成了。因为简陋，常有掉进茅坑的危险，尤其是在下雨的时候更得小心。狄希陈家的茅坑边有一根树桩，程乐宇在解手时总喜欢抓住树桩，以保安全。狄希陈看见了，就动起了心思。他偷偷地拿了把刀，将树桩的根部削得细细的，只留下一点点蒂丝连着，然后用土盖上。程乐宇毫不知情，解手到用劲关头，把那树桩一拉，结果四脚朝天掉进茅坑里。

又有一次自习时，狄希陈想睡午觉，又碍于程乐宇在场，很不自在。就报告程乐宇说要上厕所，拿了出恭牌，走到厕所里面，将门从里边闩了，在门底铺了自己一条夏布裙子（男人穿裙子，并非只是苏格兰有，中国古代也多了去），倒下就睡。过了一会。程乐宇觉得肚子不舒服，就拿了茅纸走到那边推门，推不开，程乐宇以为有学生在里面解手。只好走回来。肚子越来越疼，只好又走过去，仍然推不开，只得又走回来。

等了好久，厕所的门仍旧不开。程乐宇点名看是谁在里面，一点名，就少了狄希陈。程乐宇觉得自己就要忍不住了，只好再去推厕所的门，狄希陈仍旧不开。旁边的同学叫他开门让先生进去。狄希陈在里面说："开了门，先生会打我的。"程乐宇说："你快开门，我不打你。"狄希陈说："你真的不打我吗？你得发个誓才行。"程乐宇当然不愿发这样的誓。两人僵持不下，程乐宇的肚子却是再也忍不住了。只听得先生裤内"澎"的一声响亮，稠稠的一胪大屎尽撒在那腰裤裆之内。极得那先生跺了跺脚，自己咒骂道："教这样书的人比那忘八还是不如！"

读《醒世姻缘传》，你会发觉，狄希陈虽然是个书生，但与书生有关的高雅情趣，却是一点也没有，不仅琴棋书画一窍不通，就是玩的恶作剧也低俗不堪。而且，我还发现他对粪便的确有一种病态的喜爱，即便是在做了秀才之后，即便是在家有恶妻之后，也还玩心不改。

有一次，狄希陈看见一个老人挑着一担大粪过一座很高的桥。不知怎么的动了作弄人的心思。他走过去对老人说："我见你也有年纪了，怎挑得这重担，过得这等的陡桥！你扯出担子来，我与你逐头抬了过去。"老人听他这么说，连忙道谢："相公真是个好心的人，真是难得。但我这桥上是经常行走的，不劳相公垂念。"狄希陈坚持说："我不遇见就罢了，我既是遇见了，我这不忍之心，怎生过得去？若不遂了我这个心，我觉也是睡不着的。我与你抬一抬，有何妨碍？"狄希陈怕老人继续推辞，直接从老人肩上抽出扁担，安在筐上。老人只得和他抬了一筐粪走过桥。过了桥，老人还指望狄希陈再和他抬第二筐，谁知他却说："你在此略等一时，我做一点小事便来。"脱身而去。老人久等不至，剩下一筐大粪，挑又无法挑，抬又没人帮，只好干着急。

啊，大粪，多么神奇的大粪，如果没有你，狄希陈的人生该是多么无趣啊。

除了大粪，他的其他玩笑就毫无出奇了——不过，也够恼人的：

一天，他在官学门口看见一个人拿了一篮鸡蛋卖，就把那人叫住说要买，商量好了价钱，然后就数鸡蛋。数了的鸡蛋没地方放，狄希陈就叫那个卖蛋的人将两只胳膊围成一个圈,他自己把鸡蛋从篮中一五一十地数出来,放在那人手抄的圈内。数完了,他就对小贩说:"你在此略等一等,我进去取一个篮来盛在里面,就取钱出来还你。"然后呢,他就进了官学。然后呢,偷偷从后门溜了。留下那个卖鸡蛋的人蹲在那里,坐又坐不下,起又起不得,手又不敢开……

狄希陈好作弄人,但也吃过作弄人的苦头。

学里先生(这一次被作弄的不是私塾里的程乐宇,而是府学里的教授)鼻尖上长了个疖子,又肿又痛。狄希陈看见了,灵机一动,就骗先生说:"我知道一个方子,治这疖子最是有效,涂几次就好了。"先生忙问是什么药,快点说来好去合。狄希陈很慷慨地说,门生家里就有现成的药,明天就给先生送来。回家后,狄希陈找了些白色的凤仙花,加了些白矾在内,捣烂了。第二天给先生送去。先生敷了后,那鼻子不但没有消肿,反而被染得更红了,紫胀得那象个准头,通似人腰间的卵头一样。

这先生可能是姑苏慕容家的,擅长以彼之道还施彼身。先生上当后,既不声张,也不露面,而是派了学里的门斗(就是杂役)来到狄希陈家里,对狄希陈说,你的药的确是好,药到病除,简直是神了。先生为了表示感谢,特意备了酒席,在家恭候。狄希陈听了,心里虽然奇怪,但抵不住肚内馋虫作怪,忙不迭地答应了。来到学校明伦堂,门子让狄希陈在那里先坐会,他进去请先生出来。过了一会,不见先生出来,倒是又来了两三个门子,而且把两边的门都关上了。狄希陈也开始犯疑,问大白天关门干什么。门子说:师爷准备的酒菜有限,如果再来一个撞席的,相公就吃不好了。正说话间,学师从里面出来了,狄希陈看见学师脸上血红血红的鼻子,就知道今天这顿酒够自己喝一壶了。

学师道:"你这禽兽畜生!一个师长是你戏弄的!这却拿凤仙花染红了我的鼻子,我却如何出去见人?你生生的断送了我的官,我务要与你对命!"叫门子抬过凳来,按翻凳上。时在初秋天气,还穿夏裤的时候,二十五个毛竹大板,即如打光屁股一般。

吃了这个亏，狄希陈爱玩的个性却一点不改。

狄希陈有一个同窗叫张茂实，平时就喜欢与狄希陈开玩笑。张茂实的老婆叫智姐，和狄希陈是邻居。智姐还没过门时，狄希陈就常和张茂实开玩笑，说和智姐经常怎样怎样。张茂实起初不信，听得多了，也就将信将疑。直到智姐过门，见智姐仍是处女之身，才算消了狐疑。

有一天夜里下了一场大雨，清早开门，智姐的母亲在大门口，看旁边的人疏通下水道。狄希陈也站在自家门口看，免不了说起夜间的大雨。智姐的母亲说："后晌还是晴天，半夜里骤然下这等大雨，下得满屋里上边又漏，下边又有水流进来。闺女接在家中，漏得睡觉的所在也没有，只得在一合糜案上边睡了，上边与他打了一把雨伞，过了半夜，方才送他回家去了。"狄希陈听了，当时也没怎么放在心里。

下午，狄希陈碰到张茂实，又说起昨晚的暴雨。狄希陈忽然记起智姐老娘的话来，肚里的坏水直往上涌。狄希陈应道："正是，我与你媳妇刚刚睡下，还不曾完事，上面漏将下来，下边水以流到床下；你丈母替我们支了一合糜案，上边张了一把雨伞，权睡了半夜，送得你媳妇去了。"

张茂实起初不以为然，老婆昨天回娘家，今早方回，肯定是这家伙看见了，故意取笑。张茂实回到家，见智姐张牙暴口地不住打呵欠，就说看你这样子，好像昨天晚上没睡似的。智姐道："谁睡觉来？上面又漏，下边流进满地的水来，娘只得支了一合糜案，上边打了一把雨伞，蹲踞了半夜，谁再合眼来？"

张茂实一听这话，就如一盆冷水从头浇下，不由分说，将智姐一把扯翻在地，拳脚并用，一阵猛打。智姐从小娇生惯养，嫁与张茂实，也是一直被像菩萨一样供着。陡然遭此毒手，也傻了。张茂实昏了头，只是不住手，还是他的母亲担心出人命，从旁劝住了。等张茂实说清来由，智姐才明白是怎么回事。张茂实让人喊来岳母，劈头就骂："老没廉耻！老歪拉！你叫闺女养汉挣钱，你也替他盖间房屋，收拾个床铺，却如何上边打着伞，下边支着糜案就要接客？孤老也尽多，怎么偏要接我的同窗?"

　　智姐母亲看见狄希陈长大，对狄希陈当然是再清楚不过了，一听就知道是狄希陈在捣鬼。于是误会说清，两家和好。狄希陈让智姐吃了这个大亏，智姐母亲当然不会善罢甘休。当即回到家中，找了一根不大不小又坚又硬的榆木棍子放在手边。准备妥当，然后让人过去请狄希陈，说是要买一块地，请狄相公帮忙拟一拟文书。狄希陈毫不怀疑，跟着人走来。

　　　　这小智姐的母亲把狄希陈让到里面，关了中门，埋伏下女兵，棒椎一响，伏兵齐出，一边省问，一边捶楚。狄希陈自知罪过，满口求饶。打得"不亦乐乎"，方才放了他回去。

　　家有悍妻，非打即骂，亏得他还有此闲情。

　　根据心理学的观点，小孩的恶作剧是为了引起大人的注意，成人的恶作剧是为了在他人的受窘中获得满足。可是从整篇小说来看，狄希陈虽有诸多不是，但绝不是那种幸灾乐祸的人。那他做恶作剧又是为什么呢？照我的理解，这应该是他面对不幸婚姻的一种自我调节。面对不幸的婚姻，有人用事业上的成就感来调节，可是狄希陈又没有什么远大的理想；有人移情于山水或者琴棋书画，可是狄希陈又没有这方面的爱好。而且，从小说来看，那时候的山东，好像也没有打麻将的风气。面对不幸的婚姻，狄希陈可以用来调节心情的也就只有童年时最擅长的恶作剧了。

　　小孩的恶作剧，别人会以调皮一笑置之，长大了还恶作剧就会被认为是轻浮。狄希陈的轻浮与他的不肯读书有关，所谓"居移气，养移体"，读书可以改变一个人的气质，狄希陈一直不肯读书，也难怪一直都缺乏一种厚重的气质。

　　在小说的结尾，狄希陈念诵《金刚经》一万遍后，不仅解脱了与素姐的孽缘，而且心性和气质也有很大变化。只是全书到此就结束了，我们无法知道与寄姐重归于好后的狄希陈是否丢掉了相伴半辈子的顽皮。

　　《庄子·内篇·应帝王》里记载了一个名为"混沌"的神祇故事：南

海的帝王名叫儵，北海的帝王名叫忽，中央的帝王名叫浑沌。儵和忽常跑到浑沌住的地方去玩，浑沌待他们很好。儵和忽商量着报答浑沌的美意，说："人都有七窍，用来看、听、吃、呼吸，而浑沌偏偏没有，我们干嘛不替他凿开呢？"于是儵和忽每天替浑沌开一窍，到了第七天，浑沌就死了。

狄希陈就是人世间的混沌，他的人生用一个词就可形容：漫无目的。老实说，我也不知道人生是有目的好，还是没有目的好。愿意认同"人生无目的"的人很少，而认为"人生有目的"的人似乎也无力说清"人生的目的"究竟是什么。

初恋——书生与小姐的桥段

书生与小姐的故事是明清小说里的经典桥段,狄希陈和他的初恋——孙兰姬也未能免俗。

只不过,这个"小姐"是我们现代人的称呼,当时的称呼是"闺女",也就是妓女。

卖淫这个事情,实在是坏,不仅毁了很多女人的贞洁和很多男人的品行,更重要的是,它还毁了很多汉语词汇的清白,比如过去的"闺女",比如现在的"小姐"。

狄希陈的初恋叫孙兰姬,是个妓女。

狄希陈跟着程乐宇读了四年书,虽说有了些长进,但终究有限。和他同学的有表弟相于廷、妻弟薛如卞和薛如兼,其中薛如兼又是他的妹夫。他的三个同学约了去考秀才,他爹觉得他年纪最大,如果不去考委实丢人,就让他也去报考。明朝时的秀才考试称为院试,院试共三场:县试、府试和覆试(在省里进行),每场考两篇时文(也就是八股文),一篇五经题,一篇四书题。

程乐宇是过来人,考场的规则当然最清楚不过,就安排相于廷和薛如下在县试时每人代替狄希陈做一篇。两个枪手的功夫都不赖，狄希陈一个字没写，居然也考了第二十一名，相于廷第四名，薛如卞第九，薛如兼第一百九十名，四个人全过了。

县试之后是府试，在济南府，狄希陈遇到了孙兰姬。

狄希陈和孙兰姬的恋情不是我们通常所见的才子佳人故事——狄希陈不是才子，孙兰姬也不是什么才女，他们的恋情与诗情画意全不相干。

事情是这样的：四个少年都是第一次上济南府，兴奋异常，程乐宇知道管不住，干脆放了假。四个人走到趵突泉西边一所花园前，狄希陈一时尿急，也不管街上不街上，解开裤子，掏出雀雀就尿开了。一个长相清纯的少女恰好就站在亭子里面，看了个一清二楚。少女转头朝里屋喊："娘，你来看！不知谁家的学生朝我溺尿！"一个半老女人从里面走出来，说道，哟，还是个读书的小相公呢！人家这么大闺女在此，你却对着溺尿！吓得狄希陈一泡尿尿了一半，夹了一半，提了裤子就跑，脸上通红通红——看来，那时候的狄希陈还挺害羞的。

这个少女就是孙兰姬。

狄希陈把这事说给同伴听，连家的仆人毕进说这女孩是妓女，狄希陈不信，这么清纯的少女怎么会是妓女呢？于是就又跑回去看。毕竟都是学生，到了跟前，都缩住了脚不敢上前。那个半老女人倒是看见，招呼道："你照着俺闺女尿尿就罢了，还敢回来看人？——都请进来吃茶吧！"四个少年想进去，却又不敢，想走开，又挪不动脚。正在你推我让的时候，正在先前的那个少女走了出来，径直走到狄希陈前面，猛地将他一扯，说道："你对着我溺完尿就跑了，我倒没说什么，你还敢回来！"少女一边说，一边把狄希陈往里面拉。狄希陈使命地往外挣，薛如卞、相于廷也吓坏了，一起怪叫。大伙终于还是进去了，吃西瓜，喝茶，玩了好一会才离开，少女将大家送出来，又专门对狄希陈说："呃！你极了尿，可再来这里溺罢，我可不嗔了。"有学者把这看成孙兰姬对狄希陈示爱，我觉得也有道理。不过这样示爱，确实新鲜得很。

过了两天，在游湖时，他们又相遇了。两船相遇，孙兰姬在狄希陈身上轻轻捏了一把,笑道:"你怎么不再去我家溺尿哩?"狄希陈羞得不曾做声。后来下船上岸时,两人又相遇了。临别时,双方都有恋恋不舍的意思。回来后,狄希陈想来想去,想不出一个单独见孙兰姬的妙策,最后,狄希陈横下一条心,对自己说:"没有别法,只是夯干罢了。"人说恋爱让女人愚蠢,让男人勇敢,看来此言不虚。

从这里可以看出,狄希陈和孙兰姬也可以算得上是两情相悦一见钟情,只不过孙兰姬显得更主动而已。在他们又一次见面时,狄希陈糊里糊涂地献出了自己的第一次,因为是第一次,再加上外面还有人在催孙兰姬,匆匆忙忙的,狄希陈还没交战就缴械投降,惹得孙兰姬笑个不停。结束时,孙兰姬笑道:"哥儿,我且饶你去着,改日你壮壮胆再来。"又亲了个嘴,说道:"我的小哥!你可是我替你梳栊的,你可别忘了我!"

就这样,狄希陈一不小心被破了处。从此以后,狄希陈得空就去找孙兰姬,也有五六次的样子。

府试和县试一样,也是两篇时文,都是相于廷写了让狄希陈抄了交卷。考完后,要回家了,众人因在府城住了二十多日,听说回家去,都很高兴。只有狄希陈像吊了魂的一样,"灯下秤了二两银子,把自己的一个旧汗巾包了,放在床头,起了个五更,悄悄的拿了银子",给孙兰姬送去。谁知孙兰姬昨天晚上被人接走了,不在家。狄希陈很是失望。妈咪留狄希陈吃饭,狄希陈哪有心思。一路跑回来,没想到在贡院门口,却是看见孙兰姬骑在一匹马上,前面一个人牵着,正走回家去。孙兰姬知道狄希陈去家里找自己没碰到人,心里也很难过。现在虽然遇上了,可是在这大街上,又能做什么呢?孙兰姬下了马,和狄希陈面对面站着,拉住狄希陈的手说话。知道狄希陈要走了,孙兰姬难过地哭了,狄希陈也哭了。孙兰姬从头上拔一枝金耳挖与了他,狄希陈也把汗包给了孙兰姬。

府试的结果是四个人全部通过:薛如下第一,狄希陈第二,相于廷还是第四,薛如兼第十九。府试之后还有一次覆试——在省里进行,山东省城在济南府,狄希陈和孙兰姬因此得以再续前缘。

薛如卞的丈人连才（"怜才"的意思）是程乐宇的妻兄，是个举人，（举人在古代又称春元，书中又称连春元），考前给他们列了个复习提纲，出了三十二个题目，还在"不图为乐之至于斯也"（《四书》题）和"宛在水中央"（《诗经》题）上面各画了五个圈，还专做了下水作文出来给狄希陈背诵。谁知覆试的题目恰好就是这两题（是啊，谁知呢？），狄希陈"就是见了孙兰姬也没有这样欢喜"，将连春元的下水作文一字不改誊上，又交了个头卷——府试时托相于廷的福也是交的头卷。

交卷后，狄希陈"青衣也不及脱换，放开两脚，金命水命的箭也似跑到孙兰姬家"。

恰好孙兰姬正在家里，料他今日必定要到他家，定了小菜，做了四碗嗄饭（嗄饭不是饭，而是下饭的菜），包了扁食（就是饺子），专在那里等他，流水的打发他吃了。他还嫌肚子不饱，又与孙兰姬房中梯己吃了一个小面（这个小面是什么，你懂的）。

考完试，还要等程乐宇岁考完（程乐宇是秀才，按规定秀才每年都要参加岁考）才能回家。十几天中，程乐宇忙于复习没时间管学生，学生们就放散牛。狄希陈当然是求之不得，每天和同学们一起出门，然后编个理由，转眼就不见了，其实每天都在孙兰姬那里厮混。

在孙兰姬家里，狄希陈还差点碰上了老师程乐宇。

程乐宇考完试后还要等候公布成绩，一天，同了朋友也到了孙兰姬那里。那天，本来有人请孙兰姬出台，刚要出门，狄希陈来了，孙兰姬就谢绝了，没有出去。接着，程乐宇一伙人就到了，狄希陈看见里面有程乐宇，躲在内室不敢出来，孙兰姬将房门扣了，用锁锁住。因为牵挂着屋里的狄希陈，孙兰姬对程乐宇一群人就不是很热情，客人中有人不满意，双方吵了起来，多亏程乐宇劝住，事情才没有闹大。

程乐宇走后，孙兰姬进屋里，却不见狄希陈，就问：你在哪里呀？狄希陈从床底下伸出头来问：是不是都走了？可真是吓死我了！孙兰姬拍着腿笑道：怎么了，你就这么一点儿胆啊？狄希陈说，里面有我的老师呢，让他看见了可不是好玩的！孙兰姬把狄希陈拉到身边，帮他把身上的土拍干净,又帮他理了理头发,说:真乖,还晓得怕老师。这样吧,你先回去,早点把书背完了,再来这里吃饭。两个又玩了一会,才依依不舍地分开了。

秀才考试的最终结果出来了,绣江县总共取了三十八名新秀才,第一名相于廷,第三名薛如卞,第七名狄希陈,第十六名薛如兼。新秀才可以选择在县学注册入学,也可以选择在府学注册。其他人选的都是县学,只有狄希陈选择了府学,为的是能经常见到孙兰姬。秀才们并不需要常年在校,所以很多人报名后就请假回家了,唯独狄希陈舍不得孙兰姬,不肯回家。狄婆子知道了,就派仆人狄周来到济南,哄狄希陈说家里有三四个绝美的小姐在等他,狄希陈也就无可无不可地回家了。

后来,为了祝贺知府升迁,狄希陈再次来到济南,这是他和孙兰姬最后一次相聚。

狄希陈和孙兰姬小别重逢,当然是郎情妾意难舍难分。同来的人都回去了,狄希陈却赖在济南不肯回家,他的母亲狄婆子只好"御驾亲征",来济南抓他回去。

那几天,孙兰姬也不接客,就住在狄希陈下榻的旅馆里。天气好时两个人就出去逛一逛街看一看景,天气不好就关在旅馆里腻歪一整天。那天吃午饭时,狄希陈感觉自己的右眼皮跳了两下,就说:奇了怪了,是谁在诅咒我呢?该不是狄周那个砍头的吧!正说着,孙兰姬也一连打了几个喷嚏。孙兰姬说:奇了怪了!看来真有点意思了。你的眼皮跳,我又不停打喷嚏,这是为什么呢?不过,小陈哥我和你丑话说在前头,如果是狄周来接你,回不回去在你,但你不能朝人家发火。如果你朝人家发火,那我立马就走,而且回去了就再不来了。

正说着话,只听得外边乱轰。狄希陈伸出头去看了一看,往里就跑,唬得脸黄菜叶一般,只说:"不好了!不好了!娘来了!"孙兰姬起初见他这个模样,也唬了一跳,后边听说"娘来了",他说:"呸!我当怎么哩!却是娘来了。一个娘来倒不喜,倒害怕哩!"一边拉过裙子穿着,一边往外跑着迎接;老狄婆子看了他两眼,也还没有做声。孙兰姬替婆子解了眼罩,身上掸了尘土,倒身磕了四个头。狄婆子看那孙兰姬的模样:扭黑一头绿发（有人也许会说，前卫得有些过分了吧。不是的，这里的绿，实际上就是黑），髻挽盘龙；雪白两颊红颜，腮凝粉蝶。十步外香气撩人，一室中清扬夺目……

狄婆子见了孙兰姬如此娇媚，又如此活动，把那一肚皮家里怀来的恶意，如滚汤浇雪一般，消得干干净净。

这时来了个说因果的尼姑，叫李白云。尼姑说了在座各位的前世又说今生，无不灵验。问起狄希陈和孙兰姬，尼姑说："他两个是前世少欠下的姻缘，这世里补还。还不够，他也不去；还够了，你扯着他也不住。"狄婆子和孙兰姬很投缘，想替儿子娶了她（这样的母亲倒是很少见），尼姑说："不相干！不相干！只有二日的缘法就尽了，三年后还得见一面，话也不得说一句了。"

听说只有两天的缘分了，狄婆子索性另开一间房自己和尼姑住下，仍让孙兰姬和狄希陈一起住一间房。

果然，第三天，孙兰姬的母亲（就是老鸨）寻到下处，叫孙兰姬回去陪客，本来走的时候说好晚上还会回来。谁知孙兰姬这一去就再没回来，她当天就被一个开当铺的叫秦敬宇的娶走了。上花轿时，正好碰上奉狄希陈之命前去接她的仆人狄周。孙兰姬看见狄周，眼里吊下泪来，从头上拔下一枝金耳挖来，叫捎与狄希陈，说："合前日那枝原是一对，不要撩了，留为思念。"

狄希陈的初恋到此结束，虽然三年后他又见过孙兰姬一面，再见时，虽然容颜依旧如玉，虽然情分依然似火，但那时的孙兰姬已是他人之妇，狄希陈再想一亲芳泽已是不可能了。小说中用一段文字写了已为人妇的孙兰姬和狄希陈见面时的情景：

孙兰姬猛然跑到外面，狄希陈连忙作了个揖。孙兰姬拜了一拜，眼内落下泪来。狄希陈问说："这几年好么？"孙兰姬没答应，把手往后指了两指，忙忙的进去了……

（孙兰姬）将出高邮鸭蛋、金华火腿、湖广糟鱼、宁波淡菜、天津螃蟹、福建龙虱、杭州醉虾、陕西琐琐葡萄、青州蜜饯棠球、天目山笋鳖、登州淡虾米、大同酥花、杭州咸木樨、云南马金囊、北京琥珀糖，摆了一个十五格精致攒盒；又摆了四碟剥果：一碟荔枝、一碟风干栗黄、一碟炒熟白果、一碟羊尾笋嵌桃仁；又摆了四碟小菜：一碟醋浸姜芽、一碟十香豆豉、一碟莴笋、一碟椿芽。——预备完妥。知狄希陈不甚吃酒，开了一瓶窖过的酒浆。

当初相恋时，恐怕也没有这般用心。三年过去了，所有的情感都已化作一碟一碟的可口的菜肴，只恨不能亲手喂到昔日恋人的口中。至于像当初那样相依相偎的情景，更是可望不可即，这正应了纳兰容若的两句词："赌书消得泼茶香，当时只道是寻常。"

对于狄孙之恋，历代的研究者都不以为然，都认为狄孙之间，情欲的成分太多，感情的成分太少，甚至完全否认他们之间存在感情。持此论者还举"溺尿"来作证，说"溺尿"就是情欲的象征。我不否认狄孙之恋有情欲的因素，但我认为，这不是主要的。

首先，作为妓女的孙兰姬，满足情欲的机会多的是，如果仅仅是为情欲，似乎犯不着对狄希陈如此迷恋。其次，从狄希陈的角度讲，作为一个富家子弟，在古代满足情欲的途径也很多。比如说狄希陈回家后，几乎没有人对他的冶游行为（我不想将"嫖妓"这个词用在这两个年轻人身上，就换了个文雅点的）表示指责，连他的丈母娘薛婆子也是"又笑又喜"。

所以，我宁愿相信，狄希陈和孙兰姬之间虽然不像贾宝玉和林黛玉那样有相似的高远的理想、高深的才华和高雅的情趣作为爱情的坚实支撑，但他们之间也依然是一种纯真的爱情，一样很纯净（至少比现实中看到的大多数男欢女爱纯净）。我一向认为爱情与才华之间，并没有必然的联系，否则粗俗如我辈，恐怕只能打一辈子光棍了。

那么，令他们互相吸引的是什么呢？

我认为，从孙兰姬的角度讲，是一种母性的冲动。孙兰姬是一个妓女，在一般人那里，她是一个供消遣和发泄的玩物；情况好一点呢，就是一个供欣赏的花瓶；情况再好一点呢，就是一个被爱慕与爱抚的女人。

但不管是哪一种，孙兰姬都是一个被动的承受者，都是被别人占有，而不是占有别人。只有在狄希陈那里，因为性经历方面的优势，孙兰姬获得了主动。这种主动使她获得了一种全新的人生感受：她可以像姐姐一样去爱护和关心一个和自己年纪相仿的男子——她的爱也使她生平第一次完全占有了一个男人。这种感觉带给孙兰姬从未有过的满足。

那么，作为一个妓女，孙兰姬又有什么值得狄希陈爱的呢？首先，孙兰姬丝毫没有一般妓女的贪财与势利，不仅她没有，就连她的妈咪也没有。有时候狄希陈也给妈咪一两二两银子，妈咪总是问了又问，生怕他是背了爹妈偷出来。这就很难得了，一个人如果能够脱离贪财与势利，不管是做什么的，都总会有几分可爱。至于孙兰姬的可爱，小说没有直说，而是通过狄婆子来写的："可也怪不的这种子，这们个美女似的，连我见了也爱……我路上算计，进的门，先把这种子打给一顿，再把老婆也打顿给他。见了他，不知那生的气都往那里去了！"孙兰姬对一个五十多岁的老婆子尚有如此的杀伤力，叫情窦初开的狄希陈又怎么抵挡得了呢？也就无怪乎"狄希陈看着孙兰姬，那眼睛也不转，拨不出来的一般"了。

当然，好人有好报，孙兰姬虽然没有和小陈哥终成眷属，但结局还不算坏，娶她的秦敬宇人品和家世都不错，对她也很好，没有因为她做过妓女而轻视她，甚至像敬重正妻一样敬重她，这也算是她的幸运了。

可是，狄希陈就没有那种好运了。狄希陈虽有齐人之福，但妻如河东狮，妾似南山虎。我想，当狄希陈后来被素姐棰打时，被寄姐罚跪时，他最怀念的，应该是他十六岁时的初恋——孙兰姬。

美丽贤惠，热情大方，这就是孙兰姬给人的印象。西周生并不是很善于描写女性，尤其是年轻女性。能够把孙兰姬写得这么可爱，真正是难为他了。

娶妻如此，不如嫖娼

晚清名士王闿运有一女嫁与黄十一，黄因才学不如老婆，于是羡慕嫉妒恨一齐爆发，不许老婆看书写字，违则常拳脚相加。女偷偷写信给父亲，哭诉此事，王闿运回复道："来书已悉，有婿如此，不如为娼。"

这句话套用在狄希陈身上，就是"娶妻如此，不如嫖娼"。真的，打一辈子光棍，都好过娶素姐这样的老婆。

和当时的大多数人一样，狄希陈的婚姻也是出自于父母之命媒妁之言。素姐的父亲薛振曾任兖州府学教授，赴任途中路过明水镇，住在狄员外店里，一来二去成了相知。后来，薛教授告老之后，没有回故乡河南，而是直接到明水镇落了户。为了好上加好，狄薛两家换了亲，结成双重亲家，薛教授将女儿素姐说与狄希陈，狄员外也将女儿巧姐说与素姐的弟弟薛如兼。

虽然是一起玩大的，但可能是因为狄希陈太调皮，素姐打小就不喜欢狄希陈。尽管不喜欢，但素姐还是嫁给了狄希陈。嫁是嫁了，新婚当天晚上素姐就给了狄希陈一个下马威。

"狄希陈眼巴巴的看那天，只愿黑了，好洞房花烛夜，巫峡云雨期。"

可是等到掌灯时节，狄希陈却又怕了，赖在他娘屋里。他娘说："这天老爸晚的了，你往屋里去合媳妇做伴去罢。"狄希陈都都摸摸的怕见去，他娘又催了他两遍，他说："我不知怎么，只见了他，身上渗渗的。"别人怕老婆都在婚后，狄希陈却还没洞房花烛就怕，可是怪了。

等到狄希陈回自己房来，推那房门，才发现，门已经闩了——我想，就是将全大明湖的水都浇在狄希陈头上，也不如当时那个凉吧。狄希陈自己扯了嗓子叫门，素姐不开。狄婆子过来帮着叫，素姐也不开，不仅自己不开门，也不准丫鬟开门。

人说春宵一刻值千金，狄希陈的洞房花烛夜却是在老娘的房里孤枕难眠长如年。

第二天，狄希陈吸取前一晚的教训，老早就进了房，打定主意不出去。素姐见狄希陈坐着不动，知道他是不肯出去的主意。住了一会，听见狄婆子屋里关的门响。素姐说："你去关了天井门罢，你还坐着怎么？"狄希陈只道他是真意，果然出去关门。素姐等他前脚出去，就跑下床来，自己把房门闩上，又合小玉兰抬过一张桌子把门紧紧顶住。狄希陈把那门先使手推，后用脚踢，又用砖石打那窗户。

有了前两次的教训，第三天，狄希陈更早进了房，而且打定主意，就是发生十二级地震，就是地震之后再来场海啸，就是海啸后再来一次核泄漏，也休想让他走出房门——他的决心终于让他得偿所愿。

狄希陈在屋里摘了巾，脱了道袍子。素姐想道："这意思，可哄不出他去了。"正寻思计策，要脱离他开去，明见他把那张吃饭桌端在那抽斗桌边，帮成一处；开了箱，拿出一副铺盖，下面铺了一床毡，床上掇了一个枕头，把那尊烧酒倒了一茶钟，冷吃在肚里，脱了袜子，脱了裤，脱了衫袄，钻在桌上睡了。素姐见无计可施，喜得他不来缠帐，也便罢了，只得关了门，换了鞋脚，穿了小衣裳。

收拾停当，那月色正照南窗。狄希陈假做睡着，渐渐的打起鼾睡来，其实眯缝了一双眼看他。只见素姐只道狄希陈果真睡着，叫玉兰拿过那尊烧酒，剥着鸡子（古时称鸡蛋叫鸡子），喝茶钟酒，吃个鸡蛋，吃的甚是甜美，吃完了那一尊酒，方才和衣钻进被去睡，不多时，鼾鼾的睡着去了。

狄希陈又等了一会,见他睡得更浓,还恐怕他是假妆,扬说道:"这桌上冷,我等要床上睡去。"一谷碌坐起来,也不见他动弹,走下桌来,披了个小袄,跋了鞋,走到床边,闻得满床酒香,他把手伸进被去,在他身上,浑身上下,无不摸到,就如那温暖的香玉一般。他悄悄的上了床,把被子轻轻的揭了,慢慢的拨他仰面睡着,与他解了裤带,渐渐的褪了下来……

清早起来,狄希陈看着素姐笑,素姐瞅了狄希陈两眼,说道:"往后要合我说知,才许如此。再要睡梦里罗唣人,我还撵出你去!"

如果说狄希陈第一次遭受冷暴力是在新婚之夜,那么在结婚两个月后则第一次尝到了真正的家暴。当时,因为一件事情,两个人吵了起来,相骂无好语,狄希陈一不小心骂到了龙氏——薛教授的小妾,素姐的生母。素姐跑上前把狄希陈脸上兜脸两耳拐子,丢丢秀秀的个美人,谁知那手就合木头一般,打的那狄希陈半边脸就似那猴腚一般通红,发面馍馍一般暄肿。狄希陈着了极,捞了那(素姐用来)打玉兰的鞭子待去打他,倒没打的他成,被他夺在手内,一把手采倒在地,使腚坐着头,从上往下鞭打。狄希陈一片声叫爹叫娘的:"来救人!"

此后,家暴对于狄希陈来说,就是家常便饭了,轻则被骂,重则惹打,不是身上青,就是脸蛋紫。他遭受的第二次严重的家暴则与孙兰姬有关。

狄希陈最后一次见孙兰姬时,孙兰姬送给狄希陈一个月白绉纱汗巾、一副金三事挑牙、一合包赵府上清丸和湖广香茶,还有一双自己穿过的红绸眠鞋(亦称"睡鞋"、"卧履",是古代妇女就寝时穿的鞋子。一般以红色绸缎制成,软底,鞋底及鞋帮均施彩绣。考究者以珠玉饰之,并洒以香料。不仅可以御寒,也起到裹脚的作用)。别的倒也罢了,这双带着孙兰姬气息的红绸眠鞋最令狄希陈销魂:

(狄希陈)叫裁缝做了一个小白绫面月白绢里包袱,将鞋包了,每日或放在袖内,或藏在腰间,但遇闲暇之时,无人之所,就拿出来,再三把玩,必定就要短叹长吁,再略紧紧,就要腮边落泪。

今朝醉梦,人世百态

有一次，因起来得急，将孙兰姬的红绸眠鞋，忘在床里边褥子底下，出了门才记起。狄希陈吓出一身冷汗，担心被素姐看见。于是赶忙跑回屋里，抢到床边，揭开褥子一看，还好，东西还在。赶忙揣进衣服里，夺门而出。狄希陈一心只顾着心爱的红鞋子，压根儿没注意到在一旁洗脸的素姐。素姐看狄希陈要逃，侧身"拦住房门，举起右手望着狄希陈左边腮颊尽力一掌，打了呼饼似的一个扭紫带青的伤痕；又将左手在狄希陈脖子上一叉，把狄希陈仰面朝天，叉了个'东床坦腹'；口里还说：'这是甚么？你敢不与我看！我敢这一会子立劈了你！'"狄希陈还在支支吾吾，素姐一把扯开狄希陈的衣服，将布包掏了出来。

看清手上的女人鞋子之后，素姐那个气呀，将狄希陈就像禁子临晚点贼的一般，逼拷得鬼哭狼嚎。狄婆子听见，疼得那柔肠像刀搅一样。狄员外叫狄婆子进去看看，狄婆子悄悄说道：

> 你知不道：我也就数是天下第一第二的老婆子，天下没有该我怕的。我只见了他，口里妆做好汉，强着说话，这身上不由的寒毛支煞，心里怯怯的。

正在这时，只听狄希陈怪叫一声，娘！你快来救我呀。老狄婆子只得壮着胆子走进房去，只见一根桃红鸾带，一头拴着床脚，一头拴着狄希陈的腿；素姐拿着两个纳鞋底的大针，望着狄希陈审问一会，使针扎刺一会，叫他抬称……一边拿过桌上的剪子，把那根鸾带拦腰剪断，往外推着狄希陈……素姐指着狄希陈道："你只敢出去！你要挪一步儿，我改了姓薛……"狄希陈站着，甚么是敢动！气的狄婆子挣挣的，掐着脖子，往外只一搡。素姐还连声说道："你敢去！你敢去，你就再不消进来！"狄希陈虽被他娘推在房门之外，靠了门框，就如使了定身法的一般，敢移一步么？狄婆子拉着他的手说道："你去！由他！破着我的老命合他对了！活到一百待杀肉吃哩！"这狄希陈走一步，回一回头，恋恋不舍……

上文说的"不舍"，我总以为是"不敢"，是作者的讽刺。可是后来发现，里头还真不能说就一定没有"不舍"。

狄希陈上京坐监以后——不是坐牢——此前，狄希陈已经捐了个监生，监生入学读书叫坐监，薛教授就将素姐接回了家。九个月中间素姐只回过婆家一次，就将狄婆子和薛教授同时气得中了风。等到狄希陈回来时，薛夫人才好歹将素姐劝回了婆家。见了素姐，狄希陈就象戏铁石引针的一般，跟到房中。久别乍逢，狄希陈不胜缱绻，素姐虽还不照往时严声厉色，却也毫无软款温柔。狄希陈尽把京中买了来的连裙绣袄、乌绫首帕、蒙纱膝裤、玉结玉花、珠子宝石、扣线皮金、京针京剪，摆在素姐跟前进贡。素姐着尽收了，也并不曾有个温旨；只是这一晚上不曾赶逐，好好的容在房中睡了。

狄希陈回来后，狄家开始张罗巧姐和薛如兼的婚事。尽管这边是自己的小姑子，那头是自己的亲弟弟，素姐依然搅得大家不得安宁。

有一次，狄希陈和表弟相于廷一起喝酒，喝得高兴，又玩炮仗，将一只狗炸昏了，又将相于廷捉的一只乌鸦脑袋炸开了花。相于廷开玩笑说：

"谁知这炮仗这们利害！我想嫂子这们不贤惠，搅家不良的，咱拿个炮仗，绑在他头上，点了药线，与他一下子，看他还敢不敢！"狄希陈道："你说不该么？只是咱不敢轻意惹他。狗和老鸹不会回椎，只怕他会回椎哩。倒是他婶子仔本（方言，老实的意思），咱把他绑上个炮仗震他下子试试，看怎么着。"相于廷道："为甚么？他又不气婆婆，又不打汉子，又温柔，又标致，我割舍不的震他。"狄希陈道："你割舍不的，敢情俺也割舍不的。"

尽管狄希陈是如此疼他的娘子，但他的娘子对他的感情却是一天比一天更加稀薄。有一次，狄希陈和调羹（狄员外在京城时买的一个厨娘，后来被狄员外纳为妾，还替狄希陈生了个小弟弟）站在檐下说话。素姐看见了，就说狄希陈和调羹有奸情，狄希陈见不是话，撒开脚就往外跑。素姐震天的一声喊道："你只敢出去！跟我往屋里来！"狄希陈停住脚。唬得脸上没了人色，左顾右盼，谁是他的个救星？只得象猪羊见了屠子，又不敢不跟他进去。

今朝醉梦，人世百态　　113

素姐先将狄希陈的方巾（秀才的标志）一把揪将下来，扯得粉碎，骂道："我自来不曾见那禽兽也敢戴方巾，你快快的实说！那两个婆娘，哪在先，哪个在后？你实说了便罢！你若隐瞒了半个字，合你赌一个你死我生！"可恨这个狄希陈，你就分辩几句，他便怎么置你死地？他却使那扁担也压不出他屁来，被他拿过一把铁钳，拧得那通身上下就是生了无数扭紫葡萄，哭叫"救人"，令人不忍闻之于耳。

这一次打，终于将狄婆子气得一命归西。

为了给大姑子报仇，相大妗子（相于廷的娘）将素姐痛打了一顿，也算是大快人心。因为怕素姐报复，狄希陈此后一直躲着素姐，但终于免不了一场"牢狱之灾"。

狄婆子过世了，少不了要请和尚做法事，狄希陈进屋里拿布做招魂幡，没想到，进去后就再也出不去了——被素姐关了禁闭。禁闭的地方就是床旁边的一个空处，放了一个马桶外，大约还有半步宽。素姐在那里牵了根绳子，挂上一个帘子，一个囚室就成了。等狄希陈进去后，素姐宣布了禁闭令："你只敢出我绳界，我有本事叫你立刻即死！"狄希陈呢？条条贴贴的坐在地上，就如被张天师的符咒禁住了的一般，气也不敢声喘。狄员外等不及了，扯起喉咙叫。无论狄员外怎么叫，狄希陈就是不出声。狄希陈老老实实地坐了一天牢。天黑了，狄希陈求素姐：

"这天已夜深了，放我出去睡罢！"素姐骂道："作死的囚徒！你曾见监里的犯人，夜间有出去睡的么？我还要将你上枷哩！"叫小玉兰搬了一根凳子进去。叫狄希陈仰面睡在上头，将两只手反背抄了，用麻绳线带胸前腰里脚上三道绳带连凳捆住。狄希陈蚊虫声也不敢做，凭他象缚死猪的一般，缚得坚坚固固的。

第二天，相于廷自告奋勇前来搭救表哥，结果被素姐操起门闩撵了出来。见儿子救不出外甥，相大妗子只好在第三天亲自出马，素姐依旧不肯交人，狄希陈在帘子后也不敢出声，相大妗子还怕素姐将狄希陈杀了，将那床身的三个大抽斗扯出来，抽斗里没有；床底点灯照着，又没看见；开了他四个大柜里边，又没影响。最后，还是相于廷娘子揭开了帘子，只见：

  恰好一个端端正正的狄希陈，弄得乌毛黑嘴的坐在地上。相于廷娘子劈面撞见了姑表大伯，羞的满面通红，也没做声，抽身出房去了。

  狄希陈出来后，免不得受到众人好一顿奚落。

  看看自己的周围，表弟相于廷两口子过得很好，妻弟薛如卞和连氏也过得很好，妹妹巧姐和薛如兼也很恩爱，为什么就自己的婚姻如此不幸呢，狄希陈百思不得其解，他想："人生在世，虽是父母兄弟叫是天亲，但有多少事情，对那父母兄弟说不得、见不得的事，只有那夫妇之间可以不消避讳，岂不是夫妇是最亲爱的？如何偏是我的妻房，我又不敢拗别触了他的性子，胡做犯了他的条教，懒惰误了他的使令，吝惜缺了他的衣食，贪睡误了他的欢娱。"为此，狄希陈去找一个相士，相士说是命里注定，除非他休掉素姐，可是狄希陈又不愿意。狄希陈道："我几番受不过，也要如此。只是他又甚是标致，他与我好的时候也甚是有情，只是好过便改换了，所以又舍不得休他。"相士骗了狄希陈一大笔钱，但并没有什么效果，不仅没有效果，狄希陈还遭受了比第一次更惨的第二次禁闭。

  起因是狄希陈戏弄同学张茂实（事情已见前文），张茂实的老婆智姐挨了一顿好打，后来虽然原谅了老公，但对狄希陈却是记恨在心，一直找机会报复。有一次，智姐和素姐在庙里相遇，素姐看见智姐的一件顾绣衣服很漂亮，就问是哪里买的，智姐故意说是狄希陈从哪里买的，狄希陈买了两件，回（就是转卖的意思）了一件给张茂实。

  素姐回到家，找狄希陈要顾绣衣裳："你南京捎来的顾绣衣裳，放在何处？你不与我，更与何人？你快快拿出来便罢！可是孙行者说的有理：'你若牙崩半个不字，我叫你立刻化为脓血！'"狄希陈当然交不出，素姐只好使出绝招：一边把那书房里拿来的湖笔，拣了五枝厚管的，用火箸烧红，钻了上下的眼，穿上一根绳做成拶指，把狄希陈的双手拶上，叫他供招。拶得狄希陈乔声怪气的叫唤。又使界尺把拶子两边敲将起来。

  狄希陈受不了，只好胡乱招供，承认是自己买了顾绣衣服，放在哪里哪里:"你放了我,待我自己去取来与你。"谁知素姐并不上当:"你是哄我放你!你说在那里,我叫玉兰去取。如果见在,我放你不迟;你若是谎话,我又另用刑法。"狄希陈根本不曾买什么顾绣,当然说不来,最后又被关了禁闭。当时还是正月中旬,狄希陈被冻得那叫一个难受啊。

这一次禁闭关的时间长达十几天,如果不是妻弟薛如卞拿一个鹞鹰唬住素姐,狄希陈还不知何时能够"出狱"。

放狄希陈"出狱"后,素姐仍然要她的顾绣衣服。没有办法,狄希陈只好出高价从张茂实那里买了一件给素姐,素姐才饶了狄希陈。张茂实让狄希陈吃了顿打,又赚了一笔,仍然不肯罢手,又托故请狄希陈喝酒,还请了一个妓女相陪,当然也没忘记暗中把这消息通报给素姐。

张茂实、李旺、狄希陈和妓女小娇春四个人在湖心凉亭里正喝得高兴,小玉兰来了,说家中衣橱的钥匙找不到了,(素姐)叫狄希陈回去帮忙找。狄希陈说平常不都是放在抽斗里的吗,你回去帮忙找找吧。狄希陈又把小玉兰拉到个背净去处,再三嘱付:"你到家中,对了姑娘切忌不可说这里有个女人!你如不说,我任凭你做下甚么不是,我自己也不打你,我也不合你姑娘说,我分付狄周媳妇厨房与你肉菜吃,你长大出嫁的时节,我与你打簪环,做铺盖,买梳头匣子,我当自家闺女一般,接三换九;养活下孩子,我当自家外甥似的疼他,与你送粥米,替你孩子做毛衫。你要不听我说,学的叫你姑娘知道,他要打我一下子,我背地里必定打你两下。我死,你也活不成!我就叫你姑一顿打杀了,还有你爷爷问你讨命哩!"

狄希陈又是利诱又是威逼,但素姐的手段,小玉兰是清楚的,"你就响许他万两黄金,他也只是性命要紧;你就唬他,背后要打他,也只怕那现打不赊。"小玉兰回家后,将看到的情形一五一十地告诉了素姐。素姐不见狄希陈回家,气得七窍生烟,让小玉兰再回去,叫狄希陈即刻流水回来:"若稍迟一刻的工夫,我自己跑到那里砸了家伙,掀了桌子不算,我把一伙子忘八淫妇,我叫他都活不成!"

见小玉兰去而复返,狄希陈就知道事情不妙,来不及向主人告辞,披着衣裳，就往外飞跑。张茂实赶上来，死拖活拽不准狄希陈走。狄希陈拼命往外挣，并且赌咒发誓："二位哥体量我，到家就来。要扯了谎，就是个禽兽畜生！"张茂实故意扯住不放。狄希陈一边往外死挣，一边求饶："你是张叔！张大爷！张爷爷！张祖宗！可怜见，你只当放生罢！你就不怕伤阴骘么？"见张茂实仍不松手，狄希陈抢过旁边割草小厮腰里的镰刀说："罢，罢！我卸下这只胳膊给你，我去罢！"狄希陈一刀下去，割得胳膊鲜血直流，才总算逃脱。

这一次回家，素姐倒是难得地放过了狄希陈，不仅放过了，还为狄希陈出了头，讨回了公道。

张茂实放得狄希陈去了，想狄希陈回家后的种种情形，不由大笑。没想到素姐雄赳赳气昂昂地杀了过来。素姐走到跟前，把桌子一掀，连碗掀在地上，跌得稀泥烂酱，一只手扯住张茂实的裤腰，从自己腰里扯出那拽着的棒椎，照张茂实身上你看那雨点儿似的打。张茂实使手招了一招，劈指头一下，打的五个指头即时肿的象了鼓椎……素姐一阵乱打，李旺和小娇春趁乱跳进水里，丢下张茂实逃走了。张茂实不住讨饶，素姐只是不停手。张茂实左架右招，素姐东打西椎。

李旺逃上岸后，一气跑回家搬救兵。智姐听说丈夫被打，急忙赶去救老公。智姐先是想从素姐手里夺下棒椎，夺了半天夺不下来。素姐一手扯着张茂实的裤腰带，一手挥着棒椎乱打一气。智姐又想掰开素姐的手让老公跑掉，仍旧掰不开，只好使出不是办法的办法："智姐极了，把张茂实的一条白绸单裤尽力往下一顿，从腰扯将下来，露出那一根三寸长、虎口粗、软丢丢一根，东摇西摆。素姐只得放了手，用袖遮了脸，一直的才出湖亭去了。"

此后，素姐和两个道婆搞在了一起，素姐拜这两个道婆为师，要狄希陈也跟着磕头。素姐跟着这两个道婆上了趟泰山，狄希陈沿途鞍前马后地服侍，几乎将一个秀才的脸面丢尽。谁知更丢脸的事情还在后头。

却说那天狄员外造生坟，狄希陈也在帮忙。当天正是三月三玉皇庙会，素姐同了侯张两个道婆和一群不三不四的女人一起赶庙，被一伙泼皮围住了调戏；呼喝了一声，许多人蜂拥将来……只便宜了那丑陋蓝缕的婆娘，没人去理论，多有走得脱的；其余但是略有半分姿色，或是穿戴的齐整，尽被把衣裳剥得馨净，最是素姐与程大姐（一个暗娼）吃亏得很，连两只裹脚一双绣鞋也不曾留与他，头发拔了一半，打了个七死八活。

听到报信，正在狄家吃饭的客人羞得一刻走了个精光，狄希陈领着狄周娘子，拿着衣裳，寻到跟前。只见素姐披着一条蓝布裙子，蹲在地下，狄希陈递衣裳鞋脚过去，顺便把狄希陈扯将过去，在右胳膊上尽力一口，把核桃大的一块肉咬的半联半落。疼得狄希陈只在地上打滚。

伤好后，朝廷通知监生入监，狄希陈才借此脱离了素姐的折磨。

狄希陈要走，素姐免不了有几句嘱咐。素姐的嘱咐也很有特色。

"你若行到路上，撞见响马强人，他要割你一万刀子，割到九千九百九十九下，你也切不可扎挣！走到甚么深沟大涧的所在，忙跑几步，好失了脚掉得下去，好跌得烂酱如泥，免得半死辣活，受苦受罪！若走到悬崖峭壁底下，你却慢慢行走，等他崩坠下来，压在内，省的又买箔卷你！要过江过河，你务必人合马挤在一个船上，叫头口踢跳起来，好叫你翻江祭海！寻主人家拣那破房烂屋住，好塌下来，砸得扁扁的！我听见那爹爹说，京里人家多有叫臭煤薰杀了的，你务必买些臭煤烧；又说街两旁都是无底的臭沟，专常掉下人去，直等淘阳沟才捞出臭骨拾来，你千万与那淹死鬼做了替身，也是你的阴骘：这几件你务必拣一件做了来，早超度了我，你又好早脱生。"

素姐坐在一把椅上，逐件吩咐。狄希陈低着头，耷拉着眼，侧着耳朵，端端正正地听。

因为素姐咒得利害，狄希陈路上也有些怕怕的，不过还是一路顺风地到了京城。想想素姐的恶毒诅咒，狄希陈感觉与素姐恐怕已无和好之日，决定另谋生路：这家中受那素姐万分折挫，秦桧、曹操在地狱里受不得的苦都已受过，不如使几千两银子挖了选，若果是四川成都，离山东有好几千里地，撇他在家，另娶一房家小，买两个丫头，寻两房家人媳妇，竟往任所，岂不是拔宅飞升的快活？说干就干，狄希陈很快就娶了个妾——就是旧日东家的女儿童寄姐。

公婆死了，丈夫走了，素姐终于可以为所欲为了。一班狐朋狗党带来一台猴戏为素姐祝寿。素姐突发奇想，留下那只猴子，给它穿上狄希陈的衣服，用铁链子拴上，把它当成狄希陈，边打边骂，边骂边打，每天折磨。猴子当然拼命挣扎，终于有一天将铁链子挣断了，一跳跳在素姐肩头，啃鼻子，抠眼睛，把面孔挝得粉碎——把一个画生儿的美人生生地弄成了一个丑八怪。

素姐先将对狄希陈的恨寄托在猴子身上，现在吃了亏，又把对猴子的仇记在狄希陈身上。一个算命瞎子教了素姐一个法子，砍了一个桃木人，做成了狄希陈的模样，写了狄希陈的生辰八字，找来狄希陈的内衣，改小了与桃人穿，用新针七枚钉了前心，又用七枚钉了后心，又用十四枚分钉了左右眼睛，两个新丁钉了两耳，四个新丁钉了左右手脚；用黄纸朱砂书了符咒，做了一个小棺材，将桃人盛在里面，埋在狄希陈常时睡觉的床下，起了一坐小坟。叫素姐逢七自到那桃人埋的所在痛哭，自然一七便觉头昏恼闷，二七没识少魂，三七寒热往来，四七增寒发热，五七倒枕椎床，六七发昏致命，七七就要"则天必命之"！

素姐依法施为，先谢了瞎子一两纹银，许过果有效验，再替他做海青一件。结果呢，听从京城回来的仆人说，狄希陈仍然吃得睡得身体棒棒，素姐向瞎子讨要那一两银子，结果却反被瞎子又讹了一吊钱，真是偷鸡不成蚀把米。

听仆人说狄希陈在京里娶了妾，素姐马上赶往京城问罪，而狄希陈恰好有事回老家，两人刚好在路上错过，狄希陈免了一场大难。

坐监期满，狄希陈被选为成都府经历。狄希陈回家祭了祖，使出欲擒故纵之计，将素姐留在了山东老家，等素姐醒过神来，狄希陈已带着寄姐远走高飞了。

过了年余，素姐还是在两个道婆的带领下找到了成都，且看当时情形：

（狄希陈听衙役）报说："山东济南府绣江县明水村有奶奶来到。"……

言才入耳，魂已离身。正吃完了饭，要上晚堂，恰好小成哥（狄希陈和寄姐生的儿子）抱在跟前，望着狄希陈扑赶，狄希陈接在怀内，引着顽耍。一听有家乡奶奶来到，把眼往上一直，把手往下一松，将小成哥丢在地下，将身往傍一倒，口中流沫，裤里流尿，不醒了人事。衙内乱成了一块。

见了素姐的阵势，寄姐也有点怕，但终于在丫鬟婆子的帮助下，降伏了素姐。素姐奈何不了寄姐，但对付狄希陈还是绰绰有余。因狄希陈得罪了那两个道婆，素姐决定给狄希陈来顿狠的。

狄希陈有时候就在书房过夜。素姐看在眼里，将外屋钥匙偷偷藏了。趁狄希陈刚刚脱了衣服准备躺下的当儿，开了门，提着棒椎闯了进去。

（素姐）将门拴上，又拉过一张椅来顶紧，走到床边，把狄希陈的衣裳铺盖，尽行揭去，屁股坐着头，轮得棒椎员员的，雨点般往身上乱下。狄希陈吆喝"救人"。素姐道："你好好的挨打便罢；如再要叫唤，我就打你致命，今日赌一个你死我生！"狄希陈当真也就不敢再喊，只说："饶命。"

这一次，狄希陈共挨了六百多椎，等到寄姐带了人撞开门去救时，狄希陈已被打得奄奄一息。事后，狄希陈足足地卧床将养了二十多日，方才勉强起来，出堂理事。

从此狄希陈便也刻刻提防，时时准备。在里边和寄姐睡觉，必定是把门顶了又顶，闩了又闩。如在外边自己睡觉，必定先把房门顶关结实，然后脱衣去网，着里的小衣，时刻不敢脱离。

但百密必有一疏。那天，狄希陈冠带整齐准备去贺一个同僚的生日，临时记起一件事，想与寄姐交代。素姐见机会难得，慌忙取了个熨斗，把炉子里的炭火，都撍在里面，站在房门口布帘里面，等得狄希陈出寄姐房来，从后边一把揪住衣领，右手把熨斗的炭火，尽数从衣领中倾在衣服之内。烧得个狄希陈就似落在滚汤地狱里的一样，声震四邻，赶拢了许多人。偏生那条角带三揪拔不开，圆领的那个结又着忙不能解脱，乱哄哄剥脱了衣裳，把个狄希陈脊梁，不算那零碎小疮，足足够蒲扇一块烧得胡焦稀烂。

这一次，狄希陈足足将养了五十多天才好，知府得知后，勒令狄希陈写休书将素姐休掉。但狄希陈考虑再三，还是引用"三不去"的条款回绝了："薛氏嫁经历的时候，父母俱全；如今他的父母俱亡，这是有所往无所归；且自幼都是先人说的亲，由先人婚嫁，两处先人俱已不在，实不忍背了先人之意。"

狄希陈终因不能"齐家"而被坏了考评，幸好宦囊已丰，狄希陈干脆辞官回家。回家后，素姐仍不肯放过狄希陈，瞅着狄希陈从茅厕里解手回来，在里间卧房之内，将那墙上挂的撒袋，取了一张弓，拈了一枝雕翎铲箭，照得狄希陈真实不差，从窗眼里面飕的一箭。只听得狄希陈"嗳哟"一声，往前一倒，口里言语不出，只在地下滚跌。

幸好有一个高僧胡无翳赶来救了，高僧解说了狄希陈与素姐的两世恩怨，并让狄希陈虔诚持诵《金刚经》一万遍，狄希陈一一照办，而素姐渐觉心慌眼跳，肉战魂惊，恶梦常侵，精神恍惚，饮食减少，以致渐渐的害起病来；及至狄希陈诵经已完，素姐越发卧床不起，不惟没了那些凶性，且是连那恶言恶语都尽数变得没了，最后无声无息地死去。

狄希陈与素姐二十几年的孽缘终于到此结束。

为什么素姐对自己的丈夫狄希陈如此绝情如此暴虐，以致最终竟欲置之于死地呢？为什么狄希陈如此害怕自己的老婆以至于对老婆的虐待不敢有丝毫的反抗呢？他为什么不将她休掉呢？这几乎是所有读过《醒世姻缘传》的人的共同疑惑。关于第一个问题，我将在后文谈到，现在我们先看第二个问题：为什么狄希陈如此怕老婆？

狄希陈为什么这么怕老婆呢？用《醒世姻缘传》的观点来解释是因为"缘法"，因为素姐前生是一个仙狐，狄希陈的前生叫晁源，是一个西门庆式的人物。有一次，仙狐遇到一支猛犬，向晁源求救，晁源不但不救，还一箭射杀了仙狐，并将它剥皮削骨。既然前生是狄希陈害了素姐，因果报应，这一生就该生受素姐的折磨。这种说法在现代人看来当然是无稽之谈，那么就来听听我的"有稽之谈"吧，我认为狄希陈之所以这么怕老婆，原因有三个：

第一，狄希陈从小生活在一个怕老婆的家庭环境里。

在狄希陈家里，父亲狄员外敦厚朴实，母亲相氏（书中称狄婆子）精明能干。狄员外对自己的夫人是七分敬重三分畏惧。有一次，狄婆子叫狄希陈念书，狄希陈不肯动，狄员外劝他："你还不快着取书去哩？惹起你娘的性子来，你是知道的，我还敢扯哩？说我不管教你，只怕连我还打，没个人拉他哩！"由此可见，狄希陈家里有怕老婆的传统，狄希陈从小耳熏目染，长大后怕老婆也就无足为奇了。

第二，狄希陈从小就生活在家庭暴力的阴影里，造成自主人格的严重缺失。

狄希陈八岁时，狄婆子让他帮狄员外写个请帖，狄希陈写不出，还呲牙咧嘴做鬼脸，被他娘变了脸，一手扯将过来，胳膊上扭了两把，他就撇着嘴待哭。他娘说："好小厮！你仔敢哭，我就一顿结果了你。"接着在胳膊上又是两把，后来，狄希陈用"天上明星滴溜溜转"哄她娘，被他娘劈脖根一巴掌："好小厮！我起你的皮！"

也就是说狄希陈从小就是被他娘打惯了的，一直到十六岁，他对母亲仍然畏之如虎，他留恋孙兰姬不肯回家，他娘去找，狄希陈见了他娘，吓得扭头就跑，脸像黄菜叶一般，口里还喊道："不好了！不好了！娘来了！"让孙兰姬还以为是狼来了。

长期的家庭暴力，让他形成一种心理定势：男人，尤其是他自己，是要有一个女人管着的，小时候这个女人是他娘，结婚后就应该是他老婆。老婆像娘一样，是不能反抗的，或者说，最好的反抗就是不反抗。

第三，尼姑李白云的预言在狄希陈身上形成了强有力的心理暗示。

李白云是个得道的尼姑，她能知晓每个人的前世今生，狄希陈第一次知道自己的前世，就是来自于李姑子，李姑子对狄婆子说："这位小相公，他天不怕，地不怕，他也单单的只怕了他的媳妇。饶他这样害怕，还不得安稳哩。"狄婆子又问："害不了他的命，只是怕他罢了？"姑子说："命是不伤，只是叫怕的利害些。"

狄希陈可能最初对李姑子的话并不太相信，可是李姑子说狄希陈和孙兰姬只剩两天的缘分，果真第三天孙兰姬就被人娶走了，这就不由得狄希陈不信了。我并不认为，狄希陈和素姐是前世孽缘，但我认为，李姑子的话对以后的狄希陈形成了强有力的心理暗示，当他后来遇到桀骜不驯的素姐时，最可能的反应就是：这是命里注定的。这种心理暗示使狄希陈还没进洞房时，就先存了怕的念头："我不知怎么，只见了他，身上渗渗的。"所以说，狄希陈之所以这么怕老婆，李姑子难辞其咎。

当然，从狄希陈身上，我们还可以吸取一个教训：提前揭开命运的谜底并不是什么好事。

第四，当然是素姐这个人确有可怕之处。

虽然狄希陈在结婚前已经作好了怕老婆的准备，但如果娶的不是素姐而是像相于廷娘子（又不气婆婆，又不打汉子，又温柔，又标致）那样的女孩，估计狄希陈就算是怕，也不会怕得如此厉害如此出格如此空前绝后。当然，以狄希陈的顽劣，如果真娶一个像相于廷娘子那样的女孩，估计他又不知会玩出什么荒唐花样来。

关于素姐的可怕，我的观点是，像素姐这样的老婆，不仅狄希陈怕，我也怕，相信读者诸君中不怕的也少——假如不能把她休掉的话。

那么，狄希陈为什么不将素姐休掉呢？关于这个问题，八十年前，胡适先生就分析过，我也说几句。

首先，狄希陈的行为与情欲有关，但不总是有关。

近来的研究者，多有用"虐恋"一词来形容狄希陈与素姐之间纠结的婚姻的。什么叫"虐恋"呢？"虐恋"，英文为"sadomasochism"，有时又简写为"SM"，是一种将快感与痛感联系在一起的性活动，即通过痛感而获得快感的性活动。痛感包括肉体上的痛苦（如鞭打所导致的痛感）或精神上的痛苦（如统治与服从关系中的被羞辱所导致的痛苦感觉）。我对"虐恋说"是不以为然的，因为我看不到狄希陈从素姐的虐待中感到过快乐。狄希陈从素姐那里得到的少得可怜的快乐都是在素姐相对温柔时得到的——大多数都是爱爱的时候啦。

正因为此，所以我承认狄希陈不愿和素姐离婚与情欲有很大的关系，狄希陈自己就说"我几番受不过，也要如此。只是他又甚是标致，他与我好的时候也甚是有情，只是好过便改换了，所以又舍不得休他"。但这种关系主要是在结婚之初，素姐对狄希陈还有那么一点感情的时候。后来素姐对狄希陈的爱越来越浅，恨越来越深，以致将狄希陈赶出了卧室，不准他回去，狄希陈因情欲而生的对素姐的迷恋就越来越少。尤其是再后来，狄希陈又娶了同样美丽但更年轻的寄姐，上述的因情欲而生的对素姐的迷恋就基本上没有了——那时的素姐已经瞎了一只眼，更没了鼻梁，成了个丑八怪。这时候狄希陈对素姐的情欲当已荡然无存，但是他并没有休掉素姐，可见狄希陈的选择与情欲有关，但不总是有关。

其次，自始至终，这件事与怕丢面子无关。

近来，也有论者认为，狄希陈之所以没有休妻，是因为怕丢面子。我认为这两者之间，毫无关系。

第一，在古代，男子休妻，并不是丑事。何况像素姐这样的老婆，除了没有给狄希陈戴绿帽子以外，其他能丢的脸也都丢完了。休掉她就算是丑事，也只丑一次，留着她，还不知会发生多少丢面子的事呢。

第二，狄希陈根本就不是一个爱面子的人。素姐和一群不三不四的人去泰山，要狄希陈为她牵驴子，狄希陈虽然不愿意，可还是做了——要知道，狄希陈可是个秀才，人见了都要称相公的。秀才狄希陈的老婆逛庙会，被一群无赖剥了个精光，够丢脸吧，狄希陈屁都没放一个。狄希陈每次被素姐打了，都是直喊救命，也不觉得有什么丢脸。狄希陈怕老婆，不仅表弟相于廷经常取笑他，他的妻弟薛如卞和薛如兼也瞧不起他，就是他的舅娘也觉得丢人："天底下怎么就生这们个恶妇！又生这们个五脓！"又照着狄希陈脸上啐了一大口，道："他就似阎王！你就是小鬼！你可也要弹挣弹挣！怎么就这们等的？"

够伤自尊的吧，可是人家狄希陈不在乎。所以说，将狄希陈不离婚与面子联系起来，毫无道理。

那么真正的原因是什么呢？我认为有三个：

第一，古代的婚姻制度使然。

现在，结婚与离婚都是两个人的事，对双方家族的影响有限。在古代则不同，婚姻的首要任务是"和二姓之好"，既然结婚是父母之命媒妁之言，离婚当然也要考虑对双方家族的影响。具体到狄希陈和素姐，又多了层影响因素：不仅素姐嫁给了狄希陈，狄希陈的妹妹巧姐也嫁给了素姐的弟弟薛如兼，狄薛两家已经是血浓于水，一旦有变故，那将是打断骨头连着筋。素姐在三月三玉皇庙会上丢丑后，狄员外气急，叫嚷着要将素姐休掉，素姐的生母龙氏就逼迫薛如兼，如果狄家休了素姐，薛家也要休掉巧姐。虽然薛如兼不会这么糊涂，但是如果狄家真的休了素姐，狄薛两家几十年的感情肯定会受到极大的伤害。所以当龙氏上门问罪时，狄员外只是说："要我说你闺女该休的罪过，说不尽！说不尽！如今说到天明，从天明再说到黑，也是说不了的！从今日休了，也是迟的！只是看那去世的两位亲家情分，动不的这事。刚才也只是气上来，说说罢了。"

由此可见，古代的男子离婚虽然比现在要简单，但也并不是像有些人想象的那么容易，所以后来狄希陈被素姐"火烧藤甲兵"以后，知府逼着狄希陈写休书，狄希陈考虑再三，还是回绝了知府。狄希陈的理由是："薛氏嫁经历的时候，父母俱全；如今他的父母俱亡，这是有所往无所归；且自幼都是先人说的亲，由先人婚嫁，两处先人俱已不在，实不忍背了先人之意。"狄希陈的理由来自于古代的"三不去"。

什么叫"三不去"呢？很多人知道古代休妻有所谓的"七出"（不顺父母，出；无子，出；淫，出；妒嫉，出；恶疾，出；多口舌，出；窃盗，出），却不知道，还有"三不去"：有所取无所归，不去；与更三年丧，不去；前贫贱后富贵，不去。仔细一想，这"三不去"其实只有一个意思：想离婚，要趁早。否则一旦自己的爹妈死了（与更三年丧）或者是老婆的爹妈死了（有所取无所归），都离不成，就算是两家老人都健在，也要趁早，否则一旦时来运转发达了，也离不成——前贫贱后富贵也。陈世美就是血的教训啊。

前两条都是扯淡,唯第三条有意思——前贫贱后富贵,不去!唉,为什么现在没有这个规定呢!这对建设和谐社会该是多么有用啊!

第二,狄希陈仁厚的个性使然。

狄希陈虽然有千般不是,但他继承了他父亲狄员外的一个优点:宅心仁厚。读完《醒世姻缘传》,你会发现,不管别人对他怎样,狄希陈从来没有怨恨过任何人。小时候,因为老师逼着他读书,狄希陈作弄过老师,但是,他从来没有恨过老师。若干年后,他做了成都府经历,还念着老师的好:"俺那乡里程先生这们好秀才,教着我合表弟相觐皇,两个妻弟,一年只四十两银子。别说教书使气力,只受我那气,也四十两银子,也就不容易的。"他的同窗张茂实戏弄他,让他吃了顿好打,还差点丢了一条胳膊,他也从来没想过报复。他对父亲的妾很好,对妾生的儿子也很好,在财产方面也不是很在意,分家时将素姐知道的财产都留给自家,将素姐不知道的田产都分给了父亲的妾和妾生的儿子。

小说还专门用一段写了狄希陈对亡母的思念:狄希陈跟着素姐到泰山烧香,顺路到蒿里山烧纸。阎罗殿里摆满了各种泥塑雕像。一个女人,绑在一根桩上,一个(小鬼)使一把铁钩,把鬼妇人的舌头钩将出来,使刀就割。狄希陈见了,不由放声大哭,就象当真割他娘的舌头一般,抱住了那个受罪的泥身,把那鬼手里的钩刀都弄断了。真是哭的石人堕泪,人人伤心。

了解这一点,也就明白为什么他能够忍受素姐如此虐待。如果他真心想反抗,难道真的打不过素姐吗?

我想,这大概就是狄希陈的可贵之处吧。是的,他很窝囊,窝囊得不仅怕妻子,连妾也怕得很;读书笨得很,好不容易做了个八品官,处理事情还得靠师爷;此外,还好色,还粗俗……但他至少还有这么一个难得的品质,这恐怕就是他留给读者的印象还不至于太恶心的原因吧。

第三,狄希陈可以不离婚。

我们现在对狄希陈的不离婚觉得不可理解,是因为在现在,你如果娶了一个素姐这样的老婆,你除了离婚以外实在没有第二条路可走——

除非你不打算活了。可是，在狄希陈的时代，在离婚以外，狄希陈还有很多别的选择，比如纳妾。

所以，如果叫狄希陈为离婚写一个可行性分析报告，结论应该是：不可离——不想离——不必离。

总之一句话：狄希陈是不会休掉素姐的。如果他敢休老婆，那他就不会怕老婆，如果不怕老婆，就不是狄希陈。

人生若只如初见 ///

狄希陈虽然仰赖表弟相于廷和妻弟薛如卞两位枪手考取了秀才,可是肚里并没有多少货。秀才每年都要参加岁考,岁考分等评级,优等的受奖并获得参加乡试的资格,劣等的被罚,末等的黜退。为了保住这个来之不易的秀才,狄员外打算为狄希陈捐个监生(秀才捐监生叫出贡,秀才出贡以后就是国子监的学生了,不受地方学政管辖,也就不需要参加岁考而可以直接参加乡试,即使乡试不中也可以经过吏部的廷试直接选官),县里准了,钱也交了,还要上京城去办理入学手续,这样狄希陈就跟着父亲上京了,就租住在童奶奶家里。

也就在这时,狄希陈第一次见到了童奶奶的女儿寄姐,当时寄姐刚刚十岁,生得眉清目秀、齿白唇红。读完全书,你会发现,《醒世姻缘传》里齿白唇红的美女很多,寄姐是这个样子,小珍珠也是这个样子——西周生在描写女子尤其是美丽的女子时,词汇之贫乏,令人不敢置信,如"穿着红裙绿袄,青缎女靴","天真极了","可爱极了"。

狄希陈也不过十九岁。

狄员外大方而童奶奶热情,宾主相处甚欢,真是至亲一般。狄员外和狄希陈浆衣服、缀带子，都交给童奶奶照管。寄姐和弟弟虎哥时常过这边来玩耍。寄姐看的好纸牌，常与狄希陈看牌耍子，有时赌栗子，有时赢钱，有时赢打瓜子，经常一玩半天不肯回家。

九个月坐监期满，狄希陈要回家了，临别时两家互有礼物馈赠，狄希陈送了寄姐一对玉瓶花、两个丝绸汗巾；寄姐回送了狄希陈一枝乌银古折簪。《红楼梦》里的汗巾子是系在腰里的，实际上就是腰带。这里的汗巾则是手帕，藏在袖口里。在古代，汗巾这样的小礼物在女性之间可以随便送，但异性之间可不能乱送，先前狄希陈曾送汗巾给孙兰姬，孙兰姬最后留给狄希陈的念想中也有一个月白汗巾。至于男性之间送这东西的很少，不过《红楼梦》中贾宝玉和蒋玉涵却曾互换汗巾，当然他们之间关系非常微妙。

十一年后，狄希陈再次来到京城，却已是物是人非。童家因为生意凋敝而破了产，童奶奶的丈夫童七上吊自杀，十五岁的儿子虎哥跟人做了跟班，二十一岁的女儿寄姐还待字闺中，在当时就差不多算是一个剩女了。

而当时的狄希陈对与素姐的婚姻已开始绝望。这个从来不为生计着想的男人也开始思考自己今后的人生：这家中受那素姐万分折挫，秦桧、曹操在地狱里受不得的苦都已受过，不如使几千两银子挖了选，若果是四川成都，离山东有好几千里地，撇他在家，另娶一房家小，买两个丫头，寻两房家人媳妇，竟往任所，岂不是拔宅飞升的快活？

狄希陈托童奶奶找媒人帮他物色人选，媒人找了几个，狄希陈都不满意。童奶奶出去托媒的时候，狄希陈就和寄姐一起在炕上玩骰子。

> 寄姐合狄希陈掷骰赌钱，成对的是赢，成单的是输，把狄希陈袖着的几十文钱，赢得净净的。狄希陈说："我输净了，你借与我几十文，我再合你掷。"寄姐说："哟！你甚么有德行的人，我借给你！咱不赢钱，我合你赢打瓜子。我输了，给你一个钱；你输了，打你一瓜子。"狄希陈说道："我为甚么？你输了就给个钱，我输了就揸打呀！咱都赢瓜子。"寄姐仗着手段高强，应道："罢呀怎么！"一连掷了几个对，把狄希的胳膊，寄姐一只手扯着，一只手伸着两个指头打。狄希陈掷了一对么红，喜的狄希陈怪

跳，说道："我可也报报仇儿！"寄姐捏着袖子，拳着胳膊，甚么是肯伸出手来。狄希陈胳肢他的脖子，拉他的胳膊。只是不肯叫打，说："你再掷一对么红，我就叫你打。"狄希陈说："也罢呀怎么！"一掷又是一对么红。寄姐忙说："我不依，你不依！"拿着骰子举了一举，口里默念了几句，递与狄希陈说道："你要再掷一对四红，我可叫你打了罢。"

狄希陈也把骰子举了一举，口里高声念道："老天爷，我合寄妹妹如此如此，这般这般，一掷就是一对四红！"寄姐红着脸道："甚么如此如此，这般这般呀？"狄希陈道："只许你念诵，不许我念诵罢？"一边掷下，端端正正掷出一对四红。寄姐与狄希陈俱甚喜欢。寄姐道："我不赖你的，可叫你打下子罢。"伸出白藕般的手臂，带着乌银镯子。狄希陈接在手中，说道："怪不得不叫打！我也舍不的打呢！"放在脸上蹭了几蹭，说道："割舍不的打，咬下子罢？"放在口里，印了一印。

狄希陈一边奚落，一边把手往寄姐袖子里一伸，掏出一个桃红汗巾，吊着一个乌银脂盒，一个鸳鸯小合包，里边盛着香茶。狄希陈说："我没打你，你把这胭脂盒子与合包给了我罢？"寄姐道："人的东西儿，给了你罢呢！我也掏你的袖子，看有甚么，我也要！"狄希陈伸着袖子，说道："你掏！你掏！我又没甚么可取。"寄姐道："谁说呀？掏出来，都是我的。"伸进手去，摸着一个汗巾，寄姐在他胳膊上扭了一下，说道："我把你这谎皮匠……你说没有，这是甚么呀？"拉出来一个月白绉纱汗巾，包着一包银子。

寄姐把自己的汗巾撩到狄希陈怀里，说道："咱就换了。"狄希陈道："咱就换了，不许反悔。"寄姐说："我只要汗巾，不要这包着的夯杭子。"解开汗巾结子，取出那包银来，约有八九两重，丢在狄希陈袖上。狄希陈仍把那封银子还丢在寄姐怀里，说道："咱讲过的话：换了，换了。你光要汗巾，不要这夯杭子？你倒好性儿。我娶了你罢？"寄姐说："你这们好性儿，我嫁了你罢呀！我只是光要汗巾子，不要这个！"狄希陈说："我只是叫你要，不许你不要呢。"

狄希陈想娶寄姐，寄姐也愿意嫁给狄希陈，童奶奶也没什么意见。然而毕竟不能私相授受，还得通过媒人来挑明这个事，为此，狄希陈被媒人敲了个不小的竹杠。说定后，狄希陈下了定礼，叫银匠打造首饰，叫裁缝裁制衣裳，叫珠花匠穿珠结翠花，各色催趱齐备，等到十月十八日，狄希陈公服乘马，簪花披红，童寄姐穿着大红冰丝麒麟通袖袍儿，素光银带，盖着文王百子锦袱，四人大轿，十二名鼓手，迎娶到寓，拜天地，吃交巡酒，撒帐，牵红……将十六岁时和素姐举行的仪式几乎原封不动地又来了一次。

很多人以为中国古代是一夫多妻制，笼统地说呢，当然不算错。但严格来讲是不对的。中国古代实行的是一夫一妻多妾制，而不是一夫多妻制。

这有区别吗？当然有！

娶妻与娶妾的目的和过程都不同。娶妻是为了合二姓之好，所以必须是父母之命媒妁之言，"无媒之合谓之奔"（没有媒人的结合就是私奔）。娶妾则多是出于情欲或者传宗接代，所以娶妾多是由男子本人决定，至于程序则五花八门：有买来的（如调羹和珍哥），有丫鬟收房的（如春莺），也有通过一定仪式娶进门的。娶的妾比买的妾和收的妾地位高，但即使是娶的，仪式也比娶妻简单。像狄希陈这样用娶妻的礼仪娶妾并且不让妾和妻在一起生活称之为"两头大"，这在古代是不合礼的。

当然，这样做的也不只狄希陈一个，秦敬宇也是这样娶孙兰姬的。

父母之命的素姐让狄希陈吃尽了苦头，自己选的寄姐又怎样呢？

新婚之初，狄希陈与寄姐的确是如鱼得水，似漆投胶，万般恩爱，难以形容。可是好景不长，两个人很快出现了争吵，起因就是小珍珠——狄希陈特地买来服侍寄姐的丫鬟。

狄希陈一直是一个很轻浮的人，小珍珠长得又很漂亮，不免让狄希陈想入非非。虽然仅仅是想想而已，可是狄希陈的这种心猿意马，寄姐当然会感觉到。

新婚的寄姐当然不好把狄希陈怎样，但她有办法对付小珍珠：她不断地虐待小珍珠，借此试探狄希陈的反应。

冬天到了，所有的人都穿上了棉袄，只有小珍珠没有。狄希陈、童奶奶和调羹都替小珍珠求情，但寄姐一概不准。最后只好由狄希陈出钱，让小珍珠的父母出面为小珍珠做一件棉袄。寄姐知道之后，心里那个气哟。

（寄姐）走进房去，把自家一件鹦哥绿潞绸棉袄，一件油绿绫机背心，一条紫绫绵裤，都一齐脱将下来，提溜到狄希陈跟前，说道："这是我的，脱下来了，你给他穿去！"

狄希陈听寄姐这么说，吓得面如土色。童奶奶劝寄姐不要这样。寄姐说："我要不脱下来叫他穿上，冻着他心上人，我穿着也不安！赌不信，要是我没棉衣裳，他待中就推看不见了！"狄希陈越是劝，寄姐越是赌气，最后，竟然"朝着小珍珠，跪倒在地，连忙磕头，口里说道：'珍姐姐！珍姑娘！珍奶奶！珍太太！小寄姐不识高低，没替珍太太做出棉袄棉裤，自家就先周扎上了，我的不是！珍太太！狄太爷！可怜不见的饶了我，不似数落贼的一般罢！你家里放着一个又标致，又齐整，又明眉大眼，又高梁鼻相的个正头妻，这里又有一个描不成画不就的个小娘子，狗揽三堆屎，你又寻将我来是待怎么？你不如趁早休了我去，我趁着这年小还有人寻，你守着那前世今生的娘可过！'"

童奶奶见寄姐越说越离谱，就在旁边打圆场，说自己有一个旧主腰子（就是围腰），就给小珍珠穿吧。寄姐仍旧不依："我不依他穿人的旧主腰子！我也不依另做！只是叫他穿我的棉裤棉袄！只这一弄衣裳，叫我穿，他就不消穿！叫他穿，我就不消穿！没有再做的理！"

在这里，我们看到了寄姐和素姐的不同，素姐长于动粗，寄姐长于撒泼，后面我们还可以经常领教寄姐的这种自虐式的舌战技巧。

这一次吵架给狄希陈和寄姐的感情留下了无法愈合的内伤。从此以后，那种相亲相爱的日子就一去不复返了。

尽管狄希陈拍着胸脯发誓说与小珍珠清清白白，但是寄姐深知，相信男人的嘴还不如相信世上有鬼，所以当然不信。

寄姐想到了"钓鱼"——还果真就钓着了。

这年三月十六，是狄希陈舅舅相栋宇的生日，狄希陈庆寿赴席去了，寄姐料得他不能早回。等到起更以后，等别人都睡了觉，寄姐照依小珍珠梳了一个鸳髻,带着坠子,换了一件毛青布衫,等得狄希陈外面敲门,寄姐走到厨房门槛上,背着月亮,低着头坐着门槛打盹。狄希陈走到跟前,看见穿着青,打着鸳髻,只道当真就是珍珠,悄悄的蹲将倒去,脸对着脸偎了一偎,一边问道:"娘睡了不曾?"一边将手伸在怀内摸他的奶头,又往裤腰里伸下手去摸了一摸,说道:"了不的!你叫谁弄的这们稀烂,又长了这们些毛?"寄姐咄的一声,口里说道:"我叫小陈哥弄的稀烂来!贼瞎眼的臭忘八!你可赖不去了!你每日说那昧心誓,你再说个誓么!"拉着狄希陈的道袍袖子,使手在狄希陈脸上东一巴掌,西一巴掌,打的个狄希陈没有地缝可钻。

由此看来,寄姐可以说是"钓鱼执法"的当之无愧的发明人——可惜现在要申请专利已经迟了——已经被沪上某交管部门捷足先登了。

虽然由于童奶奶再三拦住,寄姐当时放了手没打。等到狄希陈进了房,睡倒觉,寄姐仍"把狄希陈蒯脊梁,挝胸膛,纽大腿里子,使针扎胳膊,口咬奶膀,诸般刑罚,舞旋了一夜"。

当然与下面的发明相比,"钓鱼执法"就是小巫见大巫了。

为了防止狄希陈偷腥,寄姐把狄希陈的阳物,每日将自己戴的根寿字簪子,当了图书(就是印章),用墨抹了,印在阳物上。每日清早使印,临晚睡觉,仔细验明,不致磨擦,方才安静无事;如磨擦吊了,必定非刑拷打。

各位兄弟姐妹大叔大婶,你们还相信这个每天查验丈夫阳物的女人还是一年前和狄希陈玩骰子的那个纯真少女吗?

小珍珠终因受不了寄姐的虐待上吊身亡。这件事令狄希陈非常伤心,也对寄姐非常失望。寄姐因为这件事要吃官司,童奶奶让狄希陈去求相于廷(此时相于廷已考中进士,并做了工部主事)递个条子,一向不怕丢脸的狄希陈却怕了:"姥姥,你叫我不拘使多少银子,我也依,你指与我,叫我不拘寻谁的分上,我也依,我可不能求俺这个兄弟。我实怕他合大妗子笑话。敢说:'你为家里的不贤惠,专替你招灾惹祸的,你躲到京里来另寻贤德的过好日子;如今贤惠的越发逼的丫头吊杀了。'我受不的他这笑话。"

小珍珠死了，官司在相于廷的帮助下也了了。可是狄希陈和寄姐却再也回不到当初掷骰子玩时的情形了。用寄姐的话说就是："俺从小儿在一堆，偏他说句话，我只是中听；见他个影儿，我喜他标致。人嫌他汗气，我闻的是香；人说他乜箸，我说是温柔。要不是心意相投的，我嫁他么？如今也不知怎么，他只开口，我只嫌说的不中听；他只来到跟前，我就嫌他可厌。他就带着香袋子，我闻的就合踩了屎的一样。来到那涎眼的，恨不得打他一顿巴掌。"

米兰·昆德拉曾经在小说《搭车游戏》中写过一个故事，一对恋人一起乘车旅游。为了排遣旅途的寂寞，这对恋人一个扮妓女，一个扮嫖客，玩起调情的游戏。两人都非常投入，女孩扮演的妓女风骚而淫荡，男孩扮演的嫖客下流而逼真。这个故事最后的结果是：游戏结束了，他们却再也找不回恋人的感觉。

很多人在回顾自己的爱情与婚姻时，除了记得第一次牵手、第一次接吻、第一次做爱以外，还有很多人也记得第一次吵架的情形，他们经常后悔，如果没有第一次争吵，也许就没有后来的所有的争吵，也许他们的婚姻就是另一种样子。从某种意义上说，有这个可能。

有些事情，一旦有了第一次，就不愁没有第二次。小珍珠死后，寄姐再次"大发雌威"是在狄希陈赴成都上任的路上。狄希陈选了官，又雇了个师爷周景杨，和周景杨的旧主郭总兵一起赴四川，走之前还要回家祭祖。因为一些事情，在家里多待了几天，寄姐怀疑狄希陈对素姐旧情复燃，心里窝了团火，等到狄希陈回船，答应给寄姐的羊羔酒、响皮肉又忘了带，寄姐更加不快。开船后，寄姐就开始找茬，把狄希陈准备送给上司做见面礼的绸缎裁了，急得狄希陈恨不得跳河。

一日，寄姐又将一匹大红六云紵丝裁了一件秃袖衫，剩的裁了一腰夹裤。狄希陈忍不住道："这匹大红云紵，用了九两多银子买的，是要送上司头一件的表礼，可惜如此小用！没了送上司的礼物，如何措手？况我在北京又与你做的衣裳不少，却把这整尺头都裁吊了。"寄姐把那脸一放放将下来，气的象猪肝颜色一样，骂道："臭贼！不长进的忘八！你没本事挣件衣服给老婆穿,就不消揽下老婆!你既揽下老婆,不叫穿件衣裳,难道光着屁股走么?你是那混账不值钱的老婆生的,不害羞;我是好人家儿女,知道羞耻,要穿件衣裳,要戴点子首饰!你既不肯教老婆打扮,我光着屁股走就是了,羞你娘的那臭脸!"一面口里村卷,一面将那做的衣裳扯的粉碎,把那玉簪玉花都敲成烂酱往河里乱撩,骂道:"咱大家不得!没见食面淫妇生的!"

狄希陈虽然一向是打不还手骂不还口,但寄姐骂到死去的狄婆子,还是让狄希陈血往上喷,回嘴道:"你毁坏我这许多礼物都是小事,你开口只骂我的娘,我的娘又没惹你,你又没见他的面,你只管骂他怎的!你家里没放着娘么?"寄姐道:"俺母是好人家儿女,骨头尊重,生的好儿好女,不似你娘生你这们杭杭子!合我妈使天平兑兑,比你娘沉重多着哩!"狄希陈道:"我没见银匠贼老婆骨头尊重!俺娘生我这们七八品官的儿子,生个女儿是秀才娘子;不照依银匠贼老婆生的儿子雇与我管铺子,生的丫头子,卖与我做小妇奴才!你看我这杭杭子!我清早到任,我只赶晌午,我差皂隶快手把满城的银匠都拿到衙门来,每人二十板,刺'窃'、'盗'字,问徒罪,打的那些银匠奴才们,只望着我叫老爷饶命!我再下下狠,把银匠的老婆,银匠的丫头子,都拿到衙门来,捯的尿屎一齐屙!"

我们很少看到狄希陈吵架,原来狄希陈骂起架也仍然不脱他那顽皮轻浮的本性。狄希陈几句话不打紧,在寄姐那儿却是捅了马蜂窝:

寄姐性子象生菩萨似的,岂容狄希陈揭着短骂这们一顿?扯着狄希陈就挏脸碰头,揪巾子,扯衣裳,拉着齐跳黄河,口里喊叫道:"前船、后船、梢公、外水、拦头、把舵,众人都一齐听着!山东狄希陈跑到京里赁俺房住,见我标致,半夜把我的爹杀了,把娘也杀了,图我的家财,霸占了我的身子,京里的缉事的严,住不了,买了假凭,往七八千里去做假官哩!他昨日往家去,嗔他家里的老婆留他,他把家里的老婆杀了,逃走来了!他私雕假印,用的是假勘合!你是甚么夯杭子,奉那里差,打着廪给,拨着人夫的走路?我是证见,列位爷们替我到官跟前出首出首,只当救我的狗命!我既是泄露了他的天机,他没有饶我的,不是推我在河里,就是使绳子勒杀我,他狠多着哩!我的一个丫头,他强奸他不依,一顿绳子勒的半死不活的,使棺材妆了出去,叫邻舍家知道了,拿讹头,告到察院衙门,带累的拿出我去见官!这是我跟你一场,你封赠我的!"

狄希陈道:"阿弥陀佛!神灵听着哩!"寄姐骂道:"贼昧心的忘八!我屈着你甚么来,你念佛叫神灵的?我穿你件子衣裳,你那偏心忘八,就疼的慌了;只许你家中的老婆,你买这们些衣服尺头珠翠宝石,给他就罢了!我还明眉大眼高梁鼻相趁的穿,你家里那老婆,瞎着个臭屎眼,少着个鼻子,两个大窟窿,看到颏根头子,搽着个莹白的脸,抹着个通红的唇,裂到两耳根,不象个庙里的鬼哩!那里放着买这们些东西给他!那里放着守他这们一向才来!人说'和尚死老婆大家没',我合那小妇臭浪蹄子,'姑子死和尚',也是大家没!"

狄希陈道:"你说我杀了他逃出来了,怎么我又偏疼起他来了呢?"寄姐道:"我不许你强嘴!我待怎么说,就怎么说,只是由的我!我只是不合你过,你齐这里住下船,写休书给我,差人送的我家去就罢了!咱'将军不下马,各自奔前程'。你做你那贼官去!有我这们个老婆,愁嫁不出你这们个杭杭子来么?孩子我也不带了去。要不,我抱着孩子扯着你,咱娘儿三个一齐的滚到黄河里头就罢了!"狄希陈道:"呀,呀!这不扯淡!你待跳黄河,你自家跳呀,你又抱着孩子,拉着我呢!我合孩子的命贵,不跳黄河。你命不值钱,动不动就跳河跳井的!"寄姐越发撒起泼来,把孩子一把揣在怀里,拿了根丝绸汗巾子,束了束腰,一手扭着狄希陈的衣领,就往舱外头钻。狄希陈一边往后挣,一边从怀里夺孩子。

家人看到不像个事儿,就到郭总兵船上搬救兵,谁知那边船上郭总兵的两个小妾也吵得一河水,郭总兵正打算派人请寄姐过去解劝呢。两家家人碰在一起,一场好笑。家人回来时,狄希陈却是已经缴械投降:寄姐还在那里撒泼不止,张朴茂的老婆抱着京哥怪哭,寄姐坐在船板上海骂。狄希陈起先那些昂气都不知敛藏那里去了,只是满口告饶,认说自己不是,原不该还口回骂。"你只看京哥分上,不要合我一般见识。你撩在水里的衣裳,打毁的玉器,我都一件件的赔还,半点也不敢少。"

寄姐说道:"你这没心眼的忘八,狠多着哩!我是故意的待作贱你,你晓的么?你到南京,上船去买东西,你那鼻子口里也出点气儿问我声:'这是南京地面,我待进城买甚么去哩,你待要甚么不?'问也不问声,撅撅屁股,佯长去了。我说虽是没问我,一定也替我买些甚么呀。谁知道买了两日,提起这件来,是堂上的,提起那件来,是送刑厅的。我难道连个堂上合刑厅也不如了?"

狄希陈道:"我心里也想来,不是着他大舅主张着纳甚么中书,丢这们些银子,弄的手里醮醮的,我有不替你买得么?我可又想我北京替你做的衣裳,可也够你穿的,到了衙门里头,又没处走,咱做官撰了钱再做也不迟。"寄姐说:"你没钱也罢,你只替我买一件儿,或是穿的,或是戴的,难道这点银子儿也腾挪不出来?这个也别提,使二三两银子哩,你从家里钉了丁子一般,住这们一向,跑了来到船上,你把那羊羔酒捎上两瓶,也只使了你一钱六分银;把那响皮肉秤上二斤,算着使了一钱,难道你这二钱多银子的家当也没了?可也是你一点敬我的心。"

狄希陈道:"这天是多昝?羊羔酒陈的过不的夏,新的又没做;这响皮肉也拿的这们远么?"寄姐道:"我的哥儿!你哄老娘,是你吃的盐比老娘多!老娘见的事比你广!你揭挑说我爹是银匠,可说我那银匠爹是老公公家的伙计。羊羔酒可说放的过夏;响皮肉五荒六月里还好放几日撕挠不了,这八九月天气拿不的了?"狄希陈道:"千言百语,一总的是我不是。你只大人不见小人的过!"

读此奇文,相信很多人都和我一样长了不少见识。我们至少可以归纳出以下几点:

一、女人如果打定主意要和男人吵一架,是一定可以吵起来的,男人是无论如何都躲不过的。

二、女人口中吵架的理由往往不是真正的理由,男人如果相信女人台面上的理由,那他就死定了。你看寄姐,她本来是恼狄希陈在家待得太久,疑心狄希陈与素姐旧情复燃,但她发飙的理由却是狄希陈没给她买衣服没给她带礼物等等。

三、女人吵架可以前后不一。当前后不一时咋办?前面是对的,后面也是对的——这和我们某些地方的城市建设有异曲同工之妙:建是为人民服务,拆也是为人民服务。

不过，寄姐比素姐令人可以忍受的是，寄姐一般是见好就收，很少趁胜追击。这场好戏的下半场是这样的：

> 狄希陈满口的赔礼，小寄姐不肯放松一句，只是饶过不说跳河。两家人媳妇劝道："奶奶罢呀，'杀人不过头点地'，爷这们认了不是，也就该将就了。只管这们等，到几时是个休歇？"寄姐此时火气也渐觉退去，撒泼的不甚凶狠，劝着奶了奶孩子，挽了挽头，只是使性子没肯吃饭。又劝说："这一日没吃下些饭去，可那里有奶给孩子吃呢？"千央万及的，又将错就错，吃了四五碗蝴蝶面，晚上也还合狄希陈同床睡了。

如果是换了素姐，狄希陈就没这么好过劫了。用狄希陈的话说就是："他的龙性不同得你，一会家待要寻趁起人来，你就替他舔屁股，他说你舌头上有刺，扎了他的屁股眼子！"

狄希陈的这话虽然粗俗但也不是污蔑。有一次，素姐拿起板凳要砍狄希陈，狄希陈往外跑，素姐往外赶，门槛子绊了一交，也跌了个臭死，把半边身子通跌的动弹不得。狄希陈慌的挠着头，自家往荣太医家取了两帖顺气和血汤来，自己煎了，走进房，自己先尝了一口，递到素姐手中，说："你身上不自在，我就象没有主儿的一般。我取了这药，是我亲手煎的，你勉强着吃几口儿。"素姐从床上爬起来坐着，把药接在手内，照着狄希陈的脸带碗带药猛力摔将过去，淋了一脸药水，着磁瓦子把脸砍了好几道口子流血，带骂连打，把狄希陈赶的"兔子就似他儿"。

不管怎样，狄希陈和寄姐，吵架已经是家常便饭，就是床上亲热，也已没有了往日的激情：

> 她（指寄姐）一时喜快，你慢了些，她说你已而不当慢条思理的；她一时喜慢，她又说你使棒气没好没歹的；她一时兴到，你失了奉承，说你有心刁难；她一时兴败，你不即时收兵，又说你故意琐碎。往往的半夜三更，不是揭了被，罚狄希陈赤身受冻，就是那三寸金莲，一连几跺，跺下床来，不许上床同睡。

到任后，情况继续恶化。因为刚上任，没有多少公务，狄希陈在家的日子就多一些，寄姐撒泼生冤，打家伙，砸缸盆，嚷成一片，习以为常。当初两个人日夜在一起尚嫌不足,如今却是只恨不能不见——佛家称之为"怨憎会苦"。

这让人想起纳兰容若的诗:"人生若只如初见,何事西风悲画扇。等闲变却故人心,却道故人心易变。"那么,当初的两情相悦又是怎么变成这般光景的呢?

狄希陈所遇到的正是我们所遇到的。狄希陈苦恼的正是我们所苦恼的。

现在人常说婚姻有所谓的七年之痒,依我看,如果是两人天天厮守在一起,婚姻的保鲜期,又哪有七年?卢梭就说过,最多六个月,美貌在夫妻眼里就已无足轻重。

苏东坡在《拟孙权答曹操书》里引用了一条古代谚语:"倾盖如故,白首如新。"在古人看来,如果两个人相处到老,还像刚认识一样,互不理解,那将是怎样的遗憾啊。可是一千年沧海桑田,过去我们所向往的一见如故在网络时代已变得平常,过去我们所害怕的白首如新现在已是可望不可即。是啊,如果那种如新的感觉是一种美妙的新奇,那又是令人多么向往啊。

我们希望生活每天都是新的,希望我们面对的人每天都是新的。可是,时间流逝,曾经令我们陶醉的互相面对渐渐变得索然无味,我们以及我们的爱情都一天天老去,这是怎样的悲哀啊。

著名史学家吕思勉说过:不管是从情欲上讲还是从情感上讲,人都是多情的动物。我觉得确实是这样。你说一辈子爱一个人,这个我是相信的。但是如果你说一生中只爱一个人,我就觉得不可思议,世界这么大,值得爱的人怎么只有一个呢?只爱一个人不是情感专一,而是道德严格,尤其是现在的道德只允许我们爱一个人——至少是在一个时间里只能爱一个人。

吕思勉认为,专偶婚(和一个固定的配偶生活一辈子的婚姻)的产生与存在都是基于经济的原因,从人性的角度讲,专偶婚是人在婚姻道路上误入歧途。如果我们能够从超越道德(拿一个时期的道德来评价整个人类历史,就像用量杯计算太平洋的容积一样可笑)的层次来评价,就不得不承认吕先生揭开了一个令人沮丧但又真实得可怕的事实。从有人类以来，人类从乱婚到群婚，从伙婚到对偶婚再到现在的专偶婚，专偶婚既不是从来就有，也不会永远存在——它由经济带来，也必须由经济将它带走。

也就是说，一夫一妻的婚姻并不是神圣不可改变的。

在这里，我大胆地预言，社会经济正以加速度向前飞奔，不出数百年，家庭形态的专偶婚就将不复存在，人类将在一定程度上回到对偶婚的时代——家庭和家庭经济渐渐消亡，每个人以独身方式存在，有属于个人的财产，有一个或几个相对固定的伴侣，下一代由社会专门机构教养——你觉得这种生活怎么样呢？我觉得也不错。

但是，就现在而言，我们没有办法改变专偶婚的现实，虽然萨特与波伏娃做过这方面的尝试，但我们做不了，我们的观念可以超越道德和现实，将观念付诸于行动时却不能不考虑道德和现实。

爱情的魔力，一半来自相守，一半来自相思。如果说相守是爱情的水分，那么相思就是爱情的阳光，二者缺一不可，没有相守，爱情之花就会枯萎，没有相思，爱情就会窒息而死。**可是现在的大多数婚姻中却只有相守没有相思，叫爱情如何能够茁壮高大日久弥坚？由此看来，有情人终成眷属，不是对爱情的祝福而是对爱情最恶毒的诅咒。爱情的结果不应该是婚姻，至少不应是现在这种婚姻。**贾宝玉与林黛玉的爱情之所以令人神往，不是因为它比我们的爱情纯真（真正的爱情都是纯真的），而是因为它在最美丽的状态中惨烈地结束——从这个角度讲，孙兰姬比童寄姐要幸运。

可是，没有哪一个人希望自己是贾宝玉或者林黛玉。所以，我们都选择了婚姻来作为爱情的归宿。虽然有情人终成眷属是对爱情的恶毒诅咒，但白头偕老却绝对是对婚姻的最好祝福。**婚姻是爱情的坟墓，婚姻破裂了，爱情将死无葬身之地。**怎样才能为你的爱情营建一个坚固的"坟墓"呢？以下做法可供参考：

一、你和你的另一半不断地更新自己，做到时时新，日日新，年年新,这样你们就可以白首如新。

要做到这一点,基本上,很难,首先你必须有非凡的毅力(我承认我做不到);其次呢,更新的方向难保不出现偏差,一旦走偏就不是白首如新的美妙,而是面目全非的惊悚。

二、你和你的另一半保持适当的距离。

要做到这一点,基本上,也很难。在最初,新婚燕尔之时,夫妻两个相看两不厌,相拥而眠尚嫌少一条胳膊,怎么会想到保持距离呢?等到感情由浓转淡,想要保持距离时,却发现已很难做到。难就难在什么叫适当的距离,在这个"小三"遍地的时代,整天守在身边还担心他的心被人偷走,又怎敢放飞他的身体。

三、保持底线,也让你的另一半保持底线。

也就是说,我们实际上无法做到白首如新,也就是说,我们没有任何办法阻止爱情一天天老去,但是我们可以让它老得不至于太狰狞——美人迟暮之后依然是美人的可能性很小,但至少应看起来很慈祥。

这个方法就是,无论何时何地,尊重对方的底线。比方说,任何时候都不要恶语相向;任何时候都不要动手;任何时候,都不要摔打东西或者离家出走;任何时候,都不要欺骗对方。人都有善的一面,也有恶的一面,一旦放纵自己的恶念,对自己的要求就会降低,一旦对自己的要求降低,就会更多地放纵自己的恶,周而复始恶性循环。而你的这种行为又往往会影响到对方,诱使对方做出类似的行为——一团糟的婚姻就是这样炼成的。古人讲"衣不如新,人不如故",衣服和人都会不可避免地陈旧,但切不可肮脏。

有人说,你说的只不过是婚姻的保全之法,我想知道的是一个走入婚姻的男人如爱情何?那么我借用一句西方谚语告诉你:"上帝的归上帝,凯撒的归凯撒。"婚姻是婚姻,爱情是爱情,合起来山穷水尽,分开来则柳暗花明。所以,一个已婚的男人如果对爱情仍存向往的话,不妨到婚姻之外去寻找——**我不是支持婚外恋,而是爱情本就在婚姻之外。**

所以,听我的,如果你爱一个人,千万别和他(她)住到一起。优秀的女人或男人都可以是一道风景,但再好的风景也不适合定居终老。

再回到寄姐,寄姐的错误也就在于对底线的放弃。"大闹葡萄架"和"撒泼投河"说明寄姐的行为已经严重超过了维持婚姻的底线,她的行为不仅损害了她在狄希陈心中的美好印象,也损害了她在读者心中本来不错的形象。

如果寄姐继续这样下去,那么她与狄希陈的婚姻一样也难逃破裂的下场。

所幸,素姐的到来救了寄姐,也挽救了她与狄希陈的婚姻。

素姐万里亲征找到成都,这让寄姐感到一种压力。既然狄希陈先已被降服,寄姐就认为狄希陈是属于她的了,任她打,任她骂,都不会有什么危险。可是现在不同了,寄姐发现,狄希陈不仅是她的丈夫,而且仍然是素姐的丈夫,并且首先是素姐的丈夫,然后才是她寄姐的丈夫。她要和素姐争夺狄希陈,就必须比素姐做得好。寄姐知道,正是因为素姐的虐待,狄希陈才躲开了素姐,也正是因为要躲开素姐的虐待,狄希陈才娶了她寄姐,如果她也和素姐一样,那恐怕也会失去狄希陈。所以她必须显示出和素姐的不同来。因此,自从素姐到后,寄姐对狄希陈就好了许多。她还担心狄希陈看不到这种不同,提醒道:"'没有高山,不显平地。'你每日只说是我利害,你拿出公道良心,我从来像这般打你不曾?零碎扇你两耳瓜子是有的,身上抖两把也是常事,从割舍不的拿着棒椎狠打恁样一顿。我叫人熬下粥儿了,你起来坐着吃两碗。"

寄姐虽然厌弃素姐,但并不代表她完全不在乎自己在素姐心中的形象。一个人如果还在乎自己在他人心中的形象,那她就还有救。所以,寄姐得救了。

当寄姐换一种态度换一种眼光去看狄希陈时,她发现狄希陈依然是当初的狄希陈,有些可厌,也有些可爱。所以当狄希陈为了消灾在香岩寺一住十个月后,寄姐起初还不以为事,渐渐地甚是想念,不由得自己甚是疼爱起来。

像王子与白雪公主一样,从此,他们终于过上了幸福的生活。

食色，性也

人是自然的精灵。美的容颜和形体给人以赏心悦目的感觉。正因为这样，好色几乎是人之天性——与男女无关，也与年龄无关。孔子说："吾未见好德如好色者也。"鉴于老先生并没有把自己摘出来，说"舍予之外，吾未见好德如好色者也"，于是便可就此推定好色与德行也无关。

所以，从根本上讲，好色不是问题，能不能"发乎情，止乎礼"才是关键。能做到的就是饮食男女，不能做到的，就是色狼——既然是"畜生"，就没有必要再分什么性别了。

关于狄希陈的好色，历来论者都大行挞伐，甚至将狄希陈和孙兰姬、素姐和寄姐的事情都归之于好色，这一点恕我不敢苟同。一个男人如果对自己的恋人或者老婆毫无情欲上的冲动的话，那就可能不是心理问题而是生理问题了。

除了上述三人外，《醒世姻缘传》里对狄希陈的好色着墨并不多，总共只写到四次，我不妨摘录一下：

狄希陈跟父亲上京期间，住在童奶奶家里。狄家的厨子尤聪因为"欺主凌人"和"暴殄天物"而被雷劈死了，童奶奶就撺掇狄员外另找一个厨娘——书中称"全灶",既帮狄家做饭,又为狄员外做妾。童奶奶帮忙找的这个全灶姓刘名调羹,厨艺不错,性格也合狄员外的意,只不过这件事因为还没有禀明狄婆子,狄员外一时还不敢收纳调羹。

虽然相处时间不长,但童奶奶在看人上很有一套,对狄希陈轻薄的个性可能已有所了解,于是,背地里嘱咐狄希陈道:"狄大叔,我有件事合你说。这灶上的调羹,是狄爷算计要留着房里使用的,这却不可合他凄凄离离的。"狄希陈雌着牙笑。

书中没有写在此之前狄希陈对调羹有没有语言或者肢体上的骚扰,我想既然童奶奶这么说,肯定是有过,再说狄希陈自己似乎也没有否认——"雌着牙笑"。但是不管怎样,此后狄希陈和调羹真的就再没有什么了。

上文提到的狄希陈误中童寄姐"钓鱼"之计则是另一次。

怎么样,各位觉得狄希陈这个人怎么样?有点色吧?我也觉得有点色。但是如果把人物放回到小说的时代中去,狄希陈的好色似乎也不算出格。

首先,在那个时代,社会对男人的婚外性行为非常宽容,宽容到几乎没有什么限制(作为一个男人,我当然觉得这种宽容其实也甚合我意,但如果这种宽容只是单方面给予男人就不公平了,可是如果我提出给女人以同样的宽容,又肯定会被全中国的男人拍死)。书中所有的人,无论男女,都没有任何人对男人纳妾提出异议。当然,这也反映了作者本人的态度。也正是这种态度,成为《醒世姻缘传》"思想反动"的证据之一。我认为这种指责毫无道理。在当时的那种环境下,你想怎样要求作者呢?主张男女平等一夫一妻吗?与西周生大约同时的、以离经叛道著称的李贽都没有这样的思想觉悟呢。晚生一百年的曹雪芹也没有这样的觉悟,但没有人说《红楼梦》"思想反动"。

其次,狄希陈骚扰和打算骚扰的对象都是他家里的奴婢(调羹虽然是狄员外的未婚妾,但因是买来的,地位比奴婢也高不了多少),这种现象在当时司空见惯(贾宝玉和袭人不就如此)。我在这里不是要为狄希陈辩护，只是说，他的这种行为是当时的制度允许的。

所以，我虽然不赞成狄希陈的行为，更不赞成当时的那套制度——我不赞成，主要是为它的不公平，它在放纵男子情欲的同时却要求女人保持贞洁，可是又不让女人保持贞洁——它剥夺了像调羹、小珍珠这样的女子追求爱情的权利。但是我并不认为狄希陈就是个特别好色的人，更不想因此而指责他。我想，该受指责的应该是那套制度，而不是狄希陈。

对那些坚持认为狄希陈好色的人，我只想问一句话：如果现在的制度和道德也允许男人纳妾允许男人占有女奴，你们有谁敢对着上帝发誓说，我比这个人好。

有人也许会说：我能！那么，很好，我很佩服你——老实说，我也能——但是这并不意味着我们可以指责狄希陈以及和狄希陈一样的人。**对于制度许可的恶行，批评个人而放过制度是一种欺软怕硬的行为，不是怯弱，就是无知。**

其实在这两次之前，书中就写到过狄希陈好色的有关表现。狄希陈和素姐结婚两天了，还没有一亲素姐芳泽，心中自是懊恼，两家的家人仆妇也跟着着急（狄希陈两夜都被素姐赶在外面睡，所以这事也就弄得尽人皆知，想想也实在丢人），薛家的仆人薛三省娘子就给狄希陈出主意："姐夫，你今日可别叫他再哄出去关了门。凭他怎么样的，你只是别动。你先铺个铺，早先另睡，让己他那床，哄他睡了，等各处都关上门，没人听见，你可动手。没的你这们个小伙子就治不犯他？你打哩！得空子撞着这们个美人，你就没治处治他罢？"

狄希陈这家伙的轻浮本性这时就暴露出来了。

狄希陈说："怎么处治？叫我动甚么手？我知不道甚么，这里又没人来，你教给我试试。"薛三省娘子说："府里孙兰姬没教给你？等着我教哩！"狄希陈说："只怕各人有各人的本事，那本事可有不同哩。"薛三省娘子道："本事都是一样，没有不同的。"狄希陈起来说道："你来教我教试试。"薛三省娘子说："你等着，我看看人来教给你。"哄的狄希陈坐着，他一溜烟去了。

我认为，上段中的狄希陈只是轻浮而已，恐怕并不表示他对薛三省娘子真有那个意思。

书中只有一次真正写到狄希陈的好色与滥性：狄希陈被素姐再次关了禁闭后，狄员外万般无奈（当时狄婆子已死），只好求薛如卞来解救，因为素姐怕老鹰，薛如卞就用一只大鹞鹰救出了狄希陈，并且将素姐吓得不轻，以为自己要死了。为了忏罪，就请尼姑建醮，要建七昼夜道场。除了女眷，狄希陈又请了薛如卞兄弟三个和相于廷一共是五人同在庵中监醮。那么狄希陈又是怎样"监醮"的呢？

> 薛如卞合相于廷都每晚各回家中宿歇。惟狄希陈恐怕素姐见怪，只说晚间替素姐佛前拜忏，不回家去。众姑子们每日掌灯时分，关闭了庵门，故意把那响器敲动，鼓钹齐鸣，梵咒经声，彻于远近，却一面在那白姑子的禅房里面置备了荤品，沽了醇醪，整了精洁的饭食，轮流着几个在佛殿宣经，着几个洞房花烛，逐日周而复始，始而复周。狄希陈虽是个精壮后生，也禁不起群羊攒虎，应接不暇，未免弄得个嘴脸丰韵全消，骨高肉减。

恶心吗？我也觉得恶心，而且是全书中写得最恶心的段落。

有人也许会说，这回看你怎么为狄希陈辩护。的确是的，即使我想为狄希陈辩护，也找不到任何理由了。

狄希陈和调羹及小珍珠挨挨贴贴，我觉得尚可理解，为什么呢？调羹虽然长相一般，但性子极好。小珍珠呢，生得更是眉清目秀，齿白唇红，用童奶奶的话说就是"丫头极好，又清气，又伶俐"（这是在小珍珠被童奶奶女儿虐待至死后，童奶奶对衙役说的，想来不会有假）。狄希陈和她们朝夕相处生出些许感情，也是正常。

李银河关于性爱的三原则是：一成年，二自愿，三私密，我觉得还应加一条——出于情感而不仅仅是性欲。所以我觉得狄希陈对调羹及小珍珠有那么一种意图是可以理解的。

可是他和庵里的尼姑鬼混，就让人觉得不能原谅了，这不就是说只要是个女的狄希陈就可以和她上床吗？更严重的是，狄希陈不仅是和一个陌生女人上了床,而且是和很多陌生女人上了床。不仅是和很多陌生女人上了床,而且是和很多陌生女人同时上了床。不仅和很多陌生女人同时上了床,而且多次和很多陌生女人同时上床。当然,有些事情,做一次与做十次没有本质区别。

这是真正的禽兽行径——说实话,读到这一段时,我很为狄希陈感到难过:好好的一个形象,就这样被西周生给毁了。

在这里,我仍然没有指责狄希陈,是因为这不是他的错,而是作者西周生的错。从前面的内容来看,狄希陈在性方面是有底线的(父妾不可戏),可是上文的集体淫乱行为显然已经突破了性的最低界线,人物形象如此前后不一,不怪作者怪谁?

并不是说人物形象必须前后一致,前面怎样后面就一定要怎样,而是说,如果你将一个人物写得前后不一,就一定要为这种变化给出一个理由,否则就会破坏人物形象的统一。

西周生在狄希陈集体淫乱这个情节上就犯了错误。这个细节使狄希陈的形象变得十分恶心——这显然违背了他塑造这个形象的本意。所以说,此处是这篇小说的一大败笔。第一次读到这里时,我甚至怀疑自己是不是看错了,我又找了几个版本的《醒世姻缘传》来看,才确认西周生确实是这么写的。

西周生怎么会犯这样低级的错误呢?我百思不得其解,最后终于想通,原来那天西周生的脑袋被狄希陈家的驴踢了——据西周生在《醒世姻缘传》序言里说,小说里的人物都是有原型的,既然如此,想来他家距狄家也不会太远,西周生的脑袋被狄希陈家的驴踢一下是完全有可能的。

其实《醒世姻缘传》里像这样的瑕疵并不止这一处,在前面还写到胡旦和梁生出家的香岩寺的长老时,也犯过类似的错误。请看:

> 那僧出去了一会,只见那长老走将出来。但见:年纪不上五十岁,肉身约重四百斤。齁齁动喘似吴牛,赳赳般狠如蜀虎。垂着个安禄山的大肚,看外像,有似弥勒佛身躯;藏着副董太师的歪肠,论里边,无异海陵王色胆。

从这段看，这长老一定不是什么好人了。再看：两个迎到门外，那和尚从新把他两个让到里面，安了坐，略略叙了来意。长老看他两个都才得二十岁的模样，那梁生虽是标致，还有几分象个男子，那个胡旦娇媚得通似个女人……

看来，这长老不仅不是个好人，而且还是个"同志"。再看：那长老便也不肯容留，只是见胡旦生得标致，那个不良的念头未曾割断……住持择了剃度的吉日与梁胡二人落了发。梁生的法名叫做"片云"，胡旦的法名叫做"无翳"。

果然是个"同志"，不然对两个小伙子会有什么不良的念头呢？

可是从后文来看，这个长老又好像没有做出什么不轨的行为来。

二人都在那住持的名下做了徒弟，随后又都拨与他事管，与那住持甚是相得。什么叫"与主持甚是相得"，难道说胡旦和梁生两个人都是"同志"？就算是"同志"，和主持这样一个四十大几岁、四百多斤、垂着个安禄山的大肚子的肥和尚干那个也未免太恶心了吧？要知道，胡旦和梁生可是地藏王菩萨座下的司香童子转世，沉沦欲海可是要下阿鼻地狱的。所以我相信在西周生的构思里，胡旦和梁生肯定不是"同志"——他应该不敢如此亵渎神灵。可是除了这点嫌疑外，长老实在没有做过什么坏事，所谓的"董太师的歪肠，海陵王的色胆"又体现在哪儿呢？

曹雪芹就绝不会犯这样的错误，《红楼梦》里的每一首诗都可以在人物身上找到印证。如果都像西周生这样信口开河，岂不乱套。

这大概就是《醒世姻缘传》终究不如《红楼梦》的原因吧。

买来的"副处级" ///

从八岁起，狄希陈的人生就和我们的不一样：

（狄希陈七八岁的时候，他的家乡明水镇发大水，狄希陈也被淹在水中，狄希陈）扯了一只箱环，水里冲荡。只见一个戴黄巾骑鱼的喊道："不要淹死了成都府经历！快快找寻！"又有一个戴金冠骑龙的回说："不知混在何处去，那里找寻？看来也不是甚么大禄位的人，死了也没甚查考。"戴黄巾的人说道："这却了不得！那一年湖广沙市里放火，烧死了一个巴水驿的驿丞，火德星君都罚了俸。我们这六丁神到如今还有两个坐天牢不曾放出哩！"可可的狄希陈扳了箱环，余到面前。又一个神灵喊道："有了！有了！这不是他么？送到他家去。"

狄希陈被救下后，将神灵的对话学给他的爹妈听，于是大家都知道狄希陈将来是要做成都府经历的。

也就是说，狄希陈八岁时就知道了命运的面纱后面的秘密。

当官得识字，所以狄员外为八岁的狄希陈请了先生，发了蒙。因为先生恶，也因为自己贪玩，一直到十二岁，狄希陈仍然大字不识几个。他爹娘急了，为他换了个先生，总算有些长进。十六岁时，在表弟和妻弟的帮助下，狄希陈好歹也考了个秀才。

按规定，秀才要参加岁考，岁考分等评级，优等的受奖并获得参加乡试的资格，劣等的被罚，末等的黜退。他的丈人薛教授知道自己的女婿肚里本钱不多，也知道自己的亲家银子不少，就出主意让狄员外花个三四百两银子，替狄希陈捐个监生。秀才捐监生叫出贡，秀才出贡以后就不受地方学政管辖，不需要参加岁考就可以直接参加乡试，即使乡试不中也可以经吏部考核后直接选官。

狄员外深以为然，就带了儿子到省里递申请援例，省里批了。捐监生不收银子，专收折子钱，为了换折子钱，狄希陈和孙兰姬见了最后一面。交了钱之后，狄希陈又到府学结状，就是办理转学手续——从此狄希陈就不再是府学的学生而是国子监的学生了。

然后就是到国子监报到入学。按照规定，国子监的学生也要入学读书，谓之坐监，但这个规定久已不行，狄希陈在京城待了几个月就回家了。

过了几年，新皇帝（应该是弘治皇帝朱祐樘）登极改元，选在八月上下幸学（就是到国子监视察），国子监发出通知，凡二千里内的监生，不论举贡俊秀，都要行文到监。这样狄希陈就第二次上了京城。八月初七日，皇帝到国子监幸了幸，颁下恩诏，允许侍班监生超选一级。狄希陈赴吏部考官，投了卷子，考定府经历行头。

恰在这个时候，狄员外病逝，狄希陈得守孝三年，谓之丁忧。本来守孝得留在家中。但狄希陈因为受不了素姐的"招待"，更因为新娶了寄姐，就找了个理由，说是走得急，不曾赴吏部请假，借此回到京城。丁忧无事，狄希陈就在兵部洼儿开个小当铺，赚些利钱补贴家用。

狄希陈守制的时候，守选点卯刚刚开始，等到起复，就成了资格最老的了，头一个便轮到他。

只是狄希陈并不想到成都那么远的地方去任职。童奶奶一家也不想狄希陈远离，寄姐的舅舅骆校尉劝外甥女婿再加四千两银子，捐个中书，又体面又轻松。狄希陈欣然照办，有相于廷帮忙，事情办得很顺利。

授中书当然是喜事,但也发生了一起小小的不快,读者不妨了解一下,权当看西洋景:

> 一伙报喜的京花子,约有二三十人,一齐赶将来家,嚷作一块,说:"狄爷是平步青云,天来大的喜事,快每人且先挂一匹大红云绉,再赏喜钱!"又嚷道:"叫快摆桌席,快叫戏子款待!"嗔狄希陈家不疾忙答应,打门窗,拷椅子,回喜变嗔,泼口大骂。唬得狄希陈越发不敢出头。众人见狄希陈不出拢帐,越发作起恶来,骂的管骂,打家伙管打家伙。又选出几个最无赖的泼皮,脱了衣裳,摘了网巾,披撒了头发,使磁瓦勒破了头皮,流得满面是血,躺卧正厅当中,声声只叫唤:"狄中书家打杀报喜的人了!"街上几千人围着门看。
>
> 童奶奶叫小选子去请骆校尉来打发他们。他知道是差人调兵,把个中门紧紧的拦住,莫说一个小选子,就是十个小选子也飞不出去。童奶奶先封出五两银来。他道轻薄,没有体面,更觉打凶,开口要千两,实价定要八百两,再看人情,五百两是再不容少的了。"如不依此数,内中选一个没家业无有挂恋的,死在你家,除抢了家事,还合你打人命官司。"童奶奶添到五十两,四匹红尺头,自己出来央他,他一发越扶越醉起来。内中有做刚的,做柔的,讲到每人十两,二十七个共做二百七十两;内中两个为首的叫是"大将",每将各偏十两,共二百九十两。狄希陈不肯出这许多,众人必欲要这些数目,依旧打嚷。

如果不是相于廷刚好路过,这场闹剧还真不知怎样收场。

接下来,狄希陈忙着做圆领、定朝冠、幞头、纱帽,打银带,做皮靴,买玎珰锦绶,做执事伞扇。与寄姐做通袖袍,打光银带,穿珠翠凤冠,买节节高霞佩。收了个投充的拜帖书办,四名长班。中书科出了礼仪到任的告示,大门首贴不许坐卧喧哗的条示,内府中书科的大红纸靛花印的封条,鸿胪寺报了名,谢恩见朝,然后到任。

狄希陈试衣服时还闹了个笑话。狄希陈欣然先要把圆领穿了。骆校尉道:"这穿冠服都有一定的先后,你是不是没穿靴,没戴官帽,先穿红圆领,这通似末上开场的一般。你以后先穿上靴,方戴官帽,然后才穿圆领。你可记着,别要差了,叫人笑话。"狄希陈将圆领逐套试完,自已先脱了靴,摘了官帽,然后才脱圆领。骆校尉笑道:"这个做官的人可是好笑,怎么不脱圆领,就先脱靴,摘官帽的呀?"狄希陈道:"你说先穿靴,次戴纱帽,才穿圆领。这怎么又不是了?"骆校尉道:"我说穿是这们等的,没的脱也是这们等的来?你可先脱了圆领,拿巾来换了官帽,临了才脱靴。你就没见相大爷怎么穿么?"

狄希陈不说自己丢人,反过来还挖苦妻舅骆校尉。

狄希陈笑道:"一个人吃川炒鸡,说极中吃。旁里一个小厮插口说道:'鸡里炒上几十个栗子黄儿,还更中吃哩。'那人问说:'你吃来么?'小厮道:'我听见俺哥说。'问:'你哥吃来么?'说:'俺哥跟外郎。'问:'外郎吃来么?'说:'外郎听见官说中吃来。'"骆校尉把脸弄的通红,说道:"我倒说你是好,你姑夫倒砌起我来了。"

乐极生悲,狄希陈到底把一个到手的中书给丢了:

这狄希陈从平地乍上了青天,寄姐想一想也就是七品京官的娘子,童奶奶也就是中书的丈母,大家心里都是着了喜的人;且是调羹在厨房里管待骆校尉,忙乱了半日,没得来吃三钟酒;于是重整杯盘,再办家宴,吃一个合家欢乐。小盅不已,换了大盅。这们些年,也从来常常吃酒,没有这一遭喜欢快乐的狠。正是酒落欢肠,大家沉醉。直吃到三更将尽,方才打散。酒色两个字,看来是拆不开的,一定狄希陈合寄姐睡在床上,乘着酒兴,断是又贺了贺喜。酒醉乏了的人,放倒头一觉睡去,那里还管得进朝谢恩,两个且往栩栩园捉蝴蝶耍子去了。

狂欢了大半夜,一家人沉沉睡去,包括仆人都睡得死死的,全然忘了早上还要入朝谢恩。

交了五更,四个长班齐来敲门。那狄希陈的两片门扉,比那细柳营的壁门结实的多着哩,打到五更三点,敲肿了四个人的八只手不算,还敲碎了砖头瓦片一堆。小选子从睡梦里棱棱挣挣的起来,揉着眼替长班开了门。长班嚷道:"怎么来,就睡的这们死?不好!天待中明了,快请爷进朝!"一边备马,一边点灯笼,从新又打中门。及至叫醒了人,开了门,梳洗完毕,东方已大明了。长班只是跺脚,口里只说:"怎么处!这可了不得!"

及至挽拥狄希陈上了马,打着飞跑,走到长安街上,那大众已是散朝出来。

狂欢的结果是:降一级,调外任用——总算亲眼看到煮熟的鸭子是怎么飞的了。

从七降正八,供狄希陈选的有三:县丞;府经历;按察司照磨。狄希拿定主意,要降按察司照磨,找相于廷帮忙,相于廷也答应了,但终于被一个后台更硬的人抢走。最后圣旨下:"吏部一本,为缺官事:成都府缺经历,推未任武英殿中书舍人狄希陈降补。"

狄希陈只好认命。重新改换八品服色;退了那四名长班和那拜帖书办;另做了成都府经历的执事赴任。

也许有人要问,府经历是个什么官呢?不会是"副经理"打错了吧?可以肯定地说,不是。明代省下设府,府下设县。辅佐知府办事的有刑厅、粮厅、军厅等,这些厅下面又有属官,经历又是其中之一。刑厅是从六品或正七品,经历就是正八品,相当于现在的"副处级"。

到任后,狄希陈的顶头上司吴推官恰好是相于廷的同年(并非同龄,而是指同一年考中的,谓之同年,在古代官场,同年是一种非常重要的关系),又因与狄希陈都有怕老婆的"共同爱好",对狄希陈很是看顾。堂上知府也颇为照顾,常有差遣。再加上师爷周景扬用心料理,狄希陈一时间居然名声在外。成都县知县升了南京户部主事,吴推官做了主,再三又与知府讲情,申了文书,坐委狄希陈署印——在新知县到任之前代理知县。

代理知县后不久,狄希陈接了一个案子:成都县有一个金姓女子,嫁给一个暴发户油商。后来,家中遇盗,油商父子都被强盗杀了,剩下一老一少两个寡妇。有一个纳粟监生(通过捐钱而获得监生资格谓之纳粟监生,狄希陈和晁源也是纳粟监生,据明代沈德符的《万历野获编》记载:一人不会作应试诗文,就捐了个监生,但后来还是要他考试,他拿了卷子,写道:因怕如此,所以如此;仍要如此,何苦如此?)家里本来很有钱,而且已经娶了一妻一妾,可是他还不知足,现在又看上了金寡妇，当然还有油商家的钱财。监生为了人财两得，不惜抛下家中妻妾入赘到寡妇家里。家中的妻子气不过，寻了短见。

狄希陈接状在手，与周相公商议。周相公道："这样纳粟监生，家里银钱无数，干了这等不公不法的勾当，逼死结发正妻，他若不肯求情行贿，执了法问他抵偿，怕他逃往那里去！这是奇货可居，得他一股大大的财帛，胜是那零挪碎合的万倍。"

监生最初对同为监生出身的代理知县满不在乎，也没有什么表示，只叫了几个秀才出来说情，被狄希陈义正言辞地训斥了一顿："秀才不许把持衙门，卧碑有禁。况且人命大事，不听问官审理，诸兄都要出头阻挠，难道良家寡妇该他霸占？异姓数万金的家产应他吞并？结发正妻应他痛殴逼死？这样重大事情，诸兄不要多管。"说得些秀才败兴而散。监生又使了五十两银子，央了个举人的人情，阴阳生投进书去，狄希陈拆开看了，回书许他免动刑责，事体从公勘问，不敢枉了是非。监生才晓得事体有些难处，略略着了些忙。快手齐完了人，早晨投了拘票，点到监生跟前，还戴了儒巾，穿着青绢道袍、皂靴，摇摆过去。狄希陈怒道：

"那有杀人凶犯还穿了这等衣裳，侮蔑官府！"叫人剥去衣裳，扯了儒巾，说道："看出书的春元（举人）分上，饶你这三十板子！"把差人每人十五板。

经不住代理知县的几番亲近，监生渐渐的知道害怕，只得央那快手中久惯与官府打关节的，与狄希陈讲价（狄希陈等这一刻已经好久了）。狄希陈起先不肯，推说犯罪重大，情节可恨，务要问他"霸占良家妇女，吞并产业，殴死嫡妻"之罪。监生着忙，许送狄希陈五百两银。讲来讲去，讲过暗送二千，明罚三百。监生无奈，只得应允。

为官一任，狄希陈得到的考评如下：

家政纷如乱丝，妻妾毒于继母。

实事有：

一、本官不能齐家，致妻妾时常毒打辱骂，与刑厅相邻，致本厅住居不宁。

二、本官被妻薛氏持椎毒殴,数至六百不止,卧床四十余日不起。

三、本官被妻薛氏将炭火烧背成疮,卧床两月,旷废官职。

狄希陈就此辞官回家。回家后不久,素姐就死了,狄希陈与寄姐也和好了。此后的四十多年里,狄希陈一直在家乡操持自己的产业,教养子侄,直到八十七岁寿终正寝。

狄希陈比我所知道的绝大部分历史人物都要活得长久,但是,如果论人生成就,他不能和我知道的任何一个历史人物相比——我想这也许就是他只能作为一个小说人物存在,而不能进入历史的原因吧。

其实,狄希陈也正是我们这些芸芸众生的写照,我们中的绝大部分人都进入不了历史。

"修身,齐家,治国,平天下。"这是中国古代士人的一般理想,可是,在狄希陈的身上,你看不到一点"修齐治平"的影子。他的读书,是为了考秀才,考秀才是为了免钱粮。捐监生是为了做官,做官是为了弄钱——他最后之所以辞官,是因为"宦囊已丰",什么叫做"宦囊",就是说官员上任的时候都是带了个用来装钱的袋子的,狄希陈带的袋子不大,四五千两银子就装满了,他就不干了。

其实这和现在的我们也差不多。比如说我,现在做着太阳底下最光辉的职业,经年累月为他人塑造灵魂,之所以在这个位置上一坐二十年,其实与安于清贫无关,与乐于奉献更无关,真正的原因是我没有更好的去处,相比于其他职业,这个位置还不算令我讨厌——偶尔还能感受到些许快乐,这才是最重要的。

为自己活着,为自己的妻子儿女父母兄弟活着。这是狄希陈和史书里的众多历史人物不同的地方,也是他和更多半真半假的小说人物不同的地方。这使他不仅比很多的小说人物真实,也比很多真实的历史人物更真实——因为真实,也更多一份亲切,相比于那些宣称为别人活着的人,我更喜欢那些为自己活着的人——只要他不妨碍别人活就行。

我认为,狄希陈属于历史但不属于历史书。历史书里的人物创造历史,狄希陈则只能随历史的波浪摇摆。狄希陈做的最大的官是代理知县,谈不上清廉，也不是很贪酷，没有突出的政绩，也没有捅什么娄子，平平淡淡，庸庸碌碌。这正是一般官吏的真实写照。但是在这平淡的官宦生涯中，仍然可以看到西周生对官场的深刻批判。

我们知道，狄希陈是一个还算厚道的人，他为官四年，贪的最大的一笔钱是敲了一个无耻监生两千两银子的竹杠，就事论事，贪赃是实，枉法则无。这也罢了，狄希陈代理知县日久，人的气质就变了：

> 狄希陈每日三梆上堂，排衙升座，放告投文，看稿签押。黑押押的六房，恶碜碜的快手，俊生生的门子，臭哄哄的皂隶，挨肩擦背的挤满了丹墀。府经历原是个八品的官，只该束得玳瑁明角箸叶鱼骨的腰带，他说自己原是中书谪降，还要穿他的原旧服色：鸂鶒锦绣，素板银带，大云各色的圆领。坐了骨花明轿，张了三翠蓝的银项绸伞，摆成了成都县全副头踏，甚是轩昂。县印署得久了，渐渐的忘记了自己是个经历，只道当真做了知县；又忘记了自己是个纳粟监生，误认了自己是个三甲进士。乔腔怪态，作样妆模，好不使人可厌。

狄希陈为什么变成这样，虽说与他不读书少修养有关（当然，也有人读书越多，心肠越烂），但更多的是权力对人的腐蚀，是官场习气对人的浸淫。可以说，如果不是从官场抽身得早，狄希陈还不知变成什么模样呢。

由此可见，狄希陈短暂的官宦生涯，寄予了西周生对官场的深刻批判。狄希陈的确不是个好官，但是我们没有资格嘲笑他。还是那句话，如果换了我们，谁能保证说，我做得比他好——这一次，我也不敢保证了，不是对自己没信心，而是对中国的官场没信心。

我最羡慕狄希陈的是，他在八岁时就知道自己将来会做什么。而我呢，一直到二十大几岁才总算知道自己想做什么，但仍然不知道老天会让我做什么。到现在呢，不仅老天会让我做什么依然不知道，连本已知道的自己想做什么也不知道了——或许，对一个年过四十仍然籍籍无名的文人而言，已经没有未来——清代的鄂尔泰就有诗云："看到四十犹如此，便到百年已可知"——不过，人家鄂尔泰后来可是做了宰相的。

但是，我还是觉得我比狄希陈过得快乐。狄希陈知道了所谓的天命，又怎样呢。幸好他是一个胸无大志的人，做中书也罢，做府经历也罢，对他来说，只不过是排场的差异而已，如果换了像刘备或者班超那样的人，听了那两神将的话，当时说不定就一头扎在洪水里起不来了。至于我自己，虽然到现在上天仍然没有告诉我会让我做成什么，但我觉得这正是生命的神秘之处。**人从本质上讲，是一种哲学的动物，不仅活着，还要为一个目的活着。人生的帷幕一天不降下，人生的结局就一天不可预料**。李小龙的儿子李国豪英年早逝（1993年，27岁的李国豪在美国拍摄《乌鸦》，因人在道具枪中装入真子弹而被一枪毙命），他的墓志铭上写的是："一日未尽人生路，一日始信路漫漫。"如果我愿意的话，我仍然可以尽情设想我的后四十年。"春当三月原如客，人过中年欲近僧"，是说人到中年后要认清天命，一切随缘，可是既然天命到现在还没有显示，我就只能尽我所想的做了——欢迎老天随时指点。

所以，我觉得，人到四十还能有梦想，是一件很快乐的事情。

我们都是狄希陈

既然是从文学的角度评说《醒世姻缘传》,当然就有义务对狄希陈这个人物形象做个小结——尽管这是我不擅长的。

首先,狄希陈是中国古代小说史上第一个圆形人物,他使小说人物的塑造突破了好坏忠奸的藩篱,也不再仅仅局限于才子佳人的窠臼:他不算好也不算坏,或者说,他既好又坏,既可爱又可厌,既可敬又可鄙——一部小说能够贡献这么一个艺术形象,就足以不朽。

其次,从狄希陈身上,我们可以读到人生的幻灭与无奈。西周生在小说《引起》里这样描写人在遭遇不幸婚姻时的感受:

> 君臣之中,万一有桀纣的皇帝,我不出去做官,他也难为我不着。万一有瞽叟的父母,不过是在日里使我完廪,使我浚井,那夜间也有逃躲的时候……唯有那夫妻之中,就如脖项上瘿袋一样,去了愈要伤命,留着大是苦人;日间无处可逃,夜间更是难受。官府之法莫加,父母之威不济,兄弟不能相帮,乡里徒操月旦。即被他骂死,也无一个来解纷;即被他打死,也无一个劝开。你说要生,他偏要处置你死;你说要死,他偏要教你生;将一把累世不磨的钝刀在你颈上锯来锯去,教你零敲碎受。

仔细想想，婚姻是这样，人生又何尝不是？这种后现代小说的况味，竟然也可以从《醒世姻缘传》里咀嚼出来，真是奇哉怪也！

读《三国演义》，没有人会把自己想象成曹操或者刘备、诸葛亮中的任何一个人；读《西游记》也不会把自己想象成孙悟空或者唐僧；读《金瓶梅》就更不会把自己想象成西门庆。只有读《醒世姻缘传》时，我们会很自然地觉得狄希陈就是我们自己或者我们身边的某人，正是从这个意义上讲，我们都是狄希陈。

一生倒行只为恨

也许是时代使然，徐志摩读《醒世姻缘传》，对素姐充满了同情和理解。

我一向不喜欢作诛心之论，但总是认为，徐志摩的理解和同情或许更多是因为素姐的美貌。西周生在写素姐时，没有用他常用的几个热词，什么"唇红齿白"啊，什么"绿头发"啊，而是用了三个"狠"词："仙女临凡"、"温柔雅致"、"娇媚妖娆"。我常常很龌龊地想，如果没有这三个词，徐志摩还会不会这样维护她呢？我看呐，难说！

当然素姐对狄希陈，和"温柔雅致"、"娇媚妖娆"那是毫不沾边，简直令人发指，因此有人把她称为"古今第一恶妇"，或者"古今第一悍妇"，又有人说素姐其实只是对狄希陈不好，和其他人交往倒也正常。素姐对狄希陈前文已述，下面我们就来看看素姐是怎样对待狄希陈以外的人。

由于没有孩子，除了狄希陈外，素姐接触最多的应该是父母兄弟和公婆，她是怎么对待父母兄弟和公婆的呢？

素姐三天两头打骂狄希陈，狄员外夫妇看在眼里，未免疼在心里。

狄员外一个男人家，当然不好怎样，狄婆子就免不了护犊子。素姐虽然不敢和狄婆子动手，但骂起来就不堪入耳了。

狄希陈第一次上京后，薛教授怕素姐扰得狄家不得安宁，就将素姐接回了家。有一次，素姐要去上庙，薛教授不允（其实素姐的这个要求在现在看来实在没什么不对，但在当时的官宦大家是不被允许的），还将素姐骂了一顿，素姐一气之下就回了婆家。狄婆子也不让她去，但管不了她，素姐终于还是去了，将狄婆子和薛教授气得同时中了风。

狄员外从北京回来后，素姐对公公娶妾一事极为不满。因为狄希陈和调羹说了几句话，素姐就说狄希陈和调羹有奸，将狄希陈用一把铁钳拧得通身上下生了无数串"紫葡萄"，狄希陈哭喊救命。狄婆子叫人抬了到媳妇房里救儿子，素姐仍然不停手，当着狄婆子的面在狄希陈身上东一钳，西一钳，将一生好强的狄婆子气得就此归西。

薛教授听说素姐拷打丈夫，气死婆婆，刚对了薛夫人说道："这个冤孽，可惹下了弥天大罪，这凌迟是脱不过的……"往上翻了翻眼，不消一个时辰，就赶上亲家婆，同往阴司去了。

刚开始，素姐对公爹狄员外虽然也没什么好言语，但也还不算太出格，但自从狄员外娶了调羹之后，就不一样了，骂得那才叫难听："没廉耻老儿无德！鬓毛也都白了，干这样老无廉耻的事！爷儿两个伙着买了个老婆乱穿靴（父子共用一个女人叫"乱穿靴"），这们几个月，从新又自己占护着做小老婆！桶下个孩子来，我看怎么认！要是俺的孩子，分俺的家事，这也还气的过；就是老没廉耻的也还可说。只怕还是狄周的哩！"

从此，她总担心调羹生了儿子夺她的家私，几次乘公公睡着时，暗自拿了刀要把公公的阳具割了，叫他绝了俗不生儿子，以免夺她的产业。

真是怕什么是什么，狄希陈第二次上京后不久，调羹果然就生了一个儿子，素姐故意在窗外放炮仗，打狗拿鸡，要惊死那个孩子，又说孩子不是他公公骨血，是别处罗了来的（这里的罗就是拐骗的意思）。狄员外因此受气，得病不起，托人捎信叫狄希陈回来见最后一面。素姐整天盯着，唯恐狄员外将财产私自给了狄希陈和那个襁褓中的婴儿。好不容易等到素姐上厕所，爷儿俩才说得两句，素姐回来后，抓住狄希陈又打又骂，终于将公公也气得送上了西天。

因为薛如卞和薛如兼经常批评素姐的做法，素姐对这两个弟弟也没有丝毫好感。她最常挂在嘴上的是："我的兄弟是死绝了的。"素姐在玉皇庙会上受辱以后，又羞又气，将狄希陈的胳膊咬下一大块，还要狄希陈替她出头，到府里去告状，狄希陈虽然不愿意，但还是答应了，可惜被相于廷给拦住了。素姐只好回娘家找兄弟，薛如卞和薛如兼都不干，素姐只得自己去告状，结果被知府赶了出来。素姐一气之下，做出一件令人瞠目结舌的奇行来：

> ……将两样孝布裁了两件孝袍，两条孝裙。玉兰缝直缝，素姐杀袍袖，打裙褶，一时将两套孝衣做起。又与了玉兰几十文钱，叫薛三槐秤一斤麻打了一根粗绳，一根细绳，把那孝衣孝裙都套着穿在身上。

素姐穿着这身孝服，来到莲花庵，白姑子问她为谁戴孝，素姐一下说了三个人：汉子和两个兄弟。把白姑子吓了一大跳。问年纪轻轻的三个人，怎么一下就没了呢。素姐回答说是汗病（汗病就是伤寒），胸口长疖子，烂死了。素姐拿出六两银子给白姑子做法事，超度丈夫狄希陈和兄弟。

> （第二天早上）十二位尼姑都一齐到了莲华庵里，写榜的写榜，铺坛的铺坛，念经的念经，吹打的吹打，扬出榜去，上面明明白白真真正正写着：
>
> 狄门薛氏荐拔亡夫狄希陈，亡弟薛如卞薛如兼，俱因汗病疔疮，相继身死，早叫超生。

正在鼓捣的时候，相于廷和薛家兄弟正好经过，好奇心起，就走了进去，把几个尼姑吓得魂飞魄散。

素姐对自己的贴身丫鬟小玉兰，也是动辄打骂。有一次，为了使气，素姐"扯脖子带脸通红的把小玉兰叫到房中，把衣裳剥脱了个精光，拿着根鞭子，象打春牛的一般，齐头子的鞭打，打的个小玉兰杀狼似地叫唤"。狄婆子出来劝，素姐不但不住手，还打得更厉害了。当时，薛教授正好也在狄家，只好自己出来制止。素姐不但不给老爹面子，而且鞭子还在薛教授身上捎带了几下，气得薛教授饭也没脸吃，丢下半顿酒回家了。后来，小玉兰长大了，见素姐丝毫没有帮她考虑终身大事的意思，只好自己动手，不，是动脚——跟人跑了。

素姐在狄家是真正的孤家寡人。狄希陈在京娶寄姐这件事，狄家上上下下对素姐瞒得密不透风。直到狄希陈到成都府上任后，素姐才知道。素姐知道后，就追，追不着，素姐就做了一件惊世骇俗的举动：到绣江县衙告了狄希陈一状，状上写道："氏夫狄希陈，从幼不良，无所不为，假称坐监为名，潜住京师，另娶妖妇红罗女童氏为妻，演习邪教，剪草为马，撒豆成兵，谋为不轨。本年八月内，假充职官，伪造勘合，带领妖妇童氏，妖徒狄周，前往四川调兵……"

绣江知县接状后，马上派人调查：叫狄家左邻陈实、右邻石巨、乡约杜其思、保长宫直一齐到案问讯，众乡邻都说没有这回事，并且将素姐的种种不贤惠告诉了知县，县官大怒，叫人拿上来，一拶一百敲，将素姐的手指拶得稀烂。拶，是古代的一种刑罚，使用木棍或类似物体夹犯人的手指或脚趾，通常在木棍中穿洞并用线连之，将受刑人的手、足放入棍中间，在两边用力收紧绳子。拶刑多用于女犯人，很容易导致双手残废。因古代女子缠足，故而很少对女性双足施用拶刑。

素姐怎能咽下这口气？且看：

> 素姐扎煞两只烂手，挠着个筐大的头，骑着左邻陈实的门大骂，说："我又没使'长锅'呼吃你娘，呼吃了你老子，抱着你家孩子掩在井里！那用你对着瞎眼的贼官，证说我这们些嚼舌根的话，叫我吃这们顿亏！"上至三代宗亲，下至孙男弟女，无不恶口涼舌，脏言秽语的骂。骂得个陈实火性发了，又按捺去，按捺了，又发将上来。亏得陈实的老婆死命劝住了。

素姐骂来骂去，陈实只不出头，自也觉得没有兴趣，遂又骂到右邻石巨门口。这一次是石巨的老婆受不了，寻了一个三号不大不小不粗不细的棒槌，放在手下，准备若来毁骂，算计要将素姐一把采倒，屁股坐着头，从腰至腿，从腿至腰，着实请他一顿。他要上吊，合他同时伸头；他待跳河，合他同时伸腿……幸好叫石巨拉住了。

　　骂过左邻右舍，素姐觉得还不解恨，就到乡约杜其思的门上接着骂。杜其思受不了，他没有石巨的耐性，老婆也不从旁劝阻，于是就走了出来，想分辩几句，没来得及开口，被素姐不由分说，往怀里钻了一钻，一只手扯着杜其思的胡子，一只手往杜其思脸上巴掌就如雨点般下。口里骂着"贼忘八，贼强人"，喊叫："杜乡约打良人家妇人哩！……"

　　围观的人一起指责素姐，杜其思才得空子跑到家里，顶上门，再也不敢出来。

　　接下来，素姐就骂到了保长宫直的门口。宫直的老婆顾氏，绰号叫是"蛇太君"，是有名的女汉子：极高的个身量，极肥极大的个身材，极大的两只小脚，胳膊有汉子的腿粗，十个指头有小孩子的胳膊大。每常挑着一担水，或时抗着六斗七斗粮食，就如当顽的一般。专常借人家磨使，他两扇磨一齐掇着径走。素姐落在她手上，就有好戏看了。

　　素姐正骂得起劲，顾大嫂走出来，问素姐谁惹她这么生气。素姐说都是你老公，害我在府里吃了这么大的亏，我要找他算账。顾大嫂说，原来是这样啊，那就请狄大嫂进来坐坐吧，我代我老公给你赔罪。说着，顾大嫂攥着素姐右手，着力一捏，捏得素姐疼得杀猪般的叫唤，素姐疼不过，连忙用左手推了推，顾大嫂顺势放下右手，接过左手紧紧往里捏拢，疼得素姐在地上打滚。

　　顾大嫂说，狄大嫂，我请你进去坐坐，你不去就算了，这么大声叫什么。素姐说，你请就请，干嘛用这么大力捏人家的手呢。人家的手刚刚被那天杀的知府拶烂了。顾大嫂说，哎呀，我实在是不知道啊，你把手伸出来让我看看。素姐不知是计，就伸出右手。顾大嫂接过来看了看，说，是真的呀，怪不得呢，可我刚才没用劲啊，难不成这样捏也疼。顾大嫂又用刚才的劲捏了两下，素姐疼得扯开嗓子叫。顾大嫂说，狄大嫂啊，我一向听说你挺厉害的，怎么这么怕疼呢。你再把左手伸出来我看看。素姐这次学乖了，也不顾得骂了，就想抽身回去。顾大嫂说，我老公得罪了你，是他不对，无论怎样，你得进去喝杯茶吧。顾大嫂攥着素姐的一只胳膊就往屋里拖，素姐挣又挣不脱，只好任由顾大嫂拖进去。进屋后，两人挨着在一条板凳上坐下。

顾大嫂拉着素姐的手，假妆亲热，带说带数落，带说闲话，带叙家常，只托是无心，掉过来一捏，转过来一捏。素姐待抽身回去，那里抽动分毫。素姐道："宫嫂子，我知道你的本事，我家去罢。"顾氏道："狄大嫂，你不再坐坐？"素姐苦辞，顾氏扯着素姐的手往外送。送到街上，临放手，又着实捏了一下。素姐叫唤了一顿，方才去讫。口中喃喃喏喏的骂私窠骂淫妇不绝。顾氏一面说道："狄大嫂，这是还不释然，再回来待我陪礼。"往前就赶。素姐跑不防备绊了一交，把一只鞋跌吊一边，素姐爬起来，也没敢拾鞋，光着脚托拉脚绳，一溜烟飞跑。

素姐吃了大亏，就转移战场，跑到到相大妗子家门口谩骂，这一骂就是三天，相大妗子实在受不了，于是乎：

自己走到中门，说道："你也没理的紧！你汉子娶妾不娶妾，别说我是他妗子，我就是他娘，他'儿大不由娘'，我也管不住的他，你怎么来作践我？我看外甥和姐夫姐姐分上，不和你一般见识。你连上门来骂我三日，我七八十的老婆子，你倒会欺侮我！你既不识的我是你的妗子，我也就不认的你是我外甥媳妇。谁家有外甥媳妇三四日上门骂妗子的礼？丫头媳妇子们，拿着棒槌鞭子都出来替我打这泼妇！只别打他的头，只打他身上。"相妗子分付未完，豺狗阵跑出一群妇女，或执马鞭，或执短棍，或执棒槌，约有十五六个。素姐见势不好，折身夺门就跑。那些妇女就赶，拖的拖，拽的拽。素姐方才慌说："好嫂子！好姐姐！我与你们无仇无恨，您积福放我去罢！"内中做好做歹，放他出门，结了此局。

以上是素姐待人的坏，素姐也有对人好的时候，那么谁又有这么大的福气让素姐这个"古今第一恶妇"对他好呢？素姐对之最好的是两个道婆，一个姓侯，一个姓张。这两个人又是何方神圣呢？

再说明水镇上那两个道婆老侯老张，他的丈夫儿子，没有别的一些营运，专靠定这两个老歪辣指了东庄建庙，西庄铸钟，那里铸甚么菩萨的金身，那里启甚么圣诞的大醮。肯布施的，积得今生见受荣华，来世还要无穷富贵；那样悭吝不肯布施的，不惟来世就不如人，今世且要转贵为贱，转富为贫。且是那怕老公的媳妇，受嫡妻气的小老婆，若肯随心大大的布施，能致得他丈夫回心向善，不惟不作践那媳妇，且更要惧内起来；那做妾的人肯布施，成了善果，致得那夫主见了就似见了西天活佛一般，偏他放个臭屁也香，那大老婆说的话也臭；任那小老婆放僻邪侈，无所不为，佛力护持着，赐了一根影身草，做夫主的一些也看不见——大约都是此等言语，哄那些呆呆的老婆。哄得那些呆呆老婆如拨龟相似，跟了他团团转。

这两个道婆，书中有时又称"盗婆"，想来不是笔误。这两个"盗婆"有一段自述行状的话，颇为精彩，摘录下来与大家共赏：

老张说："我那爹也是如此。待往那去，装扮上就去，凭他塌下天来我也不管他，径走。他不说还好，他要邦邦两句闲话，我爽利两三宿不回家来！"素姐问道："你两三宿的不回家，可在那里？"老张道："咱是汉子？怕没处去么？脱不了咱是女人；那爹我又年小，又不大十分丑，那里着不的我？寻好几日还找不着我的影哩。"

素姐见了这样的两个人，就是见了前世的亲娘也没有这般的亲热，不仅入了这两个道婆的会，还出二十两银子拜了这两个道婆为师，不仅自己拜这两个道婆为师，还对狄希陈说："我已拜了二位师父做了徒弟，我的师父就是你的师父一般，你也过来与二位师父磕个头儿。"狄希陈不敢违抗，只得走到下面磕了四个头。素姐对这两个师父，那真是没的说。公婆死了，丈夫走了，偌大的家财由素姐任意支配，恨不得将全部的所有都孝敬了师父。淤济的这两个婆娘米麦盈仓，衣裳满柜，要厨房就送稻草，夹箔幢就是秫秸，怕冷炕欺了师傅的骚尿，成驴白炭，整车的木柴，往"惜薪司"上纳钱粮的一般，轮流两家供备。

两个师父对素姐也不错，常常带着素姐这座山那座庙地旅游，还顺便将素姐从山东带到了狄希陈任职的成都，帮助徒弟结束了与丈夫两地分居的日子。可惜狄希陈对此并不领情，对两位师父不冷不热，素姐怎能忍受这种不尊师重道的行为，当即立断，给了狄希陈六百多槌的教训，并勒令立即改正。

这就是素姐的待人。好与坏都在这里。那么她对自己又如何呢？

素姐听相家的仆人相旺说，狄希陈在京娶了妾，就立马杀到京城，恰好狄希陈有事回山东了，素姐没碰到狄希陈，就住到了相于廷家里。素姐初到京城，就想到处逛逛，相家怕狄希陈的事露馅，就找各种理由不让素姐外出。素姐很郁闷。郁闷的素姐做出了一件谁也没料想到的事情：

> 一日，合当有事，为这不放他出去，又合相主事斗了会子嘴，也就罢了，大家收拾睡觉。素姐听得人都睡静，拿了一根束腰的丝线弯绦，悄悄的走在相主事房门外门上槛悬空自缢。

幸亏发现得早，被救下了。被救下的素姐歇了一会，吐了几口痰，方才手之舞之的道："扯淡！谁叫您们救下我来！"——记得多年以前语言学家吕叔湘先生曾撰文说没有"您们"这个词，理由是口语中没有，笔者当时就疑惑，在湖北方言里明明有这个词嘛，"您们"用湖北话说就是"恁娜们"。

相主事只好派人送她回去。可是素姐逛京城的雅兴不减，要负责送她的陆长班和倪奇带她去看皇姑寺，陆长班和倪奇两人不肯也不敢答应她。素姐在轿子里发躁，说道："我主意已定，你就是我的娘老子，你也拗不过我！你倒不如顺着道儿撺掇，叫我看玩一回，咱死心塌地的走路。陆长班知不道我的性子，倪奇你是知道的。您必欲阻拦，我只是交命给你！……"倪奇与陆长班面面相看。陆好善道："这只在管家主张，我是不敢主的。"倪奇说："狄奶奶必欲住下，且不就得，我只得回家且禀过再处。"素姐说："你只敢去！你要往家一步儿，我拔下钗子来，照着嗓根头子扎杀在轿里，说是你两个欺心。"

在《醒世姻缘传》里，写了好几个人的自尽：晁源的妻子计氏、寄姐的父亲童七、丫鬟小珍珠，还有成都县某监生的妻子吴氏，这些人都是自尽身亡的，方法也都是上吊，地点的选择则颇有意思：计氏选在晁源与珍哥卧室的门梁上而不是自己的卧房里，童七则是跑到宋主事（是宋主事将他逼得走投无路）家门前上吊的——这也是颇有中国特色的"行为艺术"。

但是不管怎么说，上述四个人的自尽多多少少都还有些不得已的苦衷，唯独素姐的上吊让人觉得不可理喻——竟然就为了不能到皇姑寺游玩。

在这里我看到的不是"不自由毋宁死"的崇高与悲壮，而是对自身生命的无知与漠视——不知道自己的价值；不知道自己为什么活着；活着还是死去都无所谓。

一个连自己都不爱的人怎么会爱别人呢？

理解了这一点，素姐很多不近人情的行为都可以找到答案。

一般来讲，我们待人，总是越亲近的，待之越好，越是疏远的，待之越淡薄。教我们行善的我们和他近，诱我们作恶的，我们离他远。可是素姐和我们恰好相反：越是亲近的，待之越狠；越是疏远的，待之越好；教她行善，她充耳不闻；教她作恶，她言听计从。

所以，我说，素姐最大的特征不是"恶"，也不是"悍"，而是"倒行"，逆着世俗习惯行事。

素姐的"倒行"，不仅表现在待人接物的行为上，还表现在思想观念上。"女婿叫是夫主，就合凡人仰仗天的一般，是做女人的终身倚靠。"这是素姐出嫁前夕父亲薛教授谆谆教导素姐的，就是和素姐一同上庙的刘姐也劝素姐："丈夫就是天哩，痴男惧妇，贤女敬夫，折堕汉子的有好人么？"可见，夫为妻纲是当时的普遍观念，可是素姐就不这么看，她对这种说教的回答通常只有一个字——"狗"，连"屁"字都不屑用，最多加一个"！"。

因为这个"狗屁"，有人说，《醒世姻缘传》里的素姐身上有对礼教的叛逆性，这固然有一定的道理，但是，我觉得对这种叛逆性不应高估。素姐在否定不平等的婚姻制度之前，并没想过用一种什么新的制度来代替旧制度，她只是本能地将它倒过来而已。可是，坏制度倒过来之后，往往还是坏制度，甚至更坏。"夫为妻纲"固然不对，"妻为夫纲"就对了么？资本家压迫工人不对，工人压迫资本家就对了么？（当然，无钱无势的工人也压迫不了有钱有势的资本家，而一个人或一个阶层一旦有钱有势，显然就不再是通常意义的工人了，一个资本家如果被自己的工人压迫当然也不再是资本家。）

所以，对一种制度的反对，不是把这种制度简单地倒过来。从思维方式上讲，逆向思维是一种高超的智慧；但从实践上讲，倒行逆施则是愚蠢的极致。所以孔子说："执其两端取其中。"正反两种可能都考虑到，然后选择一种最适合的方式去做。

读中国的历史，最使我感到诧异的是，中国人虽然发明了中庸之道，但中国的政治却总是喜欢从一个极端走向另一个极端。就比如台湾，那个岛屿上的民主化本来让人寄予厚望，觉得可以看作东方民族实行民主政治的试验田——很多台湾人也曾引以为傲，可是它的迅速民粹化现在已经使太多人大失所望。

素姐没有读过什么书，当然也就不会懂得"执两用中"的道理。比如说，她想到泰山去上香，让丈夫去向公公请示，这个要求在我们今天看来再合理不过了，可是在当时人看来却是有伤风化的行为，所以狄员外拒绝了。虽是拒绝了，但狄员外并没有把话说死："她既发心待去，咱等收完了秋，头口闲了，收拾盘缠，你两口儿可去不迟。只别要跟着那老侯婆子，她两个不是好人。"也就是说，如果素姐变通一下，她到泰山上香的愿望是完全可以名正言顺地实现的，可是在素姐的词典里，根本就没有让步或者妥协的位置，她只知道以一种"顺我者昌，逆我者亡"的决绝去处理自己与外界的关系，这是素姐一生最大的悲剧所在。

素姐不仅虐待丈夫狄希陈和狄希陈的家人，而且对一切要求她善待狄希陈的人都心怀恶意。这是为什么呢？

《醒世姻缘传》里是这么解释的：素姐前生是一个仙狐，狄希陈的前生叫晁源，是一个西门庆式的人物。有一次，仙狐遇到一支猛犬，向晁源求救，晁源不但不救，还一箭射杀了仙狐。若干年后这只仙狐转生为素姐，嫁给狄希陈以报前世之怨。素姐在出嫁之前，是一个既美丽又温柔的少女，连狄婆子也十分喜欢，甚至开始怀疑仙姑李白云的预言。就在出嫁前一天夜晚，素姐做了个梦，梦见一个凶神似的人，一只手提着个心，一只手拿着把刀，望着素姐说："你明日待往他家去呀，用不着这好心了，还换给你这心去。"然后把素姐的胸膛割开，用手中提的心将素姐的心换走了。从此，美丽温柔的素姐不见了，狄希陈娶回家的实际上是一个人面狐心的怪物。

对这种解释，我们当然是不接受的。下面就来看看素姐虐待狄希陈的动机的形成过程：

首先是家庭教育。素姐的父亲薛振做过府学教授，行为方正，是《醒世姻缘传》里最道学的人物，他平时是怎样教育素姐的，我们看不到。只知道在素姐出嫁前夕，老教授苦口婆心地和女儿谈了大半夜，无非是叫素姐孝敬公婆爱敬丈夫什么的，为了加深女儿印象，老教授还举了一个因爱生妒、因妒成恨的例子。凭心而论，老教授的道理虽然陈腐，但也不算全错，拳拳爱女之心也不输今人，但是结果却适得其反。素姐本来就不喜欢狄希陈，对即将到来的婚姻心存疑虑，老教授的举例教育更是让素姐对婚姻由疑生惧，所以当天夜里就发生了素姐夜梦换心的事情，这说明薛教授的婚前教女给女儿留下了巨大的心理阴影。我们前面讲，仙姑李白云的话也给婚前的狄希陈形成了心理暗示，两个带着心理阴影的年轻人一起走进婚姻的殿堂，预示了这段婚姻不一般的结局。

俗语说："养子不教父之过，养女不教母的错。"这说明对于女儿来说，母亲的教育往往占有更重要的地位。按照古代宗法制，素姐不能叫自己的生母龙氏为母亲，她和她的三个弟弟都称龙氏为"龙姨"或者"龙姐"（这种称呼恐怕也算得上"中国特色"吧），称父亲的正妻薛婆子为母亲。虽然不能在口头上称呼龙氏为娘，但是显然，素姐受龙氏的影响比受薛婆子的影响要大得多。而龙氏是一个什么样的人呢？关于这个人，我在后面会专门谈到，在这里我只想说，龙氏是个只讲立场不论是非的、极端自私极端狭隘，并且对当时的婚姻制度抱有刻骨仇恨的女人——素姐在这样一个生母的影响下，会形成什么样的婚姻观念就可想而知了。

可以说，从性格上讲，素姐不姓薛，而是姓龙，应叫"龙素姐"或者"小龙氏"。

由于龙氏的影响，素姐失去了爱一个人的能力。素姐不喜欢狄希陈，但对狄家媳妇的角色并不排斥，唯恐别人抢了去，所以她虽然不爱狄希陈，但是又要控制狄希陈——注意了，她需要的不是一个爱她的丈夫，而是一个受她控制并且能为她带来财富与地位的男仆而已。事实证明，这样畸形的愿望在一个时期内虽然有可能实现，但不可能永远实现，素姐也不例外。

那么素姐的这种畸形的婚恋观有没有矫正的可能呢？基本上不可能。但如果狄希陈是个非常强势的男人的话，她的行为还是可以控制的。读《醒世姻缘传》，你可能会有一个奇怪的发现：素姐是一个虐待狂，同时又似乎有被虐待狂的倾向。如果不算被县官用刑，全书中素姐一共挨了四次打（狄婆子一次、相妗子一次、宫直老婆一次、寄姐一次），每一次被打，素姐都是很快认输讨饶，从没有硬气到底的。这除了说明素姐欺软怕硬外，还说明她可能有被虐待狂的倾向——所以我想，如果狄希陈鼓起勇气，将素姐痛打一顿，也许一切会大不一样——可惜狄希陈不是这样的人。所以我说，对狄希陈，我们可以同情（毕竟不打老婆在现在也是难得的优点），但也不必过多同情，素姐之所以如此嚣张，与狄希陈本人也有很大关系——**世上没有绝对的原则，任何原则都有例外的时候，不打老婆是对的，但如果通常的爱已经不管用，选择另外一种爱的方式也不是绝对不可以。**

不过话说回来，就算狄希陈重振夫纲，将素姐降服，又能怎么样？只不过又多了一个龙氏而已——和一个不懂爱为何物的人相守，又怎会有幸福可言呢？

对素姐来说，最具讽刺意味的是，这个一生倒行逆施的"悍妇"在婚姻中最后居然也被人颠倒过来——本来素姐是妻，寄姐是妾，结果却变成了寄姐为大素姐为小。

这一段龙虎斗也颇为精彩：

听说素姐驾到成都府，狄希陈当时就吓得昏了过去，好不容易救转回来。醒过来的狄希陈虽然害怕，仍然不忘问候素姐：

"前向接你同行，你坚执不来；如今千山万水，独自怎生来得？不知受了多少辛苦？与甚人同路？那个跟随？忙快备饭。"

尽管狄希陈"语语温柔"，薛素姐依然是"言言恶骂"。一旁的寄姐对素姐可谓闻名已久，如今见面更胜闻名，不禁也有些气馁。张朴茂的媳妇罗氏看出寄姐很心虚，就朝寄姐使了个眼色，把寄姐叫到一旁，鼓励道："你因甚么见了他，便有些馁馁的？别说他不过是一个少眼没鼻子的东西，他就是条活龙，也不过是一个。咱是一统天下的，别说合他恶照，就是轮替着斗他生气，也管教气杀他。人不依好，你越软越欺，你越硬越怕。他打，你就合他打；他骂，你就合他骂。你要打过他，俺众人旁里站着看；他要打过你，俺众人妆着解劝，封住了他的手，你要拣着去处，尽力的打。"接着，罗氏附到寄姐耳边，教她如何如何。寄姐听了，顿时胆壮，决定依计而行。

寄姐折身回去，素姐正在那里乔腔骂狄希陈不叫寄姐合媳妇丫头替他磕头。狄希陈望着寄姐道："姐姐才来，你合他行个礼儿。"寄姐没等素姐开口，抢着说道："谁是姐姐呀？叫我奶奶的，不知多少，我还不自在哩，'姐姐，姐姐'的呢！待行个礼，过来行就是了！说呀说的，待指望叫我回他的么！"

素姐正气的言语不出。狄希陈又叫家人媳妇合丫头们与奶奶磕头。罗氏承头说道："不是年，不是节，为甚么又替奶奶磕起头来？"狄希陈道："是家里来的奶奶呀。"罗氏道："倒没有这们说哩！一家子一位奶奶罢了，有这们些奶奶呀？少鼻子没眼睛的，都成了奶奶，叫那全鼻子全眼的可做甚么呢？'家无二主，国无二王'。待磕的请磕，我这头磕不成。"众人见罗氏说出这话，伊留雷的老婆更是敲敲头顶脚底板儿动的主子，晓得其中主意，也就接口说道："罢呀，一个人管的专，两个人管就乱了。"

素姐是个皇帝性儿的人，岂是肯受人这般狨气？绰过一根鞭杆，就待要照着狄希陈劈头劈脸的打去。寄姐上前,一手将鞭夺住,骂道:"了不的!那里这们个野夯杭子!新来乍到,还不知道是姓张姓李,就象疯狗似的!"寄姐不曾堤防,被素姐照着胸前一头抬来,碰个仰拍叉;扯回鞭去,照着寄姐乱打。罗氏众人齐说:"反了!打奶奶哩!"一拥上前,把素姐抱的抱,扯的扯,封手的封手。寄姐得空,爬将起来,拿着素姐手内的鞭杆,把素姐按翻在地,使屁股坐着头,拿着鞭子从头抽打。把个素姐打的起初嘴硬,渐次嘴软,及后叫姐姐,叫亲妈,叫奶奶,无般不识的央及。狄希陈苦劝不住,只得跪着讨饶。哄的衙门口围了成千成万的衙役潜听,东西邻着县丞主簿的衙舍,满满的爬着两墙头的女人窃看。

一顿打,素姐乖乖地递了降书顺表,不得不接受了寄姐的约法三章:素姐与寄姐并起并坐,姐妹称呼,家由寄姐来当,事由寄姐管。寄姐将素姐好吃好穿地供着,一月之内,准许狄希陈和素姐睡两三夜。从此,素姐的地位就尴尬起来:虽然素姐仍旧是妻,寄姐仍旧是妾,寄姐也喊她姐姐,但这个正牌妻就像汉献帝一样,不得不在臣子的手下讨生活。

可是素姐对这一切却并不是很在意:

(寄姐)寻出几匹尺头,与素姐另换上下内外衣裳。素姐又甚是喜欢。又过了几日,寄姐又与素姐做了大袖锦衫,通袖袍裙,洒线衫子,越发把个素姐喜的尿流屁滚,叫的好妹妹,亲妹妹,燕语莺声,听着也甚嫌可磣。寄姐也时常的给他个甜头,叫他悬想。不惟不与寄姐怀恨,反渐渐的抱着寄姐粗腿起来,望着寄姐异常亲热,寄姐凡有生活,争夺着要与寄姐去做;寄姐偶然手生了疮,死塞着争与寄姐梳头;寄姐或是头疼发热,一日脚不停留的进房看望,坐在他病床沿上,与他作伴;寄姐的尿盆马桶,争着要与他端。

不仅不在意,有时候甚至讨好到让人恶心的程度。素姐的两个道婆师父到成都后,进了官衙,免不了要和素姐说说悄悄话。素姐虽然已经投降了寄姐,但为了面子,在师父面前免不了编几句谎话。这些话传到寄姐耳朵里后,寄姐很生气。寄姐很生气,后果很严重。素姐赶忙赔罪:

"我从头里听见你象生气似的,可是疼的我那心里说:'紧仔这几日他身上不大好,没大吃饭,孩子又咂着奶,为甚么又没要紧的生气?'叫我仔细听了听,你可恼的是我。你说的那话,可是你自己听的,可是有人对你说的?我就是痴牛木马,可也知道人的好处,我就放出这们屁来?咱姊妹们也相处了半个多月,你没的不知道我那为人!……妹妹,你怎么耽待我来,合我一般见识?我与妹妹陪礼。"素姐连忙就拜。寄姐道:"你没有这话就罢呀,陪甚么礼?"素姐道:"妹妹不叫我陪礼,你只笑笑儿,我就不陪礼了。你要不笑笑儿,我就拜你一千拜,齐如今拜到你黑,从黑拜到你天明,拜的你头晕恶心的,我只是不住。"

人说识时务者为俊杰,可是素姐这个"俊杰"怎么让人越看越不是滋味呢?

最后,我们说说素姐与狄希陈婚姻的结局。按照《醒世姻缘传》里的说法,狄薛之间的恶姻缘(《醒世姻缘传》还有一个书名就叫《恶姻缘》)是因果报应的结果。其实在印度佛教里,虽然讲缘起论(诸法因缘而生,此生彼生,此灭彼灭),但并没有因果报应的教义。因果报应是佛教中国化之后的说法,它本身就是一种将一切倒过来的做法。事实证明,将爱与善倒过来虽然还是善,将恨与恶倒过来却依旧是恶。如果按照因果报应不断轮回,狄希陈与素姐的恶姻缘将永无止境,《醒世姻缘传》的解决之道是由狄希陈念诵一万遍《金刚经》将这种孽缘化解。《金刚经》全名《金刚般若波罗蜜经》,般若就是智慧的意思,波罗蜜是渡的意思,就是从此岸到彼岸,金刚是般若的比喻。合起来解释就是,这部经里的大智慧,像金刚一样,可以帮人破解我执,将人从世俗的此岸带到宗教的彼岸。《金刚经》的宗旨是无我:"一切有为法,如梦幻泡影,如露亦如电,应作如是观。"我觉得这是个很有意味的结局——狄希陈有万般不好,但有一样很难得,在他的世界里,从来没有仇恨——只有超越仇恨,才能跳出冤冤相报的泥沼。

纵观素姐一生,最大的悲剧有二:一是罔顾世俗,倒行逆施;二是用恨而不是用爱来看待这个世界。此两点足为后来者戒。

其实,素姐此人,值得说的还很多,比如说,她做了很多伤害丈夫让丈夫丢脸的事,但从没有让狄希陈戴绿帽子,关于这一点,既可以解释为素姐对于婚姻并不是没有自己的底线——虽然这个底线太低,也可以解释为她确确实实已经丧失了爱一个异性的能力——不爱丈夫,对其他男人也缺乏兴趣,那么她是不是同性恋呢?也好像找不到什么证据。

  我常常想,这个对世界充满了恨的女人,在她无声无息地离开这个世界的时候,回顾她的一生,是否有过一丝留恋呢?在成都,当知府逼着狄希陈写休书时,素姐平生第一次向狄希陈求饶:"小陈哥……你想想那使烧酒灌醉了我的那情肠,你没得不疼我的?"由此可见,这个一生强悍的女人,对自己的初夜,还是铭记在心的——只可惜,这样的时候,实在太少……

婚姻让女人愚蠢 ///

寄姐与狄希陈的婚姻，在《人生若只如初见》一篇里已从狄希陈的角度多有叙述，本节主要从寄姐的角度进行分析。

应该说，寄姐和狄希陈的开始还是美丽的。寄姐和狄希陈相恋时，寄姐二十一岁，在当时看来，差不多已经算是一个"剩女"了，狄希陈更是已年届三十，并且被一次失败的婚姻弄得焦头烂额，但是这一切并不妨碍他们开始一段美丽的恋情。有关的段落前已引述，这里就不再重复。

孔子讲"靡不有初，鲜克有终"，人世间的婚恋，开始大多美丽，但结局却各不相同。寄姐和狄希陈虽然最终白头到老，但也经历了各种曲曲折折，其中甚至还夹带着一个无辜少女的死亡。

这个无辜的少女就是小珍珠。小珍珠是狄希陈专为讨好寄姐买的一个小丫头，才十二岁，生得眉清目秀唇红齿白，还颇伶俐，狄希陈以为寄姐一定喜欢，谁知寄姐一进门来，看见珍珠，不知甚么缘故，就如仇人相见一般……恨不能吞她下肚里去。

在这里，我首先要说，狄希陈拍马屁拍到马腿上，说明他根本不懂女人的心：你送她什么不好，偏要送她一个丫鬟，而且是一个又年轻又美丽的丫鬟。你将这样一个女孩弄到身边，是什么居心？

女人对丈夫身边的女性抱有天生的敌视，这可以用来解释寄姐和小珍珠的不投缘。事实证明，寄姐的预感是正确的，在好色的狄希陈那里，还的确就有那个花花心思。

现在的我们可以理解寄姐对狄希陈的防范，甚至对她每天检查狄希陈的生殖器，我们也可以表示理解——前段时间互联网上还流传这样一个笑话：两闺蜜一起逛街，一个女人给自己的老公一次性买了五条红底绿碎花的内裤，闺蜜很奇怪，女人说这样可以减少男人出轨的几率——看你好意思脱！**这个笑话给我的感觉是四百年来时代的确是在进步——但速度似乎比我们 GDP 增长的速度慢得多，西方谚语说"太阳底下无新鲜事"，确实如此。**

寄姐虽然也虐待过狄希陈，但和素姐不同，素姐虐待狄希陈，是出于一种恨，而寄姐则是出于一种爱，因为爱狄希陈，就想独占狄希陈，因为不能独占——或许只是感觉没有独占，才生出些许恨来。

说实在的，无论寄姐对狄希陈怎样做，我都能理解，毕竟都是出于爱嘛！在特定的婚姻制度下，一个女人为了保卫自己的婚姻做出任何行为，都是可以理解的。可是我不能谅解她对小珍珠的虐待。

为了保卫自己的爱情与婚姻，寄姐有很多方式可供选择。比如说，她完全可以将小珍珠这个潜在的小三退还她的父母或者转卖出去，这在当时是完全合法的。当初童家兴旺时，寄姐的父亲童七也曾想借为寄姐的母亲买丫鬟为名，给自己纳一个妾，叫童奶奶一口回绝了："我家的爷只是待要娶个，只是说没人服事，怕做活使着我。叫我说：'你是少儿呀，少女呀，你堕这个业？有活我情愿自己做，使的慌，不使的慌，你别要管我。'"我觉得寄姐在这件事情上的处理就远不如她的母亲智慧。寄姐既不肯将小珍珠逐出去，又百般地虐待她以试探狄希陈的反应——这就大大不该了。

寄姐你对狄希陈怎样，是你和狄希陈的事，你因此去虐待第三人，就是你不对了。这个第三人虽有成为第三者的可能，但毕竟还不是第三者。她自始至终既没有和你争夺或者分享丈夫的动机，也没有这方面的任何行动，而寄姐的虐待已经超出了我们一般人的想象。

  北京近边的地方，天气比南方倍加寒冷，十月将尽，也就是别处的数九天寒，一家大小人口，没有一个不穿了棉袄棉裤，还都在那煤炉热炕的所在。惟独小珍珠一人连夹袄也没有一领，两个半新不旧的布衫，一条将破未破的单裤。

狄希陈、童奶奶和调羹都替小珍珠求情，但寄姐一概不准，最后只好由狄希陈出钱由小珍珠的父母出面为小珍珠做了件棉袄。寄姐知道之后，来了个大闹葡萄架，从此与小珍珠倍加作对，没事骂三场，半饥半饿，不与饱饭。

寄姐"钓鱼"成功后（事见前文），除了惩罚狄希陈，还把小珍珠锁在尽后边一间空房之内，每日只递与他两碗稀饭，尿屎都在房里屙溺，作贱的三分似人，七分似鬼。寄姐自己扮鱼抓住了狄希陈这个偷腥猫，惩罚狄希陈这只猫还有的说，禁闭小珍珠这条鱼就毫无道理了。幸好不久后寄姐怀了孕，童奶奶才和调羹偷偷地把小珍珠放了出来。

等寄姐生下孩子后，小珍珠的末日也就到了。

  却说寄姐……满月出房，知道童奶奶放了珍珠，不惟与狄希陈合气，合小珍珠为仇，且更与母亲童奶奶絮叨。把个小珍珠琐碎的只愿寻死，不望求活；只待吐屎，不愿吃饭。

  寄姐正好好的合调羹说话，怀里奶着孩子，小珍珠端着一铜盆水，不端不正走到面前，猛然见了寄姐，打了个寒噤，身子酥了一酥，两只手软了一软，连盆带水吊在地下，把寄姐的膝裤、高底鞋、裙子，着水弄的精湿；铜盆豁浪的一声，把个孩子唬的吐了奶，跳了一跳，半日哭不出来。寄姐那副好脸当时不知收在何处，那一副急性狠心取出来甚是快当，叫喊道："不好，唬杀孩子了！又不是你们的妈！又不是你们的奶奶！我好好的锁他在房，三茶六饭供养他罢了，趁着我害病，大家献浅，请他出来，叫他使低心，用毒计，唬杀孩子，愁我不死么！"一只手把珍珠拉着，依旧送在后边空房之内，将门带上，使了吊扣，回来取了一把铁锁锁住，自己监了厨房，革了饭食。调羹、童奶奶得空偷把两碗饭送进与他。若关得紧，便就好几日没有饭吃。童奶奶合调羹明白知道小珍珠不能逃命，只是不敢在他手里说得分上。

这一次，这个一向逆来顺受的少女没有能挺过去，她用自己的裹脚，拧成绳子，在门背后上吊身亡，离开了这个让她莫名其妙的世界。

对于寄姐将小珍珠虐待致死，《醒世姻缘传》里是这么解释的：寄姐前生叫计氏，和狄希陈的前生晁源是结发夫妻。小珍珠的前身叫珍哥，是一个妓女，被晁源花了八百两银子买来做妾。晁源宠爱珍哥而厌弃计氏，珍哥恃宠生娇，诬陷计氏私通和尚道士，计氏一气之下上吊自尽。因为前生珍哥让计氏含冤自杀，因果报应，那么今生小珍珠就该死在寄姐手上，双方两清互不相欠。

这种为寄姐的残忍行为卸责的开脱之词，我是打死也不信的。小说在第八十四回里交代了寄姐虐待小珍珠的真正原因。事情是这样的，狄希陈到成都上任前，想买几个仆人带上。媒人领来一个十二岁的小女孩，那个小女孩长得很丑：那丫头才留了头，者大瓜留着个顶搭，焦黄稀棱挣几根头发，扎着够枣儿大的个薄揪，新留的短发，通似六七月的栗蓬，颜色也合栗蓬一样；荞面颜色的脸儿，洼塌着鼻子，扁扁的个大嘴，两个支蒙灯碗耳朵……

童奶奶一见就不中意，说："这孩子不好，我嫌丑。你还拣俊些的领了来。"没想到寄姐却另有主意："丑俊到也别管他，待要看娘子哩，要俊的？丑的才是家中宝哩。"

对小珍珠来说，真应了那句话：美丽，是一种错误。

对于寄姐的残忍，我觉得无论如何，是不能原谅的。更不能原谅的是她在得知小珍珠的死讯后表现出的冷漠。发现小珍珠自尽后，童奶奶和调羹都慌着一团，寄姐的表情却是佯然不睬。童奶奶差了小选子，跑到兵部洼当铺里，叫了狄希陈回家：

狄希陈知是珍珠吊死，忙了手脚，计无所出，只是走投没路。寄姐喝道："没算计的忘八！空顶着一顶屎巾子，有点知量么！这吊杀丫头，也是人间常事，唬答得这们等的！拿领席来卷上，铺里叫两个花子来拉巴出去就是了。"

我常想，要有一颗怎样残忍的心才能说出这样冷酷的话呢？读到这里，我的眼前仿佛闪过一个中年胖女人狰狞的面容，尽管这时的寄姐远没有进入中年，而且书中也没有写她发胖。

有一个段子是这样说的：女人以为男人以后会变，所以和他结婚了。男人以为女人永远不会变，所以和她结婚了。结果，他们两人都错了。

这说明，几乎所有的女人都会因婚姻而改变。但令人沮丧的现实是，除了极少数女人因结婚而变得智慧而美丽外，大部分女人都在婚后变得愚蠢而丑陋。

女人婚后的丑陋大致可分为两种：一种是按理想中的丈夫的标准要求自己的老公，如果老公做不到，女人就很伤心——一伤心女人就丑了；一种是用保姆的服务标准要求自己的老公，比如坐在马桶上要老公递手纸什么的，不管老公递不递，女人就已经丑了——马桶之上无美女嘛。

女人婚后的愚蠢也可以分两种：一种是，我嫁给了你，你的一切就都是我的，你必须时时刻刻围着我转；还有一种是，我嫁给了你，我的一切都是你的，我要时时刻刻围着你转。我代表男同胞说一句，我结婚，既不是为了找一个人围着她转，也不是找一个人围着自己转。

女人呐，怎么一结婚就找不到自己的位置了呢？

寄姐的独特之处在于，她变丑的速度未免太快，而幅度又未免太大——让人无论如何不能把她和两三年前那个天真少女等同起来。

平心而论，寄姐对其他的任何人都不坏。那么是什么使她心底的恶魔释放出来了呢？令人感到惊奇的是，引发这些恶行的竟然是爱——对丈夫狄希陈的爱，她对小珍珠的敌视以及对狄希陈的防范，都是出于对狄希陈的爱，她虽然也打骂狄希陈，但正如她自己所说：零碎扇你两耳瓜子是有的，身上捣两把也是常事，从来割舍不的狠打一顿。既然对狄希陈舍不得下真手，那就只有向她可以感觉到的威胁下真手了。

对于寄姐的这种做法，我的评价是"其心可悯，其行也蠢"。只有用爱才能换来爱，伤害别人往往也会伤害自己。寄姐虐杀小珍珠这件事大大地破坏了她在狄希陈心中的形象，并且使他们的婚姻走到频临破裂的边缘。可以这样说，他们的婚姻之所以刚开始就遭遇危机，始于狄希陈不懂女人心，但最后弄到如此地步，寄姐难辞其咎。想到这里，我又觉得和寄姐这样的蠢女人较真实在没必要。

不过历经种种磨难的寄姐最终还是悟到了一些道理，她学会了怎样爱一个人，学会了调整自己的理想，学会了向现实妥协……这使得她最终拥有了一个不错的结局。

留不住的青春少年 ///

相于廷在《醒世姻缘传》中的地位一直不被以前的研究者重视。虽然着墨不多,但我觉得他应该算是《醒世姻缘传》中的男二号——据狄希陈的师爷周景杨解释,狄希陈名字中的"陈",就是指宋代的陈季常,意思是说狄希陈像陈季常一样怕老婆,而狄希陈字"友苏","苏"指的是陈季常的朋友苏东坡,而《醒世姻缘传》里的"苏东坡"就是相于廷。

相于廷和狄希陈是姑表兄弟(狄希陈的母亲是相于廷的姑姑),又是同窗,感情自是十分亲近。相于廷家境怎样,小说里没有明确交代,看他家里也有田庄,也养随童(小厮),也雇觅汉(长工),想来和狄希陈的家境应该差不多。

少年时的相于廷非常聪明。狄希陈考秀才,县考两篇文章,由薛如卞和相于廷各管一篇,在府里考试时,则两篇文章都是由相于廷代笔:

那日济南府却在贡院里考,《论语》题:"文不在兹处。"《孟子》题是:"王欲行王政,则勿毁之矣。"相于廷道:"一个题目做两篇,毕竟得两个主意才好。"他说那"文不在兹乎"不是夫子自信,却是夫子自疑,破题就是:"文值其变,圣人亦自疑也。"第二个题说不是叫齐王自行王政,是教他辅周天子的王政，留明堂还天子，破道："王政可辅，王迹正可存也。"他把这两个偏锋主意信手拈了两篇，递与狄希陈誊录，他却慢慢的自己推敲。

从这里可以看出，相于廷不仅才思敏捷（别人做两篇的时间他可做四篇，还可以在人云亦云之外写出新意），而且心思缜密（有创意但有风险的留给表哥，平实稳妥的留给自己）。考试的结果是狄希陈第二，相于廷第四，也算是相于廷送给表哥的一份大礼了。

少年时的相于廷不仅聪明，还有些侠气，虽然没有王维《少年行》里所说的"相逢义气为君饮，系马高楼垂柳边"那么英姿飒爽，但也充满阳刚之气。《醒世姻缘传》里有一段是专写相于廷的：一个初夏的傍晚，相于廷上狄家看望姑姑，狄员外留饭，刚开始是全家人（包括相栋宇和调羹，但不知有没有素姐）一起喝酒，后来就只剩下狄希陈和相于廷。相于廷说新买了一些炮仗，正好拿来试一试。让人回家拿来一试，先是将狄希陈家的一只狗炸昏了，后来又用相于廷捉的一只铁嘴老鸹试，结果将老鸹的脑袋炸开了花。

相于廷说："谁知这炮仗这们利害！我想嫂子这们不贤惠，搅家不良的，咱拿个炮仗，绑在他头上，点了药线，与他一下子，看他还敢不敢！"狄希陈道："你说不该么？只是咱不敢轻意惹他。狗合老鸹不会回椎，只怕他会回椎哩。倒是他婶子仔本，咱把他绑上个炮仗震他下子试试，看怎么着。"相于廷道："为甚么？他又不气婆婆，又不打汉子，又温柔，又标致，我割舍不的震他。"狄希陈道："你割舍不的，敢情俺也割舍不的。"相于廷道："你割舍不的震俺嫂子，我也割舍不得气俺姑娘，打俺表兄哩。"

狄希陈道："他嫂子倒也是个没毒的，不大计恨人。我要有甚么惹着他，我到了黑夜陪陪礼，他就罢了。他就只是翻脸的快，脑后帐又倒沫起来。"相于廷说："这怎么是脑后帐？这叫是'抽了鸡巴变了脸'。"

接下来，相于廷教给狄希陈一个非常下流的方法用以对付素姐（因为实在很"三俗"，不好意思引述，有雅兴者可参看原文第五十八回，人民中国出版社1993年版，627页），被心疼老婆的狄希陈臭骂了一顿：

"砍头的！我碍着你吃屎来？你送我这们绝命丹！"

然后，相于廷开始讲段子，对素姐的不贤以及狄希陈的惧内极尽讽刺挖苦之能事，他读的书多，心眼儿也多，狄希陈连招架之功都没有，更不谈还手之力。

狄希陈道："我说你没有好话，果不然！咱只夯吃，不话多话。我合你说：你嫂子惯会背地里听人，这天黑了，只怕他来偷听。万一被他听见了，这是惹天祸。你么跑了，可拿着我受罪哩。"相于廷道："那么跑一步的也不是人！咱拿出陈阁老打高夫人的手段来，替哥教诲教诲，兜奶一椎，抠定两脚，脊梁一顿拳头，我要不治的他赶着我叫亲亲的不饶他！"

狄希陈道："小爷，你住了嘴，不狂气罢，这他是待中出来的时候了。"相于廷道："你唬虎谁哩？我是你么？谁家嫂子也降伏小叔儿来？他不出来寻我，是他造化；他要造化低，叫他……"

所谓知妻莫若夫，果真——

这句话没说了，只见素姐一大瓢泔水，猛可的走来，照着相于廷劈头劈脸一泼，泼的个相于廷没头没脸的那泔水往下淌。相于廷把脸抹了抹，蹬开椅子，往外就赶。素姐撩着蹶子就跑。相于廷直赶到素姐天井门口，素姐把门砰的声闩了进去。相于廷方才站住，说道："好汉子，你出来么！我没的似俺哥，你掐把我？"素姐说："小砍头的！我叫你这一口嘴没了皮的一般，一些正经话也不说，只讲说的是我！你有这们本事，家去管自家老婆不的。这天多晷了？还不家去，在人家攮血刀子叨瞎话！我不合你这小砍头的说话，我只合你哥算帐！"相于廷道："你撑我，我偏不去；我吃到明日，明日又吃到后晌，只是说你。我得空子赶上，浑深与你个没体面！你只开门试试！我这里除着一木掀屎等着你哩！"狄希陈说："他已是关上门了，你待怎么？你到后头脱了这衣裳，擦刮擦刮，吃咱那酒去罢。"

相于廷收拾了衣服，两个人继续喝酒。相于廷继续编排段子取笑表哥和表嫂，两人不知不觉喝得烂醉，相与枕藉乎葡萄架下的芦席上，呼呼大睡。

素姐待了一更多时候，不听见后边动静，又开出门来，悄悄的乘着月色走来张探，只见二人都睡倒席上，细听鼻息如雷。又走到跟前，低下头细看了详细,知道不是假妆睡着。回到房内,将狄希陈的砚池浓浓的磨了些墨,又拿了一盏胭脂翻身走到那里,先在相于廷脸上左眼污了个黑圈,右眼将胭脂涂了个红圈,又把他头发取将开来,分为两股,打了两个髻子,插了两面白纸小旗;也在狄希陈面上一般图画。都把他各人的衫襟扯起来,替他盖了面孔,然后悄悄的自己回去,关上房门睡了。

我觉得这也应该算是小说中一段极好的文字:初夏时节的傍晚,两个初为人夫的大男孩在葡萄架下相对而饮,当时父母在堂,兄弟无故,夫妻间虽有小忿,但情谊尚在——狄希陈对素姐诸多回护,素姐对狄希陈也不乏温存。《醒世姻缘传》虽然笔调幽默,但轻松欢快的语段并不多。西周生在这时候(当时狄希陈婚后不久,相于廷也尚未入仕),安排这么一段轻松欢快的文字,显然有他的深意。

狄希陈第一次被素姐关禁闭后,自告奋勇去解救的也是相于廷:

相于廷道:"他既说送在监中,就问他监在那里。这有甚难处的事?待我去问他。我又不是大伯,他的房里,我又是进得去的。"(古代习俗,小叔子可以和嫂子开玩笑,可以进嫂子的房间,大伯子却不能进弟媳的房间。)

相于廷凶凶的走到他房门口连叫着:"狄大哥哩?"不见答应,又进到他房中。素姐还挠着头,又着裤。相于廷问说:"俺哥在那里?没见他的影儿。"素姐说:"贼砍头的!你昨日后晌唬我这们一跳,我还没合你算帐;你哥合你一处守灵,倒来问我要人?"相于廷道:"你说是送他在监,那监在那里?外边急等他做甚么哩,监在何处?快快的放他出来。"

素姐说:"他监与不监,你管他做甚?你也要陪他坐监么?你娘打了我,你又来上门寻事!我揉不得东瓜,揉你这马勃罢!"看了一看,旁里绰过一根门拴,举起来就抿。唬的相于廷连声说道:"好嫂子,你怎么来,这们等的?"唬的脸焦黄的去了,对着众人学他那凶势,众人又嗔又笑。

最后还是相于廷的母亲和娘子一起救出了狄希陈。狄希陈出来后,相于廷自是不忘打趣:

相于廷取笑不了,一见便说:"哥好?恭喜!几时出了狱门?是热审恩

今朝醉梦,人世百态 185

例,还是恤刑减等?哥,你真是个良民。如今这样年成,儿子不怕爹娘,百姓不怕官府的时候,亏你心悦诚服的坐在监里,狱也不反一反!我昨日进去寻你的时候,你在那监里分明听见,何不乘我的势力,里应外合起来,我在外面救援,岂不就打出来了?为甚却多受这一夜的苦?"狄希陈道:"毕竟我还老成有主意,若换了第二个没主意的人,见你进去,仗了你的势,动一动身,反又反不出狱来,这死倒是稳的!看你那嘴巴骨策应得别人,没曾等人拿起门拴,脚后跟打着屁股飞跑,口里叫不迭的'嫂子'。这样的本事,还要替别人做主哩!"

但是青春总是短暂,无忧无虑的岁月总是很快过去,阳光少年最后还是变成了一个中规中矩的官僚。不知为什么,读到这里,我突然想起了鲁迅先生小说《故乡》里的闰土——少年时那么可爱,长大后却……

在四个同窗之中,相于廷是最为发达的。相于廷十四岁中秀才,十八岁补了廪(秀才又叫生员,都算是县学或者府学的学生,县学或者府学的学生原来是有名额限制的,每县二十人或者三十人,由官府供应伙食,谓之廪生,后来人数增加,谓之增生,增生之外还有附生,增生和附生不享受官府补贴,廪生中举或者出贡,增生按岁考成绩和资格依次递补),大约三十岁时中举,接着就中了进士,选了工部主事(相当于今天水利部下面的一个处长),从此以后,相于廷这个人就从《醒世姻缘传》里消失了,代替他的是"相主事"。

狄希陈也做过官,但小说中很少称他为"狄经历",那么为什么对相于廷言必称"相主事"呢?我觉得这绝非偶然。

做官之前的相于廷经常和表嫂素姐斗嘴。素姐和一群不三不四的男女一起上玉皇庙会,被一群泼皮剥了个精光,不说自己不检点,还怪狄希陈保护不周,将狄希陈胳膊上一块肉几乎咬下来。相于廷上门看望表哥,不忘打趣素姐:"嫂子,人说你打得动不得了,你这不还好好的么?又说把头发合四鬓都采尽了,这顶上不还有头发么?人又说把小衣裳子合裹脚鞋都剥的没了,你这不还穿着好好的衣裳哩?"又被素姐骂了一顿"小砍头的"。

相于廷升格为相主事后就基本上不做这种有失身份的事了。由于相家仆人告密,狄希陈在京城娶寄姐的事被素姐知道了,素姐当即杀到京城,准备将狄希陈碎尸万段,偏巧狄希陈正好回山东老家了,两人刚好错过。因为正犯不在,其他人就索性来了个死不认账,将素姐哄得摸不着头脑,一到相主事家里,就被相主事软禁在家。素姐怎么受的了,找相主事吵着要去皇姑寺玩。相主事道:"你见谁家见任的官放出女人上庙?咱家这们些景致,你见有绣江知县县丞的奶奶亲戚出来顽耍的没有?"你相信这是那个敢作敢为的相于廷的话吗?标标准准的"官腔"。无怪乎素姐很不屑:"有那些闲话!你不叫我去罢,做了几日官,开口起来就是做官的人家长,做官的人家短!"接下来叔嫂二人又斗了最后一次嘴。素姐道:"我知道,你又寻我使那胭脂黑墨污你那眼哩!"相主事道:"还敢说!不是为污了俺的眼,干瞎一个眼么!"素姐道:"罢,你是甚么大的们,污了您的眼就叫我瞎眼?我倒又没了鼻子,可为怎么来?"相主事道:"这又有报应。可是你前年打醮念经咒骂狄大哥合薛大哥薛妹夫的果报。你念经咒他们叫他无眼耳鼻舌身意,你只怕这耳朵合舌头身子都还不停当哩!"相主事笑着往外去。

这是相主事唯一一次与表嫂斗嘴,第一次也是最后一次。

相主事做官很有一套,法令严明,将属下治得服服帖帖,官场人缘也不错。寄姐虐杀了小珍珠,被小珍珠的父母告上法庭,狄希陈慌作一团,虽有童奶奶支应,还是被敲了不少竹杠。相主事知道后,主动找来狄希陈,一张条子就帮狄希陈摆平了官司。后来,狄希陈任成都府经历,上司吴推官恰好又是相主事的同年,对狄希陈也颇为照顾。再后来,相主事从工部转到兵部,升为郎中(相当于现在的司长),到小说结束时,又升为四川副使(相当于现在的副省长),那时他可能还不到四十岁——前途无量,可惜我们看不到了。

相于廷的行状如上。现在,我们来看看相于廷这个人物形象所蕴藏的意味。

读过《红楼梦》的人都知道,曹雪芹设计人物经常对照着写。我发现在《醒世姻缘传》里，有很多人物也是对照着写的。那么和相于廷对照的是谁呢？一个是狄希陈，一个是晁夫人。

相比于狄希陈的一团糟，相于廷可以说是标准的好男人：尊敬师长，孝敬父母，忠于爱情，事业有成，为人义气，人缘良好……但是就是这样一个标准的中国好男人，一个社会精英，他的一生，除了像一株大树一样遮庇着相狄两家外，又留下了什么丰功伟绩呢？从他开始做官到小说结束时升为四川副使，大约有十年，十年之中，他做出了哪些惠及百姓有益国家的政绩？我们找遍全书却找不到一字一句关于这方面的记载，这说明什么呢？

正是在这个意义上，相于廷与晁夫人形成另一种意味的对照。**古人云："身在公门好修行。"即是说有了合法的权力在手，想为老百姓做点好事要比其他人容易。可是具有讽刺意味的是，年富力强的朝廷命官相于廷做不到的，风烛残年的老寡妇晁夫人却做到了，这不是一组绝妙的对比吗？**

绝望后的幻想 ///

晁夫人是《醒世姻缘传》里唯一一个差不多贯穿全书的人物。《醒世姻缘传》写了两世姻缘，两世姻缘的接续点就是晁夫人和高僧胡无翳，但这两个人又都不是《红楼梦》中贾雨村似的线索人物。在这两个人物形象上，寄托了作者相当的写作意图，这里我们单说晁夫人。

晁夫人姓郑，名字不详。故事开始的时候，晁夫人大约三十岁左右，丈夫晁思孝还是一个穷秀才。但很快的，晁思孝就时来运转了，先是出了贡，虽然没能中举，但多亏代理礼部尚书的老师帮忙，在吏部考时居然考了个第一名知县，等到大选时，老师已转为吏部尚书，这就更方便了，直接就给了晁思孝个华亭知县——这是一个三甲进士都谋不到的肥缺。妻随夫贵，晁夫人也就由秀才娘子一跃而成知县夫人。

这晁知县为官确实不咋地。用小说中的话说就是"一身的精神命脉，第一用在几家乡宦身上，其次又用在上司身上。待那秀才百姓，即如有宿世冤仇的一般"。但是由于后台结实，不仅下面扳他不动，而且每次年度考核都是优秀。三年任满，晁知县通过梁生和胡旦两个戏子穿针引线，和权阉王振拉上了关系，竟然如愿以偿地升了北通州知州。

可惜好景不长，土木堡之变后王振势败，梁生和胡旦也被通缉，躲在晁知州衙里，晁知州有心将两人出首，终被夫人和师爷劝止。晁知州瞻前顾后，儿子晁源却是说干就干，把两人诓到香岩寺，将两人的行李并六百三十两银子一口吞了。晁夫人知道后，恼得绝了两天食，想来想去，觉得丈夫和儿子所为实在太伤阴骘，干脆一根绳子把自己挂了，幸好发现得早，救了回来，醒来后的第一句话是："我不为甚么，趁着有儿子的时候，使我早些死了，好叫他披麻带孝，送我到正穴里去。免教死得迟了，被人说我是绝户，埋在祖坟外边！"第二句话是："我虽是妇人家，不曾读那古本正传，但耳朵内不曾听见有这等刻薄负义没良心的人，干这等促狭短命的事，会长命享福的理！怎如早些闭了口眼，趁着好风好水的时节挺了脚快活？"

这是晁夫人第一次亮相。

被救转的晁夫人代儿子还了六百三十两银子的昧心债，将行李也讨出还给了梁胡二人，这六百三十两银子后来成为梁胡二人积谷行善的本钱。

接下来，晁家迭遭变故，先是晁知州临阵脱逃被训诫，又因贪赃被弹劾丢了官，接着又因沉迷酒色而丢了命，儿子晁源也因奸人之妻被本夫剁了脑袋，如果不是晁知州临死前在新收的小妾春莺肚里播上一颗种，晁家的万贯家财就被族人分了绝产了。

春莺生下晁知州的遗腹子（因是梁生投胎，所以取名晁梁，很孝顺，但没有什么特点，小说中最苍白的形象之一）后，为了和睦族人，晁夫人拿出四顷（四百亩）地无偿分给了全族共八户人家，并把晁源生前强买强占的八百亩地退还了原主。为了表彰晁夫人的善行，徐知县还送了晁夫人一块"女中义士"的门匾。

这是晁夫人独立行的第一件大善事。

过了数年，当地遭遇饥荒，十室九空。晁夫人见这样饥荒，心中十分不忍，把那节年积住的粮食，夜晚睡不着觉的时候，料算了一算，差不多有两万的光景；从老早的唤了雍山庄上的季春江，坟上管庄的晁住，分付他两庄上的居民，一家也不许他移徙；查了他一家几口，记了口数，与他谷吃，五日一支。凡庄上一家有事，众家护卫，不许坐视。这等时候，那个庄上不打家劫舍？那个庄上不鼠窃狗偷？那个庄上不饿莩枕藉？惟晁家这两个庄上，也不下六七百人家，没有一家流移外去的，没有一人饿死的。

晁夫人不仅救济自家庄上的，还拿出多年积攒的谷子来低价零售，每人每日止许买一升，当时谷子的市价四钱八分一斗，晁夫人定价一分二厘一升，只有市价的四分之一。

有人说道："四十八个钱的谷，只问人要十二个钱，何不连这几个钱也不要，爽利济贫，也好图那钦奖？如今岂不是名利俱无了？"晁夫人道："我两次受了朝廷的恩典，还要那钦奖做甚？父母公祖，乡宦大家，俱不肯捐出些来赈济，我一个老寡妇难道好形容他们不成？我也不过是碗死水，舀得干了，还有甚么指望？卖几个钱在这里，等好了年成，我还要籴补原数，预备荒年哩。"

晁夫人从九月十五日粜谷起，至来年四月十五日止，一共七个月，共粜过谷八千四百石。晁夫人的义举也带动了当地的一些乡宦，晁夫人低价粜谷救荒，乡宦们捐米煮粥帮那些连低价谷也买不起的穷人渡命，总算把这个荒年挨了过去。

这是晁夫人独立行的第二件大善事。

此后，晁夫人作为晁氏家族事实上的家长，处理了族中的很多纠纷。晁无晏和晁思才是族中的两霸，所有的坏事都是这两个家伙挑起来的。但是这两个家伙都没有得到好结果。晁无晏的后老婆等他一死，就带着他一生坑蒙拐骗来的家产跟人走了，留下个八岁的儿子小琏哥没人照管。为了霸占晁无晏的田产，晁思才将小琏哥强拉到身边，百般虐待，只盼这孤儿一死，好将财产收入自己囊中。也是多亏晁夫人出面，才保了这孤儿一命。晁思才没有儿女，死后所有的财产被族人分了个干净，她的老婆也多亏晁夫人收留，才不至于被拉出去卖掉（一个六七十岁的老婆子，估计也卖不掉）——这对一生分人绝产、卖人老婆的晁思才来说实在是莫大的讽刺。

天佑善人，使晁夫人长命百岁。但在她百岁之后，当地又遭遇了一场饥荒。这场饥荒虽是天灾，但更是人祸。

> 县官惟怕府道呈报上去，两院据实代题，钱粮停了征，米麦改了折，县官便没得伍弄，捺住了呈子，只是不与申报；钱粮米麦，照旧勒了限，五日一比，比不上的，捞子夹棍一齐上。

除了钱粮外，还要交漕粮。交钱粮已经让老百姓倾家荡产，又哪有钱交什么漕粮，可是县官为了自己的好处，完全不顾百姓的死活。起先比较里长催头，后来点拿花户，拿将出去，打顿板子。两三个人连枷枷将出来，棒疮举发，又没有饭吃，十个定死五双。满眼里看见的，不是戴枷的花户，就是拖锁的良民；不是烂腿的里长，就是枷死的残骸。

晁夫人看不下去，拿出一千三百石米，将全县百姓欠下的漕米全部缴清了，连铁石心肠的县官也感动了，趁着晁夫人生日，与晁夫人挂了一面绿地金字"菩萨后身"的门匾。晁夫人又将城中每年常平出入的米谷发出来平粜济民，又叫各庄上将那漕米碾下的细糠，运进城来，舍与那籴不起米的贫户。到了次年开春，农事将动，晁夫人又借与他们牛粮种子，劝他们复业归农。晁夫人的义举经地方官上达皇帝，皇帝颁下圣旨，赐予晁夫人三品诰命（晁夫人原为六品诰命，称为晁宜人，三品诰命谓之淑人）。

这是晁夫人独立行的第三件大善事。

晁夫人一百零五岁时弃世升仙，做了峄山神，还几次显圣。

关于晁夫人这个人物形象，很早就有论者注意到儒家思想对这个人物的影响。应该说，这种观点是颇有见地的。晁夫人的行为至少在以下几个方面符合儒家行为准则：

一是孝悌齐家。儒家修身，是从孝悌齐家开始的。《大学》里讲"修身，齐家，治国，平天下"，《弟子规》里讲"首孝悌"。晁夫人行善事也是首先从规劝丈夫和儿子行善开始的。在丈夫儿子死后，晁夫人行善也是从分田睦族开始，然后才扩大到自己庄上，进而扩大到一方百姓。

二是仁者爱人。除了以上所述的三件事外，小说中晁夫人做的事情还很多，比如说善待亲家（计氏因晁源自缢而死，晁家也吃了官司，晁、计两家由亲而怨，晁夫人的善行化戾气为祥和），为儿子年老无依的师娘养老送终，收留无依无靠的老人等，都体现了儒家仁者爱人的思想。

三是忠恕。孔子讲："吾道一以贯之，忠恕而已。"晁夫人虽然是一届草民，但也常怀为君分忧为民解难之心，这就是忠。晁夫人对曾经到她家打砸抢的族人，包括两个族霸晁无晏和晁思才都不计前嫌，以德报怨，这就是恕。

四是弘毅。《论语》说，"士不可不弘毅"。为什么呢？因为任重道远——仁以为己任，不亦重乎？死而后已，不亦远乎？晁夫人在行善的过程中，也曾遭遇到各种各样的干扰，但晁夫人都能不为所动淡然处之，看准目标走到底。对此，小说里是这么写的：

> 但凡人做好事的，就如那苦行修行的一般。那修行的人修到那将次得道的时候，千姿百态，不知有多少魔头出来琐碎。你只是要明心见性，任他甚么蛇虫毒蟒，恶鬼豺狼，刀兵水火，认得都是幻景，只坚忍了不要理他，这就是得道的根器。
>
> 若到其间，略有个怯惧的心肠，却不把弃家修道几年苦行的工夫可惜丢吊了？
>
> 晁夫人一个女流之辈，倾囊拿出一万四五千谷赈济那乡里饥民，这只怕那慷慨的男子也还做不出的事，她却轻省做了，却不知道也受了多少的闲气。

所以说，晁夫人的行为符合儒家行为规范，这是无疑的。那么儒家行为规范又是如何深入到晁夫人的心里的呢？小说中讲了个"学匠"的故事。

> 可煞作怪，那晁夫人虽是个富翁之女，却是乡间住的世代村老。他的父亲也曾请了一个秀才教他儿子读书，却不晓的称呼甚么先生，或叫甚么师傅，同了别的匠人叫做"学匠"。一日，场内晒了许多麦，倏然云雷大

作起来，正值家中盖造，那些泥匠、木匠、砖匠、铜匠、锯匠、铁匠，都歇了本等的生活，拿了扫帚木掀来帮那些长工庄客救那晒的麦子。幸得把那麦子收拾完了，方才大雨倾将下来。那村老儿说道："今日幸得诸般匠人都肯来助力，所以不致冲了麦子。"从头一一数算，各匠俱到，只有那学匠不曾来助忙。又一日，与两个亲眷吃酒，合那小厮说道："你去叫那学匠也来这里吃些罢了，省得又要各自打发。"那个小厮走到书堂，叫道："学匠，唤你到前边大家吃些饭罢，省得又要另外打发。"惹的那个先生凿骨捣髓的臭骂了一场，即刻收拾了书箱去了。

这个故事放在晁夫人亮相之初，显然是有用意的。因为紧接着，小说又写到：却不知怎的，那晁夫人生在这样人家，他却晓得异样尊敬那个西宾，一日三餐的饮食，一年四季的衣裳，大事小节，无不件件周全。

从以上文字中，我们可以清楚地看到晁夫人行为与儒家思想之间的联系。

读完整篇小说，你可能会有一个很奇怪的发现，所有人物中，对儒家思想信仰得最诚践行得最真的，不是不好好读书的狄希陈，不是聪明多智名士终老的薛家兄弟，也不是少年高第飞黄腾达的相于廷，甚至也不是那少得可怜的几个清官循吏（当然贪官污吏就更不是了），而是一个没有上过学读过书的老寡妇——这真是个绝大的讽刺！

这绝不是偶然，这里有作者深沉的寄托。

对现实的不满与批判代表着人类永不满足的创造精神，是人本真精神的集中体现。对现实的批判深度则是衡量文学作品艺术价值的的重要标准——没有哪一部优秀的文学作品来自对现实世界的歌颂。《醒世姻缘传》对现实世界基本上持一种否定的态度：在《醒世姻缘传》里，贪官污吏远比清官循吏多得多，就算是像狄希陈、相于廷，还有吴推官、周景杨这些人，也都是些一心只为稻粱谋的庸官，至于胥吏，则无一例外是残民的豺狼。作者对这个豺狼当道的世界，显然是极端失望以至于绝望的。但是，完全的绝望者，是无法在这个世界上活下去的。人活在世界上一天，即必须为这一天保留一种希望。所以热爱生命的人，在任何时候，都不会完全绝望。即使明知现实世界里看不到希望，也会在幻想中留一份希望。

晁夫人就是这种幻想的产物。既然在须眉男子中找不到一个真正造福苍生的儒者，既然在学而优则仕的官员中找不到一个真正"修齐治平"的君子，不如就幻想在女子中出现这样一个人吧。

我这么说，当然是有依据的。作为仁慈与智慧的象征，晁夫人所做的善事大多是在夫死子亡后做的，当丈夫和儿子在的时候，晁夫人不是没有善心，可是她所有的善念都只能化为语言的泡沫消失在污浊的世界。女子可以离开男子，男子离不开女子（在狄员外家里，向来是狄婆子当家，狄婆子病倒后，狄员外感觉就像天塌了一样，幸好又有一个女子——调羹把它顶了起来），男子不仅自己不能行善，而且已成为女子行善的障碍——这就是作者要告诉我们的。

所以，对所有认为《醒世姻缘传》歧视女性的观点，我都不屑一顾。

但是，我并不认同作者的幻想。世界的堕落与性别无关，男人把这个世界搞得一团糟，换了女人未必就好些——她们或许看起来好些，那只是因为，她们不曾掌握权力。我虽然不知道我们人类未来的希望在哪里，但肯定不是母系社会的复辟。

其实，西周生对此也未尝不是心知肚明，否则，他又何必塑造出素姐、龙氏、珍哥……这样一些令人恶心的女性呢？

数月前，我读过一篇鸿文。文章用十分不屑的口气说，晁夫人所做的都只是些周济族里和乡邻的事情，实在不值得作者捧得那么高。对持这种高论的高人，我想问一问，您所说的善行的标准是什么呢？我算了一下，晁夫人两次济荒，共用米谷近万石，合现在约二百万斤，以现在的市价算约值人民币四百万，至于分给族人的四百亩地，现在值多少钱，高人也应当很清楚。我想问问这位高人，您现在拿了多少钱做慈善？

在我们国家，有一种非常怪的风气，就是对做好事中出现的不足，其批评要远远多于对做坏事的批评。过去，我们讲严以律己、宽以待人，现在则是倒过来，宽以律己、严以待人，宽以律恶、严以待善，自己不做善事，还不让别人高高兴兴地做。

这是我们这个社会的悲哀。

可怜之人必有可恨之处

《醒世姻缘传》里出现的妾很多，着墨较多的有五个：珍哥（晁源之妾）、春莺（姓沈，晁源的父亲晁思孝之妾）、调羹（狄员外之妾）、龙氏（薛教授之妾）、寄姐（狄希陈之妾）。这五个妾各有特点：珍哥淫荡，春莺贤惠，调羹能干，寄姐泼辣，至于龙氏呢？就不是一个词能够概括的了。

因为薛婆子没有生养，薛教授在五十二岁时娶了龙氏为妾（当时龙氏的年龄不详，上限应不过三十，下限当在十五六之间），龙氏果然不负所望，先后为薛家生下了一女三男四个孩子。

尽管如此，龙氏在薛家的地位仍然很低。她虽然生了四个孩子，但这些孩子名义上讲都不是她的，他们称薛婆子为娘，喊龙氏为姨。龙氏甚至连见客的资格都没有。

小说里一共写了龙氏的两次见客，一次是狄希陈结婚前，狄婆子到薛家上头（古时结婚礼仪之一，结婚前男家上女家为新娘子梳妆，礼物为鸡鸭鱼肉和酒之类，现在很多地方还保留着这种风俗），喝酒喝到中途，狄婆子突然记起请龙氏出来相见，薛婆子是这么回答的："他看着人做菜待亲家哩。等亲家临行，叫他出来相见。"——在狄婆子是客气（吃到中途才记起），在薛婆子是托词，双方心照不宣，所以直到狄婆子告辞，也没见龙氏出来。

第二次是巧姐出嫁前，狄婆子上薛家去铺床（也是古时结婚礼仪之一，结婚前女家将嫁妆送到男家，并铺好新人婚床，现在很多地方也还保留着这种风俗）。将要递酒上座时，狄婆子提出请龙氏相见（比上次要早些哟），薛婆子是这么回答的："只怕他使着手哩，少衣没裳的，怎么见人？你去叫她出来么。"无奈众人坚持，龙氏总算出来了：众人且不递酒，等了一会，龙氏穿着油绿绉纱衫、月白湖罗裙、白纱花膝裤、沙蓝绸扣的满面花弯弓似的鞋，从里边羞羞涩涩的走出来与众人相会。见是见了，但就在众人你谦我让地坐下后，龙氏告辞，说后边没人照管，遍拜了几拜，去了——没有人想起为她安排座位，似乎请她出来就已经够了。

不仅如此，龙氏有时还要挨打。狄希陈和素姐吵架，素姐骂狄婆子，狄希陈回骂龙氏，结果被素姐打了一顿，接着，狄婆子又把素姐也打了一顿，龙氏知道后很不平，扬言等巧姐过门后，也要儿子骂姓相的，也要打巧姐，触恼了薛教授。只见薛教授猛熊一般从屋里跑将出来，也没言语，照着龙氏脸上两个酽巴掌，打的象劈竹似的响；腿上两脚，跺了个趔趄；又在身上踢了顿脚。薛婆子一面劝丈夫不要动粗，一面批评龙氏不该教坏了孩子。

龙氏走到自己房里闩上门，一边哭，一边骂说："贼老强人割的！贼老强人吃的！你那爹不打我，我生儿长女的你打我！我过你家那厌日子！贼天杀的！怎么得天爷有眼，死那老砍头的，我要吊眼泪，滴了双眼！从今以后，再休指望我替你做活！我抛你家的米，撒你家的面！我要不豁邓的你七零八落的，我也不是龙家的丫头！

这是龙氏第一次挨打。

狄希陈上京后，薛教授怕素姐搅得狄家不安宁，就将素姐接回了娘家。镇东有一个三官大帝庙，七月十五中元节是地官大帝生日，庙里举行盂兰盆会，放河灯。素姐想去看，薛婆子不准，龙氏却是力挺，薛教授假意准了。然后呢?

薛教授说龙氏道:"你看,那脸上的灰也不擦擦。"龙氏拿着袖子擦那脸上。薛教授道:"你靠近些,我替你擦擦。"龙氏得意的把头摇了两摇,仰着脸走向前来等着擦灰。薛教授就着势,迎着脸括辣一个巴掌,一连又是两个,骂说:"我把你这个贼臭奴才……

因为无论屋里屋外都备受轻视,所以龙氏对婚姻中的嫡庶差异非常不满。

狄希陈第二次被素姐关禁闭后,狄员外万般无奈,只好请薛如卞帮忙,薛如卞利用素姐害怕鹞鹰的心理,用一只鹞鹰救出了狄希陈,素姐也因惊吓过度病倒了,狄家派人请薛夫人去看看。因为上次狄希陈被关禁闭时,薛婆子上门解劝,结果被素姐扫了面子,所以这次就不肯去。

龙氏道:"既是娘不肯去,我去看他看罢。"薛夫人道:"小老婆上亲家门去,你不怕人轻慢,只管请行,我不管你!"龙氏喃喃呐呐的道:"怎么?大老婆头上有角,肚下有鳞么?脱不了小老婆长着个屄,没的那大老婆另长的是屌!开口就是小老婆长小老婆短的哩!"

对丈夫薛教授,龙氏也没有什么感情。素姐气死狄婆子后,被相妗子痛打了一顿。龙氏知道后,气得不行,要薛家兄弟带人去打相妗子,薛如卞和薛如兼恨素姐气死了婆婆又顺带气死了父亲,心里还颇为感谢相妗子。薛如卞道:"他要不是你的(应为"我的")姐姐,他把我一个旺跳的爹两场气气杀了,我没的就不该打他么?这是俺不好打他,天教别人打他哩!"龙氏道:"哎哟!你小人儿家只这们悖晦哩!你爹八十的人了,你待叫他活到多咎?开口只说是他气杀了他;要不气杀他,没的就活到一百?"薛如兼道:"你这么望俺爹死,亏他气杀了;她要不气杀爹,你也一定就烧个笊篱头子了!"(北方有一句方言叫做'恨人不死烧笊篱',说的就是这种风俗:某人久病不死,亲属们倦于继续服侍,就拣不用的笊篱烧化,并祷告病人早日归天)

除了素姐这个宝贝女儿,龙氏对薛家其他人都充满了敌意。素姐要上泰山，龙氏鼓动薛家兄弟为素姐践行，二薛本就认为素姐上泰山是件丢脸的事，当然不同意为素姐践行。龙氏一声大哭："我的皇天呵！我怎么就这们不气长！有汉子，汉子管着；等这汉子死了，那大老婆又象蚂蚍叮腿似的；巴着南墙望的大老婆死了，落在儿们的手里，还一点儿由不的我呀！皇天呵！"

说老实话，对于龙氏心中的仇恨，我表示出自内心的理解。是啊，如果一种制度使所有的人都可以轻视我，可以作践我，我肯定也会对它充满仇恨——我痛恨一切明目张胆主张不平等的制度。

但是，各位读者，千万不要把我和龙氏归入一类——她后来做的这些事我可做不出来。

素姐玉皇庙受辱后，不怪自己不检点（我说的不检点，不是说她不该去庙会，而是说她不该和一个臭名远扬的女子一起去庙会），反怪狄希陈没有跟随保护，将狄希陈胳膊上一坨肉差点咬下来。狄员外气极，嚷着要狄希陈将素姐休了，素姐一气之下回了娘家。当时薛教授夫妇都已过世，龙氏当仁不让，上狄家兴师问罪。

龙氏一把手扯着薛三省媳妇，就往外走，径到狄员外家。那时太平景象，虽是掌灯的时节，大门未闭。龙氏径到狄员外住房窗下，问说："狄亲家家里哩？我说句话。"狄员外问说："是谁哩？"调羹往外来看了看，说："我也不认的是谁。"龙氏道："我是小春哥他们母亲。"调羹趋到跟前，望着薛三省娘子看道："原来是你！请到明间里坐。"

龙氏道："说亲家主着，叫女婿休俺闺女，是真个呀？问亲家：俺闺女犯的甚么该休的罪？亲家说说，叫我知道，我领了休书去。"狄员外在房里应道："要我说你闺女该休的罪过，说不尽！说不尽！如今说到天明，从天明再说到黑，也是说不了的！从今日休了，也是迟的！只是看那去世的两位亲家情分，动不的这事。刚才也只是气上来，说说罢了。"龙氏道："怎么说说就罢呀？待做就做，才是好汉哩！见放着我，又看去世的情分哩！"狄员外道："黑了，你家去罢。你算不得人呀！"

龙氏就等撒泼。薛三省娘子道："狄大爷满口的说没这事，你只管往前赶，我是待往家去哩！"就待往外跑。龙氏才合薛三省娘子雌没答样的往家去了。

客观地讲，龙氏上门问罪，虽然谈不上理直气壮，但是狄家如此轻视，也确实过分：整个过程中，狄员外根本不曾出门来，还说龙氏"你算不得人呀"。龙氏怎么就算不得人呢？不就是因为她是一个小老婆吗？

可是，这样一次丢人的经历，龙氏回家以后，却被描述成这样子：

> 龙氏从狄家回去，扬扬得意说道："你们没人肯合我去，我怎么自家也能合他说了话来！"薛如卞弟兄两个都在各人房内，依旧不曾出来。素姐问说："你去曾见谁来？说些甚话？"龙氏道："我一到大门，人就乱往里传说：'薛奶奶到了。'你家那老调（调羹本姓刘，一般称刘姐。龙氏喊调羹为老调，其心可诛：作为小老婆的龙氏忌恨大老婆薛婆子，又轻视同为小老婆的调羹，正所谓恨人有笑人无，可恶），一手拉着裙子，连忙跑着接我，说：'薛大娘坐轿来么？是步行了来的？'流水往里让我，就叫人擦桌子，摆果菜，要留我坐。叫我也没理他。我问：'狄亲家呢？你叫他出来，我合他说三句话。'你公公躲在里间，甚么是敢出头！只说：'天黑了，不敢见罢。有甚么话，请凭分付。'又叫老调，'快替你薛大娘行礼留坐。'我说：'小女作下甚事，要写书休他？我敬来问其详细。'你公公说：'亲家听何人所言，这个岂有此理！亲家是甚等之人，我敢兴这等的欺心？令小女他是想家之心，回家走走，不待住，就请回来。'我说：'既没敢有这事，我且去罢。'你公公又叫调羹死乞白赖拉着，甚么是肯放！只说：'薛大娘上门怪人？略饮三杯，足见敬意。'叫我也没理他来了。"

这是我最为龙氏感到悲哀的地方。这个制度让她饱受屈辱，可是她最大的愿望竟然还是做一个制度下的"薛奶奶"！现实中做不了，就在幻想中满足自己。鲁迅先生一生不大瞧得起《醒世姻缘传》，殊不知他所写的阿Q精神，早在三百年前就出现在西周生笔下了。

我觉得这不仅是龙氏的悲哀，也是当今很多中国人的悲哀：对身边几乎无所不在的贪腐，这些人说起来总是深恶痛绝，一副义愤填膺的样子，可是只要有机会，还是拼命地往体制里钻，公务员当不了，事业单位也可求其次，就是自己做不了，有一个做官的相识也是足以值得炫耀的——不知道大家是否想起了《围城》里的陆子潇：

（陆子潇）讲话时喜欢窃窃私语，仿佛句句是军事机密。当然军事机密他也知道的，他不是有亲戚在行政院，有朋友在外交部么？他亲戚曾经写给他一封信，这左角印"行政院"的大信封上大书着"陆子潇先生"，就仿佛行政院都要让他正位居中似的。他写给外交部那位朋友的信，信封虽然不大，而上面开的地址"外交部欧美司"六字，笔酣墨饱，字字端楷，文盲在黑夜里也该一目了然的。这一封来函，一封去信，轮流地在他桌上妆点着。大前天早晨，该死的听差收拾房间，不小心打翻墨水瓶，把行政院淹得昏天黑地，陆子潇挽救不及，跳脚痛骂。那位亲戚国而忘家，没来过第二次信；那位朋友外难顾内，一封信也没回过。从此，陆子潇只能写信到行政院去，书桌上两封信都是去信了。

对权力以及附着于权力的数不尽的特权的狂热向往，在我们这个国家实在是由来已久根深蒂固啊。

然而，在这个有权者通吃的时代，我们对这种行为也确实没理由过分指责。

这说明中国的民主化进程将是一个异常漫长的过程。

如果仅仅是幻想成为"薛奶奶"，我对龙氏将会充满同情，而事实上，我对龙氏的厌恶要远远多于怜悯。我之所以厌恶她，是因为她是全书中最跳梁最善于挑拨是非的女人，她不是不讲是非，而是根本没有是非。（这一点，我就不举例了，素姐的几乎每一项恶行都可以得到她的支持）她的这个缺陷让我觉得她所受的一切轻视都无不是应该的。

三个半"半边天"

《醒世姻缘传》里除写了晁夫人这个善女人外,还写了三个半精明能干的女人:薛婆子、狄婆子和童奶奶——调羹因为身份低微,行动多有限制,只能算半个。

俗话说,女人能顶半边天,这几个女人在家里顶起的可能还不止半边天。有事为证:

素姐将狄婆子和薛教授气得同时中了风,但是两个家庭的状况却大不一样:薛教授家中因为有薛婆子支撑,所以薛教授的中风对薛家的日常生计几乎没有什么影响。而狄家呢,因为平时里里外外都是狄婆子料理,所以狄婆子病倒后,狄家"就如塌了天的一般"。

从以上文字,我们可以看出两个婆子在家中的地位。

狄家情况后来之所以有所好转,是因为有了调羹这个人。

自从有了这调羹进门,这些一应服侍,全俱倚仗他。他起五更睡半夜与主母梳头、缠脚、洗面、穿衣、端茶、掇饭,再也没些怨声……他的身量又大,气力又强,清晨后晌,轻轻的就似抱孩子一般。三顿吃饭,把桌子凑在椅前,就象常时一样与狄员外、狄希陈同吃。外边的事,狄婆子也可以管得着,也可以看得见,去了许多闷气,便就添了许多饭食。狄婆子说:"千亏万亏,亏不尽寻了这个人,只怕也还可以活得几年。若不是这等体贴,就生生的叫人憋变死了!"

又待了许久,狄婆子见的调羹至诚忠厚,可以相托,随把家事与房中箱柜的钥匙尽数都交付他掌管。他虽也不能如主母一了百当,却也不甚决裂。凡事俱先到主母前禀过了命,他依了商议行去,也算妥贴。且是薛如兼一过新年,与巧姐俱交十六岁,薛夫人恐怕巧姐跟着素姐学了不好,狄婆子又因自己有病,一家要急着取亲,一家要紧着嫁女,狄婆子自己不能动手,全付都是调羹料理。

家中有了这等一个得用的人,狄婆子也不甚觉苦,狄员外也不甚着极。只是素姐气得腹胀如鼓⋯⋯

至于童奶奶,文中则安排了第七十回专门为这个女强人立传。

童奶奶的丈夫叫童七,做着祖传的乌银生意。因为心太狠——他父亲做乌银首饰,用的是七分铜三分银,到童七手里,就连一分银子也不用了——全是铜,眼见着生意日渐萧条。因为生意萧条,合伙人东厂都督小陈公分不到红,就决定撤资。童七拿不出银子还给小陈公,就将店中的六百两乌银首饰抵作六百两银子还给了小陈公。后来,小陈公要用这些乌银首饰赏人,拿出一看——全长铜锈了。小陈公大怒,派人将童七抓了去,关进了东厂。

虎哥飞奔回家报信,童奶奶一面埋怨丈夫,一面打点营救:拿过个首帕来蓁了蓁头,换上了件毛青布衫,脱了白绫裙子,问门吴嫂儿借了条漂蓝布裙子穿上,腰里扁着几百钱,雇了个驴,骑到太仆寺街四眼井旁边管东厂陈公外宅,下了头口,打发了驴钱,往门里竟闯。

小陈公是东厂提督,门口少不了有看门的。童奶奶又是第一次来,看门的肯定不让进。可是童奶奶呢?她没有探头探脑,没有畏畏缩缩,而是二话不说,直接往里闯,不像是来求人的,倒像是讨账的。

看门的人叫任德前,就是认得钱,赶紧喝住,童奶奶这才装出看到看门人的样子,说道:"我不晓的新近立了规矩,我只还当常时许我不时的走来。"看门的问你是谁,童奶奶就说我是谁谁,然后,童奶奶将身上带的三百黄钱递到任德前手里，说："这几个钱送与爷买钟酒吃，烦爷替我禀声。"看门的见童奶奶有眼色，又有几分姿色，便满口答应道："这大街上不便，奶奶请到门房，屈待略小坐一会儿，我替奶奶禀去。"

任德前收了钱，当然要替童奶奶把事办好。他当然不敢对小陈公说童奶奶是来要人的，而是说童奶奶是来代丈夫赔罪的，并且在不经童奶奶允许的情形下，自作主张，以童奶奶的名义将童七臭骂了一顿，小陈公一下子心花怒放，立马传童奶奶进去。

童奶奶见了小陈公后，就汤下面，又把丈夫给痛骂了一顿，同时也把小陈公给歌颂了一番，小陈公喜得抓耳挠腮，问："你的意思是待怎么？"

童奶奶等的就是这句话。那么对这个期待已久的问题，童奶奶是怎么回答的呢？童奶奶先说："小的的意思：这们忘恩负义的人，发到理刑那里监追，打杀也不亏他。"接着，童奶奶话锋一转："只是小男小女都要靠他过日子，天要诛了他，就是诛了小的一家子一般。"最后，童奶奶说出了此行的目的："望老公挈他回来，叫他讨个保，叫他变了产赔老公的，免发理刑追比。"

因为有了前面的铺垫，小陈公心里很是舒坦，爽快地答应了童奶奶，并且答应将那些长了锈的乌银首饰抵三百两，只要童家还三百两，限两个月交清。

童七被叫到理刑衙门，以为是难逃一死了，没想到童奶奶一出马，竟然这么轻易地把他给捞了出来，而且还免了三百两纹银，简直就是喜出望外。但童七仍不知足，与童奶奶商量，让她想个办法，把剩下的三百两也免了算了。他觉得自己的老婆既然能说得小陈公免三百两，剩下三百两，也应该不难。谁知童奶奶一口回绝："你别要这只管的不足，那内官的性儿是拿不定的，杭好杭歹，他恨你咬的牙顶儿疼……我绰着经儿，只望着他那痒处替他蒯。他一时自在起来，免了这三百两不叫咱赔，又宽了两个月限。你安知他过后不悔呢？三百两银，六个大元宝哩！他寻不出别的支节来，没及奈何的罢了。你再去缠他，或是过了他的限，

今朝醉梦，人世百态　　205

他借着这个,翻过脸来说道:'我倒饶了你一半,宽限了两个月,你倒不依?好!我不饶你,还要那六百两,也不准宽限,我即时就要哩!'你可怎么样的?"

为了不让小陈公反悔,童奶奶让童七凑了一百两银子,先给小陈公送去。童七再不敢自作主张,一切按童奶奶说的办,钱也由童奶奶送到小陈公府上。这一次,童奶奶给太太的礼物是一斤橄榄和四个佛手柑——当然也没有忘记给看门的"认得钱"送上一个银戒子。"认得钱"得了好处,忙不迭地为童奶奶说好话。小陈公不在家,见童奶奶的是陈府太太。

童奶奶答应了,不慌不忙走到正厅内,朝上站定说道:"太太请上,小的磕头。"太太说:"你来到我家是客,不磕头罢。"童奶奶道:"替太太磕破了这头,也报不了太太的恩来哩。要不是太太救着,俺娘儿们可投奔谁?太太可是活一千岁成佛作祖的阿弥陀佛!"一边说,一边吊桶似的上去下来磕了四双八拜。

太太道:"你端个小杌儿来让客坐下。"童奶奶道:"好太太呀!太太跟前敢坐,待要折罪杀呀!"太太道:"你矮坐着怕怎么?你坐着,咱娘儿们好说话。你摸在旁里只管站着,不怕我心影么?不知怎么,我乍见了你就怪喜欢的。"童奶奶忙道:"这是小的造化,投着太太的喜缘。"又朝上与太太磕头告坐,在那暖皮杌子上坐下,又说:"刚遇着才到的佛手柑,不大好,要了两个儿进与太太合老公尝新。"太太道:"新到的物儿贵的怕,你紧仔没钱哩,教你费这个事。"童奶奶道:"孩子外头端着哩,太太分付声,叫人端进来。"太太说:"既费了事,叫人端进来去。"还是刚才那个老妈妈子走到宅门内,击了一声云板,外边接着,分付道:"把客送盒儿端进来。"不多一会,外边传进盒子,端到太太面前。揭开盒盖,满屋里喷鼻清香,太太说:"好鲜果子!今年比年时到的早。不知进过万岁爷没有?收到我卧房里去。"

就这样,陈太太和童奶奶聊起天来,一直聊到日落,童奶奶把一百两银子交给陈太太。陈太太赏了十个金豆豆,三十个银豆豆。

小陈公回来后,太太将银子交给小陈公,并且将童奶奶着实夸奖了一番:"童银的媳妇好个人儿,识道理,知好歹,通是个不戴帽儿的汉子,昨日来交了一百两银子,送了四枝佛手柑,一些橄榄。我赏了他几个豆儿,留他吃的饭去了。"陈公道:"我全是为他省事,我饶了他三百两银。后来我又悔的,轻易就饶他这们些。我心里算计:他要违了我的限,可我还不饶他。"

读到这里,不得不佩服童奶奶有先见之明。

收下银子,小陈公又问:"他怎么老早的就交了一百两?"太太道:"他合我说来,他说变换了这几两银子,依着他汉子还要留着赚换赚换,他恐怕又花了,辜负了你的恩,宁可随有随交罢。"陈公道:"好呀,这童银怎么就有这们个好媳妇儿!他要等不满限还了我的银子,我还把那些铜夯杭子赏给他,叫他拿着再哄人去。"

不到三个月,童家还清了三百两银子,小陈公果然把那六百两假货还都给了他。这样,在童奶奶的打点下,一场泼天大祸就这么烟消云散了。

童七仍旧做乌银生意,又怕小陈公怪,就让童奶奶去说,童奶奶不仅说得小陈公允了,还借了一百两银子给他们做本钱。

这一次童奶奶带去的礼物是一只八哥和一只艾虎。艾虎又叫艾鼬,是生活在北方山区的小型毛皮动物,成年艾虎身长30~45厘米,尾长12~20厘米,童奶奶买的艾虎只有拳头大,应该是只未成年的艾虎。

这一次,童奶奶反其道而用之,先把自己的来意摆出来:"小人的意思,好支虚架子儿,没等一个钱,就支十个钱架子,其实禁不得磕打。昨日还了老公那点东西儿,也就刷洗了个精光。看着的抱着瓢的火热,不料老公从云端里伸下手来,待提拨哩,把那些铜夯杭子赏给了。这是俺家祖辈久惯的营生,梅洗梅洗,把那旧的整治新了,拿着哄人,胡乱骗饭吃,还要在前门外寻点铺儿,开个小乌银铺。旧日的主顾,想已是哄的怕了,再哄那新头子。铺儿有了,一点家伙儿没有,还向老公乞恩,把那旮铺子里的卧柜,竖柜,板凳,赏借给使使。"

小陈公听在耳里,问了一句,有钱买马,还怕没钱买鞍?你们不是

还有一幢房子吗,我看挺齐整的,卖了不就什么都有了吗?亲爱的读者,如果你是童奶奶,你怎么说呢?且看童奶奶的回答:

"还说哩!他可不每日只待卖那房子,说:'为甚么拿着银碗讨饭吃?'小的说他:'这房儿是老公看顾咱的,是你祖父分给咱的呀。老公看顾你一场,你合我里头住,就合爷娘分给孩儿们的屋业。孩儿们守着,爷娘心里喜欢;孩儿守不住,卖得去了,虽是分倒给你的,爷娘心里喜欢么?你诸务的没了,单只这两间房,驴粪球儿且外面光着。你再把这几间房卖了,咱可倒街卧巷的?咱处作自受的罢了,可叫人说:你看那陈公的伙计童银一家儿卖了房讨吃哩。人问:'那个陈公?是见今坐东厂的陈公哩?这可是替老公妆幌子哩么?'"

这童奶奶的口才真是一等一啊,明明是自己不想卖房子,却说是怕卖了房子丢小陈公的脸。果然,小陈公就上了道了:

"你说的是呀。他要不这们十分的狠,坏了生意,我也不收了本钱来。他作孽罢了,难为带累你这好人合他过苦日子。——也罢,我借一百两银子给你,算你向我借的。你一年只给我十两银子的利钱,别落他的手。赚的钱,你吃,你穿,也别要管他。你赚的好了,你可慢慢的陆续抽本钱还我。那铺子里的厨柜没有了,连铺子都一齐赁了与人。我另有,我叫人寻给你,你叫人来抬去使。"

够厉害的吧。整个事件中,童奶奶可以说是无往而不利,她凭借一张巧嘴,再加上些小礼物,就将所有的"墙"都变成了"路"。这童奶奶,搁到现在,做个把公关公司老总,应该是绰绰有余了。

老子曰:知人者智,自知者明。童奶奶对各色人等可是看得透透的:太监喜欢什么,太监老娘喜欢什么,看门的喜欢什么,童奶奶一清二楚;太监当时怎么想,背后又怎么想,还有自己的老公怎么想,童奶奶心里也都一本账明明白白。

这是怎样一种智慧呢?

童奶奶的特写到此结束,关于这个中年女人的一切,留给读者去思考。在后面的故事里,在小珍珠死后,在狄希陈遭到恶邻的敲诈时,童奶奶也曾出面，仍然有过精彩的表演，只是那时，主角已换成了两个胥吏——此中情节，前文已叙，不再重复。

　　作者写这三个半半边天，用意是为晁夫人做羽翼，做陪衬，如果没有这三个半人，晁夫人就显得孤单，显得突兀。如果说写晁夫人的重点在济世救民，那么写这三个半人重点则是当家理事，两者合起来，刚好表现了一个女人的完整的价值——从这三个半女性身上，我们也可以看到，传统的男主外女主内的家庭分工模式已经开始松动——这是社会学研究者关注的问题。

没有实力一样称霸

晁无晏是晁思孝的族孙,晁思才是晁思孝的族弟,也是晁氏家族的族长。书中说这是两个光棍,也是两个族霸。我觉得这是两个非常有意思的人物。大凡称为"霸"的,总有几分实力,比如春秋五霸和数不清的某乡一霸等。可是晁无晏和晁思才都谈不上有多大势力,所以他们的所作所为,恶霸的成分少,无赖的成分多。

这两个家伙都是那种想发财想得发狂的人——这样的人无论什么时候都很多。这两个家伙一不做官,二不做买卖,种田也没有什么特别的门道,怎么发财呢?那就只能想方设法把别人的变成自己的。可是怎么把别人的变成自己的呢?偷吧,没有那个技术。抢吧,没有那个身手。这两个家伙不约而同想到了"赖"——不需要技术,也不需要身手,捡几句歪理,把脸不要,就行了。

下面我们就来看看这两个人的行状。

晁源死后,晁无晏和晁思才认为晁夫人已经成了绝户,就开始打晁家万贯家财的主意。他们纠集了全族人(其实也就八户人家),每人出了份子,拿银子买了一个猪头、一只鸡、一条烂鱼、一陌纸,以吊孝为名,上了晁夫人家。

（这些人）见了晁夫人，都直了喉咙，干叫唤了几声，责备晁夫人道："有夫从夫，无夫从子。如今子又没了，便是我们族中人了。如何知也不教我们知道？难道如今还有乡宦，还有监生，把我们还放不到眼里不成！"晁夫人道："自我到晁家门上，如今四十四五年了，我并不曾见有个甚么族人来探探头！冬至年下来祖宗跟前拜个节？怎么如今就有了族人，说这些闲话？我也不认得那个是上辈下辈，论起往乡里来吊孝，该管待才是。既是不为吊孝，是为责备来的，我乡里也没预备下管责备人的饭食，这厚礼我也不敢当！"

被晁夫人挡回去后，这些人并不死心。没过几天，这伙人又来到庄上，当时晁夫人已经回城里了，管庄的季春江招待这些人吃饭，连牲口也帮他们喂了。可这些人还是不满足，又向季春江要刚打下的麦子，季春江说麦子是有，但没有奶奶吩咐，不能给你们。晁思才还倒不曾开口，那晁无晏骂道："放你的狗屁！如今你奶奶还是有儿有女，要守得家事？这产业脱不过是我们的。我们若有仁义，己他座房子住，每年己他几石粮食吃用；若我们没有仁义时节，一条棍撵得他离门离户的！"这些人将季春江一阵好打，跟来的人就开始抢东西：那些老婆们，拿了褥套的、脱下布牵来的、扎住了袖口当袋的，开了路团在那里抢麦；连晁源灵前的香炉烛台也踹扁了，填在裤裆里的，将孝帐更是扯了个干净。

初战得胜，晁无晏和晁思才计议，决定趁胜追击："事不宜迟。莫叫他把家事都抵盗与女儿去了，我们'才屁出了掩臀'。我们合族的人都搬到他家住，前后管住了老婆子，莫教透露一些东西出去，再逼他拿出银子来均分，然后再把房产东西任我们两个为头的凡百拣剩了，方搭配开来许你们分去。"众人俱一一应允，即刻俱各领了老婆孩子，各人乱纷纷的占了房子，抢桌椅、抢箱厨、抢粮食，赶打得那些丫头养娘、家人小厮哭声震地；又兼他窝里厮咬，喊成一块。

如果不是送客回来的徐知县（书中称"大尹"）刚好路过，这场丑陋的打砸抢还不知如何收场。徐知县下令守住前后门，见一个拿一个，放出一个人去重责五十板。晁思才在佛阁里被搜了出来，晁无晏躲在晁夫人床上的被子底下，也被搜了出来。徐知县对这伙人的处罚是：把晁思才、晁无晏带到县里发落；其余六个人，就在大门外每人三十大板，打完赶走。徐知县还吩咐把参加抢劫的十四个婆娘五个一排，拿下去每人三十板，晁夫人再三求情，免了。

  两个首恶到了县堂，每人四十大板，一夹杠，晁思才一百杠子，晁无晏因躲在夫人床上，加了一百杠，共二百杠子；叫禁子领到监里，限一月全好，不许叫他死。

  这是两个小丑的第一次丑陋表演。

  春莺生下晁梁（乳名小和尚）后，晁夫人也派人拿了红鸡蛋到族中各户去报喜。别家都去贺喜，只有晁思才担心晁夫人拿东西堵他的嘴，没有去，后来得知晁夫人待客非常热情，就买了两盒茶饼，打了一个银铃，上晁夫人家贺年（晁梁是十二月十六日出生的，正逢年下）。晁思才的贺词也忒有意思："嫂子可是大喜！我那日听见说了声添了侄儿，把俺两口子喜的就象疯了的一般，只是跳，足足的跳有八尺高！（乖乖，八尺高，将近三米！这老头可以报名参加2016年的里约奥运会）俺住的那屋，是也叫矮些，我跳一跳触着屋子顶，跳一跳触着屋子顶，后来只觉的头顶生疼，忘了是那屋子顶碰的。"

  这一天，晁思才的老婆和晁无晏的老婆还吵了一架。晁思才的老婆去得早，见了晁夫人，那嘴就象蜜钵一般，连忙说道："嫂子请上，受我个头儿；可是磕一万个头也不亏。那日要不是嫂子救落着，拿到大街上一顿板子，打不出我这老私窠子屎来哩！这事瞒不过嫂子，这实吃了晁无晏那贼天杀的亏，今日鼓弄，明日挑唆，把俺那老斫头的挑唆转了，叫他象哨狗的一般望着狂咬！"

  晁思才的老婆说这话的时候，还不知道其时晁无晏的老婆正在屋里，听晁思才的老婆败坏自己，哪里还忍得住，就从屋里冲了出来。倒把晁思才的老婆吓了一跳。

  晁思才老婆见了，连忙说道："嗳呀！你从多咱来了？"晁无晏老婆也没答应,只说:"呃!你拍拍你那良心,这事是晁无晏那天杀的不是?您一日两三次家来寻说,凡事有你上前,惹出事来你担着。后来你只捣了一百杠子,俺倒打了二百杠子,倒是人哨着你那老斫头的来?天老爷听着,谁烁谁,叫谁再遭这们一顿!"晁夫人道:"今日是孩子的好日子,请将您来是图喜欢,叫你都鬼吵来?您待吵,夹着屁股明日往各人家里吵去!我这里是叫人吵够了的了!"

这段吵骂让我明白,只要有狼狈为奸,就必然有狗咬狗——就算现在不咬,也是因为时候还早!

晁夫人晚年得子,心情不错,开始盘算:"我待把族里那八个人,叫他们来,每人分给他几亩地,叫他们自己耕种着吃,也是你爷做官一场,看顾看顾族里人。若是人多,就说不的了;脱不了指头似的排着七八个人,一个个穷的犟骡子气。咱过着这们的日子,死了去有甚么脸儿见祖宗!"晁无晏和晁思才接到邀请后,按照他们那龌龊的心理,还以为晁夫人要他们摊派坟地的钱粮赋税,都愤愤不平,可当得知摊派给他们的不是钱粮任务而是每家五十亩田外加五石杂粮五两银子时,他们的嘴脸就变了。

晁思才道:"阿弥陀佛!嫂子,你也不是那世上的凡人,你不知是观音奶奶就是顶上奶奶托生的。通是个菩萨,就是一千岁也叫你活不住!"晁无晏道:"你看七爷!活了你的么?就叫俺三奶奶活一万岁算多哩?"

一个比一个肉麻。

可是,对于贪得无厌的人来说,哪怕是瞬间的知足也是不会有的。晁思才奉承完,马上打起了歪主意:"我还有一句话,可极不该开口,我试说一说,只在嫂子。这如今俺三哥没了,我也就算个大的们了,嫂子把那庄上的房子都给了我罢。"被晁夫人毫不客气地顶了回来:"谁这里说你不是大的们哩?只是晚生下辈的看着你是大的们,在那祖宗往下看着,您都是一样的儿孙们。可说这房子,我都不给你们,留着去上坟,除的家阴天下雨好歇脚打中火。论这几间房倒也不值甚么。你这一伙子没有一个往大处看的人,鬼扯腿儿分不匀,把我这场好事倒叫您争差违碍不好。"

晁思才想的是房子,晁无晏想的则是耕牛:"一客不烦二主。俺们既做庄家,难道不使个头口?爽利每人分个牛与我们,一发成全了奶奶这件好事。"晁夫人当然也没有答应。

但是,贼心是不会死的:

> 晁无晏合晁思才起初乍听了给他每人五十亩,也喜了一喜,后来渐渐的待要烤火;烤了火,又待上炕;上了炕,又待要捞豆儿吃;没得捞着豆子,心里就有些不足的慌。二人的心里又待要比别人偏些甚么,不待合众人都是一样。他一个说是族长,一个又说是族霸。两个走到外边,恓恓插插的商量了一会进来,又合晁夫人道:"俺两个又有一句话合嫂子说:凡事也有个头领,就是忘八也有个忘八头儿,贼也有个贼头儿,没的这户族中也没个长幼都是一例的。俺寻思着不动嫂子的东西,把他六家子的银子,每家子减下一两来,粮食也每家子减下一石来,把这六两银子,合这六石粮食,我情四分,二官儿情两分。就比别人偏一个钱也体面上好看。"晁夫人道:"你两个的体面好看了,难为他六家子的体面就不好看哩。没的只你两家子是正子正孙,他们六家子是刘封义子么?"

契约签好后,晁夫人教训了晁思才一顿:"刚才不是我不依您的话,天下的事惟公平正直合秤一般,你要偏了,不是往这头子搭拉,就是往那头子搭拉。您即是分了这几亩子地,守着鼻子摸着腮的。老七,你别怪我说你。你既说是个族长,凡百的公平,才好叫众人服你。你承头的不公道,开口就讲甚么偏,我虽是女人家,知不道甚么,一向这个'偏'字是个不好的字儿。"

分田的事就这么过去了,这是两个歪人的第二次献丑。

在晁夫人第一次籴粮救荒的时候,这两个歪人又揽和了进来。

先是晁无晏自告奋勇要为晁夫人籴谷:

> "三奶奶,这籴万把石谷不系小事,如何不托孙子,倒托两个家人?我情愿来与三奶奶效劳。"晁夫人说:"晁书、晁凤左右都是闲人,叫他自己两人籴罢,不要误了你们的正事。"晁无晏道:"只怕他两个存心不善。这

样贵谷，三奶奶，你只要十二个钱一升，他每升多要四五文，就每升多要二三文，一二文，这就该多少钱哩？或将一石里边搀上四五升秕谷，或是精糠，三奶奶，你都那里查帐？若是我在里面，这事那个敢做！三奶奶，你粜一斗，是你老人家一石的福；如今为甚么丢了这们些粮食，你老人家又没积了福，叫别人赚了钱去？"

如果不是清楚晁无晏的为人，你难道不说他是个好人？可惜晁夫人实在太了解这个泼皮了，没有上这个当。晁无晏一计不成又生一计：

"既然三奶奶不用我粜谷，我替三奶奶看着煮粥罢。（当时晁夫人一面低价粜谷，一面设粥场救济那些连低价谷也买不起的穷人）"晁夫人道："你早说好来。我已是叫了晁近仁合晁邦邦他两个分管去了。"晁无晏道："这三奶奶别要管他，你只许了口叫我去看，他两个，我管打发他去，不用三奶奶费心。"晁夫人说："我即叫了他来，他正看得好好的，为甚么打发他去？叫他看着罢了。"

晁无晏雌了一头子灰，没颜落色地往家去了。他不敢把晁夫人怎样，却对晁近仁和晁邦邦记恨在心，故意地"装了两壶薄熬烧酒吃在肚子时，盖着那尿脸弹子猴屁股一般，跟踉跄跄走到粜谷所在（当时晁夫人和武乡宦已经分了工，晁夫人专管粜谷，武乡宦管煮粥，晁近仁和晁邦邦转而帮着粜谷）"，将晁邦邦一阵好骂。晁邦邦气极，要揍晁无晏，被晁近仁拦住了。但晁无晏终于没能免掉一顿打，收拾他的是郯城驿驿丞夏少坡。

晁无晏和晁邦邦正在吵架，听见官员喝道的声音，以为是县里的典史经过，忙让到一旁。抬头一看，才知道是个驿臣。让就让了呗，可这个晁无晏一身贱骨头，觉得自己给驿臣让道吃了亏，于是重新跳到路中间，嘴里不干不净地骂："仔么我是马夫么？你驿丞管着我哩！吩儿晦儿的！"晁无晏狗眼看人低，不把驿丞当干部，以为驿丞不敢把他怎样，却不知这驿丞的姑夫是当朝阁老，连县令都怕他几分。

夏驿丞本来已经走过去了，听到这话，就把马拉回来，说道："你拦着街撒泼，我怕括着你，叫你顺顺。我没冲撞你甚么，我没曾说我管的着你。但你也管不着我驿丞，你为甚么降我？"晁无晏也斗狠道："怎么一个官儿只许你行走，没的不许俺骂骂街？俺是马夫？俺是徒夫？鳖俺些么送你？没有钱。你打我哩！"夏驿丞说："我就打你这光棍何妨！"晁邦邦趁机把晁无晏刚才企图诈骗的事讲了，夏驿丞盼咐道："这们可恶！替我拿下去打！打出祸来，我夏驿丞耽着，往您下人推一推的也不是人！着实打！"要说这晁无晏还有点蛮力，两个拿板子的还按他不住。加上一个打伞的和一个牵马的、一个背拜匣的，五个人一起动手，才把晁无晏按倒，脱了裤子，一板子一板子地打起来。

刚开始，晁无晏嘴里依旧不干不净地骂。夏驿丞说："咱不打就别打，咱既是打了，就蒯他两蒯，他也只说咱打来。咱不如就象模样的打他两下子罢！"打到第五板。晁无晏继续斗狠说："由他！我待不见打哩！只怕打了担不下来，你悔！"夏驿丞也不理他，继续打。打到第十板，晁无晏撑不住了，讨饶说："我是吃了两钟酒，老爹合我一般见识待怎么？"打到第十五板，晁无晏就改口喊驿臣"爷爷"了："小的瞎了眼，不认的爷，小的该死！"夏驿丞不做声，继续打，足足打满二十五大板仍不放手，将晁无晏带到驿站说："等你先告状，不如我先申了文书做原告好。"晁无晏这时彻底地斗败了："小的敢告甚么状？老爷可怜超生狗命罢！"

晁夫人救荒，在别人看来，是流芳千里的善行，在晁思才看来，则如闻得养鱼的翻了塘，自然会逐腥而来。他扛了三袋子秕谷来，让晁邦邦给他换好谷。为了让晁夫人答应，晁思才狠狠地拍晁夫人的马屁。

他见了晁夫人，把那话来说的细声妾气的道："嫂子，你是也使了些谷，浑身替你念佛的也够一千万人。如今四山五岳那一处没传了去？光只俺两口子，这一日不知替嫂子念多少佛，愿谓侄儿多少。一日两顿饭，没端碗，先打着问心替嫂子念一千声佛，这碗饭才敢往口里拨拉。"

晁夫人道："你老七没的家说！你吃你那饭罢，你嚼说我待怎么？我往后只面红耳热的，都是你两口子念诵的。"晁思才道："这没的是嫂子强着谁来？只是嫂子的好处在人心里。嫂子，你说：'晁思才，你变个狗填还我！'我要难一难儿，不变个狗，这狗还是人养的哩！"

晁夫人不吃他这一套，没有答应换谷给他，他当场就变了脸，骂骂咧咧地走了。

这是两个泼皮在《醒世姻缘传》的舞台上的第三次本色露脸。

此后，晁无晏和晁思才觊觎晁夫人财产的贼心依然不死，虽然没有什么机会可趁，但两人的一段闲话也差点掀起泼天大祸，因为动手的是另一个泼皮魏三，本节略过不提。

最后说说这两个小丑是如何谢幕的吧。

晁无晏的老婆孙氏因为吃了死牛肉，也跟着死牛去了。刚过了三七，晁无晏就续娶了一个姓郭的寡妇。这郭寡妇长得那叫一个美呀："搭拉着两个腌奶头，冬瓜似的搽了一脸土粉，抹了一嘴红土胭脂，滴滴拉拉的使了一头棉种油，散披倒挂的梳了个雁尾，使青棉花线撩着。缠了一双长长大大小脚儿，扭着一个摇摇颤颤的狗骨颅。"

在晁无晏眼里，这郭寡妇不异是个天仙。也就是这个天仙，要了晁无晏的命：

> 晁无晏饿眼见了瓜皮，扑着就啃。眼看着晁无晏上眼皮不离了下眼皮打盹磕睡，渐渐的加上打呵欠；又渐加上颜色青黄；再渐加上形容黑瘦，加上吐痰，加上咳嗽，渐渐的痰变为血，嗽变成喘，起先好坐怕走，渐渐的好睡怕坐，后来睡了不肯起来。起初怕见吃饭，只好吃药，后来连药也怕见吃了。秧秧跄跄的也还待了几个月，一交放倒，睡在床上，从此便再扶不起，吃药不效，祷告无灵。阎王差人下了速帖，又差人邀了一遭，他料得这席酒辞他不脱，打点了要去赴席。

临死前的晁无晏，最放不下的不是他天仙一样的老婆，也不是他不满八岁的儿子，而是晁夫人和晁思才的许多家财——死在这两个人的前面，再也没有机会分绝产了。

晁无晏道："瘫痨气蛊噎，阎王请到的客，这痨疾甚么指望有好的日子？只怕一时间拌挠不及，甚么衣裳之类，你替我怎么算计；甚么木头，也该替我预备。你别要忽略了。我活了四十多年纪，一生也没有受冻受饿的事；这二年得了晁近仁的这些产业，越发手里方便，过的是自在日子；又取了你一表的人材的个人，没得多受用几年，气他不过；最放不下的七爷，七八十了，待得几时老头子伸了腿，他那家事，十停得的八停子给我，我要没了，这股财帛是瞎了的。"

尽管自知不起，但晁无晏觉得自己的事业不能后继无人。末了，晁无晏还不忘把对付晁思才的办法传授给郭寡妇。

晁无晏道："这倒没帐。老七虽是有些扎手，这七十六七岁的老头子，也'老和尚丢了拐，能说不能行'了。我倒还有句话嘱付你：若老七还待得几年，这小琏哥不又大些了？我的儿也不赖的，他自然会去抢东西，分绝产，这是不消说的。要是老七死的早，小琏哥还小，你可将着他到那里，抢就合他们抢，分就合他们分，打就合他们打。这族里头一个数我，第二个才数老七。没了我合老七，别的那几个残溜汉子老婆都是几个偎浓咂血的攮包，不消怕他的。其次就是宅里三奶奶，这不也往八十里数的人了？要见老人家没了，这也是咱的一大股子买卖。只是他丈人姜乡宦扎手，就是姜乡宦没了，他那两个儿也不是好惹的；这个你别要冒失，见景生情（意思是随机应变）的……"晁无晏正说着，把手推了两下子床，说道："老天，老天！只叫我晁二再活五年，还干多少的要紧事，替小琏哥还挣好些家当！天老爷不肯看顾眼儿，罢了，罢了！"

郭氏道："你有话再陆续说罢，看使着你。你说的话，我牢牢的记着，要违背了一点儿，只叫碗口大的冰雹打破脑袋！"晁无晏果然也就不说了。过了一宿，睡到天明，就哑了喉咙，一日甚于一日，后来说的一个字也听不出了。睡了几日，阎王又差人来敦请，晁无晏象牛似的哞了几声，跟的差人去了。

这晁无晏的告别演出真可谓今古奇观，依我看，比起吴敬梓笔下的严监生是胜出太多了，只有巴尔扎克笔下的葛朗台和他还有得一拼。想想严监生和葛朗台都已名垂千古，晁无晏到如今却还是默默无闻，晁无晏若地下有知，一定会感叹天理何在。

据我所知，除了后妻郭氏，晁无晏一生不曾对人好过。下面我们就来看看这个让晁无晏念念不忘而且也曾对晁无晏信誓旦旦的郭氏对丈夫的"深切怀念"吧。

郭氏也免不的号叫了一场。与他穿了几件随身的粗布衣裳，做了一件紫花道袍，月白布棉裤、蓝梭布袄都不曾与他装裹；使了二两一钱银买了二块松木，使了五百工钱包做了一口薄薄棺材；放了三日，穿心杠子抬到坟上葬埋。

郭氏将晁无晏的衣裳，单夹的叠起放在箱中，棉衣拆了絮套一同收起；粮食留够吃的，其余的都裹了银钱，贬在腰里；锡器化成锭块，桌椅木器之类，只说家中没的搅用，都变卖了钱来收起；还说家无食用，把乡间的地每亩一两银，典了五十亩与人，将银扣在手内。过了几时，又说没有饭吃，将城里房子又作了五十两银典与别人居住。刷括得家中干干净净，串通了个媒婆，两下说合，嫁了一个卖葛布的江西客人，挟了银子，卷了衣裳，也有三百金之数，一道风走了。小琏哥哄出外去，及至回家，止剩了几件破床破桌破瓮破瓶，小葛条、小娇姐、郭氏，绝无影响。

这就是歪人晁无晏的一生。

郭氏跑了，留下八岁的小琏哥没人照管。晁思才贪图晁无晏剩下的家财，就假装好人收养了小琏哥。为绝后患，晁思才两口子对小琏哥百般虐待，"（不消半年）你一顿，我一顿，作祟的孩子看看至死"，多亏晁夫人救下了——后来在晁梁的照应下，居然也进了学，做了秀才。

晁思才仍不死心，为求小琏哥早死，就在六月初一一早，"去城隍庙内烧纸祷告，若把小琏哥拿得死了，许下猪羊还愿"。要说中国的神虽然势利，但也还不至于为了这点香纸而下杀手，也容不得晁思才这么败坏仙家名声。果然，晁思才"出得庙门，刚到文庙门首，扑的绊了一交，即时直瞪了眼，口中说不出话来。有熟人说与他老婆知道。那老婆来到跟前，见他挺在地上流沫，挽扶不起，雇了一个花子，拉狗的一般，背在家内，灌滚水，棰脊梁，使鸡翎子往喉咙里探，那得一些转头，哮喘得如'吴牛向日'一般。明间安了一叶门板，挺放了三四日，断气呜呼！"

比起族孙晁无晏来，晁思才的告别演出实在乏味至极，无怪乎晁无晏大言不惭地说："这族里头一个数我，第二个才数老七。"不仅晁思才比晁无晏差了一大截，晁思才的老婆和郭氏相比更是不在一个级别——不仅家产被人分光了，如果不是晁夫人出面，连自己都要被人卖掉——六七十岁了，估计也没人要。

找遍整部《醒世姻缘传》，找不出这两个家伙做过什么好事。套用一句老话，一个人做一件坏事不难，难的是一辈子只做坏事不做好事。对这两个一辈子没做过一件好事的家伙，我觉得"歪货"是对他们本质的最好概括——连"歪人"都不配。

从这两个歪货身上，我们不仅看不到一点人性的美好，甚至也感觉不到一丝邪恶的可怕。论体力，他们并不比人强；论势力，一个驿臣就可将他们收服，可是这两个家伙却几乎是无往而不胜，这又是为什么呢？原因就在于他们不仅利用了人性的一切弱点（比如贪婪和从众），还利用了人性的一切优点（比如同情心、羞耻心等等）。**我总觉得，世间的一切鬼蜮伎俩中，利用人性优点的比利用人性缺陷的，更让人憎恶。**前些时央视曝光了各种职业乞讨者，其中有一个四十多岁的男子抱了母亲的骨灰盒在乞讨——打开后里面什么也没有，我觉得特别恶心，要怎样的丧心病狂，才能做出这样的行径呢？我不知道。

对这两个歪货，我不想再做任何分析——本书只分析人物形象，不分析动物形象。

破家县令，灭门令尹

中国古代对官员的称呼，早期称"牧"，做官也叫"牧民"——老百姓都是猪狗是牛羊，官员就是猪倌狗倌牛倌羊倌；后来进步了，官员改称"父母"，老百姓就成了"子民"。下面，我们就来看看两任武城知县是怎样做"父母"的。

珍哥诬陷计氏私通和尚道士，晁源将错就错要休掉计氏，计氏大闹了一场仍觉气恨难平，上吊自杀。晁源最初的想法是私了：打算给岳父计都一百两银子，算是赔当初的妆奁，另外与妻兄计巴拉二十两银子，并将计氏陪嫁的一百亩地还给计家。可惜的是，计家上下咽不下这口气，将晁源和珍哥告上武城县。

六月初十日，胡县令升了堂，接了老计的状子，十一日，将状准出，差了两个快手，一个叫伍小川，一个叫邵次湖，拘唤一干人犯。

这个办案速度也还不算慢！

晁源眼看私了不成，决定反诉岳父和妻兄。

诉状监生晁源，系见任北直通州知州晁思孝子，诉为指命图财事：不幸取刁恶计都女为妻，本妇素性不贤，忤逆背伦，不可悉数。昨因家事小嫌，手持利刀，要杀源对命。源因躲避，随出大街撒泼。禹承先、高氏等劝证。自知理屈，无颜吊死。计都率领虎子计巴拉并合族二百余人蜂拥入家，将源痛殴几死，门窗器皿打毁无存，首饰衣服抢劫一空。仍要诈财，反行刁告，鸣冤上诉。被诉：计都、计巴拉、计氏族棍二百余人。干证：禹承先、高氏。

晁源估计自己一个人摆不平这场官司，一面写信向远在通州任知州的老爹求救，一面准备酒饭和银子打点差人：摆了齐整酒席请那两个差人吃酒，每人送了四十两银子；跟马的小厮，每人一两；两个的副差，每人五两；买嘱一班人都与晁大舍如一个人相似，约定且不投文，专等通州书到。直至七月初二日，晁老写了书，又差了晁凤赍了许多银子，同李成名回来打点。次早到了县前，寻见了阴阳生。那阴阳生晓得是为人命说分上的书，故意留难，足足鳖了六两银子，方才与他投下。

七月初二，晁知州的书信到了。胡县尹拆开书看了，大发雷霆，不仅将递信的阴阳生打了十五大板，还要追究拖延案情的伍小川和邵次湖的责任："人命重情，出了票二十日，不拘人赴审，容凶犯到处寻情，你这两个奴才受了他多少钱，敢大胆卖法！"两个家伙百般狡辩，县尹仍不息怒，"且饶这两个奴才一顿夹棍，限明日投文听审！再敢故违，活活敲死！"

好一个公正廉明雷厉风行的胡父母！

晁源深信"天大的官司倒将来，使那磨大的银子罨将去"。可是这磨大的银子如何送进去呢——当然，一般而言，怕的是没有银子，至于怎么送，其实从来就不成为问题。伍小川道："有我两人，怕他什么东西进不去？"晁大舍道："这约得若干？"伍小川道："这不得千金，少了拿不下他来！"商量算记，讲到上下使用，通共七百两银子。

两个同到了伍小川家里，用纸一折，写道：

快手小的伍圣道、邵强仁叩禀老爷台下：监生晁源一起人犯拘齐，见在听审。

上边写了七月，下边写了个日字，中间该标判所在，却小小写"五百"二字。

这是什么意思呢？莫不是明代一个月有五百天？

原来这是那武城县近日过付的暗号。

  若是官准了，却在那"五百"二字上面浓浓的使朱笔标一个日子，发将出来，那过付的人自有妙法，人不知，鬼不觉，交得里面。若官看了嫌少，把那丢在一边，不发出去，那讲事的自然会了意，从新另讲。那日，这两个差人打进帖去，虽在那五百上面也标了个日子，旁边却又批了一行朱字道："速再换叶金六十两，立等妆修圣像应用。即日交进领价。"

真正是鬼蜮伎俩！

  两个把与晁大舍看了，只得一一应承，差了人各处当铺钱桌，分头寻觅足色足数金银，分文不少，托得二人交付进去。那使用的二百两银子与了那传递的管家五十两，分与两个外差每人十两，又与那两个跟马的每人一两。其余的，两人差人都均分入了己。

  审案正式开始。胡大尹审得非常认真非常仔细。先问证人高氏，详细了解了计氏吊杀的前前后后。接着又问证人海姑子和郭谷子，验看到底是尼姑还是和尚，是道姑还是道士。最后，胡大尹语重心长地批评教育了涉案各方，然后正式下达判决书：

  武城县为贱妾逼死正妻事，计开：晁源罚修文庙银一百两。海会罚谷二十石，折银十两。郭姑子罚谷二十石，折银十两。小梅红、小杏花、小柳青、小桃花、小夏景、赵氏、杨氏各罚银五两，共三十五两赈济。珍哥罚银二十两备赈。计都罚大纸四刀（据考证，罚纸，就是交诉讼费），每刀折价六两；计巴拉罚大纸四刀，每刀折六两：以上纸八刀，共银四十八两。高氏罚谷十石，折价五两，晁源名下追，又晁源下退原地八十亩，还计都收领。计氏着晁源以礼殡葬。七月初九日，差伍圣道、邵强仁。限本月十一日缴。

  也许是意犹未尽，胡大尹又取了一张纸，写了几句审单：

  审得晁源自幼娶计氏为妻，中道又复买娼妇珍哥为妾，虽蛾眉起妒，

今朝醉梦，人世百态 223

入宫自是生嫌，但晁源不善调停，遂致妾存妻死。小梅红等坐视主母之死而不救，郭姑子等入人家室以兴波，计都、计巴拉不能以家教箴其子妹，致其自裁；高氏不安妇人之分，营谋作证，以上人犯，按法俱应问罪。因念年荒时绌，姑量罚惩，尽免究拟，叠卷存案。

我觉得这武城大尹的确是最为聪明最为公正的了，既然你计都和你晁源都认为自己有理，都认为错在对方，那就是说，你们每个人都有错，计都有错，计巴拉有错，晁源有错，珍哥更是有错，小梅红、小杏花、小柳青、小桃花、小夏景、赵氏、杨氏当然也有错，郭姑子、海姑子也有错。所有这些人既然都有错，证人高氏当然也不例外——谁叫你出来做证呢？

既然这样，罚他们点银子不是应该的吗？

真正是菩萨心肠啊！

可惜这位聪明、仁慈、公正的武城县胡大尹不久就身染绝症一命呜呼了。

自从审过晁源的案子后，胡大尹的背上就长了个碗大的痈，且来势凶猛，大尹还坚持上了三四天班，到第五日就动不得了，请了个姓晏的外科专家来治，晏专家说是"天报冤业疮"，除非至诚祈祷，那下药是不中用的。晏专家不肯下药，饭也不吃，直接走人。出门后，对着送行的差役，晏专家对胡大尹的病下了断语：这个疮消不得，十日就烂出心肝五脏来哩。

专家就是专家，果然只过了两三天，那个武城县仁慈循良、至清至公（**我最初看到这个词，以为是反语，细细品味才知道不是：原告被告，无论曲直，大尹各罚一笔银子，不是至清至公吗？众人有错，大尹不打不判，不是仁慈循良吗——这可是真正的春秋笔法啊**）的父母背上的痈就"烂的有钵头大，半尺深，心肝五脏都流将出来。那些忤作行收敛也收敛不得，只得剥了个羊皮，囫囵贴在那疮口上，四边连皮连肉的细细缝了，方才装入材内。"

真是天妒英才啊！

只感叹"天报冤业疮"怎么现在就绝迹了呢？现代医学害死人啊！

胡大尹的先进事迹就说到这儿，下面再来看看另一位武城父母——谷大尹的光辉业绩吧。

一天，新秀才进学，都先到县里等候簪花，晁梁也在其中。晁无晏、晁思才都在魏三的酒铺等候吃酒。两个人感叹时光易过，一晃晁梁都十六岁了。两人回想起当初强占晁夫人财产不成的事情，觉得实在是心有不甘。

晁无晏说，如今晁梁进了学，他们家的门户就算顶起来了，有些事就做不得了。晁思才说，就算他不进学，这事也说不响了。你怎么弄他？晁无晏说：法子也不是没有，我就说他娘那会儿是假肚子，抱的人家孩子养活，搅得他不得安生，这样我们不就有机会了？

在晁无晏只是说说而已。可没想到，这话被旁边的一个叫魏三的无赖听了，计上心来，当即就付诸实施了。

魏三先是敲诈，敲诈不成，就一张禀帖将晁夫人告到武城县。

> 具禀人魏镜，禀为强夺亲子事：已故晁乡宦妻郑氏因恐族人分夺绝产，故使妾假妆怀孕，于景泰四年十二月十六日酉时知镜生有一男，使老娘徐氏付银三两，强夺为子，欺压族人。镜畏势不敢言喘。徐氏原银存证。今镜颇可过活，镜男应断归宗。镜情愿出银二十两为谢。上禀。

那县官姓谷，名器，江西新淦人，二甲进士，坐了堂，开始审案。

谷县公先问魏三，问完魏三，又问给晁梁接生的徐氏："这晁梁果然是你抱去的么？"徐氏道："我若起先曾看见这魏三，就滴瞎了双眼！若曾到他家，就歪折了双脚！这是晁乡宦妾沈氏所生，因合族人争产，前任徐大爷亲到他家，叫了我来诊脉，果真有胎，就着我等候收生；还说生的是男是女，还报徐大爷知道。等至十二月十六日子时落草，见是个小厮，清早就往县里来报，徐大爷往学里上梁去了，等得徐大爷回来，因此徐大爷替起的名字是晁梁，还送了二两折粥米银子，何尝是他的儿子！"

魏三和晁家各执一词，按说应该以证人的证词为准。证人说晁梁是子时出生，魏三说是酉时出生，相隔了近二十个小时。那么到底是什么时辰呢？第二个证人——前任徐知县可以作证呀。可是谷大人不想麻烦徐知县，在谷大人看来，徐知县先就受骗了。

谷大人一口咬定，晁梁就是魏三的儿子，是晁夫人花钱买去的。理由呢——就是这样的事情"我那边就极多"。

谷大人最后判决如下：

> 审得晁乡宦于景泰四年身故，族人因其无子，抢夺家财。本官妻宜人郑氏，将妾假妆怀孕，用银三两买魏三之子，于分娩之时，螟蛉诳众。抱去者，蓐妇徐氏也，活见在。今此子十六岁，进学矣。魏镜欲十倍其价赎回，但魏镜仍有三子，若晁梁断回，则晁宦为若敖矣。留养养母终身，俟晁梁生子，留一子奉晁氏香火，方许复姓归宗。落房存卷。免供。

天知道这谷大尹怎么就一口断定晁梁是被晁夫人抱走的魏三的儿子呢？就因为"这也是常事，我那边就极多"吗？您那旮旯有人抱了别家的孩子说是自家的，就能说所有的孩子都是从别人家抱来的吗？照此推论，谷大人您家的孩子也是从别人家抱来的吧。**我只听说，判决量刑可以援引成例，没听说落实证据也可援引成例。**

晁梁当场表示不服，请求再判，可是谷大人说："连你自己也不晓得，这也难怪你。我断得不差。"

眼看着晁梁就要改姓魏，晁家心急如焚。恰好晁知州先前的师爷邢皋门现在已做了刑部侍郎，刚好路过，邢侍郎本打算过问此案，不想晁梁的岳父姜副使却劝阻说不可，因为这个"谷父母"性情极端偏执，下民求情不抵用，上级说情也没有用，谁的话也听不进，而且往往是你越说这样判不对，他就偏要这样判。

果然，谷县公必料邢侍郎替晁家讲这件事，心里想道："若邢侍郎不讲便罢，若是时，要着实番起招来，把晁梁立刻断了回去。"幸好有姜副使提醒在先，邢侍郎见了谷大人，却只是寒暄而已，对晁梁一案只字未提。谷县公很失望，对着左右说道："便宜他！我说邢爷一定替他讲这事,谁想一字不题。"失去了一个"不畏权势抗言力争"的机会,也无怪乎谷县令感到很失望。

已经升任学道的前武城县令徐知县刚好按临东昌府,晁家将案件上诉到徐宗师衙门。

晁梁的名字乃是徐宗师起的,当初的情形自然一清二楚。徐宗师问魏三:"晁家给了你多少钱?谁交与你的?"魏三答:"三两银子。徐氏给的。"徐宗师又问:"你为什么将自己的儿子与人?"魏三答:"穷,急需钱用。"徐宗师又问:"有何证物?"魏三答:"原银三两仍在。"徐宗师又问:"你不是说急需钱用吗,为什么又留着呢?"魏三答:"我知道要起纠纷的,留着做证据。"

徐宗师大怒,当场就要动刑。这时,一个新的证人——任直站了出来。

> 任直道:"小的偶然站住看看,见老爷夹这魏三,已是知道老爷明见万里了。但证不倒他,明日老爷行后,他据了县里的审单,这事就成了疑案。老爷只问他景泰三年他在那里?景泰三年十二月他曾否有妻?叫他回话,小的合他对理。"
>
> 魏三套着夹棍,只是磕头,说:"小的该死!"任直说:"你景泰元年十月抢夺韩公子的银子,问了黄山馆驿的三年徒罪;你景泰四年十一月才回武城;景泰六年正月,你才娶了刘游击的使女。这景泰三年十二月十六日酉时,这徐氏抱去的孩子,你是做梦么!"

魏三诉晁梁一案,终于水落石出。

可是那谷大尹不但没有一丝高兴,反而依自己那执拗的心性,"恨不得要一口吞了晁梁合任直下去!"

尽管谷大尹百般拖延,徐宗师还是将案子办了。谷大尹更是怀恨。不过,谷大尹很快就接到好音,升了南京刑部主事,准备好的小鞋也就没有来得及送给晁梁和任直。

谷大尹离了任从兖州经过,徐宗师刚在兖州按临,便道参见,徐宗师留饭,那谷大尹还谆谆讲说晁梁是魏三儿子,魏三不曾冒认。徐宗师说:

"只是生晁梁的时节,他还不曾有妻;他有妻的时节,晁梁已三岁矣。"谷大尹方才红了脸不曾做声。

对前一位"胡父母",我没有什么好说的,贪官一个而已。

对后一位"谷父母",我倒是有几句话想说。在我们的文学作品中,一般把官员分为清官和贪官,至多再增加一种昏官或庸官。《醒世姻缘传》却为我们刻画了谷大尹这样一个"愎官",刚愎自用——却没有"刚",只有"愎"。

"愎官"一词,也不是我的生造,据袁枚的《随园诗话》记载:

> 洪素人在部时,某相国问:"汝向人说我刚愎自用。有之乎?"曰:"然。"相国怒曰:"汝是我门生,乃谤我?"洪谢曰:"老师只有一'愎'字,何曾有'刚'字?门生因师生故,妄加一'刚'字耳!"

谷大尹谷器(为他取名谷器,也是一种揶揄),实在是《醒世姻缘传》对中国小说史的一个不小的贡献。

有时候,一个"愎官"的危害可能更甚于贪官。前不久复审呼格案,总算还了冤死者一个清白。这个案子之所以拖这么久,不就是一些死不认错的"愎官"从中作祟吗?河北的聂树斌案复审的事情久拖不决,不也是有"愎官"在里面作梗吗?"愎官"何其多!

姑子也风流　///

晁源的妻子计氏的死源于两个姑子。两个姑子去找计氏，闲话了一会，出去时被珍哥看到了。当时的珍哥刚刚在婆婆晁夫人那里碰了一鼻子灰回来，憋着一肚子气，用书中的话说就是"正兜着豆子，只是寻锅要炒"。

只见海会在前，郭尼姑在后，从计氏后边出来，往外行走。珍哥大惊小怪叫唤道："好乡宦人家！好清门静户！好有根基的小姐！大白日赤天晌午，肥头大耳朵的道士，白胖壮实的和尚，一个个从屋里出来！俺虽是没根基、登台子、养汉接客，俺只拣着那象模样的人接！象这臭牛鼻子臭秃驴，俺就一万年没汉子，俺也不要他！"嚷乱得不休。

所以，计氏之死是完全可以说是"两个姑子引起的血案"。

那么这两个姑子又是何许人呢？

先说道姑海会。海会原是刘游击家的一个使女，名唤小青梅。十六岁时，忽然害起干血痨来，这个病，紧七天慢八天，十个要死十一个。那刘夫人狠命地救治。她自己也许下愿：若病好了，情愿出家做了姑子。也是命不该绝，竟然真的被一个过路郎中救转了。众人都以为她病中的许愿只是说说而已，谁知病好后，她竟真的天天催刘夫人送她去做姑子。

刘夫人道："那姑子岂是容易做的？你如今不曾做姑子，只道那姑子有甚好处。你做了姑子，嫌他不好，要还俗就难了！待你调养的壮实些，嫁个女婿去过日子，是一件本等的事。"**这刘夫人说得也大有正经。谁知青梅的心里另有高见。**他说："我每日照镜，自己的模样也不十分的标致，做不得公子王孙的娇妻艳妾。纵然便做了贵人的妾媵，那主人公的心性，宠与不宠，大老婆的心肠，贤与不贤，这个真如孙行者压在太行山底下一般，那里再得观音菩萨走来替我揭了封皮，放我出去？纵然放出来了，那金箍儿还被他拘束了一生，这做妾的念头是不消提起了。其次还是那娼妓，倒也着实该做，穿了极华丽的衣裳，打扮得娇滴滴的，在那公子王孙面前撒娇卖俏，日日新鲜，中意的，多相处几时，不中意的，头巾吊在水里，就开了交，倒也有趣。只是里边也有不好处：接不着客，老鸨子又要打；接下了客，拿不住他，老鸨子又要打。到了人家，低三下四叫得奶奶长，奶奶短，磕头象捣蒜一般，还不喜欢，恰象似进得进门，就把他汉子哄诱去了一般。所以这娼妓也还不好。除了这两行人，只是嫁与人做仆妇，或嫁与觅汉做庄家，他管得你牢牢住住的，门也不许走出一步。总然看中两个汉子，也只赖象磕瓜子罢了。且是生活重大，只怕连自己的老公也还不得搂了睡个整觉哩！寻思一遭转来，怎如得做姑子快活？就如那盐鳖户一般，见了麒麟，说我是飞鸟；见了凤凰，说我是走兽（同样的蝙蝠，在《伊索寓言》里，就只会见了凤凰说是飞鸟，见了麒麟说是走兽。可见中国的蝙蝠都比外国的蝙蝠更聪明——当然也更卑鄙）；岂不就如那六科给事中一般，没得人管束。但凡那年小力壮，标致有脊力的和尚，都是我的新郎，周而复始，始而复周。这不中意的，准他轮班当直，拣那中支使的还留他常川答应。这还是做尼姑的说话，光着头，那俗家男子多有说道与尼姑相处不大利市，还要从那光头上跨一跨过。若是做了道姑，留着好好的一头黑发，晚间脱了那顶包巾，连那俗家的相公老爹、举人秀才、外郎快手（外郎和快手都是衙门里的胥吏），凭咱拣用。且是往人家去，进得中门，任你甚么王妃侍长，奶奶姑娘，狠的、恶的、贤的、善的、妒忌的、吃醋的，见了那姑子，偏生那喜欢，不知从那里生将出来：让吃茶、让吃饭、让上热炕坐的、让住二三日不放去的，临行送钱的、送银子的、做衣服的、做包巾的、做鞋袜的、舍幡幢的、舍桌围的、舍粮食的、舍酱醋的，比咱那武城县的四爷（指县里的典史，典史在县里排第四，所以称四爷）还热闹哩！还有奶奶们托着买人事，请先生，常是十来两银子打背弓。

我寻思一遭儿，不做姑子，还做什么？凭奶奶怎么留我，我的主意定了，只是做姑子！若奶奶必欲不放我做姑子，我只得另做一样罢了。"众伙伴道："你还要做甚么？"青梅道："除了做姑子，我只做鬼罢了！"

众人你一言，我一语，都对着刘夫人学了。刘夫人道："我就依着这个风妮子，叫他做姑子！我就看着他要和尚、要道士，叫官捴不出尿来哩！你教他看往咱家走动这些师傅们（指尼姑和道姑），那一个是要和尚要道士的？你叫他指出来！"伙伴道："俺们也就似奶奶这话问他来，他说，往咱家来的这些师傅们，那一个是不要和尚不要道士的？你也指出来！"

我觉得这真是古今第一奇谈。

一个十六岁的女孩子，为什么将世界看得这么透呢？所有的道德，所有的戒律，都让它见鬼去吧，一些苦也不愿受，一切的约束也不要——只有官能的快乐是唯一的真实。这个十六岁的女孩子，不仅将尘世看得那么透，就连寺庙道观里的世界也看得清清楚楚，这需要怎样的聪慧与灵敏呢？

可是，看透就可以成为随波逐流的理由吗？看透就可以成为放纵堕落的理由吗？世界怎样堕落是世界的事，自己如何持身是自己的事。

这个世界很脏，可是这并不意味着你一定要把自己变成垃圾。

如果是这样，我觉得小青梅还不如选择第二种——做鬼！

说过海道姑，再说郭尼姑。

后边又新从景州来了一个尼姑，姓郭，年纪三十多岁，白白胖胖，齐齐整整的一个婆娘，人说他原是个娼妇出家。其人伶俐乖巧，能言会道，下在海会白衣庵里。海会这些熟识的奶奶家，都指引这郭尼姑家家参拜。因海会常往计氏家去，这郭尼姑也就与计氏甚是说得来。谁说这郭尼姑是个好人，件件做的都是好事！但是这个秃婆娘伶俐得忒甚，看人眉来眼去，占风使帆。到了人家，看得这位奶奶是个邪货，他便有许多巧妙领他走那邪路；若见得这家奶奶是有正经的，他便至至诚诚，妆起河南程氏两夫子的嘴脸来，合你讲正心诚意，说王道迂阔的话，也会讲颜渊清目的那半章书，所以那邪皮的奶奶满口赞扬他，就是那有道理有正经的奶奶越发说他是个有道有行的真僧，只在这一两日内，就要成佛作祖的了。

这又是一个将世界看得烂透的人。

我一直认为，"见人说人话，见鬼说鬼话"是修炼的最高境界。据我所知，川剧中的变脸也是有数量限制的，而且好像也无关心理和人格。**这个郭姑子怎么就能在那么多种人格间来去自如地走来走去呢？人格又不是酒店的包房。**

要做到这一点，只有一条，放低自己，放弃自己，不要任何人格，你就能在各种人格间来去自如地走来走去，这大概就是庄子所说的"以无间入有间"吧。

我承认我不仅这辈子做不到，下辈子恐怕也难。

但是，我一点儿也没有虚心学习的打算。如果在路上碰到郭姑子，我将绕道三十里。

最后说说这两个教门败类的结局。

计氏死后，海姑子和郭姑子作为证人到庭，被仁慈循良、至清至公的胡县令各罚谷二十石，折银十两（又没有做伪证，干嘛要处罚证人呢？这胡县令真是让人想不通。再一想，其实也通了——他有想罚谁就罚谁的权力）。

  两个姑子道："出家人问人抄化着吃还赶不上嘴哩，那讨二十石谷来？这就锉了骨头也上不来！"大尹道："呆奴才！便宜你多着哩！你指着这个为由，沿门抄化，你还不知赚多少哩！"神不灵，提的灵，那两个姑子果然就承认了。

"果然"！

  那两个姑子依了那县尹的话，沿门抄化，三两的，五两的，那些大人家奶奶布施个不了，除每人上了十两，加了二两五钱火耗，每人还剩二三十两入己，替那大尹念佛不尽的。

两个姑子将一切看得透透的,唯一没有看透的就是这白花花的银子。当然从两个姑子的角度看,也许这恰恰就是看透悟道的标志。化用唐伯虎的诗就是:别人笑我太贪财,我笑他人看不穿。

　　这结局也算不出所料。

　　看来,看透这个世界的不是海姑子和郭姑子,而是小说的作者西周生。

　　佩服!

四大名医各有绝活

　　除了行政官员,医生和教师已成为中国民怨很大的职业——这可以看作是一个社会道德崩溃的征兆。冰冻三尺,非一日之寒,《醒世姻缘传》里共写了四位医生,管中窥豹,通过他们,我们可以看到明代医疗行业的一斑现实。

杨古月

　　杨古月人称"杨太医",但并不是真正的太医,看来当时"太医"这称呼有似于现在饭局上的"教授"。对于自己的行医,杨古月曾经夫子自道:"我行医有独得之妙,真是约言不烦:治那富翁子弟,只是消食清火为主;治那姬妾多的人,凭他甚么病,只上十全大补为主;治那贫贱的人,只是开郁顺气为主。这是一条正经大路,怕他岔去那里不成?"又说:"况我运气好的时节,凭他怎么歪打,只是正着。"

　　杨古月看病靠运气,找他看病的人当然也只能靠运气了。

　　小说中,晁家共请杨古月看了四次病,结果如下:

第一次，晁源梦里被狐精打了一耳光，"通身打了一个冷噤，头发根根直竖，觉得身子甚不爽快。睡去梦中常常惊醒，口中不住呻吟。睡到二更，身上火热起来，说口苦、叫头疼，又不住的说谵语。"对此，杨古月的诊断是：这不是外感，脸上一团虚火，这是肾水枯竭的病症——"晁大舍新娶了小珍哥，这个浪婆娘，我是领过他大教的。晁大舍虽然少壮，怎禁他昼夜挑战，迭出不休！想被他弄得虚损极了。昨又打了一日猎，未免劳苦了，夜间一定又要云雨，岂得不一败涂地！幸得也还在少年之际，得四帖十全大补汤，包他走起。"

真正是歪打正着，晁源"吃了药就安稳睡了一觉。临晚，又将药滓煎服，夜间微微的出了些汗，也就不甚谵语了。睡到半夜，热也退了四分。次早也便省的人事了"。

第二次，大年初一，晁源出门拜年，被狐精从马上推了下来，摔了一交，幸好帽套毛厚，只将帽套跌破了碗大一块，头脸虽然没破，但肿得像个熟透了的桃子，昏死过去，抬进家里半天才醒过来。珍哥也在梦中被晁源的公公打了一棍子，疼得叫苦连天。两口子一个在上面床上，一个在窗下炕上，相对着哼哼。

杨古月的诊断是：

> 你两个的病，我连脉也不消看，猜就猜着八九分：都是大家人家，年下事忙，劳苦着了；大官人睡的又晚，起又早，一定又吃了酒多。又将嘴对了晁大舍的耳朵慢慢说道："又辞了辞旧岁，所以头眩眼花，上了上马，就跌着了。"一面说，一面把椅子拨到晁大舍床边，将两只手都诊视过了，说道："方才说的一点不差！"

这一次，杨太医的运气仍然不错，吃过药后，两个人的病都有好转。

第三次，是因为童山人的春线效果太好，晁源和珍哥很有爱迪生的精神，想弄清楚它的效果为什么这么好，忍不住多试了几次，一不小心，把个珍哥小产了——早产了一个五个月大的女婴，血流个不住，人也昏晕去了。

人说病不变，药亦不变。这杨古月是"人不变，药亦不变"。杨古月打定主意以一药应万病，依然是一帖"十全大补"兼"归脾汤"，加一钱六分人参。珍哥吃将下去，将恶路补住不行，头疼壮热，腹胀如鼓，气喘如牛，把一个画生般的美人治得只要死，不求生了。晁大舍慌了手脚，岳庙求签、王府前演禽打卦、叫瞎子算命、请巫婆跳神、请磕竹的来磕竹、请圆光的圆光，城隍斋念保安经、许愿心、许叫佛、许拜斗三年、许穿单五载，又要割股煎药，慌成一块。

如果不是禹明吾荐了萧北川来，晁源八百两银子买来的美人就提前报销了。

第四次，杨太医诊的是晁家老太爷晁知州——晁知州的运气就太差了。

再说晁老儿年纪到了六十三岁，老夫老妻，受用过活罢了，却生出一个过分的念头：晁夫人房内从小使大的一个丫头，叫做春莺，到了十六岁，出洗了一个象模样的女子，也有六七成人材，晁老儿要收他为妾。晁夫人道："请客吃酒，要量家当。你自己忖量，这个我不好主你的事。"晁老道："那做秀才时候，有那举业牵缠，倒可以过得日子。后来做了官，忙劫劫的，日子越发容易得过。如今闲在家里，又没有甚么读书的儿孙可以消愁解闷，只得寻个人早晚伏侍，也好替我缝联补绽的。"夫人慨然允了，看了二月初二日吉时，与他做了妆新的衣服，上了头，晚间晁老与他成过了亲。

晁老倒也是有正经的人，这沉湎的事也是没有的。合该晦气，到了三月十一日，家中厅前海棠盛开，摆了两桌酒，请了几个有势力的时人赏花。老人家毕竟是新婚之后，还道是往常壮盛，到了夜深，不曾加得衣服，触了风寒，当夜送得客去，头疼发热起来。若请个明医来看，或者还有救星也不可知，晁源单单要请杨古月救治。杨古月来到，劈头就问："房中有妾没有？"那些家人便把收春莺的事合他说了。那杨古月再没二话，按住那个"十全大补汤"的陈方，一帖药吃将下去，不特驴唇对不着马嘴，且是无益而反害之。到了三月二十一日，考终了正寝。

好马配好鞍，杨古月的医术如此，医德与医术也不相上下。

第一次晁源请他看病时，临进屋时，杨古月想的是："我闻得他与小珍哥另在一院居住，不与他大娘子同居，进入内房看脉，必定珍哥出来相见。"又想道："禹明吾这伙人在此，若同进他房去，只怕珍哥不出来了。"又想道："这伙人也是他的厚朋友，昨日也曾在一处打围，想也是不相回避的。只是人多了，情便不专。"于是杨太医心内绝不寻源问病，碌碌动只想如此歪念头，正似吊桶般一上一下的思量。给晁源切脉时，杨古月想的是："这等齐整，那珍哥落得受用，不知他还想我老杨不想？"

第二次，晁源病了，珍哥也病了，杨太医终于有机会亲自为珍哥切脉：

> 丫头将炕边帐子揭起半边，持在钩上。珍哥故妆模样，将被蒙盖了头。杨太医道："先伸出右手来。"看毕，又说着："伸出左手来。"又按了一会，乘那丫头转了转面，着实将珍哥的手腕扭了一把。珍哥忍痛不敢做声，也即就势将杨古月的手挖了两道白皮。

比起后面的艾回子，杨古月的确算不得什么坏人，至少他没有故意害人之心，但人品却是如此低下——**他的医术低下也源于对生命缺乏必要的敬畏之心。自己都病得不轻，又如何医人**？

萧北川

珍哥小产了，被杨古月治得奄奄一息，晁源急得要死，这时，邻居推荐了萧北川。

> 这萧北川治疗胎前产后，真是手到病除。经他治的，一百个极少也活九十九人。只是有件毛病不好：往人家去，未曾看病，先要吃酒，掇了个酒杯，再也不肯进去诊脉。看出病来，又仍要吃酒，恋了个酒杯，又不肯起身回家撮药。若这一日没有人家请去，过了午末未初的时候，摘了门牌，关了铺面，回到家中自斟自酌，必定吃得结合了陈希夷去等候周公来才罢，所以也常要误人家事。

晁源派李成名骑了马去请萧北川。出来开门的是一个秃丫头（真是奇怪，竟有人养这样的丫头——想想就觉好笑）。李成名说明来意，秃丫头却告诉李成名,萧大夫恐怕去不了,因为刚刚醉倒在床,今日是不消指望他起来了。李成名一听急了,求情说:"好大姐!好妹妹!你进去看看。你要叫不醒他,待我自家进去请他,再不然,我雇觅四个人连床抬了他去。"秃丫头答应跟萧婆子说说。

丫头进去对萧北川的婆子说了。那婆子走到身边,将他摇了两摇,他还睁起眼来看了一看。婆子说道:"晁宅请你。"那萧北川哼哼的说道:"曹贼吊在井里,寻人捞他进来。"婆子又高声道:"是人家请你看病!"萧北川又道:"邻家请你赶饼,你就与他去赶赶不差。"婆子道:"这腔儿躁杀我了!丫头子,出去,你请进那管家来自己看看。"

萧北川这一醉直睡到第二天五更才醒。

到了五更,萧北川送出周公去了,到有个醒来的光景,呵欠了两声,要冷水吃。婆子将晁家来请的事故一一说了一遍。萧北川道:"这样,也等不到天明梳头,你快些热两壶酒来,我投他一投(投酒就是醒酒,用酒投酒,亏萧大夫想得出来),起去与他进城看病。"婆子道:"人家有病人等你,象辰勾盼月的一般,你却又要投酒。你吃开了头,还有止的时候哩?你依我说,也不要梳头,坎上巾,赶天不明,快到晁家看了脉,攒了药,你却在他家投他几壶。"萧北川道:"你说得也是。只是我不投一投,这一头宿酒,怎么当得?"一面也就起来,还洗了一洗脸,坎了巾,穿了一件青彭段夹道袍,走出来唤李成名。

萧北川的架子这样大,医术到底如何呢?且看——

萧北川一边往里走着,一边说道:"好管家,你快暖下热酒等着。若不投他一投,这一头宿酒怎么受?"家人回道:"伺候下酒了。"入到房内,看了脉,说道:"不要害怕,没帐得算,这是闭住恶路了。你情管我吃不完酒就叫他好一半,方显手段。"回到厅上坐下,取开药箱,撮了一剂汤药,叫拿到后边用水二钟,煎八分;又取出圆眼大的丸药一丸,说用温黄酒研开,用煎药乘热送下。

什么叫胸有成竹?这就是!
萧北川在前厅喝酒,晁源在后面服侍珍哥吃药。

萧北川口里呷着酒，说道："管家，到后边问声，吃过了药不曾？吃了药，放两三个屁，打两个嗳，这胀饱就要消动许多。"家人进去问了，回话道："果是如此。如今觉的肚内稍稍宽空了。"萧北川开了药箱，又取出一丸药，说道："拿进去用温酒研开，用黑砂糖调黄酒送下。我还吃着酒等下落。"珍哥依方吃了，将有半顿饭时，觉得下面湿嗒嗒的，摸了一把，弄了一手扭紫的血。连忙对萧北川说了。萧北川那时也有二三分酒了，回说："紫血稍停，还要流红血哩。您寻了个马桶伺候着。"珍哥此时腹胀更觉好了许多，下面觉得似小解光景，搀扶起来，坐在净桶上面，夹尿夹血下了有四五升。扶到床上，昏沉了半晌，肚胀也全消了，又要寻思粥吃。回了萧北川话。这时晁大舍的魂灵也回来附在身上了，走到前面，向萧北川说道："北老，你也不是太医，你通似神仙了！真是妙药！"陪了几大杯酒。

临别时，萧北川还不忘嘱咐："今日收的你家礼多了，明日取药不要再封礼了，止拿一大瓶酒来我吃罢。你那酒好。"

论医术，萧北川也算得上炉火纯青了，论医德呢，这萧北川可就还缺了那么一点点了。试想想，一个医生，一天到晚，醉醺醺的，成何体统？体统事小，人命关天，试想，假如在萧北川宿酒未醒的时刻，珍哥等不及挂了，那会怎样呢？

但是，人无癖则无趣，萧北川如果不好酒就不是萧北川了。

好酒的人可分为两类：一类人好的是酒的味，就喜欢那么一口，喝了之后，该做什么还做什么；另一类人图的是醉，喝酒只不过是达到醉的途径，得鱼忘筌，醉过之后，酒就可以丢到一边了。喝酒喝醉的人又分两种：一种人喝醉是为放纵，说些平时不敢敢说的话，做些平时不敢做的事；一种人喝醉酒是为了忘却，安安静静，睡个好觉。

萧北川属于最后一种。刘伶、阮籍都属于最后一种。

我常想，心中藏着怎样的痛苦，才连片刻的清醒也要拒绝呢？对这个世界，要怎样的失望，才这么决绝地避开呢？我总觉得，在萧北川的身上，应该藏有一种大痛苦。可是因为不是主要人物，西周生没有具体展开。因为没有展开，所以更显神秘，就像金庸笔下的扫地僧一样。

不如意事常八九，可与人言无二三。世间最大的痛苦是不能与人分担的，所以萨特说"他人即地狱"，不醉何为！

艾回子

艾回子的本名叫艾前川，因为是回民，所以人称"艾回子"。

张茂实请狄希陈喝酒，又请了一个妓女作陪。然后，张茂实又把这信故意透露给素姐。素姐派小玉兰叫狄希陈回去，狄希陈站起来要走，张茂实哪里肯放，狄希陈坚决要走，张茂实坚决不放，无奈之下，狄希陈抢了一个割草的镰刀，朝自己胳膊上砍了一刀，才算脱身。

素姐的惩罚虽然逃脱了，胳膊上的伤却是一直不好。

听人说艾回子治外伤很有名，狄员外封了三两银子，差人牵了骡子，上济南将艾回子接来。艾回子不愧名医，一眼看出狄希陈是受伤后又和素姐床上那个，冲坏了疮，外头不收口，只往里套。"这种伤务要将外边死皮用药蚀去，然后再上细药生肌。要不早治，这只胳膊都要烂吊。"

艾回子先不开方，而是大讲自己以前医治同类病的经验，某某人听他的话治好了，某某人不听他的，结果丢了命。最后，艾回子吓唬狄希陈说："你的这疮明白是刀砍的，敷上刀疮药，这们少年血气旺的人，破着一个月，长得好好的，谁叫你自不谨慎，行了房，把疮弄得顽了？这要不费百日工夫，这条胳膊就要不姓狄了！"

狄员外听说，甚是耽心，送了一两开箱喜钱。那艾前川将疮用水洗净，说："要上加蚀药，将丁皮腐肉尽数蚀去，方好另上细药，才好生肌。这败肉得四五日的工夫方可蚀尽，可是要忍些疼儿。我今日住下，晚上替你敷上蚀药，再留下两帖膏药与你。我明日起早，你着人且送我家去。我安一安家，收拾些药。——这药都是贵物，还得到家折损些甚么才好修合哩。"

狄员外怕艾回子往返耽误时间，提议就在狄家合药，需要什么药材，就地买，艾回子家里有什么需要，狄家派人送过去就是。可是艾回子不答应。艾前川道："这必定还得自己到家。一应珍珠、冰片、牛黄、狗宝、朝脑、麝香，都是我自己收着，没教别人经手；这升轻粉、打灵药、切人参、蒸天麻，都要一副应用的器具哩，这都要费措处，我自己不到家，怎么成得？"

狄员外见留不住，只好答应第二天送艾回子回去。当晚，艾回子洗净了狄希陈伤口上的蚀药，贴上自家独门膏药——五虎膏。睡到五更时，狄希陈只觉得伤口越来越疼，越疼越厉害，就让狄员外问艾回子是怎么回事。艾前川的回答是："这要蚀去败肉，怎得不疼？我昨日已是说了，这坏了的疮，叫他起死回生哩。要一点苦也不受，你倒肯呀？"

第二天一早，狄员外让人称了三两银子送艾回子，好让艾医生回家配药。艾回子还装模作样地推辞，虽是推辞，话又说得模棱两可："不消银子。这药就只珍珠是贵药，我家里有收着的。新近一个贩珍珠的客人来，我换了他有半斤，都是豌豆大滚圆的珠子。这药使不的二两多银就够了。冰片，咱家里也有。除了这两件，别的甚么黄芪、甘草、芍药、当归，那能使几个钱？咱是一家人，何必论这个？"

艾回子收了银子走人，狄员外千叮咛万嘱咐，请他第四天一定回来。

艾回子走后，狄希陈胳膊上的伤，一时疼似一时，一刻难挨一刻，疼的发昏致命，恶心眼花，只是愿死，再不求生。疼到半夜，一阵阵只要发昏死去，狄员外只得替他揭了膏药，用温汤洗净，只见那疮都变了扭黑的颜色，蚀有一指多深，把肉都翻出朝外，渐觉疼稍可忍。

病人生不如死，那么，艾医生回家后都做了些什么呢？

艾回子回家后，根本就没有合什么药。狄家给的四两银子正好供他胡吃海喝。到了第四天，也没有动身的迹象。跟来的狄家长工（名字也叫常功）再三央求，艾回子就是不理，催得紧了，艾回子发飙了："那疮是个治不好的低物件，我看你家又是个舍不得钱的人家，这疮难治！我不去了！你牵了骡子去罢。"

常功也恼了："好你呀，这是说的甚么话！你不治。可也早说，怎么耽搁这几日？你怎么就知道俺主人家是个舍不得钱的？……你要钱，明讲！怎么耽误着人家的病哩！"

最后，艾回子撂下话来："你要叫我治这个疮，你流水家去与我二十两银！先与我十两，其余的十两立个帖儿，待我治好了谢我。要依我如此，你到家拿了十两银和立的帖子来，我就去！要不依我，我就不消来！我待往泰安州烧香去哩！"

常功无可奈何，只得牵了骡子独自回家。

艾回子的五虎膏虽然洗去了，但狄希陈的伤口却是继续往里烂，狄家人急得如热锅上的蚂蚁。等那艾前川到，一日即同一年，极的个狄员外眼里插柴。等到第四日，狄员外就像卧不定的兔儿一般，走进走出，甚是心焦。一直等到下午，常功回来了，不见艾回子的影，狄员外问是怎么回事，常功把艾回子的话学给狄员外听，狄员外差点背过气去。但是想了一会，还是说道："罢，罢！这是用他救命哩，合他赌的气么？甚么是先与十两，后与十两，又好立张文书！我爽利就把这十两银一总与了他。他若有本事一日治好了，也是这二十两谢礼。"

恰在这时，来了个街坊陈少潭，得知情况后，深怪狄员外不该请艾回子。也多亏这个陈少潭，我们才知道艾回子的秉性和来历。

"这外科十个倒有十一个是低人，这艾满辣是那低人之中更是最低无比的东西……他自来治人，必定使毒药把疮治坏了，他才合人讲钱，一五一十的抠着要。他治坏了的疮，别人又治不好了，他'蛇钻的窟窿蛇知道'。"

"历城县裴大爷臕亮骨，使手蒯了个疮，疼的穿不得靴，叫他治治，他就使上毒药，差一点儿没把裴大爷疼杀。差了两个快手鹰左脚锁了去，裴大爷没等他开口，就套夹棍。他那片嘴就象救月儿一般，说：'老爷，这虽是个伤手疮，长的去处不好，汤汤儿就成了臕疮，叫那皮靴熏坏了，要不把那丁住的坏皮蚀的净了，这光骨头上怎么生肌？凡百的疮，疼的容易治。这疼一定是蚀净了败肉，医生能叫老爷即时就止了疼，次日就干了脓，第二日就收口，第三日就好；如再治不好，领老爷的夹打不迟。'老裴说：'且放起他来，三日治不好，叫他死不难！'他弄上点子的药，熬了些水替他洗了，上了些面子，换上了帖膏药，那疼就似挞了去也没有这们好了！老裴说：'你在本县身上还这们大胆，你在平人手里还不知怎么可恶哩！你只别治杀了人，犯在我手里，我可叫你活不成！赏他一两银子去罢！'"

"他的丈母也是长了个疖子，问他要了帖膏药，他也把那起疼坏疮的膏药与了他一帖,把个老婆子也只差了一点儿没疼杀。老婆子上门来发作,他可雌着嘴笑,叫他老婆兜脸打了几个嘴巴。他说:'我知道真个是他用来么?我当是他要给别人贴来。另拿帖膏药贴上罢呀仔么?'"

狄员外当即决定,辞了艾回子,合药的三两银子就当白送,改请陈少潭推荐的赵杏川。

可叹艾回子还在家把如意算盘打得啪啪响呢。

艾前川料的狄家父子是个庄户人家,只晓得有个艾满辣是个明医,那里还晓得别有甚人;且是那三两买药的银子是个管头,怕他再往那去?单单等那觅汉回来,不怕他不先送这十两银子合那十两的文书。只见呆老婆等汉的一般,等了一日不到,已甚觉心慌;等了二日不来,看看的知道有些豁脱;等到三日不见狄家人到,艾前川自己已是又焦又悔。

偏偏这时候,老婆又在旁边唧唧哝哝个不了,艾回子正在心烦,忍不住回了两句嘴,惹得回回婆大怒。

登时竖起双眉,瞪了两眼,吼的一声,伸过手去,把一顶八钱银子新买的马尾登云方巾挦将下来,扯的粉碎,上边使那紫茄子般的拳头就抿,下边使那两只稍瓜长的大脚就踢,口里那说不出口、听不入耳的那话就骂。这艾前川既是惹发了他的性子,你爽俐与他反乱一场,出出你那闷恼,却不也好?谁知见他咆哮起来,回嗔作喜,赔礼不迭。那回回婆既是开了手脚,甚么是再收救得住,声声只说:"该千刀万剐的死强人!从几时敢这们欺心!我合你过你娘的甚么臭屄日子!"把一个药箱,拿起那压药铡的石狮子来一顿砸的稀烂,将一把药铡在门槛底下别成两截;走到后面,把一个做饭的小锅,一个插小豆腐的大锅,打的粉碎;又待打那盆罐碗盏缸瓮瓶坛,艾回子只得跪了拉他。

看来,这回回婆和素姐也有得一拼。

给艾回子的三两银子,狄员外虽然说不要了,可是那个常功却不甘心,就趁着等赵杏川准备的当儿,上门来向艾回子讨那三两银子。这时候的艾回子虽然明知不好,还想尽力挽回。"我即时就合你去,一切用的药,我都收拾停当了。我尽着力量治,治好了,我也不敢望谢,只结个相识。"可常功说不用了,只是要那三两银子。艾回子当然不给,回回婆气极,将艾前川一领花布表月白绫吊边的一领羊皮袄子,丢给常功说:"那银子他已使的没了,你拿了这皮袄子去。他有银子,你赎与他;他没银子赎,你怕卖不出三两银子来么?"

皮袄卖不出去,常功只好自己穿了过年,狄员外看见了,用一两银子赎了出来。让狄周还给艾回子。艾回子不谢狄周,反数落开了:"我正待穿着往外去,他不由分说,夺了就跑,袖子里还有汗巾包着三四两银子。这一向蒙军门老爷取在标下听用,一日两遍家进衙去,有病看病,不看病合军门老爷说会话儿,通没一点空儿去要。这两日正等合军门老爷讲了,差家丁问你家里去哩。"

这艾回子真是贼性不改,一面扯谎讹狄家的银子,一面扯谎吹嘘自己结交权贵的光荣。

(艾回子)故意的掏掏袖子,就道:"汗巾包的四两银子呢?"又提起上下一看,说道:"你看!穿的我这二十两银买的衣裳有皮没毛的!"

狄周正不知说什么,"只见一个穿青的人走来,一屁股坐在店前的凳上,袖中取出一张票来,说道:'巡道行到县里,军门老爷怒你治坏了管家的疮,革退听用,追你领过的廪粮,限即日交哩。'"

艾回子这下彻底没戏了,准备先收下皮袄再说。可这会狄周却不给了:"你既是与军门老爷讲不的了,可也不怕你再差家丁去要,我还把这皮袄拿回去罢。你有三两银子去赎;你没三两银子,我把这皮袄给俺那驴穿,给俺那狗披着!你害汗病发作发疟子来?五黄六月里穿了皮袄往外走,他夺了你的!"

这艾回子后来是否被军门老爷抓去,书中没有交代——艾回子的故事到此结束。

屈原是三闾大夫,艾回子则可称之为"三无大夫"——无尊无亲无恻隐之心。在县官大人身上使坏,这说明他无视尊长;连岳母也不放过,说明他无视亲人。常人看到人流血,看到人痛哭,虽然非亲非故,也觉得心里难受，这就是恻隐之心，艾回子为了赚钱，将人整得"只是愿死，再不求生"，这就是无恻隐之心。

尊卑之分、亲疏之分和恻隐之心，是人类社会与动物种群的最大区别。可是所有这些，艾回子都没有，所以我说他是"三无大夫"。

赵杏川

狄希陈的胳膊被艾回子治坏了，陈少潭向狄员外推荐了赵杏川。

赵杏川大大法法的个身材，紫膛色，有几个麻子，三花黑须，方面皮，寡言和色，看那模样就是个忠厚人。吃了不多两杯酒，用过了饭，同着陈少潭、狄员外去看狄希陈，解开缚胳膊的绢帕，揭了膏药，赵杏川端详了一会，说道："这不是刀斧伤的疮么？"狄员外道："果是刀砍的来。"赵杏川道："起先不谨慎，把疮来坏了。叫谁看来，又叫人用了手脚，所以把疮弄的恶发了。"狄员外道："这疮也还治的么？若治好了，恩有重谢，不敢有忘。"赵杏川道："这又不是从里边发的毒疮，不过是皮肤受伤，只是叫人受了些苦，无妨的。这疮容易治。"

寻下药吊子，赵杏川开了药箱，攒了一帖煎药，用黄酒煎服，狄希陈服下，当时止住了疼；又攒了一服药，煎汤把疮来洗净，敷上末药，贴上膏药，次日，揭开看，把那些败肉渐次化动；又用汤药洗净，从新上了药。次日，败肉都已化尽，又用药汤洗净，另上生肌散，另换膏药。三日以后，沿边渐渐的生出新肉，红馥馥的就如石榴子儿一般。十日以外渐渐平复。赵杏川时刻将他守住，不许他私进家去。刚得二十日就收了平口。赵杏川仍旧陪了他十日，足待了一个月。叫他服了二十剂十全大补汤，终是少年血气旺的人，调养得壮壮实实的个人。

赵杏川要辞了回家。狄员外除这一月之内，叫人往他家里送了六斗绿豆，一石麦子，一石小米，四斗大米，两千钱，不在谢礼之内；又送了十二两银，两匹绵绸，一双自己赶的绒袜，一双镶鞋，二斤棉花线，十条五柳堂大手巾。赵杏川收了四样礼，抵死的不收那十二两银，狄员外再三固让。赵杏川道："适间若是二三两，至多四两，我也就收的去了，送这许多，我到不好收得。原不是甚么难治的疮，不过费了这一个月的工夫，屡蒙厚赐，太过于厚。"狄员外见他坚意不收，只得收回那十二两的原封，另送了四两赆敬。赵杏川方无可不可的收讫。狄员外又盛设送行,请了陈少潭、相栋宇、崔近塘一伙亲友奉陪,尽欢而散。后来狄员外合赵杏川结成相知,遇麦送麦,遇米送米,连年不断,比那不收的十二两银过去了几倍。

在上述四个医生中,赵杏川是唯一一个在医德医术上都无可挑剔的人。惟其无可挑剔,也就没什么可爱之处,不说也罢。

艾回子求财而蚀财,赵杏川拒财而得财。这中间的舍得之道,大概就是作者塑造这两个人物的用意所在。

在人类的所有职业中,医生无疑是最特殊的一种。医疗水平标志着一个时代的人们在认知世界与认知自己上达到的高度。医疗水平越高,医生与患者在专业知识上就越不对称。一个医生,如果心术不正,那将是一件很可怕的事。所谓的医者父母心,就是说从事医生这个职业,首先必须有一颗仁心,物欲太重是不成的。

可是医生虽然有白衣天使的美称,但毕竟不能像天使一样不吃不喝,不管老婆孩子。作为现实中的人,医生也有物质的需要。那么在仁心与物质需要之间,怎么找到一个平衡的点呢?

在一个缺少法制的时代,医德的维持只能靠医生的自觉。而建立在自觉基础上的东西是最靠不住的,所以任何时代都不缺少无良医生。西周生在《醒世姻缘传》里一共写了四个医生,不良的就占一半,应该是有感而发吧。

西方国家以法律来维护医德。首先,通过严格的准入制度控制从医人员的素质;其次,通过优厚的待遇来满足医生的物欲;最后,通过严密的法律来约束医生的行为,一旦违反,就将失去从医的资格。这样做的结果是,在维护医德的同时也抬高了医疗的价格,看不起病成为普遍的现象。

而在当前的中国,医生和教师职业道德的沦丧,已经成为社会道德崩溃的标志。和当前医生与教师的堕落相比,杨古月和艾回子的种种鬼蜮伎俩都只能算是小巫见大巫:我有一个朋友,原是学中医正骨的,手艺也不错，但最近改行到骨外科去了，为什么呢？只因现在大多数医院不提供正骨服务，只欢迎手术——正一次骨最多收个百八十的，而一次手术呢，没有上万的钱拿不下来，一副钢板，进价百元，用在病人身上，就得数千元，放进去得数千元，取出来又得数千元——还得老天保佑别把左腿的钢板放到右腿里。

据这位医生朋友说，差不多有一半的骨科手术是不必要的。

医疗行业的堕落比医生个人的堕落要可怕得多。

从这里，我们可以看到，我们距离真正的医疗正越来越远。

老师并不都是斯文人

狄希陈的第一个老师汪为露汪秀才，是绣江县臭名昭著的"学霸"。

"学霸"是什么？从来只听说有"水霸"、"电霸"，装房子会遇到"地霸"和"沙霸"，开店会遇到"街霸"，开车会遇到"路霸"，至于"学霸"嘛，网上也有，就是学习特别特别努力、成绩特别特别好的同学——非也，非也，此"学霸"非彼"学霸"也！

也从来只听说"穷秀才"，从来没有人把秀才和"霸"联系起来。且慢，《醒世姻缘传》会让你大开眼界。

汪为露之所以成为"学霸"，首先应归功于运气好。一个私塾先生水平怎样，就看学生考秀才的升学率——和现在的高考也差不多。这汪为露呢，那几年走狗屎运，教的学生一考一个准，在别的先生手里多年不中的老童生，一投到汪老师门下，立马就中，汪老师因此名声大振。学生考中了秀才，都要备下十数两银子谢先生，汪老师也便成了老师中先富起来的一批人。

发家后的汪老师就忙了起来。先是忙着买田买房子，接着就是做生意，接着就是放高利贷。放高利贷不免就有坏账，有坏账就不免要打官司,打官司当然费时费力,最后到什么程度呢——一月三十日,倒有二十日出入衙门。

"贫在闹市无人问,富在深山有远亲。"发了家的汪老师交游日广,各种协会都有汪老师的名。既是有会友,就多了交际:今日与李四温居,明日与张三庆寿;今日赵甲请去尝酒,明日钱乙请去看花。这样,再要汪老师坐下来备课改作业,就完全不可能了。

汪老师的教学虽然误了,但工资奖金和年关福利却不肯误。

> 但只是端午、中秋、重阳、冬至、与夫年下这五大节的节仪,春夏秋冬这一年四季的学贶,上在考成,你要少他一分,他赶到你门上足足也骂十顿。有那学生的父兄,略知些好歹,嫌憎先生荒废了子弟的学业,撤了桌凳,推个事故辞回家去,他却与你抵死为仇,赖那学生,说他骑了头口,撞见先生不肯下来;又说他在人面前怎样破败;又说还欠几季束修不完;自己采打了学生,还要叫他父兄亲来赔礼;又说他倚了新先生的势力,又去征伐那新去从学的先生。

不但同行怕汪老师,就是邻居也怕。

汪老师有几亩地紧挨着刘乡宦的地。汪老师种地从来都是种到地界边上,一丝空也不留。后来,干脆在地边上种了一棵树,树越长越大,树枝渐渐伸到刘乡宦地里。树枝伸到哪里,汪老师的地就种到哪里。刘乡宦家人与他理论说:"你树侵了我的地,已是不顺理了,你却又种出树外。"汪老师反问道:"我当初种树的时节,你家是肯教我不留余地种在促边的么?"家人告诉了刘乡宦,刘乡宦没办法,只好叫人依眼下的边界立个石柱。汪老师看见了,很生气,质问道:"有你们这样立石柱的吗?都立到界边上了,我这边怎么耕地?"

汪老师和开药铺的侯小槐是邻居。汪老师看侯小槐的一堵界墙立在那里,想空着也是空着,就借过来盖了五间披厦。侯小槐屁也不敢放一个。

这样,汪老师的房就和侯小槐的连在一起了,原来的界就看不到了。看不到就好办了,汪老师一纸诉状告到衙门,说侯小槐侵占了他的地基,请县官主持公道。幸亏县官还算清白，将他训了一顿，不仅没有准他的状，反而判他拆掉披厦归还侯小槐的墙。

这不是要了汪老师的命吗？

汪为露揉了头，脱了光脊梁，躺在侯小槐门前的臭泥沟内，浑身上下，头发胡须，眼耳鼻舌，都是粪泥染透，口里辱骂那侯小槐。

没想到，汪老师平时传道授业解惑，一副道貌岸然的样子，竟然做出这等撒泼放赖的行为，确实让人大跌眼镜。

汪老师这么做的确是有伤身份，可要说丢人，下面的事就更丢人了。原因是汪老师有一个不太好的嗜好，就是"听壁根"，也就是躲在人家窗户下面听别人行房。这点"爱好"可让汪老师吃了大亏。

一日，听到一个屠户人家两口子正在那里行房。他听得高兴，不觉的咳嗽了一声。屠户穿了衣裳，开出门来，他已跑得老远，赶他不上，罢了。谁知他第二日又去听他，那屠子却不曾云雨，觉得外面有人响动，知道是又有人听他，悄悄的把他媳妇子身上捏了捏，故意又要干事。媳妇故意先妆不肯，后来方肯依从。媳妇子自己故意着实淫声浪语起来。屠户悄悄的穿了衣裳，着了可脚的鞋，拿了那打猪的挺杖，三不知（方言，"突然"、"一下子"的意思）开出门来，撞了个满怀，拿出那缚猪的手段，一手揪翻，用那挺杖从脊梁打到脚后跟，打得爬了回，惊出来许多邻舍家来。有认得是汪为露的，都说："汪相公，你平日那等老诚，又教着这们些徒弟，却干这个营生！"次日，屠户写状子要到提学道里去告他。央了许多的人再三央求，方才歇了。

想不到吧。下面的事更想不到。

汪老师先前教过一个学生叫宗昭，宗昭后来考中了举人。举人在过去已经很了不起了，新举人回家是要迎接的，家里也要摆酒请客庆贺一番。汪老师没有接到帖子，自己早早地到了，宗家热情地将他迎了进去。宗昭到家了，拿出布政司送的八十两坊银给父亲，四十两一锭，一共两锭。汪老师拿过一锭，左看了一会，右看一会，然后放入袖中，说道："这也是我教徒弟中举一场，作谢礼罢了。"别人以为他是开玩笑，谁知他酒足饭饱之后竟然扬长而去。

宗昭家里条件本来就不好，少了这四十两银子，就更是拮据。一个月后，宗昭要收拾行装，准备上京参加会试，东挪西借，也凑不齐路费。

这时，学道送人情，给了新科举人每人一个寄学的名额。什么叫寄学呢。在明代，童生通过捐纳或经提学考试核准，而取得同秀才同等的待遇，称为"寄学"。拿着这个指标，宗昭找了一个人，对方谢了宗昭一百二十两银子——宗昭的盘缠总算有了着落。

寄学的事汪老师不知从哪里听说了，也急忙张罗了一个，也收了人家一百二十两银子。然后，汪老师找到宗昭，逼宗昭把指标给他说定的人。宗昭急得恨不得跳楼——一百二十两银子已经用去了一半，就是答应汪老师，他到哪地方弄钱退给人家呢？宗昭只好向汪老师求情说："师弟之情就如父子一样，门生徼幸了一步，报恩的日子正长。如今且只当济助一般，万一会试再有前进，这一发是先生的玉成。"汪老师不为所动，宗昭继续央求，汪老师受不了，说出了心里话："甚么年成！今日不知明日的事！你知道后来有你有我？既中了举，你还可别处腾挪，这个当是你作兴我的罢了。"

宗昭不好和老师翻脸，只好答应汪老师。可他没有钱退给人家呀，只好开口向汪老师借六十两银子，汪老师依旧不肯。再求，还是不肯，恼了："我看你断不肯慨然做个人情叫我知感，你将来必定人也做不着、鬼也做不着才罢。我实对你说：你若把这个秀才，或是临时开了你自己的那个名字上去，或是与我弄不停当，你也休想要去会试，我合你到京中棋盘街上，礼部门前，我出上这个老秀才，你出上你的小举人，我们大家了当！"

宗昭吓得屁滚尿流逃回家。他父亲把几亩水田当了出去，又借了高利贷，还钱给人家，剩下的，打发儿子上京。

此后，汪老师仍不罢休，一次又一次地冒了宗弟子的名给县官写信，与人关说案件，搞得宗弟子名声扫地无法立足，只好躲到河南去了。去河南之前，宗昭还特地和县官道了别——汪老师不知道，在宗昭走后还依法施为，人们才知道宗昭之冤。

这宗昭，前生一定欠了汪老师的。在汪老师看来，所有的学生都欠他的。狄希陈也一样。

狄希陈跟着汪为露读了五年书，就认得一个"天上明星滴溜溜转"。没办法，狄员外只好改请程乐宇来家里教。汪为露不说自己误人子弟，反怪狄员外，并怪程乐宇抢了他的生意，还纠集几个混混将程乐宇打了一顿。程乐宇告到县衙，县官又将汪秀才训斥了一顿，并追论先前与侯小槐的官司，得知他还没有归还侯小槐的墙，县官罚汪老师缴八万砖送县学修尊经阁应用。

汪老师这几年可真是祸不单行。他听别人的壁根、占人家的田、赖人家的墙角、假冒宗昭的名义揽官司、殴打同行，所有这些丑行闹得众人皆知，再也没人敢把学生送给他教。大人们见了他绕道而行，小孩见了就围着喊："听梆声的来了！"搞得汪老师很抬不起头。

不久后，汪老师又赋了悼亡，新娶了一位十六岁的魏姓女子。虽然没有那沉鱼落雁之姿，却也有几分颜色。汪为露乍有了这年小新人，不免弄得象个猢狲模样：两只眼睛吊在深深坑里；肾水消竭，弄得一张扭黑的脸皮帖在两边颧骨上面，咯咯叫的咳嗽。狠命怕那新人嫌他衰老，凡是鬓上有了白发，嘴上有了白须，拿了一把鹰嘴镊子，拣着那白的一根一根的拔了。余来余去，余得那个模样通象了那郑州、雄县、献县、阜城京路上那些赶脚讨饭的内官一般。人人也都知道他死期不远，巴了南墙望他，倘得他"一旦无常"，可得合村安净。

狄希陈考上秀才后，狄员外除了感谢程乐宇之外，也准备了一份礼谢汪为露。狄员外准备了八样荤素的礼、一匹纱、一匹罗、一双云履、一双自己赶的绒袜、四根余东手巾、四把川扇、五两纹银，写了礼帖，叫儿子穿了秀才的衣巾，自己领了送到门上。

汪老师嫌少，不肯接受。不但不要，还骂开了："这贼！村光棍奴才！他知道是甚么读书！你问他：自他祖宗三代以来曾摸着个秀才影儿不曾？亏我把了口教，把那吃奶的气力都使尽了，教成了文理。你算计待进了学好赖我的谢礼，故意请了程英才教学，好推说不是我手里进的么？如今拿这点子来戏弄，这还不够赏我的小厮哩！"狄员外平时是个没有脾气的泥人，这下也恼了："儿子进学，原是为荣，倒惹的叫人这样凌辱！"叫人把那地下的帖子拾起，抬了礼回去，说道："我礼已送到，便进了御本下来，料也无甚罪过，凭他罢了！"

汪老师当然不会将到手的钱财往外推，他打听狄员外谢了程乐宇二十两银子，就依照这个标准，开出了价格：依照谢程乐宇的数目，一些也不许短少，酒就免了，折银二两，图两家便宜。可是狄员外吃软不吃硬，说："我为甚么拿了礼走上他家门去领他的辱骂？这礼是送不成了！"

汪老师在家干等了几天，不见动静，只好派人到狄家催。狄员外不理会，汪老师只好让步，情愿照程乐宇的礼数只要一半。等了几天，仍不见狄家人上门，只好再次降价，让狄家还把上次送去的原礼补回去算了。狄员外回话说："那里还有原礼？四样荤礼，岂是放得一向的东西？四样果品拿到家中，见说汪先生不收，只道是白拾的东西，大家都吃在肚子里了。尺头鞋袜都添送了程先生。他又不肯作一作假，送去就收了。那五两银子回将转来，到了这样'村光棍奴才'手里，就如冷手抓着热馒头的一般，那里还有放着的哩？多拜上汪相公：叫他略宽心等一等，万一学生再得徼幸中了举，叫他也象宗相公似的孝顺他罢了。"

汪老师只好开出"跳楼价"：

> 腥素的礼免送，只把那纱罗等物合那五两折仪送去，就两清了。狄员外道："此时正当乏手，等到好年成的时候补去罢。"那人道："你这是不送的话说了，诓着只管叫我来往的走。"狄员外道："你这倒也猜着了，九分有个不送的光景。"

汪为露恼羞成怒，将狄家父子告了，谁知县官根本不理，反将状纸贴了出来。汪为露又羞又恼，垂了头，骑了一个骡子，心里骨碌碌动算计："私下打又不可，当官呈又不行，五两银，两匹纱罗，扯脱了不可复得，怎生是处？"愈思愈恼，只觉得喉咙里面就如被那草叶来往擦得涩疼。待了一会，咳嗽了几声，謈的吐了几碗鲜血，从骡子上一个头晕，倒栽葱跌在地上，昏迷不省人事。

汪老师并不马上就死，而是捱了好长时间。病床上的汪为露虽然动弹不得，歪心思却是一刻也不停。汪老师吩咐儿子，等他死后，一定要到衙门去告狄员外和程乐宇，不让他们好过。儿子不肯："那狄宗禹合程英才怎么的你来？叫我告状！你是个秀才，告谎状还可；我这光棍告了谎状，叫官再打第二顿，打不出屎来哩！人家好好的尺头鞋袜、金扇手巾、五两银子、两三抬食盒，爷儿两个自己送上门来，就是见在跟你读书，也不过如此。把他一顿光棍奴才，骂得他狗血喷了头的一般，如今可后悔！"

到了晚上，汪老师又逼儿子拿了麻绳裹脚，到狄家门口上吊，图赖他的人命。儿子还是不肯："我这样一个精壮小伙子，过好日子正长着哩，为甚么便轻易就吊死了？"汪老师骂道："傻砍头的！谁教你真个吊死不成！这是唬虎他的意思，好叫他害怕，送了那礼来与咱。我已是病的待死，这银子要了来，没的我拿了去哩？也脱不了是你使。"儿子说："人有了命才好使银子。万一没人来救，一条绳挂拉杀了，连老本拘去了，还得使银子哩！"

儿子怕死，汪老师却不怕——反正要死了，汪老师说："你既不肯去，你去雇个人来把我抬到他家，教他发送我，死活由我去！"儿子还是不干："你要去自去，我是不敢抬你去的。你没见县里贴的告示？抬尸上门图赖人者，先将尸亲重责四十板才问哩！我没要紧寻这顿板子在屁股上做甚么！"

汪为露终于在众人的盼望中（他十六岁的小妻子为盼他死还曾给他烧了个筶篱）一命归阴。汪为露死后，多年坑蒙拐骗来的钱都被小妻子藏了不拿出来，加上儿子不孝，连买棺材的钱都没有，好歹有几个不记前仇的学生集资将他葬了。出殡时，学生们都来了，序齿排成了班次，学长上了香，献了酒，行了五拜礼，举哀而哭。哀止，大家抬起头来，发现大部分人都只是干号，只有宗昭和狄希陈两个哭得真切，涕泪滂沱，起来后还哭个不停。师兄弟都很奇怪，就问宗昭是为什么。

宗昭说问什么呢？还不是想起了当初我中举的时候，汪老师逼得我差点跳井，我向他借钱，他不但不给，还说要和我到礼部门前棋盘街上拿了老秀才搏对我这小举人。这才是多久的事，没想到汪老师就不在了，真是"曾几何时，而先生安在哉？"想到这里，不由人不伤感。

大家又问狄希陈哭什么呢？狄希陈本不想说，架不住众人一再追问，不得已道出原委："我因如今程先生恁般琐碎，想起了从了汪先生五年不曾叫我背一句书，认一个字，打我一板，神仙一般散诞！因此感激先生，已是要哭了；又想起昨在府城与孙兰姬正顽得热闹，被家母自己赶到城中把我押将回来，孙兰姬被当铺里蛮子娶了家去，只待要痛哭一场，方才出气。先在府城，后来在路上，守了家母，怎么敢哭？到家一发不敢哭了。不指了哭先生还待那里哭去？"

众人也不管什么先生灵前，拍手大笑，说完走散。

学生们只管哭，师娘可是等不及了，就在坟头上脱下孝服，换了婚纱，上轿走了，新郎就是汪为露的邻居——侯小槐。

我总结汪老师的一生，可谓"四怕"：同行怕，邻居怕，学生怕，学生家长怕——和中学课本上的别里科夫有的一比。

《笑林广记》有一则笑话是讽刺老师的。说是一个接生婆很年轻很漂亮，有个无赖想调戏她，就派人将她请来，自己扮成孕妇，脱了裤子躺在床上。接生婆将手伸进被子一摸，摸到了无赖的那玩意。接生婆很奇怪，说：我干这一行也有上十年了，接生的孩子不说一千，也有八百了。一般来说，头先生的，叫顺生；脚先生的，叫逆生；手先生的，叫横生；这××先生的，我还是第一次见到。

像汪为露这样的××先生，我也是第一次见到。

韩非有言：上古竞于道德，中古逐于智谋，当今争于气力。其实，从历史唯物主义的观点看，韩非的历史观是完全颠倒的：争于气力，是人类最早的竞争手段，越是后来，越是争于智谋，至于竞于道德的事，则是从未有过——完全是厚古薄今的中国人的一种幻想。也就是说，以力气胜人，是一种最落后的竞争手段。可叹汪老师空有学霸的名声在外，所做的大部分光辉事迹，竟然连江湖帮派都不如，纯粹是天津卫小瘪三的下三滥手段：除了打砸抢之外，就只会臭水沟里打滚，实在是把知识分子的脸都丢光了。

和书中的其他几个混混相比，汪为露的最大特点是不要脸。其他的混混，比如晁无晏和晁思才，在赖别人东西的时候，在占别人东西的时候，总还要找个借口什么的。汪为露呢？什么借口都不要，就是你得给我，你的东西最好全部给我，不然也得分点给我，不然我心里就难受，我难受，你也别想好受。

在《醒世姻缘传》里，西周生刻画了众多的私塾先生形象，既有像程乐宇、陈六吉这样的敦厚长者，也有像汪为露这样的斯文败类。不过，在所有私塾先生中，汪为露还不算最坏的。小说里还写到在饥荒年代里，一个叫吴学周的私塾先生，将自己的学生煮着吃了——真是骇人听闻。

作为一个教师，看到西周生如此作践我的同行，老实说，心里很不是滋味。职业本身并无道德高下之分，任何行业都有圣贤，任何行业也都有败类。**但是，我们在选择职业的时候，一定不要忘了，有些职业是不能发财致富的，比如教师，比如行政，比如医生。如果在某一国家，这些职业的人非常非常富有或者非常非常贫穷，那么这个社会一定是出问题了。**

人生而平等，没有人可以剥夺别人发财致富的愿望，但如果你的这个欲望过于强烈的话，请你从校园里走开。

"惧内班"里的副班长

在《醒世姻缘传》里，论起怕老婆，狄希陈当然是无人能敌的冠军。但是，"吾道不孤"，除了狄希陈外，那些道貌岸然的大人老爷，也没有几个不怕老婆的。狄希陈的顶头上司吴刑厅（刑厅也叫推官，是知府的属官，经历又是推官的属下）可以说是这一行里当之无愧的副班长。

这吴刑厅，和狄希陈的表弟相于廷是同年，科举及第后留在京城观政（明代士子进士及第后并不立即授官，而是被派遣至六部九卿等衙门实习政事），夫人仍留在老家。虽说是天子脚下，但吴观政仍感觉天高皇帝远的自由，先后娶了两个妾，都是青楼女子，一个叫南瓜，一个叫荷叶。这南瓜和荷叶争风吃醋互不相让。吴观政和荷叶睡觉，南瓜便去掀被子，打屁股，骂忘八淫妇。吴观政和南瓜睡觉，这荷叶也是依法施为。没办法，吴观政只好给她们排班，五天一班，轮流值班，结果仍旧为虚的实的争吵不休，连邻居也不得安宁。

吴推官没有法，只得另打了宽炕，另做了阔被，三人一头同睡。吴推官将身朝里，外边的不是手臂，就是大腿，多是两三下，少是一两下，扭的生疼。将身一骨碌翻转朝外，那里边的从头上拔下簪子，不管脊梁，不论肩膀，就是几锥。弄得个吴推官不敢朝里，不敢朝外，终夜仰面朝天，或是覆身向地。有时荷叶趴在身上，南瓜就往下拉；有时南瓜趴在身上，荷叶就往下扯。整夜就象炼魔演猢狲相似，弄得眼也不合，这也算是极苦。谁知这吴推官以为至乐，每每对了同年亲友，自诩相夸不已。

吴观政乐在其中，旁人也不便多言。人说，"丑媳妇总得见公婆"，且看这私娶的小媳妇如何见大老婆。

　　吴推官道："向在京中，干了一件斗胆得罪的勾当，在奶奶上请过罪，方敢明说。"大奶奶道："你且先说明了，再请罪不迟。万一得的罪大，不是可以赔礼销缴得的，赔过礼就不便了。"吴推官道："也是人间的常事，没有甚么大得罪，容赔过礼再说，谅得奶奶定是不计较的。"

　　吴推官跪下，就磕下头去。大奶奶将身躲过，说道："你既不说，我也不合你行礼。"吴推官磕头起来，说道："因念奶奶身边没人伏侍，年小丫头又不中用，空叫奶奶淘气。京中寻了两个老婆，专为伺候奶奶。但没曾讨了奶奶的明示，这是得罪。"一面叫过两人来在奶奶上磕头。指着荷叶道："这是先寻的，名字叫就荷叶。"指着南瓜道："这是后寻的，名字叫就南瓜。"

在《醒世姻缘传》里，所有的男人娶小老婆，都不说是为自己，都说是为了找人服侍大老婆——狄希陈除外。大奶奶可不信吴推官那一套，给了吴推官一个大不趣，转身走了。正在吴推官无可奈何的时节，救星——岳父大人来了，老爷子勉强做通了女儿的工作，大奶奶同意南瓜和荷叶进门，但是和吴推官约法三章。

　　大奶奶分付："叫人收拾后层房屋东西里间，与荷叶、南瓜居住。"荷叶改名马缨，南瓜改名孔桧，不许穿绸绵，戴珠翠。吴推官在京里与两个做的衣服首饰，追出入库；轮流一递五日厨房监灶，下班直宿；做下不是的，论罪过大小，决打不饶。制伏的这两个泼货，在京里那些生性，不知收在那里去了。别说是争锋相嚷，连屁也不敢轻放一个。在家在船，及到了任上，好不安静。每人上宿五夜，许吴推官与他云雨一遭，其余都在大奶奶床上。

吴推官色心难禁，常哄得大奶奶睡着了，再偷出来和马缨或者孔桧快活。大奶奶发现了，当然要处置马缨和孔桧。吴推官呢，免不了回护几句。

有罪责罚的时节，这吴推官大了胆替他说分上。大奶奶不听，便合大奶奶使性子。渐至出头护短，甚至从大奶奶手中抢夺棍棒。把个大奶奶一惹，惹得恶发起来，行出连坐之法：凡是马缨、孔桧两个，有一人犯法，连吴推官三人同坐，打则同打，骂则同骂，法在必行，不曾饶了一次。除了吴推官上堂审事，就是大奶奶衙里问刑，弄得个刑厅衙门，成了七十五司（主管人间善恶祸福、生死轮回的冥府之神）一样，人号鬼哭，好不凄惨！

这下可就热闹了。

起先与那经历邻墙，还怕经历衙中听见，虽也不因此收敛，心里还有些不安。及至狄希陈到了任，起初时节，寄姐怕刑厅计较，不敢十分作恶；大奶奶又怕狄经历家闹笑话，不肯十分逞凶。及至听来听去，一个是半斤，一个就是八两，上在天秤，平平的不差分来毫去，你也说不得我头秃，我也笑不得你眼瞎，真是同调一流雷的朋友。有时吴推官衙里受罪，狄希陈那边听了赞叹；有时狄希陈衙里挨打，吴推官听了心酸；有时推官经历一同受苦，推官与经历的奶奶同时作恶，真是那狮吼之声，山鸣谷应，你倡我随！

一天，吴推官要陪同知府到庙里去行香，大奶奶也起得很早，发现孔桧还没起来，就罚孔桧到天井里跪着，马缨连坐，也得跪。吴推官为马缨打抱不平，结果也——连坐了。

吴推官不敢违拗，顺顺的走进房内，朝了眠床登时做了个半截汉子。太守堂上打了二点，登时发了三梆，差人雪片般来请，又禀说："太爷合两厅都上在轿上，抬到仪门下等候多时。"一替一替的打得那梆子乱响。可怪那吴推官空有须眉，绝无胆气。大奶奶不曾分付甚么，焉敢起来？倒还是大奶奶晓些道理，发放道："既是堂上同僚们都在轿上等候，便宜了你，且放起来！"

吴推官跪得两腿麻木，猛然起来，心里又急待着要出去，只是怎么站立得起来！往前一抢，几乎不跌一交。待了老大一会，方才慌慌忙忙上轿赶做一伙。见了三位同僚，虽把些言语遮饰，那一肚皮的冤屈闷气，两个眼睛，不肯替他藏掩。

吴推官受了知府、粮厅、军厅三个同僚好一场奚落，心里懊恼不已。接下来就看吴推官如何排遣了。

勉强忍了气，行过了香，作别回了本厅，坐堂金押，投文领文已完，待了成都县的知县的茶，送了出去，然后本府首领经历、知事、照磨、简较、县丞、主簿、典史、驿丞、仓官、巡简、成都卫千百户镇抚、僧纲、道纪、医学、阴阳，也集了四五十员文武官员，都来参见。

庭参已毕，吴推官强自排遣，说道："我们都是个须眉男子，往往制于妇人。今日天寒雨雪，我要将各官考察一番，不是考察官评，特考某人惧内，某人不惧内，以见惧与不惧的多寡。众官都北向中立，待我逐个点名。自己也不必明白供说，各人将出公道良心，不可瞒心昧己，假做好汉；有如此的欺人，即是欺天。点到跟前，惧内的走往月台东站，不惧内的走往月台西站。"

说完，吴推官就第一个走到东边站下，然后逐一点名。点下来大约东边站立的十有八九，西边站立的十无一二。点到狄希陈时，狄希陈先走到东边，站下，又走到西边，最后回到中间，不知站到哪里。

吴推官问道："狄经历或是就东，或是就西？不西不东，茫无定位，却是何故？"狄希陈向前禀道："老大人不曾分付明白，兼怕小老婆的人，不知就在那一方站？"

吴推官说这确实难办，这样吧，你就站中间吧。一通名点下来，原来怕小老婆的只有狄希陈一个。名单最后是一僧一道。

道人说："我们是出家人，没有老婆，望老爷免考。"吴推官道："和尚道士虽然没有老婆，难道没有徒弟？怕徒弟的也在东边站去。"只见这两个僧道红了脸，低着头，都往东边站在各官之后。（看来和尚道士中同性恋的比例可是奇高啊）

最后吴推官进行了总结发言："据此看起来，世上但是男子，没有不惧内的人。阳消阴长世道，君子怕小人，活人怕死鬼，丈夫怎得不怕老婆（这是副班长胜过班长的地方，狄希陈就不能总结出这么精辟的怕老婆理论）。适间本厅实因得罪房下，羁绊住了，不得即时上堂，堂翁与两厅的僚友俱将言语讥讪本厅取信不及，一则是无事，我们大家取笑一番；一则也要知知这世道果然也有不惧内的人么。看将起来，除了一位老先生，断了二十多年的弦，再除一个不带家眷的，其余各官也不下四五十位，也是六七省的人才，可见风土不一，言语不同，惟有这惧内的道理，到处无异，怎么太尊与他三个如此撇清？'吾谁欺？欺天乎？'"

这时，有个马屁精下属出来为吴推官打抱不平，揭发说知府大人（吴推官的顶头上司）、军厅和粮厅（吴推官同僚）也怕老婆："堂上太爷也不是个不惧内的人，夏间冲撞了大奶奶，被大奶奶一巴掌打在鼻上，打得鲜血横流，再止不住。慌忙叫了医官去治，烧了许多驴粪吹在鼻孔，暂时止了；到如今成了鼻衄的锢疾，按了日子举发。怎还讥诮得老爷？就是军厅的胡爷，也常是被奶奶打得没处逃避，蓬了头，赤着脚，出到堂上坐着。粮厅童爷的奶奶更是利害，童爷躲在堂上，奶奶也就赶出堂来便要行法教诲。书办、门子、快手、皂隶，跪了满满的两丹墀，替童爷讨饶，看了众人分上，方得饶免。衙役有犯事的，童爷待要责他几下，他还禀道：'某月某日，奶奶在堂上要责罚老爷，也亏小的们再三与老爷哀告，乞念微功（我读到"乞念微功"时差点笑趴了），姑恕这次。'童爷也只得将就罢了。老爷虽是有些惧内，又不曾被奶奶打破鼻子，又不曾被奶奶打出堂上，又不求衙役代说人情，怎么到还笑话的老爷？"

吴推官心里顿时平衡，问有这样的事，我怎么没听说！如果早知道刚才哪会受他们的鸟气？考察完毕，吴推官感叹说："今日之事，本厅与诸公都是同调。"

因为是同调，所以，吴刑厅对狄希陈多所优容。后来，狄希陈在被窝里被素姐逮住机会打了六百多棰，吴刑厅还代表组织及怕老婆协会向狄希陈表示亲切慰问。

吴推官打点待茶，赶开了众人，悄悄问道："仁兄，你忒也老实。'小杖则受，大杖则走。'（父亲用小木条打你，你就让他打，如果他用大棒子打你，你就跑。语出《孔子家语》，孔老夫子用来孝顺父亲的方法被吴推官用来对付老婆，也算妙哉）你也躲闪躲闪儿，就叫人坐窝子棱这们一顿？"狄希陈道："那日经历已是脱了衣裳睡倒了，他挤到屋里，给了个凑手不及，往那里逃避？"吴推官道："仁兄，你只敢脱了衣裳先就睡了，这就是粗心。女人们打汉子，就乘的是这点空儿。或是哄咱先脱了衣裳睡下，或是他推说有事，比咱先要起来，这就是待打咱的苗头来了。凭他怎么哄，咱只说：'奶奶不先睡，我敢先睡么？我倒不先起去开门，放丫头生火扫地的，敢叫奶奶先起去么？'你只别叫他先起来，别叫他后睡。咱穿着衣裳，还好跑动；他光着屁股，咱还好招架。我这不是相厚的乡亲，也不传给仁兄这个妙法。"

"我这不是相厚的乡亲，也不传给仁兄这个妙法。"吴推官这句掏心窝子的话充分体现了他们深厚的革命情谊。

吴推官这个人物的塑造，当然是为了给狄希陈做陪衬。在小说中，狄希陈为官的成都府是一个怕老婆的窝子，但是读者千万别以为，只有成都府如此。**西周生将绝大部分官员都写成"妻管严"，显然是有用意的：这些道貌岸然的大人老爷连"家"都齐不了，还指望他们"治国平天下"，不是痴人说梦吗？**

两大酸人

　　晃源的对门叫禹明吾，是个和晃源一起扛过枪（打猎），一起嫖过娼（晃源的妾珍哥原来是个妓女，禹明吾曾是她的主顾。后来计氏死后，珍哥躲到禹明吾家里，又和禹明吾鬼混过一阵）的朋友。一天，禹明吾带一个人来拜见晃源。这个人就是童定宇童山人，西周生这样写童定宇：

　　　　戴着块方巾，扭黑张飞脸，绯红焦赞头。道袍油粉段，方舄烂红绸。俗气迎人出，村言逐水流。西风梧叶落，光棍好逢秋。

　　一个所谓的文化人，长得和张飞、焦赞一样黑里透红，不开口都知道是个打秋风的（到朋友那里混吃混喝再混点钱叫打秋风），真是要多恶心有多恶心。

　　双方见面礼毕，童山人就吹开了："晚生原本寒微，学了些须拙笔，也晓得几个海上仙方，所以敝府乡老先合春元公子们也都错爱晚生。就是钱吏部、孙都堂、李侍郎合科里张念东、翰林祁大复都合晚生似家人父子一般。只因相处的人广了，一个身子也周不过来，到了这一家，就留住了，一连几日不放出来，未免人家便不能周到。见了便就念骂，说道你如何炎凉，如何势利，'鹁鸽拣着旺处飞'，奚落个不了！所以连青州府城门也没得出来走一走，真是井底蛤蟆，没见甚么天日，但是逢人都便说道：'武城县里有个乡官晁老爷的公子晁大爷，好客重贤，轻财尚义。投他的就做衣裳，相处的就分钱物；又风流，又偆傥。'所以晚生就如想老子娘的一般，恨不得一时间就在大爷膝下。只是穷忙，这些大老们不肯厮放，那得脱身？钱少宰老先新点了兵部，狠命的央晚生陪他上京。别的老先们听见，那个肯放？都说道：'你如随钱老先去了，我们饭也是吃不下的。你难道下得这等狠心？'"

不得不说，这童山人很有说话艺术。先吹自己忙于交游。因为忙于交游，所以没空出来。虽然没空出来，也久闻晁大官人的名号。虽然仰慕晁大官人，但仍旧不能出来——现在总算如愿了。中间几转几折，让像我这样的直肠子佩服不已。

那么，这个"人见人爱"的童定宇是何方神圣呢？为了弄清这个人的来头，送走童定宇后，晁源将禹明吾留了下来。

  禹明吾说："我也没合他久处，是因清唱赵奇元说起他有极好的药线，要往省下赶举场说起，才合他相处了没多几日。他又没处安歇，我晚日才让他到后头亭子上住下了。"晁大舍道："看那人倒是个四海和气的朋友，山人清客也尽做得过了。我还没见他画的何如哩。"禹明吾道："他也不大会画甚么，就只是画几笔柳树合杏花，也还不大好。看来倒只是卖春线罢了。"

春线是什么？有解释说为一种情趣用品，就是浸过兴奋药剂的线。至于出处在哪里，怎么使用，就不大清楚了。

晁源又问禹明吾，该怎么打发童大山人。禹明吾道："他适才送了你几根药线？"晁大舍说："我没大看真，不知是四根，不知是六根。"禹明吾道："他那线就卖五分一条哩；一斤白丸子，破着值了一钱；两副带子，值了一钱二分，两幅画，破着值了三钱：通共六钱来的东西。你才又款待了他，破着送他一两银子罢了。"晁大舍道："我看那人是个大八丈，似一两银子拿不出手的。"禹明吾道："你自己斟酌，多就多些，脱不了是自己体面。"说完，二人作别散了。

这个童山人的春线晁源当天晚上就用了，效果确实不错，晁源第二天就将童山人所带的一百条春线全部要了过去。童山人临走时，晁源听从珍哥的吩咐，付了童山人五两银子的药钱，又送了六两银子的路费，另外还送了一匹衣着机纱，一双鞋，一双绫袜和十把金扇。童山人本来指望晁源有二两银子送他就不错了，这下子当然喜得抓耳挠腮的。

童山人这个人物在小说里从此消失，再没有出现。总起来看，童山人这个人物除了进一步表现晁源和珍哥的荒淫外，对小说情节的发展并没有起多大作用，完全可以看作是一种闲笔——这是小说结构不够严谨的一种表现，在《红楼梦》那里，就不再有这种闲笔了。

但童山人这个人物形象还是很鲜明的。我觉得他完全可以和《儒林外史》中的很多人物媲美——不，应该是媲丑，你觉得呢？

无独有偶，像童山人这样的人物在《醒世姻缘传》里还不只一个。

狄希陈出贡后，绣江县给狄家竖旗挂匾，出席典礼的领导是县里的臧主簿，恰好也是贡生出身。

> 主簿自叙，说也是准贡出身，他也是廪膳援例，科过了三遍举，说他遭际的不偶："甲子科场里本房已是荐了，只因一场表里多做了两股，大主考就把卷子贴出来了，挂出榜来只中了一个副榜；丁卯那一科，更造化低，已是取中了解元，大主考把卷子密密层层的圈了，白日黑夜拿着我的卷子看，临期把我的卷子袖在袖子里忘了，另中了一个解元。后来我见他那卷子，圈点的那如我的两篇？《孟子》的文章，抹了好几笔，三篇经文章也通没有起讲。叫我说：'这文章怎么中的解元！'我要合他见代巡。那大主考恐怕皇上知道，再三的央我说：'前程都有个分定的，留着来科再中解元罢。叫他把牌坊银子让了兄使。'我说：'岂有此理！既是老大人这等说，生员狗屁也不放了。'我仔细想来：头一科已是中了，神差鬼使的多做上两股，不得中；后一科已是中了解元，被人夺去。这是命里不该有这举人的造化了。遇着这纳贡的新例，所以就了这一途，敝县的县公合宗师都替我赞叹，都说可惜了的，也都不称我是甚么'斋长'，都称我是'俊秀才'。这'俊秀才'的名色也新呀。"

"后来上京会试，吏部里又待考哩。其实拿着自己的本事考他下子好来，吃亏那长班狗攮的撺掇说：'这准贡的行头，考得好的，该选知州知县推官通判哩。爷不消自己进去，受这辛苦做甚么？有专一替人代考的人，与他几两银子，他就替咱考了。'谁知造化低的人，撞见了个不通文理的人，《四书》本经都不记的。出了个《孟子》题是'政事冉有季路'。他做的不知是甚么，高高的考了个主簿。挂出榜来，气了我个挣！我说：'罢了，罢了，天杀的杀了我了！'无可奈何的选了这里来。"

第一次考举人，八股的格式没搞清楚，多写了两股，记了零分；第二次考，又没有考中。只好捐了个贡生，参加吏部的考试，请了个枪手代考，结果考了主簿（据寄姐的舅舅讲，贡生考主簿是最差的）。这样丢脸的事情，如果是我，藏之唯恐不及，亏了他，还到处宣扬。真是让人无语。

"说不尽敝堂尊认的英雄，我头一日到了任，他没等退堂，只是对着门子书办夸我说：'你三爷（在县里，知县是大爷，县丞是二爷，主簿是三爷，典史是四爷）真是一个豪杰，可惜做这们个官，不屈了这们个人品？我必欲扶持他，荐本还教升个知县，'每日准十张状，倒足足的批八张给我。咱读书的人，心里明白，问的那事，就似见的一般，大小人都称我是'臧青天'。咱把那情节叫管稿的做了招，我自提起笔来写上参语，看得其人怎么长，该依拟问徒；其人怎么短，该依拟问杖；多多的都是有力。咱不希罕他一点东西，尽情都呈到堂上去。行下发落来，咱收他加二三，堂上又喜咱会干事，百姓又喜咱清廉，昨日已许过我升的时节要与我剥靴哩。"

"昨日考童生的卷子，二衙里是个恩贡，只分了三百通卷子与他；四衙里连一通也没有；这七、八百没取的卷子，通常都叫我拆号。我开了十个童生上去，一个也没遗，都尽取了。就是昨日委我与兄挂扁，这都是堂尊明明的照顾。这要不是堂尊委了我去，兄为甚送我这礼？"

最后，臧主簿建议狄希陈坐监后就找一个人代考，但一定要找一个好一点的枪手。还说到时候会来给狄希陈送行，"还有许多死手都传授给兄。"

像臧主簿这样的人，就是到现在，也是随处可见：因为怕人瞧不起，所以拼命地吹嘘，可是越是吹嘘，越是暴露出自己的浅薄与小气，也就越让人瞧不起。

文人潦倒并不可怕，或者说真正的文人并不怕潦倒，比如柳永，比如唐寅，比如徐渭。怕的就是像童山人和臧主簿这样，没有一个文人起码的才能，又不甘心潦倒——自己难受，别人看着也难受。

三地媒婆，其实一人 ///

明代的陶宗仪在《辍耕录》里解释了什么叫"三姑六婆"："三姑者，尼姑、道姑、卦姑也；六婆者，牙婆（贩卖人口的，古时并不违法）、媒婆、师婆、虔婆（妓院的老鸨）、药婆、稳婆（接生婆）也。"

在中国旧小说里，"三姑六婆"代表着相当恶劣的形象。这种人物形象的特点是七嘴八舌、不务正业、串门子、拉皮条、搬弄是非、唯利是图、推销迷信、诱人入彀、愚昧无知、贼头贼脑等等。用《醒世姻缘传》中的话说就是：善缝青眼罩，惯送绿头巾。生出无穷事，骗去许多银。领人行贫路，便己降邪神。能使良人贱，饶教富者贫。清代的郑板桥更是再三告诫家中妇女，不可与"三姑六婆"之流有任何来往。

《醒世姻缘传》里的三姑六婆可不少，郭姑子、海姑子属于三姑，前面已经说过了，本篇单说"六婆"中的媒婆。

天下最不可靠的东西除了水月镜花以外，大概就是媒人的嘴了。首先请看媒人如何说媒。

明水镇上有一个程大姐，长得也算有十分的人才，因母亲是个拉皮条的，从小耳熏目染，长大后也就继了母业，做了个暗娼。后来，程大姐——按现在的称呼应该喊"程小姐",嫁给了一个武举魏三封。成亲那天,她的母亲,那个退了休的老鸨找来一块白布,上面滴了些鸡血,然后交给女儿,叫她藏好。并叮嘱前两夜一定不要和老公同房,就说身上来了没完。然后找个机会,把老公灌醉了,再答应和他行事。在之前,就把滴了鸡血的白布垫在屁股底下,来个以假乱真。

程大姐依计而行,上床之后,把上下衣裳牢牢系了无结,紧紧拴扣坚牢。略略惹他一惹,流水使手推开,啼啼哭哭个不止。絮烦到了半夜,魏三封使起猛性,一把搂在怀中,采断了衣带,剥了裤子,露出那个所以然的物事,朝了灯一看,有甚么相干是个处子!已是东一扇、西一扇,成了个旷荡门户,不知经了多少和尚出入!魏三封怒从心起,一手采翻,拳撞脚踢,口咬牙嘶,把个程大姐打得象杀猪相似的叫唤。

程大姐当天夜里就被休回了娘家。

被休回家的程大姐继续扫榻迎宾,虽然快活,但终非长久之计,思谋着嫁人,可又有谁敢娶呢?

还别说,真就有个人看上了程大姐,这个人叫周龙皋。周龙皋的前妻又丑又妒,让周龙皋恶心了几十年。好不容易盼得丑老婆归了西,周龙皋决定立马续弦,条件只有一个——漂亮。

且看媒婆是如何说成这桩姻缘的:

> 周龙皋打发媒婆吃了些酒饭,催去说这门亲事。媒婆到了那里,说得周龙皋家富贵无比,满柜的金银,整箱的罗段,僮仆林立,婢女成行,进门就做主母。"周龙皋又甚是好性,前边那位娘子丑的象八怪似的,周大叔看着眼里拨不出来,要得你这们个人儿,只好手心里擎着,还怕吊出来哩。"程氏问说:"不知有多大年纪?"媒婆道:"过年才交二十八,属狗儿的。这十一月初三是他的生日,每年家,咱这县衙里爷们都十来与他贺寿,好不为人哩。已是两考,这眼下就要上京。浑深待不的几个月就选出官儿来,你就穿袍系带,是奶奶了。"
>
> 孙氏道:"有撒下的孩子么?只怕没本事扎刮呀。"媒婆道:"有孩子都大了,大哥今年十七,小的两个都十来岁了,都不淘气。"孙氏道:"呵!这十七的大儿,也是他十一岁上得的呀!"媒婆道:"你看我错说了。这大哥哥可是他大爷生的,没娘没老子,在他叔手里从小养活,赶着周大叔就

叫爹叫娘的，这年根子底下也就娶亲哩。"孙氏道："是他亲哥的儿么？"媒婆道："可不是亲弟兄两个？只吊了周大叔哩。"孙氏道："他既有哥，他怎么又是周大叔？不是周二叔么？"媒婆道："爷哟，你怎么这们好拿错？"孙氏道："实合你说：俺闺女只他自家养活的娇，散诞逍遥的惯，到了这大主子家，深宅大院的，外头的进不去，里头的出不来，奶奶做不成，把个命来鳖杀了哩。咱别要扳大头子，还是一班一辈的人家，咱好展瓜。"媒婆道："狗！人家大，脱不了也是个外郎（宋元以后对衙门小吏的称呼），甚么乡宦家么？有规矩！"孙氏道："咱长话短说，俺不扳大头子。有十七八的儿，必定有四五十了。俺花枝儿似的人，不嫁老头子。"

好在程大姐有自己的择偶标准。程大姐认为，年纪不是问题，床上功夫才是关键。经过现场检验，这两个"活宝"终于喜结良缘。

看了媒婆说媒，再来看媒婆如何敲雇主的竹杠。狄希陈想娶妾，童奶奶帮着张罗媒人到处说和，狄希陈只是瞧不上眼——原来狄希陈想娶的是童奶奶的女儿——寄姐。按习俗，狄希陈当然不能自己上门提亲，于是托了两个媒人上童奶奶家。

媒人一到，童奶奶慨然应允，又说："凡有话说，请过狄大爷来，自己当面酌议，从小守大的，同不的乍生子新女婿。凡百往减省处做，不要妄费了钱，留着叫他两口儿过日子。"留两个吃了早饭。

童奶奶的话到了两个媒婆的嘴里就变了样：

狄希陈巴着南墙望信，只见两个吃得红馥馥的脸弹子，欢天喜地而来，说他两个费了多少唇舌，童奶奶作了多少腔势，方有了几分光景。又学童奶奶说道："你合狄大叔说，往时不相干来往罢了，如今既讲亲事，嫌疑之际，倒不便自己上门了，有甚话，只叫你来传罢。"

这是先将双方隔开，然后才好两头架话。

狄希陈喜的跳高三尺，先与了周嫂儿马嫂儿一两喜钱。"皇历上明日就是上吉良辰，先下一个定礼，至于过聘；或是制办，或是折干，你二位计个明示。娶的日子，我另央人选择。"两个媒婆道："这事俺们已是问明白了。童奶奶说来，虽是日子累了，还有亲戚们，务必图个体面好看，插戴、下茶、衣服、头面、茶果、财礼都要齐整，别要苟简了，叫亲戚街里上笑话。"

既然狄希陈见不到童奶奶，那么童奶奶怎么吩咐还不是两个媒婆说了算。

狄希陈说："我山东的规矩与北京不同，我不晓的该怎么样着。狄周又往家里去了，这里通没人手，只怕忙不过来。"周嫂儿道："没人使，倒不消愁的，俺两个的老头子合俺那儿们好几个人哩，怕没人使么？"狄希陈道："这都在不的我，你还合童奶奶那头商议去。"

狄希陈的话到了媒婆嘴里当然也不能不大变样。

这两个媒人走到童家，说："狄希陈甚是喜欢，说姑奶奶玉成了这事，他永世千年也是忘不了的。明日就下个定礼，下茶过聘，首饰衣服该怎么着，任凭姑奶奶分付了去，务必要尚齐整，别要叫亲戚们笑话。"童奶奶道："我合姑娘商议来，他在客边又没人支使，下甚么茶？脱不了只他老老家合他舅舅、舅母，有谁笑话？咱住着窄逼逼的点房子，下了茶来也没处盛；衣裳首饰际续随时制办，也不在这一时，只叫他做两套妆新的上盖衣服，簪环戒指，再得几件小巧花儿，拣近着些的吉日，娶过那边去，或过三日，或过对月，再看或是一处住，或是两下里，叫他别要费那没要紧的事。"周嫂儿道："姑奶奶，这话我都对着姑夫说来，他只说是要齐整好看，别要疼钱。"童奶奶道："也是个不听说的孩子；他见不的我么，只传言送语的？你请了他来，我自家合他说。"

这怎么成呢？赶忙拦住。还得以狄希陈的名义阻止。

周嫂儿道："哎哟！我那样的请他来，他说：'常时罢了，谁家没过门的新女婿，好上门上户？'"童奶奶道："光着屁股看大的娃娃，又支起女婿架子来了！你別要管他，我住会儿自家合他说去。"也与了周嫂儿两个四钱银子，管待了酒饭，打发的去了。

童奶奶收拾了身上，自到狄希陈下处，从外头说着道："狄大叔，呃！

你说是新女婿不往我家去了，只叫人传言送语的好么？"狄希陈道："周嫂儿学童奶奶说：'既是女婿，同不的往时，要避些嫌疑，不可再往那头去了。'"童奶奶道："你说，这是甚么嘴，这们可恶！我还合他说：你在客边又没人手，脱不了是你两口儿的日子，你成精作怪的下甚么茶？过甚么聘？买两套目下妆新的衣裳，换几件小巧花儿簪环戒指，拣近些日子，你两口儿团圆了罢，没要紧那钱待怎么？"狄希陈道："我也说没人手，又不知道咱京里的规矩，我说都折过去了。也是周嫂说：'童奶奶不依，务要齐整好看，怕亲戚笑话。'"童奶奶道："你说那里有影儿？这们两头架话哩！你往后但是他的话，别要听他。凡事只往省处做，以后也不消只管与他钱，等姑娘过了门，给他几钱银子喜钱罢了。"

幸亏是童奶奶，要换个人，不就着了这两婆子的道？

无媒之合谓之奔，古时嫁娶必须有媒，而且必须是两个。媒人多诈，那么两个媒人之间会不会有诈呢？

武城县的周奶奶女儿出嫁，两个媒婆，一个叫老邹，一个叫老魏。老魏呢，眼睛瞎了，行动不便。周奶奶就将给老魏的谢礼——两匹布和两封钱（六百文为一封），交老邹捎去，并且叮嘱一定要捎到。老邹不声不响地把这些钱揣进了腰包。后来，老魏的媳妇小魏见了周奶奶，周奶奶问起这件事，小魏说没看见布，也没看见钱。周奶奶将老邹喊来，老邹一口咬定钱和布都给了老魏，而且还绘声绘色地描述了当时的情景：

"老魏炕上坐着，他媳妇在灶火里插豆腐。我说：周奶奶家姑姑娶了，这是周奶奶赏你的两匹布，两封钱，共是一千二百。他娘儿两个喜的象甚么是的。他媳妇儿还说：'周奶奶可是好，谁家肯使这加长衣着布赏人来？'老魏说：'你替我谢谢你邹婶子。'还让我吃了他两碗小豆腐子来了。我又没给他哩？真是长昧心痞，不当家豁拉的！"

小魏躲在一边听得真切，忍不住走出来对质："呃！老邹！你害汗病，汗鳖的胡说了！你捣的是那里鬼话？你给的是甚么布？是青的蓝的？是甚么一千二百钱？"

老邹只好赌咒发誓:"我要没吃了你的豆腐,这颗子眼长碗大的疔疮;你要没让我吃小豆腐,你嘴上也长碗大的疔疮!"

小魏说:"谁这里说你没吃小豆腐儿么?你可给布给钱来没?"

老邹继续强辩:"你好聒拉主儿!我不送布合钱给你,你可不就让我吃小豆腐儿?"

最后,周奶奶要老邹退出那两匹布,自己又添了两封钱给了小魏,才算了结了此事。

西周生在描写媒婆时,运用了分身法。上述三个媒婆,分别位于绣江、北京和武城三个不同的地区,说合的也是不同的姻缘,但完全可以看成是一个媒婆在说媒的三个阶段的不同表现:说媒时两头忽悠,将稻草说成金条;媒成时两头架话,报夹账,打背弓,从中渔利;收谢礼时尔虞我诈,斤斤计较。

社会发展到现在,传统意义上以说媒为职业的媒婆已基本上消失了,但是,具有媒婆人格的人却依然随处可见,只不过这些人现在推销的已不再是婚姻,而变成了保险或者理财一类,当然也还有传销。

不是说不需要保险和理财,也不是说各种推销不好,只是说,如果是由一些媒婆人格的人代理,就别是一番滋味了。

仆人难当，小人难养　///

《醒世姻缘传》里写了很多仆人，在晁家有晁住、晁书、晁凤等，在狄家有狄周等，在薛家有薛三省娘子、薛三槐娘子等，在相家，有相旺等。这些仆人各有特色，但形象最鲜明的还是相于廷家的相旺和狄希陈家的两任厨子尤聪和吕祥。我们不妨来看看这三个小人。

相旺

相旺刚出场时是相于廷的小随童，后来长大了，做了相家的管事，但一直都是个不起眼的人物。有一天，这个不起眼的相旺却做了一件让人不知所措的事情。

狄员外死后不久，狄希陈就借故回到了京城，和寄姐、童奶奶、调羹等人住在一起。又过了段时间，相于廷来京会试，中了进士，授了工部主事，一家人也在京住了下来。

但是这一切，都瞒着远在山东老家的素姐。

有一天，相家的仆人相旺有事回山东，临行前，相大妗子再三叮咛嘱付他，不要将京里的事告诉素姐。还说如果让素姐知道了一点风声，就要和他算账。

可是，相旺回家后不久，素姐就杀到了京城。幸好狄希陈当时因为一件事也回了山东，素姐没碰着（我有时候想，如果这次碰上了，那该是一个怎样精彩的场面啊！可是我又想，又能精彩到哪里去呢？反正素姐已经是那样了，还能有什么绝招呢？所以，我又想，或许让两人错过本来就是西周生耍的一个花招）。狄希陈不在，其他人索性来了个死不认账，反问素姐是听谁说狄希陈在京里娶了妾，素姐说是相家仆人相旺说的——出卖别人的人也被出卖了。

尽管狄希陈这个正主儿不在，素姐毕竟是素姐，又是上吊，又是抹脖子，搅得鸡飞狗跳不得安宁。

送走素姐这个瘟神后，相于廷开始追查相旺告密的事。

这时有一个叫小红梅的丫头检举是相旺干的。原来，事情是这样的。

> 一日，相进士夫人央寄姐穿着一个珍珠头垫，相大妗子又叫调羹做着两件小衣裳，差了相旺去取。相旺跨进门去，天将晌午，调羹合小珍珠在厨房里边柴锅上烙青韭羊肉合子，弄得家前院后喷鼻的馨香，馋得相旺咕咕的咽唾沫，心里指望必定要留他吃这美味，五脏神已是张了一个大口在那里专等。不料童奶奶将调羹做完的衣服，寄姐将穿完的珠垫，各用包袱纸裹，交付相旺手内。相旺还要指望留他，故意问道："狄奶奶不说甚么，我且回去罢？"童奶奶道："我待留你吃饭，只怕太太家里等得紧。你且去罢，我改日留你。"把一个相旺大管家干咽了一顿唾沫。

相旺心中怀恨，从此以后就常在相大妗子与相进士娘子面前搬弄，可是相大妗子年纪虽老，却并不糊涂，没有上相旺的当。相旺一计不成，又生一计，想道："既是挑唆家里太太与奶奶不动，我乘机将狄大爷京中干的勾当尽情泄露，叫这员猛熊女将御驾亲征，叫那调羹寄姐稳坐不得龙床安稳，吃不下青韭羊肉香烘烘的合饼，岂不妙哉！"遂将狄希陈京中的细微曲折，合盘托与了素姐。

相于廷是一个很善于驭下的人。素姐走后不久，相旺也和狄希陈一起回到了京城。因为相旺刚回来，相于廷不好马上处罚他，终于等到一天：

>（相旺）合一个小小厮司花夺喷壶，恼了，把个小司花打的鼻青眼肿，嚷到相主事跟前，追论前事，二罪并举，三十个板子，把腿打的劈拉着待了好几日。
>
>童奶奶后来知道，从新称羊肉，买韭菜，烙了一大些肉合子，叫了他去，管了他一个饱。他也妆呆不折本，案着绝不作假，攮嗓了个够。

此后，童奶奶但凡做了什么好吃的，都不忘把相旺请过去，相旺也都每请必到，从不客套。

相旺从此以后一直老老实实，再没有犯什么错。

所以相旺终其一生，都是一个小人——他也不否认自己是一个小人，却也没成为一个坏人。

尤聪

小说里面，一共写了狄希陈家的三任厨师，第一任是尤聪，尤聪被雷劈死后，就买来了调羹——姓刘，调羹生小孩后，又请了吕祥。

尤聪原是盐院承差尤一聘的小厮，从小使大，尤一聘与他娶了媳妇。这媳妇也是尤一聘家里的一个使女，也没有什么大不好，就只有一个缺点——喜欢偷主人家的东西。偷腊肉，偷糟鱼，偷盐蛋，偷小麦、绿豆、秫黍、黄豆、白豆，几乎是逮着什么偷什么。这也很正常，经手那么多好东西，都不是自己的，心里怎么能平衡呢？怎么会不动点歪心思呢？这一点相信管理过国营企业的人士特别能理解。

这样的佣人，谁敢用呢？做不下去，两口子只好辞职走人。脱离樊笼的尤聪开始了自己的创业计划——开面粉厂。西周生在小说里进行了详细的成本核算：赁了人家两间房子，每月二百房钱。八钱银买了一盘旱磨，一两二钱银买了一头草驴，九钱银买了一石白麦，一钱银张了两面绢罗，一百二十文钱买了个荸笱，三十五文钱买了个簸箕，二十五文钱做了个罗床，十八文钱买了个驴套，一百六十文钱买了两上筲子，四十文钱买了副铁勾提仗，三十六文钱钉了一连盘秤：银钱合算，共用了三两五钱四分本钱。一日磨麦二斗，尤聪挑了上街，除赚吃了黑面，每斗还赚银三分，还赚麸子。

如果两口子这么做下去，也不失为一条谋生之路。可是，尤聪媳妇在主人家里偷惯了，到了自己家里，仍旧收不住手。一分一斤的白面粉，尤聪媳妇偷到外面，半分钱卖掉。亏了本，尤聪只好改行卖大米豆汁。尤聪老婆也就改偷大米绿豆。再次亏本，再次改行，改卖凉粉做的棋子。也只做了三天，改卖盐，买大袋的盐分成小袋卖。还是不行，又改卖炭……

要说这尤聪可真是个好老公，到这时候，仍然不怪老婆，只说是自己命运不好，每日怨天骂地："天爷没眼！某人又怎么过的？某人又怎么赚钱？某人做生意又怎么顺利？偏老天爷不肯看顾俺两口子一眼，左做左不着，右做右不着……天老爷！你看顾我一眼，只教我堵堵主人家的嘴，这也不枉了赌气将出老婆来一场！"

再要改行，没了资本，只好往衙门里与人替差使做倒包，也没有工钱，也不管饭食，只靠自己的造化，忽悠得着，就是工钱。可是尤聪又缺乏这忽悠的本事。钱没赚着，板子倒吃了不少。

心高气傲的尤聪只好带着老婆受雇给人种菜园子，生活之外，每年还有三石杂粮。

尤聪老婆这会儿没什么好偷的了，只好偷人。没什么好卖的了，只好卖淫。老婆偷人卖淫，尤聪知道了，也装做不知道。小说里这样写道："尤聪也都晓得，只是要做家翁的人，妆聋妆痴罢了。"家翁是指公爹，《打金枝》里面，唐代宗说：不痴不聋，不做家翁。这里用在尤聪这个老公身上，也算令人绝倒。

有一次，尤聪的老婆没有做好日程安排，两个顾客为了生意打了起来。这下，尤聪想连装聋作哑也不成了，只好把老婆的零售改为整体出售，卖了老婆，进城打工。

没了极品老婆这个累赘，照说尤聪该时来运转了吧。有可能。

龙山镇上有一个胡举人，尤聪帮胡举人割麦，胡举人家里恰好缺一个厨子，尤聪就毛遂自荐，当上了胡家的厨子。胡举人后来中了进士，当了知县，也把尤聪带到任上。

这尤聪受老婆几年熏陶，也便染上了和老婆一样的毛病。尤聪虽然不偷，但总觉得又不是自己的东西，干嘛要替主人节约。尤聪的大手大脚，受到了知县夫人的批评。受了批评的尤聪开始消极怠工。

他先是故意使大把的盐把菜做咸，主人说今天的菜咸了，下次做菜，他就干脆不放盐。主人说你怎么不放盐呢？他说，一会说咸，一会说淡，你们一家也太难服侍了。

最后，尤聪干脆罢工不干了。那天胡知县的同年王知县来白，胡知县吩咐厨房准备十几个菜，准备留王知县吃饭。尤聪问："这王爷是个官么？"胡知县道："这就是中牟县王大爷，怎么不是个官？"尤聪道："这个我定是耽误了。"胡知县问他怎说。"旧规：官酒每一桌必用厨子八名。止我一个，如何做的来？只得不留他罢了。"

尤聪不想炒肉煎鱼了，胡知县也只好炒了他的鱿鱼。

回家的路上，尤聪遇到了一群响马，响马将尤聪身上的东西抢了个精光，尤聪连回家的盘缠也没了，只好乞讨回家。这时，狄员外刚好请了程乐宇教狄希陈读书，需要一个厨师，尤聪便成了狄家的厨子。

尤聪不把老东家胡知县看在眼里，当然就更瞧不起新东家狄员外了。开口就是："我在胡进士家许多年，没人敢说我一句不好。你这不过庄农小户，晓得吃甚东西？吃在口中，也辨不出甚么好歹！"

狄员外因陪儿子坐监，带了尤聪上京。离开了狄婆子的监管，尤聪终于可以任性而为了：途中这样贵饭，他把整碗的面退还店家；恐怕便宜了主人的钱钞，哄得狄周回头转背，成两三碗的整面，整盘的肉包，都倾吊在泔水桶内。店中有看见的人，没有一个不诧异赞叹。及至到了京师，这米珠薪桂之地，数米秤柴，还怕支持不起；他没有老狄婆子跟前查考，通象心风了的一般，狠命洒泼。连那奢侈惯了的童奶奶也时常的劝他，说他碎米不该播吊，嫩黄牙菜边不该劈坏，饭该够数做，剩饭不可倒在沟中。他不惟不听，声声的在背后骂那童奶奶是个淡屄。

重阳节将近，狄希陈坐监期满，准备回山东。狄员外吩咐尤聪整一桌酒，请童奶奶一家。

> 尤聪大烹小割，正做中间，只见西北起了一朵扭黑的乌云，白云拢了乌云的四面，云里边一声霹雳，把那朵乌云震开，满天扭黑，连打了几声雷，亮了几个闪，连雨夹雹倾将下来。那雷就似天崩地烈，做了一声的响；闪电就似几千根火把的烁亮，围住了那间厨房不散。尤聪他还说道："这样混帐的天！谁家一个九月将好立冬的时节打这们大雷，下这们冰雹！"狄周也说："真是反常！往时过了秋分，再那里还有打雷的事！"二人说论，那雷电越发紧将上来。只听得天塌的一声响，狄宾梁合狄希陈震得昏去，苏醒转来，只见院子里被雷击死了一个人，上下无衣，浑身扭黑，须发俱焦，身上一行朱字，上书"欺主凌人，暴殄天物"。

现代人提倡低碳生活，让自己对自然资源的消耗降到最低。其实，这种观念在中国古代很早就有。在古代，由于生产力底下，生活物资不足，因此也就非常珍惜。在古人看来，每个人的福、禄、寿都是先天注定的，其中"禄"就是你一生可以享用的物质财富，用完了，就叫"满禄"了，"满禄"了人就死了。既然是先天注定的，那么就要珍惜，如果不珍惜，提前耗尽，那就要受穷。所以，人活着，就要"惜福"——珍惜上天的赐福。据说李林甫年轻时，曾经有相士给他算命，说他有三十年太平宰相之命，后来李林甫果然做了宰相，但是只做了十九年就垮台了——这在唐代宰相中已经是空前绝后了。心有不甘的李林甫后来质问相士为什么，相士说："你在十九年里的享用早就超过了你三十年应得的禄命。"

我觉得，"禄命"的报应对于个人不一定应验，对于整个人类来说，或许更灵验。

尤聪连天都敢骂，显然也是个不信天命的人，"惜福"的观念当然也不会有，这使他对他人与自然都缺乏一种感恩之心，一种敬畏之心。

不仅如此，一次又一次的挫折给一直渴望出人头地的尤聪形成很大的心理压力，他没有反省自己的错误，相反对那些比自己成功的人产生一种忌恨心理，进而发展为仇富心理——他在胡县令家里、在狄员外家里不断作恶，就是仇富心理的表现。

尤聪最初只是想发家致富，也并不是坏人。他的变坏来自病态的心理，所以准确地说：他应该是一个病人而不是坏人。他的死，不是因为他的恶（比他坏得多的大有人在），而是因为他的病。病入膏肓的他，活在这个世界上也是一种痛苦（我不相信他在暴殄天物时会感到真正的快乐），上天有好生之德，只好赐予他解脱。

尤聪这样的病人在生活中并不少见，只是大部分都还没有到这个程度而已。但是，我也提醒一句：有病早治。

西周生，将一个过场人物写成这样，不愧大家。

吕祥

调羹生子之后，狄家又买了吕祥做厨子，讲定一年三两银子的工钱。这吕祥在狄家做了多年，也一直勤勤恳恳，没有出什么差错。

后来，狄希陈选了成都府经历，童奶奶怕女儿女婿吃不惯四川菜，就打算在京城再买一个全灶，并且打算就将她配给吕祥。谁知，童奶奶的哥哥骆校尉知道后，却极力反对，说吕祥这人靠不住，事情也就不了了之了。

给吕祥配全灶这事情不知怎么的，被吕祥知道了。最开始当然是满心欢喜，后来又听说事情黄了，不免大失所望，闹着要辞职。狄希陈怕他又像相旺那样挑唆素姐闹事，就死命挽留。吕祥只是不肯。最后吕祥提出条件："必欲叫我跟去，一月给我一两银子，算上闰月，先支半年的与我，我好收拾衣裳。"吕祥本来的年薪是三两，一下子要翻两番，狄希陈觉得太多了，只答应翻一倍。无奈吕祥态度强硬，狄希陈只好答应。当时就支了六两纹银给吕祥。

按说狄家虽然没有给他配老婆,但将他的工资一下子涨了四倍,吕祥也该知足了。可是他不这样想。总觉得平白无故没了老婆,吃了亏,就经常对小选子和张朴茂发牢骚,并扬言要把狄希陈娶妾的事告诉素姐,让狄希陈上不了任,让寄姐做不了奶奶。

小选子和张朴茂将这事告诉了童奶奶,童奶奶又告诉了骆校尉,骆校尉听了,冷笑了一声,说没什么,到时候我自有办法让他开不了口,告不了密。

骆校尉的高招是什么呢?说来,这招有点缺德。

在饯行的酒席上,骆校尉说从来没见过官凭是什么样的,叫狄希陈拿出来开开眼。狄希陈拿出来一看,骆校尉大惊失色,原来,官凭竟是错的,明明是府经历,写的却是推官(刑厅长官,府经历的顶头上司),狄希陈还想将错就错,弄个推官做做。骆校尉说那很可能推官做不了,府经历也要弄丢。可是,再回去换已经来不及了,怎么办呢?

骆校尉提议,让狄希陈先回山东老家祭祖,留个人在京城补换官凭。狄希陈到家后肯定还要耽误一段时间,到出发前,官凭肯定能够办好送到。狄希陈说也只有这样了,那就让狄周留下来办这事吧。骆校尉说狄周怎么行,他一个乡巴佬,连吏部的门朝哪个方向开都不知道。这个事,只有吕祥能办。

"他在京师住的久,跟着你吏部里点卯听选,谁不认的他!先是他的嘴又乖滑,开口叫人爷,人有话谁不合他说句。"狄希陈说那怎么行呢,我回家祭祖,炸饯盘摆酒,炸飞蜜果子,哪样都少不了他呀,这不行。骆校尉说,姑爷你真是不知轻重,是官凭重要呢,还是炸飞蜜果子要紧呢?童奶奶也在旁边说对,好钢就要使在刃上,炸飞蜜果子再找人吧。

一番话,听得吕祥心里那个舒坦啊,觉得自己实在了不起,自己都有点佩服自己了。

狄希陈只好留下吕祥,带着一帮人回了山东老家。见了素姐,狄希陈奉上京里捎来的礼物,并且十二分诚恳地邀请素姐和他一起到成都去享清福。素姐也有这个意思,可是听仆人说,那路啊,可是千难万险,比唐僧取经还要远。素姐的两个师傅更是不想素姐走，也附和道："曾到峨眉烧香，过那山峡，坏了船，几乎落在那没有底的江中。过那八百里连云栈，析了木橛，塌了挡板，不亏观音菩萨，把我们两个使手心托住，在空飘摇，十朝半月，有个倒底的时候么！"素姐怀疑狄希陈在耍什么诡计，就打消了跟去的念头。

此时不走更待何时？狄希陈溜之乎也。

吕祥当然蒙在鼓里。手里有了六两银子，当然不能让它闲着，每天忙着出入宾馆酒店和购物中心，不几天，六两银子就挥霍得差不多了。但吕祥一点也不急，他觉得自己留在京城办了这么一件大事，立了这么大功劳，狄希陈怎么的也得再给自己开半年工资。不然的话，老子就使出杀手锏，闹他个天翻地覆。

这真太不厚道了！

吕祥到家时，狄希陈早已远走高飞。吕祥吕厨子这才如梦初醒，知道上当了——素姐也知道被骗了，两个人决定——追！

走到半途，素姐因在庙会上诅咒亲夫，被神灵附了。吕祥先是替素姐磕头求饶，没有效。见素姐一时半会儿脱不了身，就动起了歪心思，想早先预支的工钱已经被自己挥霍得没了，狄希陈也多半是追不上了，以后怎么办呢？不如趁这个时候，回到下处，备上两个骡子，带了他的被囊，或者还有带的路费在内，走到他州外府。两个骡至贱也卖三十两银，用四五两娶一个老婆，别的做了本钱，做个生意，岂不人财两得？谅他一个女人能那里去兴词告状？时不可失，财不可舍！

吕祥回到旅店，不慌不忙吃了饭，喂了牲口，还了饭钱，拿了行李，将两匹骡子骑一个，牵一个，加上一鞭，欠了欠屁股——跑了。

吕祥在卖骡子时，因言语可疑，被番子手（就是警察）给抓了，审讯下来，问了三年刺配，发配高邮州孟城驿。到了孟城驿，因为没钱打点，一顿杀威棒结结实实吃了个够。

那驿丞问道："据那抄来的招上，你也就是极可恶的人。这是真也不真？"吕祥道："我知道么？说我是真就是真，说不真就不真。"驿丞道："你这话是答应我的么？"吕祥道："我这们话儿，在北京城里不知答应过多少大老爷们哩，偏老爷你又嫌我答应的不好哩！"驿丞道："京里大老爷们依你这们答应，我官儿小，偏不依你这们答应！真就说真，说不真就说不真，你待说不说的呢？拿下去，使大板子着实打！"吕祥道："老爷且别打，迟了甚么来？"驿丞道："快些打了罢！我性子急，慢甚么慢！"吕祥道："只怕打了揭不下来呀！"驿丞道："揭不下来，叫他烂在腿上！"不由他调嘴，尖尖的三十大敲，敲来敲去，敲的个吕祥的嘴，稀软不硬叫老爷，口里屎滚尿流。打完，叫人拖在重囚牢里，白日加靠，夜晚上柙，不许松放。

到了这种田地，这家伙还不忘忽悠，对牢里的禁子说："我也不是无名少姓，我也不是真正偷骡。龙图阁大学士吕蒙正是我的大爷，侄儿是举人。我家里也有二三千金的产业。只是这一时'龙游浅水遭虾戏，虎落深坑被犬欺'！你只留我口气儿，你们的便宜。我昨日遇着俺家里人往淮上卖麹的，捎信到家去了，待不的一个月，情管就有人来。那时我有恩的报恩，有仇的报仇。喜欢也在你们，后悔也在你们！"

这些牢头禁子也没读过书，也不知道吕蒙正是哪朝哪代的，于是欲信不可，不信又不能，只好本着宁可信其有，不可信其无的态度轮流照顾这个家伙，居然也救了过来。监禁期满，驿丞放他到外面讨饭。

吕蒙正的侄儿怎么会讨饭呢？所以往往别人讨两碗，他一碗也讨不出来，常是一两日水米不得沾牙。也许是命不该绝，也许是上天还想给他最后一个机会，这时居然遇到了一个救星——旧驿丞推升了扬州府的仓官，新来的驿丞姓李，山东滨州人。因为是老乡，李驿丞又恰好没有带家眷，需人做饭，而吕祥又吹嘘自己是数一数二的名厨，李驿丞就雇了吕祥，讲定一年给他一两二钱工食。这吕祥新媳妇过门，也未免有三日之勤，手艺也还过得去，很得李驿丞的喜。

小人就是小人，吕祥仗了李驿丞的宠，便就十分作起势来。把两个正经管家，反倒欺侮起来，开口就骂，行动就嚷，说管家是个真奴才——好像他不是奴才似的。

不久，李驿丞宴请前任陈驿丞，叫吕祥用心做菜，不可马虎。吕祥心想起当初陈驿丞打他三十板之仇，觉得此时不报更待何时。于是就在陈驿臣的汤里额外添加了一点特别的作料——砒霜，让陈驿丞不死也脱层皮。

陈驿丞脱了层皮，吕祥也没好到哪里去。夹棍上又敲了一百，重责了四十大板，发驿再徒三年。伤好之后仍旧带了锁镣，街上讨饭。

李驿丞受到案子的连累，被扣了工资，当然也就不再照看吕祥。吕祥觉得你既然照顾了我一时，就应该照顾我一生。你半途丢下我，就是不仁。你不仁，就别怪我不义。他就趁淮安府推官下狱视察时举报李驿丞，说李驿丞卖法纵徒，雇他上灶做饭，讲过每年十二两工食，欠下不与，因要工钱触怒，以此昼夜凌虐，命在须臾。李驿丞当时就在旁边，推官问李驿臣有没有这回事，李驿臣就告诉他是怎么怎么回事儿，推官听了大怒，吩咐手下："这等恶人，还要留他在世？驿官，带出去自己处死，不消回话！"驿官谢了推官，领他到驿，发在牢内，禁住人不许与他饭吃。他还想那起初有人轮流管他吃用，不以为意，伴长跟了下狱。谁知此番奉了推官意旨，又兼他恶贯满盈，阎王催符来至，禁不得三四日，断了茶水，把一条绝歪的狗命，顷刻呜呼。

吕祥这个人符合小人的所有特征：

小人的第一个特点是记仇不记恩，睚眦必报。他在狄家做了四五年，就因为许下的老婆没兑现，就马上反目为仇。李驿丞将他从沿街乞讨中救了出来，他却将李驿丞拖下水，不说自己忘恩负义，反怪李驿丞供出了他，还当面诬陷李驿丞凌虐他。

小人的第二个特点见财起意、见利忘义。童奶奶和狄希陈只是打算买个全灶给吕祥做老婆，还没有跟他说，他就认为这全灶就是他老婆了。后来，骆校尉劝童奶奶打消了这个主意，吕祥就觉得失了一大笔财——马上翻脸与主人家为仇——其实本来就不是他的，又何谈失去。

小人的第三个特点是既不可处贫穷更不可处富贵。敲了狄希陈的一笔竹杠，转眼就挥霍没了；得了李驿丞的宠，就不知道自己是什么人了——孔子说："君子固穷，小人穷斯滥矣。"其实小人是既不可处贫穷，更不可处富贵。

小人虽然可恶，但不会因此丢命。吕祥的丢命，不是因为他是小人，而是因为他最后更进一步，做了恶人——小人和恶人之间往往只有一步之差，所以，我们要时刻提醒自己，以免一不小心变成恶人。

这三个仆人让我想起孔子的一句话："为君难，为臣不易。"由此看来，自由自在地生存于天地之间，实在是人世间最快乐也最轻松的事情，相反，无论是主宰别人还是被人主宰都是一件异常艰难而痛苦的事情。特别是给人做仆人，看起来很简单，其实很难，难就难在不能有自己的思想和意志，主人吩咐做啥你就得做啥，不愿做也得做，而且不能有任何怨言和牢骚。所以说，一个心高气傲、放不下自己的人是做不了仆人的。从这个意义上讲，尤聪和吕祥做仆人都是误入歧途。

因缘聚散，书里书外

> 大凡评点一本书，总得给它一个总论，也就是一个定位。我不是专业学者，本来是没有资格给名著定位的，但又不好破坏这样一个优良传统，就胡诌几句吧——好在，说错了也不算数。

邋遢衣，惊艳貌
古代最具现实主义情怀的小说

    读古今中外的小说，可以发现一个十分有趣的现象。很多作者喜欢在小说情节本身的结构之外，再构建一个大结构，将整个小说装进去，最典型的就是《红楼梦》里的木石前盟。这种小把戏，外国人也喜欢玩。比如，乔伊斯在《尤利西斯》中将布卢姆漫无目的的游荡生拉硬扯地和希腊神话《奥德赛》联系起来，居然也能让一个乏味的故事顿时身价百倍。

    这一点，《醒世姻缘传》也未能免俗，它把故事装在一个两世姻缘的套子里：

    小说的前二十二回写的是第一世姻缘：主人公是一个叫晁源的监生，倚仗父亲晁知州的势，成为武城县的一霸。有一次晁源带着妓女珍哥打猎，射死一只仙狐并剥了皮，从此种下孽缘。后来，晁源又宠爱珍哥，纵容珍哥虐待妻子计氏，使之自缢而死。晁源因此吃了一场官司，花了不少钱，总算免了牢狱之灾。不久，晁源又和一个皮匠的老婆勾搭成奸，结果在睡梦中被这个皮匠割下了脑袋。

    小说第二十三回后写的是第二世姻缘：晁源托生为狄希陈，仙狐托生为薛素姐,计氏托生为童寄姐。狄希陈娶素姐为妻,受到素姐的百般虐待,不得已躲到京城,另娶寄姐为妾。寄姐刚开始对狄希陈还算恩爱,但很快日久生厌。再后来,狄希陈任成都府经历,素姐追到成都,用各种残忍的办法来折磨丈夫:把他绑在床脚上、用棒子痛打、用针刺、将炭火从他的衣领中倒进去,烧得他皮焦肉烂,而狄希陈只是一味忍受。后经高僧胡无翳点明了他们的前世因果,又教狄希陈念《金刚经》一万遍,才得消除冤业。狄希陈和寄姐也终于和好如初。

晁源死后,他的母亲晁夫人又活了四十多年,晁夫人一心行善,她的故事和狄希陈的故事相互穿插叙述,使小说呈现出古典小说中罕见的双线结构。最后,化解了孽缘的狄希陈(晁源转世)和了结了尘缘的晁梁(晁知州的遗腹子,晁源的弟弟,是晁源生前的一个和尚朋友转世),还有高僧胡无翳(也是晁源生前的朋友)终于聚首,两世姻缘一起终结。

如果把小说的大结构比作小说的一件外衣的话,那么我们可以说,《尤利西斯》的外衣是最漂亮的。如果没有希腊神话《奥德赛》做背景,《尤利西斯》将失色不少。而《醒世姻缘传》身上的外衣则是最邋遢的:这件外衣是按因果报应的款式制成的,而这种款式实在是太俗气了。就因为这个,《醒世姻缘传》被贴上"封建迷信"的标签好多年,岂不冤哉?

解开这件坏事的罩衣,我们可以看到里面令人惊艳的丰满。我们甚至完全可以说,《醒世姻缘传》是中国古代最"现实主义"的小说——这句话或许有语病。

一、《醒世姻缘传》塑造的狄希陈,是古典小说里独一无二的人物形象——第一次使读者与小说主人公的距离趋近于无。

在《醒世姻缘传》之前的所有长篇小说中,小说的主人公与普通读者间都存在巨大的时空距离。《三国演义》是元朝人写一千年前的帝王将相勾心斗角;《水浒传》是明朝人写三百年前草莽英雄的打打杀杀;《西游记》是地球人写一群外星人闲得无聊躲猫猫;《金瓶梅》是文化人写一个流氓恶棍欺男霸女胡作非为。读者读以上小说,读的是故事,即使是读人物，也是在读一个与自己毫无关系的人物。**只有在《醒世姻缘传》中，读者会感到，不是读历史，不是读故事，而是读现实；不是读别人，而是读自己，读自己的父母妻儿和左邻右舍。**

时隔近四百年后，现代男人仍然可以从狄希陈身上读到自己，可见这个人物形象身上蕴藏着历久弥新的魅力。

《醒世姻缘传》在这方面达到的高度，不仅超越了它之前的长篇小说，更是超过了后来的才子佳人小说（有人说，才子佳人小说多是穷秀才的意淫，我深有同感，就像当前的修真小说是不思进取的"矮穷矬"的意淫一样），就是比起《红楼梦》也略胜一筹——《红楼梦》的人物魅力来自于现实性与理想性的完美结合，仅就现实性而言，《醒世姻缘传》在古典小说中是空前绝后的。

二、《醒世姻缘传》是第一部以婚姻为题材的长篇小说，而婚姻是人生中最重要的现实之一。

在中国古代，以爱情为题材的文学作品数不胜数，但几乎找不到以婚姻为题材的小说。比较而言，爱情在人的一生中，更多地表现为一种理想，对大多数人而言，只有婚姻才是不折不扣的现实。

对于这段人生中最漫长的现实，以往的文学作品都因种种原因而忽视了：《三国演义》里的帝王将相们有女人但没有婚姻，所以刘玄德说"兄弟如手足，妻子如衣裳"；《水浒传》里的梁山泊则是独身主义者的大集合，好汉们大都连女人也不要；《红楼梦》写的是爱情，而《金瓶梅》写的则是欲望。

只有到了《醒世姻缘传》，婚姻才第一次成为小说的中心。

三、《醒世姻缘传》为读者展示了最为广阔的社会现实。

《红楼梦》的精彩在于深入人物的心灵内部，对人物内心进行极细腻的描写，至于大观园外的世界，展示的其实不多。在四大名著的其他几部书里，我们则根本看不到普通人的生活。《醒世姻缘传》虽然很少直接进入人物的心灵内部——这一点是远远比不上《红楼梦》的——但它所反映的现实的广阔与细腻程度，在古典小说里，是无出其右的。所以胡适先生才说:"它包含有中国古代小说中最有价值的社会史料和最丰富又最详细的文化史料……将来研究十七世纪中国社会风俗史的学者,必定要研究这部书;将来研究十七世纪中国教育史的学者,必定要研究这部书;将来研究十七世纪中国经济史(如粮食价格、灾荒、捐官价格等等)的学者,必定要研究这部书;将来研究十七世纪中国政治腐败、民生苦痛、宗教生活的学者,也必定要研究这部书。"

四、纯熟的现实主义技巧。

《醒世姻缘传》里刻画人物,往往只用极短的文字就可以将一个人物刻画得活灵活现。用徐志摩的话说就是:"把中下社会的各色人等的骨髓都挑了出来供我们赏鉴……从悍妇写到懦夫,从官府写到胥吏,从窑姐写到塾师,从权阉写到青皮,从善女人写到妖姬……"

童山人、臧主簿、高氏和夏驿臣都是小说中的过场人物。既然是过场人物,笔墨肯定有限。而西周生往往只用寥寥数语,就可将一个人物写活。

所以我说,《醒世姻缘传》是中国古代最"现实主义"的小说。

但是,这一最丰满的艺术内质,长久以来,却一直被那件邋遢的外衣掩盖着——邋遢真是害死人啊。

谁家的鸡下了这么个大金蛋

据说,一位英国女记者读了《围城》后,想采访作者钱钟书,钱先生婉言谢绝了:"假如你吃了一个鸡蛋,觉得味道不错,何必认识那下蛋的母鸡呢?"

无独有偶,把自己比作母鸡的作家,还有汪曾祺。据说,汪曾祺住甘家口时,家中仅有一张写字桌,还在小女儿屋内。女儿经常上夜班,汪曾祺常常要在晚上写文章,又不敢进屋,憋得满脸通红,到处乱转,俨然要下蛋的母鸡找不到窝。等到女儿起床,他冲进屋内开始"下蛋"。家人开玩笑:"老头儿,又憋着蛋了?"他头也不抬,一边奋笔疾书,一边说:"别闹,别闹,我要下蛋了。这回下个大蛋!"

如此说来,《醒世姻缘传》就是一只超级大金蛋了,那么,是谁家的"母鸡"下了这么个大金蛋呢?这只化名西周生的母鸡到底是谁呢?

围绕这个问题,学术界已经争论了将近一百年。从目前的情况看,至少有"三只"具备作案条件。

嫌犯之一：蒲松龄

姓名：蒲松龄（1640~1715）
籍贯：山东淄川
生平：

　　蒲松龄生于明崇祯十三年。据说出生前，他父亲梦见一个披着袈裟的和尚，瘦骨嶙峋，病病歪歪地走进了妻子的内室，和尚裸露的胸前有一块铜钱大的膏药。蒲松龄出生时正好胸前有一个青痣，这个痣的大小、位置，和梦中那个病歪和尚的膏药位置完全一致——暗示着这只清代文坛日后的"老母鸡"是苦行僧转世。

　　十九岁时，蒲松龄参加了秀才考试，他在淄川县、济南府和山东省三试第一，成了秀才。主持这次考试的山东学政名叫施闰章，是当时的大诗人，和另一名大诗人宋琬并称为"南施北宋"。院试的题目共两道，一道四书题，一道五经题，就是从四书或者五经里抠出一句话或者几个字，要求考生揣摩里面的微言大义，代圣人立言，教化世人。施闰章出的五经题叫"蚤起"，出自于《孟子》里的《齐人有一妻一妾》。要完成这篇叫"蚤起"的命题作文，就得阐述孟子在《蚤起》里面所讲的那种"修身，齐家，治国，平天下"的大道理。没想到，蒲松龄完全没有照这个套路来，而是另辟蹊径，做成了一篇描写人情世态的小品文。他还虚构了齐人之妇如何夜里辗转反侧，琢磨着跟踪丈夫的情境，其中有人物心理描写，也有人物独白和人物之间的对话。这篇文章一点也不像八股文，倒更像是一篇小说。

　　这样的写法，按照八股文的要求，肯定是不合格的。可是施闰章爱才心切，认为蒲松龄的文章"将一时富贵丑态毕露于二字之上"，把人们那种追名逐利的丑态通过"蚤起"这两个字写绝了，写活了。对这篇文章，施闰章的评语是："观书如月，运笔如风。"意思是说蒲松龄读书读得透彻，写文章写得流畅。就这样，蒲松龄成为当届案首——秀才第一名称"案首"。

秀才，是参加考试的最低资格，但谁也没想到，这竟是天才少年蒲松龄一生获得的最高功名。

康熙九年，为了生计，也为了开阔眼界，三十岁的蒲松龄受同乡孙蕙之邀，南下宝应县署作幕宾，帮办文牍。宝应是苏北古邑，地处淮河下游，东临大运河，当水路之冲，因而迎送官员的驿站供应繁重，再加上连年水灾，土地村舍俱淹，百姓号寒啼饥，流离失所。孙蕙自康熙八年到任后，处境困难，蒲松龄的到来确实帮了他的大忙。一年之中，蒲松龄代孙蕙共拟写书启、文告等稿九十余篇，记载了州县官吏的艰辛以及灾区的惨状和百姓的困苦，帮孙蕙赢得了政声。

然而，这种代人歌哭的差事，终究难圆自己的科举梦。蒲松龄于康熙十年初秋辞幕北归。他满以为凭自己的才华，金榜题名应该不是什么难事。可是事与愿违，他连续四次参加举人考试，全部落榜。

蒲松龄文章写得这么好，为什么还会四次落榜呢？其实，说来还要怪施闰章。院试中施闰章录取蒲松龄根本就是一种误判以至于误导，因为蒲松龄并没有按照八股文那种严格的要求来写文章，施闰章因为爱才而把他录取为第一名。蒲松龄因此以为，这样写就能够取得更高的功名了。但是蒲松龄没有想到，其他的考官是些什么样的人。这些考官们当初凭着那种刻板的、腐朽的、毫无文采、绳捆索绑的八股文当敲门砖获取了功名，他们自己只会写这样的文章，他们欣赏的也是这样的文章。像蒲松龄那种小品文式的文章，怎么会入他们的法眼呢？这样，蒲松龄的落榜也就毫不为怪了。

四十八岁那年，蒲松龄又参加了考试。他觉得自己文章写得非常好，写得也很快，拿到考题后"唰唰"就写下来了。但是写完后，回头一看，坏了，越幅了——就是违反了书写规则。科举考试对文字形式有非常严格的要求，一页只能写十二行，一行只能写二十五个字，而且得写完第一页写第二页，写完第二页写第三页。蒲松龄写得快，第一页写完，飞快一翻，把第二页翻过去了，写到第三页上了，这就隔了一幅，越幅，不仅要取消资格，还得张榜公布——现在看来，实在太可笑了。这次

"越幅",蒲松龄自己是什么感受呢?他在信中说:"得意疾书,回头大错,此况何如,觉千瓢冷汗沾衣,一缕魂飞出舍。"——吓呆了。

一晃,蒲松龄就五十岁了,他的妻子劝他说:算了,别考了,如果你命中注定有功名,连宰相都做上了。既然没那个命,何必还去考呢?再说咱们在村里住着,不也挺好吗?何必一定要像县官一样听那打着板子催老百姓缴税的声音呢?蒲松龄觉得妻子说得很有道理。可他还是不死心,就在妻子劝过之后,他又参加了一次考试,仍然失败了。

蒲松龄十九岁成为秀才,到七十二岁,终于成为贡生。贡生有几种,蒲松龄是"岁贡",又叫"挨贡",就是在廪生中间每年都有几个贡生的指标,按资格挨着来。蒲松龄做了五十三年秀才,挨号排队终于轮到他了。做了贡生以后理论上可以当官了,蒲松龄得到一个虚衔"儒学训导"。清代的学校分好几级,国家一级是国子监,省里面是府学,县里面是县学。这个儒学训导就是县学的副长官,相当于现在一个县级中学的副校长了。但是蒲松龄这个儒学训导前还加了两个字——"候补"。就是说虽然有这个资格,但是还得看山东省除了淄川县以外,其他县有没有空出名额来。对于七十二岁的蒲松龄来说,这已经没有任何价值了,贡生的名衔只不过给他带来一丝安慰。一点很实际的利益是朝廷要给贡生四两银子。而县官偏偏既不去给蒲松龄树匾、树旗,也不发给他银子。蒲松龄不得不一次一次写呈文、打报告去要。

科举无望,难遂青云之志,而灾年频仍,家无隔夜之粮。中年以后的蒲松龄身负重担,在人生道路上艰难挣扎。

康熙十八年,已届"不惑"的蒲松龄应同邑毕家聘请,设帐城西西铺庄。毕氏乃淄川四世一品的名门望族。馆东毕际有之父毕自严是明崇祯年间的户部尚书。毕际有原任江南通州知州,康熙二年罢归,优游林下,诗酒自娱。他与王士禛、高珩等诸多名门多有交往联姻,就连淄州官吏亦多与攀结。毕家财力富足,居第宏大,除尚书府外,有绰然堂、振衣阁、效樊堂、万卷楼等,第后石隐园方广十亩,厅台廊榭,竹石花树,景色怡人。

蒲松龄的科举梦想破灭了，但其著述之心却始终未泯。他从年轻时即着手创作《聊斋志异》，一直断断续续未能结集。来到毕家后条件好了，有石隐园的美景，有万卷楼的藏书，再加馆东的支持，他决心续写完成这部巨著。从此他便集中业余的精力投入到搜集素材与构思创作中。"子夜荧荧，灯昏欲蕊，萧斋瑟瑟，案冷疑冰"，寒来暑往，日复一日，"集腋成裘"，"浮白载笔"，终于完成了他的"孤愤之书"。

康熙四十八年，七十岁的蒲松龄结束了在毕家的塾师生涯，撤帐归里。从此安居斗室，日以抱卷自适，或东阡课农，或时邀五老斗酒相会。

不久，他几个可爱的幼孙皆以痘殇，令他伤心不已。后来，与他相濡以沫的妻子又不幸病逝，更让他痛不欲生。他饱含深情地撰写了《述刘氏行实》，缅叙妻子美德，并作了八首《悼内》诗来倾吐心中的哀伤。妻子去世使他失去精神支柱，当江南画家朱湘鳞为其画像时，他亲笔题跋两则，字句悲凉。年后他去看望刘氏坟墓，又写诗《过墓作》怀念亡妻，读来催人泪下：欲唤墓中人，班荆俗烦冤。百叩不一应，泪下如流泉。

康熙五十四年春节，精于易理的蒲松龄自卜不吉。正月初五，他率儿孙为父祭坟，似冒风寒，医投理气之剂，从此食量渐减。至二十二日倚窗危坐而逝，享年七十五岁。

下蛋史：曾下过一只更大的金蛋——《聊斋志异》

检举人：胡适

检举理由：

一、《醒世姻缘传》在故事情节上与《聊斋志异》里的《江城》和《邵女》高度相似，其他相似之处也甚多。

二、据杨复吉的《梦阑琐笔》记载："鲍以文云：留仙（即蒲松龄）尚有《醒世姻缘传》小说。"鲍以文，即鲍廷博，乾隆时人。

三、《醒世姻缘传》里的晁思孝做过南通州知州，蒲松龄的馆东毕际有也做过南通州知州，毕际有可能是晁思孝的原型。

奇人奇文：

除日祭穷神

穷神，穷神，我与你有何亲，兴腾腾的门儿你不去寻，偏把我的门儿进？难道说，这是你的衙门，居住不动身？你就是世袭在此，也该别处权权印；我就是你贴身的家丁、护驾的将军，也该放假宽限施施恩。你为何步步把我跟，时时不离身，鳔粘胶合，却像个缠热了的情人？

穷神！自从你进了我的门，我受尽无限窘，万般不如意，百事不趁心，朋友不上门，居住在闹市无人问。我纵有通天的手段，满腹的经纶，腰里无钱难撑棍。你着我包内无丝毫，你着我囊中无半文，你着我断困绝粮，衣服俱当尽，你着我客来难留饭，不觉的遍体生津，人情往往耽误，假装不知不闻。明知债账是苦海，无奈何，上门打户去求人；开白、五分行息，说什么奉旨三分，到限期立时要完，不依欠下半文。无奈何，忍气吞声，背地里恨。自沉吟：我想那前辈古人也受贫，你看那乞食的郑元和，休妻的朱买臣，住破窑的吕蒙正，锥刺股的苏秦。我只有他前半截的遭际，那有他后半截的时运？可恨我终身酸丁，皆被你穷神混！难道说，你奉玉帝敕旨，佛爷的牒文，摆下了穷神阵把我困？若不然，那膏粱子弟，富贵儿孙，你怎么不敢去近？财神与我有何仇？我与足下有何亲？您二位易地皆然，我全不信。

今日一年尽，明朝是新春，化纸钱，烧金银，奠酒浆，把香焚。我央你离了我的门，不怪你弃旧迎新。

嫌犯之二：贾凫西

姓名：贾凫西（1588~1675）
籍贯：山东曲阜
生平[①]：

贾凫西，名应宠，字思退，自号木皮散客。贾凫西自幼聪颖，读书博闻强记，科举却并不顺利，最终只是个贡生。贡生已有做官的资格，他于崇祯九年（1636）四十八岁时到河北易州任主簿，两年后又任固安

[①] 此处生平引述自樊英民著《兖州史话》（济南，山东画报出版社，2005年）。

县令，崇祯十四年（1641）进京任户部主事。

贾凫西在任上颇有建树。入清后的滋阳县令说他是"经济之才"，"建树卓卓，不啻武侯治蜀"。但他生性嫉恶如仇，看不惯官场的腐败。他的顶头上司户部尚书傅淑训公开向他索贿，更让他瞧不起。他坚决不向傅淑训送礼，傅恼羞成怒，对他百般中伤排挤。他岂能受这般鸟气，一气之下引病告退。

两年后，明朝灭亡。接着清世祖福临在北京即位，是为顺治帝。贾凫西和其他明朝遗民一样，避居乡里，拒绝和新朝合作。同时又秘密地从事反清复明活动。他的好朋友沛县人阎尔梅此时已散尽家财，奔走抗清。据说他们和活动于鲁西北的抗清武装榆园军保持着联系。多年以后，阎尔梅为仇家所讦，被迫亡命赵魏，还曾在兖州贾凫西家中躲避过。

但是，到了贾凫西六十三岁的时候，他竟一改初衷，又做了清朝的官。导致贾凫西二次出仕的最直接原因，是他为了报复一个一贯跟自己过不去的县尉。现在已找不到确切的记载来证明这位县尉是在曲阜或在兖州，也不知道他们之间恩怨的始末详情。但不难想见，以贾凫西那样的性格，是绝对不会奴颜婢膝地去巴结那些胸无点墨的地方恶吏的。那个县尉三番五次欺侮他，使他忍无可忍，而在"官大一级，重于泰山"的时代，对付这样谄上欺下、媚强凌弱的小人，最有效的办法，就是官比他大。再说，此时清朝统治已日趋稳固，抗清复明已无可能。朝廷也正积极笼络汉族知识分子和明朝旧臣，征召他们出仕为官，已经有一批著名明臣相继应征。改变初衷出山仕清对贾凫西来说是一个痛苦的抉择，也是他为了谋生存而不得不迈出的一步。

贾凫西应召进京任了刑部郎中，受命到福建的汀州一带巡视。顺路经过故乡，他找了个理由，报复了那个县尉。他令人把他捆绑起来，掷于阶下，痛打一顿。看着那县尉磕头如捣蒜连连求饶的样子，贾凫西大叫"痛快"！这就是他的性格：敢爱敢恨，表里如一；不平则鸣，而且要表现得淋漓尽致。他不屑于"君子不念旧恶"的假惺惺的"恕道"，他要睚眦必报。

贾凫西的这次出仕时间更短，还不到一年。大约是恶气已出，目的达到，再践以前不仕新朝的诺言。但他一开始请求辞官，并未获得朝廷批准。他就对上司说："你为什么不弹劾我呢？"上司奇怪地问："你没犯罪，我为什么要弹劾你？"贾凫西说："我整天在衙门里唱鼓词，哪能不耽误政务？你就以这罪名来弹劾吧！"上司发现他真心想辞官，竟依他之计而行，贾凫西果然再度辞官回乡。

此后贾凫西再也不曾出仕做官，那年他六十四岁，直到他八十七岁去世的二十多年里，他把全部精力都用于了木皮鼓词的创作演唱。

木皮鼓词是一种流行于民间的说唱艺术。木是醒木，皮是鼓，演唱者以这两种乐器为伴奏，大概类似于今天的大鼓或者渔鼓。鼓词明白如话，通俗晓畅，唱腔朴实无华而又韵味悠长，特别适宜表达那种悲壮而又哀惋无奈的苍凉情绪。据戴方坤《游崇善寺记》，阎尔梅也是喜欢这类"下里巴人"艺术的，他有一次醉后"狂歌叫骂"，"挞郑元和乞食莲花落一套，如吴下风流子弟；歌尉迟公饯别，如明北曲老乐工"。看来，贾凫西和阎尔梅不仅志趣相投，而且性格相近。他们都是生于天下大乱的时代，经历了国破家亡，见惯了流离失所，敏感的心灵受到了太多的伤痛。和其他遗民知识分子不同的是，除了选择诗作为发泄外，他们又都看中了历来不登大雅之堂的民间曲艺。"木皮随身，逢场作戏；身有穷达，木皮一致。""说于诸生塾中，说于宰官堂上，说于郎曹之署，还要说于街巷市场。"曲艺，成为他们抒发愤懑、表达感慨的最有效手段。

《木皮散人鼓词》从三皇五帝一直说到明末崇祯吊死煤山，是带有批判性质的讲史。鼓词风格拙朴，时以乡谚、土语入篇，俚不伤雅，尤能声韵铿锵，朗朗上口。"忠臣孝子是冤家，杀人放火享荣华，太仓里的老鼠吃得撑撑饱，老牛耕地倒把皮来剥！""有几个持斋行善的遭天火，有几个做贼当龟的中了高科。有几个老老实实的挨打骂，有几个凶神恶煞的抢些牛骡。纵然是天老爷面前是不容讲理，但仗着拳头大的是哥哥！"贾凫西的鼓词一针见血地揭示出人世间的不公平和社会的黑暗，在民间广为流传，也受到了有识之士的高度称许。有人把他的鼓词比之为"子美之诗史，屈平之《天问》；有人评价说，"言语之痛快，文字之激烈，当亦金圣叹、吕留良之留亚也"。"数千年兴衰治乱，咸寄托于鼓板歌词，亦庄亦谐，宜俗宜雅，可歌可泣，能立能廉。木铎一声，俨如《春秋》之笔伐；金鉴千古，匪同稗史之荒唐。"

贾凫西的愤世嫉俗，虽然尖锐泼辣，振聋发聩，但他的思想并没有从根本上背离儒家道德范畴。相反，从某种意义上说，他是一个坚决彻底的儒学信徒。贾凫西在鼓词之外，还有《四书本义》《诗纲》《周易浅解》等讲解儒家经典的著作。因此不能简单地说贾凫西是一个"传统礼教"的叛逆者。他的愤世嫉俗只是表达了他面对这个荒唐世界的愤怒。

贾凫西虽然两度弃官，但他的清高主要表现为不与丑恶的社会现实同流合污，而不是不食人间烟火的消极避世。事实上，贾凫西是一个十分争强好胜，热烈拥抱世俗的人。他"亦婚亦宦，亦治生产；婚必美妻妾，宦必显，生产必良田广宅，肥牛骏马；蔬果鸡豚之属，俱非常种"。他不仅有着健康的体魄，更重要的是他有健全的人格和自由开放的心态，完全不同于迂拘的腐儒。他毫不掩饰地张扬着自己的个性，九死而无悔。他公开宣称："吾好利，能自生之，不夺窃；夺窃，盗也；吾好势，吾竞使之，不谬为谦恭，不仗人；谬谦恭，娼也；仗人，犬也。"

贾凫西特立独行，在学术上也从不人云亦云，对"经史中帝王师相别有评驳"。他的很多观点被当时人看作是离经叛道，"闻者咋舌，以为怪物"。但他不以为意，我行我素，"行年八十，笑骂不倦；夫笑骂人者，人必笑骂之，遂不容于乡"，最后大约于康熙十四年左右客死于滋阳。

在中国这样一个有两千多年专制传统的国度里，贾凫西无疑是一个异类。他的自由思考被为视为异端邪说，他的嬉笑怒骂招人憎厌，他的争强好胜又招人嫉妒，他又怎么能"容于乡"？比起和他有相似性格的李贽来，他能活到高龄而安然辞世，已经是十分幸运了。

下蛋史：《醉醒石》

检举人：徐复岭

检举理由：

一、《醒世姻缘传》的故事假托武城,实在兖州。

二、"西"和"周"合而为"贾",西周生即"贾生",也就是贾凫西。

奇人奇文:

《木皮鼓词》(节选)

忠臣孝子是冤家,杀人放火享荣华。

太仓里的老鼠吃的撑撑饱,老牛耕地使死倒把皮来扒!

河里的游鱼犯下什么罪?刮净鲜鳞还嫌刺扎。

那老虎前生修下几般福?生嚼人肉不怕塞牙。

野鸡兔子不敢惹祸,剁成肉酱还加上葱花。

古剑杀人还称至宝,垫脚的草鞋丢在山洼。

杀妻的吴起倒挂了元帅印,顶灯的裴瑾挨些嘴巴。

活吃人的盗跖得了好死,颜渊短命是为的什么?

莫不是玉皇爷受了张三的哄!黑洞洞的本帐簿那里去查?

好兴致时来顽铁黄金色,气煞人运去铜钟声也差。

我愿那来世的莺莺丑似鬼,石崇脱生没个板渣。

世间事风里孤灯草头露,纵有那几串铜钱你慢扎煞!

俺虽无临潼关的无价宝,只这三声鼍鼓走遍天涯。

嫌犯之三:丁耀亢

姓名:丁耀亢(1599~1669)

籍贯:山东诸城

生平:

丁耀亢,生于明万历二十七年,卒于清康熙八年,享年七十一岁。字西生,号野鹤,自称紫阳道人,后又称木鸡道人。

丁耀亢少负才名,为人洒脱,放荡不羁,二十岁考中秀才。不久,游学江南,结纳贤士。与湖广副使董其昌交往密切,并和陈古白、赵凡夫、徐暗公等江南名士组织文社。回乡后,他编成《天史》十卷,太子太保工部尚书钟羽正读后,对他的文才非常赏识。

清兵入境，丁耀亢弟侄等率部守城殉难。丁耀亢随后参加了一系列的抗清活动，目睹了清军的野蛮屠杀。南明王朝失败以后，丁耀亢拒绝降清接受"叙用"，回到家乡。丁耀亢回诸城后，面对的是强邻的冷眼、恶族霸据其产业、佃户分散、仆人背叛并率众偷抢其粮。当时县无印官，丁耀亢诉之于郡，诉之于青州、莱州宪司，经过两年的奔走，追回部分土地、财产。此时的丁耀亢，已身心交瘁。

为躲避灾难，讨取生计，丁耀亢不得不向清廷低头。他认为凭己之才，寻找出路应该不成问题。他赶至京城，打算参加科举考试，但当时清廷正在全国用兵，到处征讨，尚未有科举，丁耀亢扫兴而归。此时，诸城新任知县是一个暴虐的旗人，他以战胜者的傲慢态度，视百姓若"亡国之奴"，视文士若猪狗。知县闻丁耀亢大名，相邀数次，他都托故不去。为避免祸及全家，他不得不又一次出逃，只身辗转于青、莱、胶、沂等州躲避。后来听说恶知县受到处罚被调走，才放心回家。

顺治五年（1648），丁耀亢再度赴京求仕，自言"名为赴试，实避诸艰"。岂料入京后，国子监祭酒胡允成，说他曾任南明伪朝命官，不准其入试，甚至连他的贡生资格也不承认。丁耀亢困于京师。在好友刘宪石、张天石诸人帮助下，丁耀亢改籍顺天，考取顺天府贡生，又经多方努力，讨了个镶白旗教习之职。从此，他白天为那些八旗子弟做教习，夜则与京内降清得官、且有文采的王铎、刘宪石等人相聚于自建的"陆舫书屋"，作诗赋词，相互唱和。闲时遍游京师名胜，写下了很多诗词，一时名噪京师，后结集为《陆舫诗草》。

三年后，即顺治八年（1651），丁耀亢转任直隶容城教谕，顺治十一年（1654），丁耀亢赴任。在容城间，耀亢写下《蚺蛇胆传奇》《续金瓶梅》等著作。

顺治十六年（1659），赴容城赈灾的权贵祝、梁二宦，是丁耀亢的诗友，见他在此地穷困不堪，心极不安，四次向朝廷举荐丁耀亢。于是耀亢在容城任职五年后，又升迁为福建惠安知县。这年十月，耀亢奉旨赴任。他过海州，走扬州、瓜洲，经常州、无锡、苏州至杭州，第二年才入闽境。此时，惠安城已经被郑成功占领，他无法上任，所以到蒲城便不再前往了。此地战乱，他怕身陷死地，横尸异乡，即以"母老不赴"、"以疾告归"为由，辞官北归。

顺治十八年（1661）三月十六日，他回到了故里。稍微整顿家事后，便潜居橡谷山村，投入了"稗史"的著作。有人告评他所写的《续金瓶梅》是借宋金之战，影射满清贵族残暴无道。康熙四年（1665）八月，丁耀亢因此入狱，押送至北京刑部监狱，候旨处理。因司狱官员檀文馨是北京文士，一向仰慕丁耀亢的才华，所以丁耀亢并未受皮肉之苦。狱官对待丁耀亢如同故友，率诸多吏典，设酒赋诗，或至夜半，或酣歌达旦，索诗于耀亢。当时，丁耀亢年老眼花，只能用粗笔作诗回报。经京师故友龚芝麓、傅掌雷等人积极援救，丁耀亢在牢狱生活四个月后获救。

人虽出狱，但他所作的《续金瓶梅》被诏命焚毁。焚书之后，丁耀亢万念皆空，随即去河南少林寺，剃去头发，沉湎于佛教。回故乡后，还经常去五莲山光明寺，同方丈和尚谈经、说法，并自称"木鸡道人"。不过，丁耀亢不是完全遁入佛门，他仍著书不止。因为担心再惹祸端，他后来所写文章均用化名传世。

康熙八年（1669）冬，丁耀亢病入沉疴。他召集全家人叮嘱后事后，"占永诀诗毕，合掌说偈而殁"。享年七十一岁。

他死时，中国专制王朝最后一个盛世正拉开序幕。

下蛋史：《续金瓶梅》

检举人：王素存

检举理由：

一、丁耀亢是《金瓶梅》的作者丁惟宁之子，写过《续金瓶梅》。俗语"老子英雄儿好汉"，他父亲是小说家，他也应该是小说家，他们家世世代代都应是小说家。

二、丁耀亢字西生，西生即西周生。

奇人奇文：

> 治几处庄儿，不近又不远；骑一个驴儿，不勤又不懒。茅屋两三间，

闲书数十卷。扑面春风，不寒又不暖；顺口油腔，不长又不短。清闲日子临到俺，吃几顿消停饭。樽中酒不空，炉内勤添炭。得玩玩且玩玩，还嫌玩的晚。

九里山前，柴儿够一担；五里滩头，鱼儿够一蓝。人生梦一间，世事如棋变。不爱高官，贵的不去攀；不爱千金，富的不去谄。光阴一去不复返，须发白多半。醉来石作床，醒时云为伴，不随着旁人去胡闹馆。

名不求，利不贪，只学佛，不学仙，人间第一个痴呆汉。但只愿岁岁丰年，普天下处处平安，四下里闻不得人嗟叹。尽管俺懒散清闲，一家儿喜地欢天。放眉头饱吃些粗茶饭，常住着草舍茅檐，常守着山岭薄田，至亲好友常相见。

恩合爱，一笔勾，数间茅屋且藏头。晚眠常到晨牌候，梦醒时好友来投，家常便饭随意留，不嫌酒薄吃个够。到晚来，引着儿子明白读，山妻烹茶，小女擎瓯。常怕这清福难消受，没本领的转了多少清闲，不热闹的免些忧愁，从不会把眉头皱。

心儿懒，身子闲，醒时歌，醉时眠，客去紧闭门两扇。见几个舍命的做官，见几个有本领的挣钱，人看着精细我看着淡，到头来只擎着两只空拳。只求个不饥不寒，活一年自在一年，不着人欺，亦不着人嫌，朦胧睡去梦缠绵，金鸡又报晓，日落下西山。

五亩田园，栽花又栽柳；五亩宅墙，养鸡又养狗。身安莫怨贫，无病休嫌瘦。几处清林，闲行又闲走；几个相知，能诗又能酒。万事不如杯在手，待够何时够。浮云本是空，明月还依旧，赏中秋直醉到九月九。

不是高僧，头发一抹光；不是神仙，胡须一半苍。去山张子房，弃职陶元亮。不住丛林，时时走外乡；不炼金丹，有人送口粮。范蠡曾把扁舟荡，学成江湖相。制一顶白葛巾，拖一条青竹杖，带一个药葫芦，去把真人访。

中国古代文学的传统是：所有长篇小说的作者都是人生的失意者——无一例外。按这一标准衡量，上述三个嫌疑人都有可能是《醒世姻缘传》的作者。

《醒世姻缘传》这只大金蛋到底是哪一只"母鸡"下的，官司已经打了将近一百年，看样子，再打一百年大约也不会有什么结果。

"下蛋"的"母鸡"虽然不能确定,不过"下蛋"的时间却是已基本确定。

在环碧主人为《醒世姻缘传》写的"弁语"后署的日期是"辛丑清和望后午夜醉中书","辛丑"对应的公元纪年有好多个,到底是哪一个辛丑年呢?

先确定一个下限吧。孙楷第《中国通俗小说书目》中说,"日本享保十三年(清雍正六年,公元1728年)《舶载书目》有《醒世姻缘》,所记序跋凡例与今通行本全同。则是书刊行至迟亦在雍正六年以前矣!"以此年代为基准向前推,符合环碧主人《弁语》中"辛丑"的有三个年份:明万历二十九年(1601),清顺治十八年(1661),清康熙六十年(1721)。

明万历二十九年成书是不可能的。《醒世姻缘传》所写的历史背景是自明英宗正统年间至明宪宗成化年间(约1440~1485),但实际上反映的则是十七世纪中叶以后的现实生活,因为书中所反映的现象或历史事实,多是万历甚至天启、崇祯朝以后出现的。如小说三十一回写守道副使李粹然设保婴局收养婴儿事,据孙楷第考证,李粹然为万历丙辰进士,天启后始任县令,崇祯后始为守道。小说第二十四回载州县官钱粮考成之制,此制产生于崇帧四年以后,此回还载练饷,而练饷之事始行于崇祯十二年元月。第三十回有"犹如朝廷破格用人一般,不必中举中进士,竟与他做了给事中"的文字,此指崇祯九年二月陈启新叩阙上书,骤被任为吏科给事中一事,这是明朝选举制度上破天荒的大事,所以《国榷》有载。

那么,有没有可能是清康熙六十年呢?答案也是否定的。一个切实有力的证据是《颜氏家藏尺牍》卷三,周在浚致颜光敏的信:

闻台驾有真州及句曲之行,故未敢走候,此时想已归矣。天气渐爽,稍迟尚期作郊外之游也。《恶姻缘》小说,前呈五册,想已阅毕,幸付来价。因吴门近已梓完,来借一对,欲寄往耳。诸客面教不一,修翁老先生。晚在浚顿首。

这是迄今为止所能见到有关《醒世姻缘传》刊刻情况的最早记载。从《醒世姻缘传·凡例》可知,《恶姻缘》为该书的原名。信中的修翁老先生,指颜光敏。颜光敏(1640~1686),字修来,是颜回六十七世孙,康熙六年中进士,康熙二十五年卒。周在浚的信写于何年,尚不得而知,但有一点可以确信无疑,这封信当写于康熙二十五年之前,那时吴中就已出现了该书的重刻本。

辛丑年(清顺治十八年)是《醒世姻缘传》成书的时间,这一点应该无可置疑。根据"弁语"后所署"辛丑清和望后午夜醉中书",《醒世姻缘传》应成书于"顺治十八年农历四月十六日",也就是公元1661年。完稿在此之前也有可能,但应差之不远。

如果上述说法属实的话,那么前面的三只"老母鸡"中,贾凫西和丁耀亢作案的可能性要大些。蒲松龄当时二十一岁,正是豪情万丈一心向往着金榜题名蟾宫折桂的年龄,应该没心思写这种不务正业的东西。

正是因为这个时间的确定,所以虽然有人言之凿凿地断定浙江的蔡荣名(1559~?)就是《醒世姻缘传》的作者,也有人引经据典地说该书出自蒲松龄的本家晚辈蒲震,但因时间上相差太多,本文不予列入。

关于《醒世姻缘传》作者的争议,在今后相当长的一段时间里还会持续下去。

不过,在我看来,不论最终结果如何,除了对某些人某些地方的经济有影响外,对像我这样的普通读者,实在没有任何意义。所有的"母鸡"都已作古,"鸡蛋"的所有权已转到"母鸡"的"主人"手里。**从这个角度讲,围绕《醒世姻缘传》作者展开的争议,现在都已转化为经济问题——与文化无关。而如果一个地方的学术研究只是为了把某名人或某名著证明为本地出产的话,这种学术不要也罢。**

既然如此,我们还是释放味蕾,尽情地品尝《醒世姻缘传》这枚超级大金蛋吧。

熟而未烂——三十岁不可不读

有人说，青年时激情澎湃，适合写诗；中年时阅历渐丰，适合写小说；进入老年看透世情，则适宜写散文。这是从写作的角度说的，其实从阅读的角度讲，也是有年龄差异的，哪怕是同一部小说，不同年龄段的读者，关注的重点也不一样。

古人说三十而立，三十岁可以看作是人生的一个分水岭，在阅读上也可成为一个转折点。

三十岁前读传奇，三十岁后读平凡

三十岁前，人生是不确定的，总认为自己的未来有无限的可能，所以对英雄，对传奇人物，有着无限的向往，因此阅读的焦点也就集中在传奇人物的传奇人生。

《三国演义》《水浒传》，还有《西游记》，都是传奇，适合三十岁以下的人看。中国的教育界不遗余力地将它们推荐给中小学生，应该说也是有些道理的。

虽然《儒林外史》也有幸受到推荐，但我很怀疑有多少学生能够坚持读完——尽管它的篇幅比其他几部都短。为什么这样说呢？因为中间没有一个可以称得上英雄的人物。

三十岁后就不一样了，尽管人生的路还长，但是人生的方向已定，其可能性已不再是无限。三十岁的人在路上，遇到种种并不是很重大但是挥之不去的困惑。三十岁的人想知道，前面的人是怎么走过去的。三十岁大多数父母还在，但自己也差不多做了父母，所以除了关注个人的事业与爱情之外，还开始关注平常人的平凡人生——柴米油盐、三亲六眷、婚丧嫁娶，还有生老病死。

三十岁前读爱情，三十岁后读婚姻

三十岁前，爱情对我们来说是全新的，是神秘的。我们相信，爱情就等于幸福，有了爱情，就会拥有一切。我们希望有情人终成眷属，我们也相信自己一定能拥有完美无缺的爱情，我们更会常常想自己的白马王子（或者白雪公主）在哪儿呢？

《红楼梦》一问世，就能在当时的年轻人中风靡一时，原因也在这里。至于说，现在的中学生对《红楼梦》的疏远，罪不在爱情本身，而是因为现代的读者已经不耐烦古典爱情的节奏。

三十岁前读《红楼梦》，最关心的是宝哥哥与林妹妹间的爱情，总是天真地想：如果宝哥哥能娶林妹妹该多好啊。

三十岁后，我们明白了，宝黛之恋之所以永远美丽，正在于它在最美丽时突然结束。就算宝哥哥娶了林妹妹又如何？就算他们不必为柴米油盐操心，爱情也一样不可能永葆青春。

爱情是两个人的事，而婚姻则至少是三个人的事（丁克族除外），有时甚至还是几个家族的事。三十岁前，大家都是孩子，在家庭和家族中是被照顾者。三十岁后的人大多已做了户主，是家庭和家族的保护者。再回过头去看年轻时的爱情，不禁感慨万千。

《醒世姻缘传》是中国第一部写婚姻的长篇小说——《金瓶梅》不算，那里只有欲望，没有婚姻。经历过婚姻的读者看《醒世姻缘传》，才更刻骨铭心。

三十岁前读快捷，三十岁后读悠然

常读古典小说的读者都清楚，以"三言二拍"为代表的拟话本小说，都流行一种现在看来很怪异的写法，就是在每一个故事开始之前，都要先讲一个类似的故事作为引子。这种写法的源头就是《诗经》中的比兴，其作用类似于戏剧中的过门。

但是在长篇小说中保留这种写法的，只有《醒世姻缘传》一部：小说中除了主干情节外，还有许多枝枝蔓蔓的人物与情节。我曾试着将这些枝枝蔓蔓的人物和情节剪掉，发现对小说情节本身并没有多大影响，但小说的节奏却完全变样。

对这一部分文字，历来认为是小说结构不够严谨不够成熟的表现——《红楼梦》中就绝没有一个多余的情节。

也许剪掉是可以的，但失去这些情节的《醒世姻缘传》便不再完整。

三十岁以下的读者可能适应不了，觉得实在是一个累赘。三十岁以上的读者可能就不以为然——既然插进来了，看看也罢。

三十岁前读信条，三十岁后读现实

一般来说，一部优秀的长篇总是能反映出一个时代的历史画卷。但是我们总习惯为这段历史标示一个方向，或者为它总结出一种自以为深刻的规律。《红楼梦》结束时与开始时的巨大反差恰好符合了我们这种习惯，所以它获得了中国古典文学中最伟大的现实主义小说的桂冠。

其实，就所反映的社会现实的深度与广度而言，我觉得《醒世姻缘传》丝毫不逊于《红楼梦》。但是，细读这段历史，我们却看不出什么规律。小说结束时和小说开始时相比，我们也看不出什么变化。狄希陈出生时的社会和狄希陈八十七岁去世时的社会，也没有什么不同。这让习惯于总结历史规律的我们非常失望。

《醒世姻缘传》之品级不高，与这有莫大的干系。

但是，仔细想来，除了极少数英雄之外，我们的一生给这个世界带来的变化实在微乎其微——就是那些所谓的英雄人物，百年之后再看，其重要性也值得怀疑。

所以，我觉得《醒世姻缘传》写的才是真历史。

三十岁后，并不是没有理想，而是懂了，所谓理想只是一件自己想做的事而已——它并不能改变什么，实现与否，也并不是那么重要。尤其是不能为了理想，而影响自己以及自己家人的生活。三十岁开始懂得人生其实并不需要一个固定的目的，过好现在的每一天远比虚空的目的更重要。

可是，人是不能没有理想的。三十岁后，理想不再轰轰烈烈，而是退守心底，安安静静，一点一点地做，一点一点地努力，成了，最好，不成，也罢。这就是现代人常挂在嘴边的一句话：尽人事而听天命。

总之，无论是从人物形象的独特性与丰满程度而言，还是就小说所反映的社会现实而言，《醒世姻缘传》都足可以与中国古代最伟大的小说《红楼梦》相媲美。但是，近四百年来，《醒世姻缘传》却一直没能跻身一流小说的行列，我觉得这实在是个误会。

所以，从某个角度讲，《醒世姻缘传》是给将熟而未熟的人看的，什么叫将熟而未熟呢？就是指年过三十还固执地保持着"文艺青年"的某些特征的一类人。这些特征主要有：第一，生存能力有限，挣钱不多；第二，仍然有不切实际的梦想，痴呆而固执；第三，爱好文艺，喜欢电影、音乐。我觉得这是一种很好的状态，虽然过了青涩的年纪，但我还是不喜欢太成熟的东西——成熟之后就是腐烂。

我建议，过完三十岁的生日，如果你年轻时的理想既没有完全实现，又不甘心完全放弃，就到书店去买一套《醒世姻缘传》吧，放在枕边，每天慢慢读，慢慢读，然后——然后你就睡着了。

后记：没有始终精彩的书

文章总是在写出来之后，才知道是什么样子——而且大多数时候，都不是最初所想象的样子。望着眼前的这些文字，我傻眼了：难道我花费一个暑假弄出来的就是这么个东西吗？

我从来没想过对《醒世姻缘传》进行严格学术意义上的研究，而只是想将它梳理一遍，可是结果却是事与愿违：不但没有梳理清楚，反而将它拆得七零八落。如果把《醒世姻缘传》比作一个美丽的花环的话，在我的鼓捣下，现在它已变成满地花瓣。

很多文字，我本来是可以转述的，但为了不让西周生精彩的讲述在我的秃笔下走样，我大幅地引用了原文。我的本意是想将《醒世姻缘传》最美的段落奉献给读者。可当我读了黄虞龙的《与刘今度》之后，才知道自己犯下了读书之大忌：

> 黄贞父先生谓甘蔗有渣，螃蟹有壳，皆是食物一恨。某对捣汁和酒，剥肉调羹如何？先生笑曰：《南华》节录，《史记》纂要，愈令人恨恨矣。

是的，世上没有始终精彩的书，正如世上没有始终精彩的人生一样。去掉了平淡的人生不是真实的人生，抽调平淡部分的《醒世姻缘传》也不再是完整的《醒世姻缘传》。我终于明白，我对《醒世姻缘传》的阅读代替不了大家的阅读，正如别人的阅读代替不了我的阅读一样。不过，我愿意和大家一起分享我的阅读。

"我注六经"的目的，是为了"六经注我"。任何写作都是写自己，我也未能免俗，有时也忍不住跳出来发几句歪论，恳请谅解。

这本评述的策划出版，有着午骏的心血。